서쪽의 에덴 1

신현의 장편소설

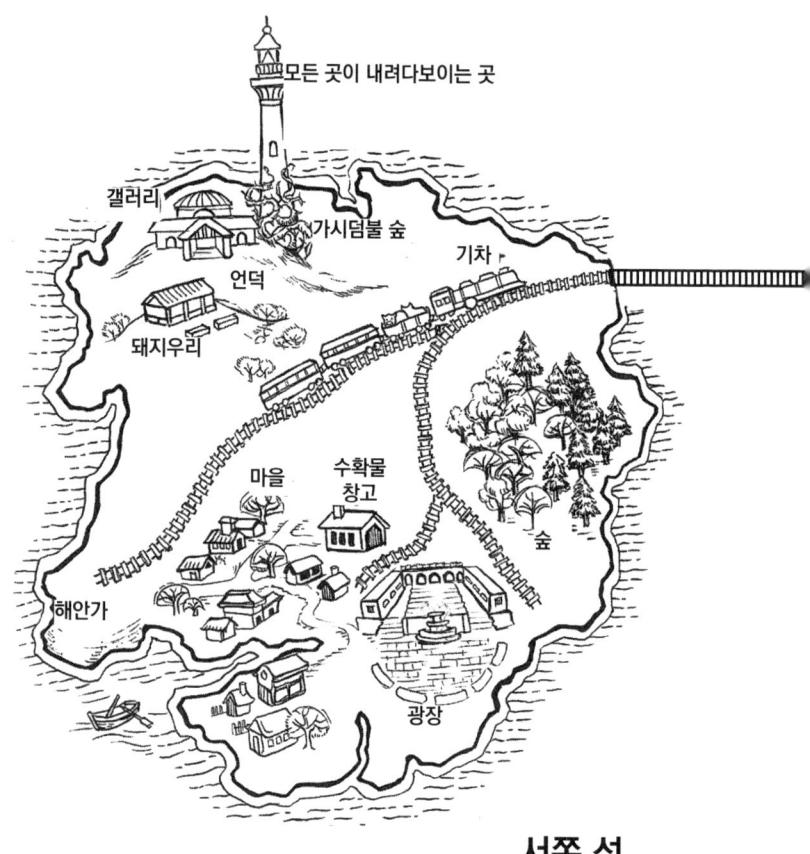

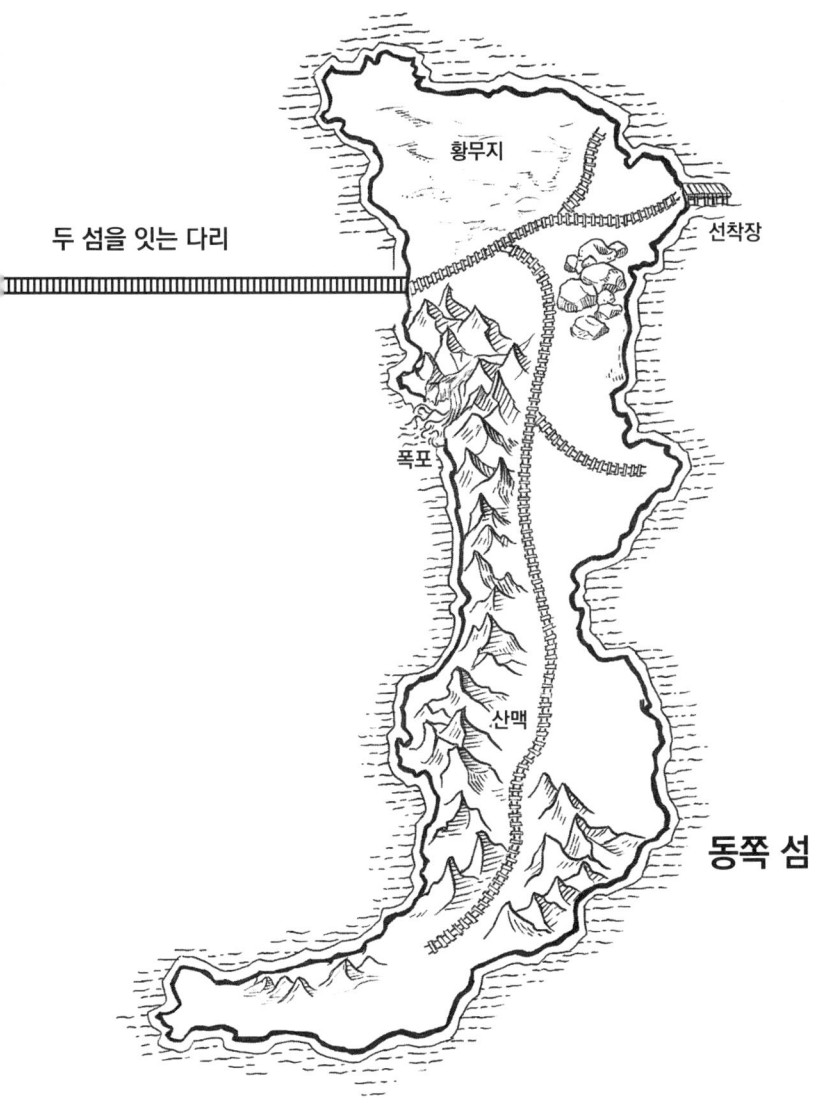

서쪽의 에덴 1
EDEN OF WEST SIDE

신현의 장편소설

서쪽의 에덴 1
차례

제1장 주이민 아직 완성되지 않은 세계 9
제2장 한준호 우리가 이야기 속에 있다는 증거 19
제3장 민이주 정신을 차려보니 어느새 찾아온 밤처럼 43
제4장 주이민 섬에서의 평화로운 나날 93
제5장 한준호 그 사람은 조력자일까? 114
제6장 민이주 당신이 존재할 수 있는 방법 135
제7장 주이민 예술을 하지 않음으로써 얻는 자유 154
제8장 한준호 그들이 움직이는 방식 176
제9장 민이주 돌이킬 수 없는 실수 194
제10장 주이민 나는 그 사람을 사랑하고 있을까? 217
제11장 한준호 상상력으로 갈아타야 할 시간 240
제12장 민이주 아직은 나갈 때가 아냐 259

제13장 주이민	사랑이 만들어내는 것들	278
제14장 한준호	다른 존재가 되는 일의 기쁨	298
제15장 민이주	이 역할에 딱 맞는 아이	314
제16장 주이민	사랑이 무엇인지 찾을 때까지만	333
제17장 한준호	그들을 볼 수 있는 곳으로	355
제18장 민이주	카메라에 담긴 내용	371
제19장 주이민	어리석은 사랑 따위는 하지 않아	389
제20장 한준호	나를 기다리는 곳으로 곧장 걸어간다	407
제21장 민이주	어딘가 모르게 변한 모습	420
제22장 주이민	버려야 할 조각과 새로 깎아야 할 조각	436
제23장 한준호	서로 영향을 주고받는 세계	462
제24장 민이주	하필 그 순간에 떠올린 사람	481

제1장 주이민

아직 완성되지 않은 세계

1

내가 선착장에 도착했을 때, 열 명의 사람이 주변을 둘러보고 있었다. 이제 막 배에서 내린 그들은 황량한 땅과 민둥산, 말라버린 개울을 가리키며 고개를 끄덕이기도 하고 갸우뚱하기도 하면서 의견을 나누는 중이었다. 내가 그들에게 다가가자 가장 연장자로 보이는 노부인이 나를 발견하더니 이쪽으로 다가온다. 그녀는 단아한 차림의 남색 정장을 입고 무늬가 없는 플랫슈즈를 신고 있다. 중절모 속의 머리카락은 단정하게 모아 뒷목 부근에서 머리망으로 감쌌고, 왼쪽 가슴에는 금빛 장미 브로치가 풀잎에 앉은 개구리처럼 매달려 있다.

"섬의 주인이신가요?" 하고 노부인은 묻는다.

그렇다고 나는 대답한 뒤 "섬을 안내해드릴게요" 하고 말한다.

노부인은 온화한 미소를 지으며 "고마워요" 하고 대답한다.

나는 기차역이 있는 곳으로 사람들을 인도한다. 그들은 주변을 둘러보며 내 뒤를 따른다.

"섬이 상당히 크네요. 아담한 곳인 줄 알았는데." 노부인은 말한다.

"철도가 곳곳에 연결되어 있어서 다니는데 불편하진 않으실 거예요." 나는 대답한다.

노부인이 얼굴에 약간의 미소를 더 얹는다. 그녀는 언제나 그런 소리 없는 웃음을 얼굴에 띄워놓고 있을 것만 같다. 상대방이 그 표정을 따라 짓거나, 혹은 내 웃음은 어떠한가 하고 자신의 표정을 점검해보게 만드는 미소. 그리고 그러한 표정을 짓는 데 노부인으로서는 그리 큰 수고가 들지 않는 것 같다. 어쩌면 '무표정'이야말로 그녀가 애써 지어야 하는 하나의 표정인지도 모른다. 나는 그런 생각을 한다.

우리는 기차역에 도착한다. 사람들이 열차에 올라 각자 원하는 자리에 앉는다. 나는 운전석으로 가서 연료를 집어넣고 엔진을 가동시킨 다음 객실로 돌아온다. 풍경이 움직이기 시작하고, 기차는 서서히 속력을 높인다. 우리는 곧 동쪽 섬을 떠나 두 섬을 잇는 다리에 올라선다. 다리 아래로 분홍색 바다가 태양빛을 반사하며 반짝인다. 물결의 각진 부분에 흰 거품이 나타났다가 사라진다. 하늘로 눈을 돌리면 색색의 구름이 떠다니는 것을 볼 수 있다. 파란색과 빨간색 구름이 만나 아주 느린 속도로 보라색 구름이 된다. 사람들은 저마다의 방식으로 그러한 풍경을 감상한다.

기차는 다리를 지나 서쪽 섬에 진입한다. 황량한 동쪽과 달리 풍요로운 분위기다. 푸른 언덕과 분수가 있는 광장, 크레파스 색감의 집들이 모습을 드러낸다. 새들이 하늘을 유유히 날며, 그 배경으로 민트색 노을이 천천히 밝아졌다 어두워지기를 반복한다.

"당신은 훌륭한 예술가가 분명하군요. 미적 감각이 아주 뛰어나요."

노부인이 나에게 말하자 다른 사람들도 그 말에 동의하는 의미로 고개를 움직인다. 나는 쑥스러움과 동시에 안도감을 느낀다.

기차가 언덕을 지날 때 사람들은 초원에서 휴식을 취하고 있는 돼지들을 본다. 돼지들은 편히 누워 자신의 몸에 나 있는 독특한 모양의 털을 말리고 있다. 어느 한 곳도 빠뜨리지 않고 구석구석 영양분을 주려는 듯 자세를 바꿔가며 각 부위에 햇볕을 공급하고 있다. 사람들의 시선이 전부 돼지에게 향해 있다.

"신기한 모양의 털이네요." 한 사람이 말한다.

"돼지의 몸에서 자라는 건 식물이에요." 나는 대답한다. "이틀에서 사흘이면 잎사귀가 먹을 수 있게 자라고 일주일 정도 놔두면 곡식이 열려요."

나는 돼지의 특징에 대해 더 얘기한다.

동쪽 섬 황무지에서 자라는 가시 달린 식물은 혹독한 환경에서 자란 탓에 많은 영양분을 함유하고 있는데, 그것을 먹고 자란 돼지의 식물에도 영양소가 많이 농축되어 있다. 그 잎사귀와 곡식으로 다양한 음식을 해먹을 수 있다. 돼지의 분변은 비료로 사용하고 가공을 거쳐 연료로도 사용한다. 지금 여러분이 타고 있는 기차도 그 연료로 움직이고 있으며 완전 연소가 가능해서 환경이 오염될 염려가 없다, 고 나는 차근차근 설명한다.

사람들이 내 얘기를 들으며 천천히 고개를 끄덕인다. 그 중 한 명은 특히 더 분명한 움직임을 보인다.

"이거였군요." 분명히 끄덕이는 남자는 말한다. "돼지는 우리에게 식량과 에너지를 제공하는 존재예요. 그러니까 저 돼지들 덕분에 이 섬에서는 굶주림과 추위를 걱정할 일이 없는 거죠."

"어쩐지" 하고 덩치 큰 남자가 그 말을 받는다. 그는 수염이 덥수룩하게 났고, 두툼한 손가락들은 얼룩덜룩한 색깔로 물들어 있다.

"솔직히 아까는 좀 이상했거든요. 낙원이라고 해서 왔더니 황량한 광경만 보이고…… 도무지 살 만한 곳으로는 안 보이니 잘못 찾아온 게 아닌가 싶었죠. 그런데 이제 그 이유를 알겠네요."

"그러니까 동쪽 섬은 서쪽을 위해 존재하는 거죠." 이번에는 깡마른 여자가 말한다. 붉은 기가 도는 그녀의 광대뼈는 지나치게 도드라져 있어서, 마치 두 개의 잘 익은 과일이 양 볼에 달려 있는 것처럼 보인다. "바람과 파도를 동쪽 섬이 막아주니까 이렇게 평화로운 서쪽 섬이 존재할 수 있는 거예요. 하마터면 이런 곳을 놔두고 지나갈 뻔 했네요."

맞아요, 정말 그랬네요, 정말요, 하면서 다른 사람들이 맞장구친다.

마을에 도착한 기차의 속도가 줄고, 마침내 완전히 멈춰 선다. 정거장에는 선생님이 기다리고 있다. 책을 집필하다가 까먹은 듯 돋보기안경을 콧등에 그대로 걸치고 있다. 사람들이 열차에서 내리자 선생님이 인사를 건넨다.

"여러분이 오시기를 기다리고 있었습니다. 여기서부터는 제가 안내해 드리지요. 자네는 돼지들을 들여보내게. 마을하고 광장, 그리고 숲을 안내하고 올 테니."

 선생님이 사람들을 데리고 마을이 있는 쪽으로 떠나고 나서, 나는 언덕으로 간다. 돼지들이 한 곳에 모여 나를 기다리고 있다. 새끼돼지 모아가 꼬리를 흔들며 나에게 달려온다. 내가 안아 올리자 모아는 코를 씰룩이며 나의 냄새를 맡는다. 꼬리를 계속 흔들면서 무언가를 말하고 싶다는 듯 내 쪽으로 코를 들이민다. 나는 모아의 콧등에 손을 올린다. 그 손을 통해 나는 새끼돼지의 말을 듣는다. 드디어 사람들이 와서 기쁘다고 모아는 말한다. 나도 기쁘다고 말한다. 이제 텅 빈 섬이 사람들로 채워지게 되었다고 모아는 확인하듯 말한다. 그렇다고, 텅 빈 섬이 사람들로 채워지게 되었다고 나는 대답한다.

 나는 돼지들과 우리로 간다. 출입문이 열리고 돼지들이 열을 맞춰 우리 안으로 들어간다. 나는 모아를 바닥에 내려놓는다. 어미돼지가 모아의 엉덩이를 코로 밀자 모아는 특별한 이유 없이 얼마간 저항하더니 곧 마음을 바꿔 종종걸음으로 들어간다. 어미돼지가 마지막으로 들어가고 나서, 출입문이 닫힌다.

내가 숲 쪽으로 갔을 때 사람들이 숲에서 바깥으로 나오고 있었다.

"집은 충분히 준비되어 있으니 마음에 드는 곳에 거주하시면 됩니다." 선생님이 사람들에게 말한다. "만약 원하는 장소에 집을 새로 짓고 싶다면 그렇게 하셔도 되고요. 언덕이든 숲속이든 어디든 상관없습니다. 물론 이곳에서 살 마음이 든다면 말입니다만."

"누가 이런 곳에서 살고 싶지 않겠어요?" 노부인은 말한다. "저희 마음은 모두 같아요. 받아만 주신다면 다 함께 즐겁게 살아갈 수 있을 거예요."

"물론 환영입니다. 그럼 섬의 규칙에 대해 말씀 드려야겠군요. 마침 자네가 왔으니 얘기해주게."

"규칙은 돼지를 해쳐선 안 된다는 거예요." 나는 사람들에게 말한다. "인간과 돼지는 서로에게 반드시 필요한 존재거든요. 돼지는 우리에게 식량과 에너지를 제공하고, 우리는 돼지의 안전을 보장해주죠. 이 관계가 무너지면 우리는 이곳에 존재할 수 없게 돼요."

"아주 중요한 규칙이군요." 수염이 덥수룩한 남자가 말한다. "다음은요?"

"규칙은 그것뿐이에요."

"그뿐이라고요?"

"네. 그 룰만 지킨다면 이곳에서 무엇이든 자유롭게 하셔도 됩니다. 섬에 있는 모든 자원은 여러분 것이에요."

"그렇게 쉽단 말입니까? 예를 들어 하루에 몇 시간은 공동을 위한 노동을 해야 한다거나 일정 비율의 세금을 내야 한다거나 하는 룰은 없습니까?"

"그런 건 없습니다." 선생님은 말한다. "여러분은 그저 아무 걱정 없이 하고 싶은 걸 하면서 사시면 됩니다."

지옥의 가장 깊은 곳에서 이제 막 터뜨린 꽃망울이라도 발견한 것처럼 모두의 얼굴이 환해진다. 그들은 말없이 서로 눈을 맞추고 손을 꼭 잡는다. 등을 토닥여주고, 자신도 눈물을 흘리면서 다른 사람의 눈물을 닦아준다.

"우리는 **각자의 세계**에서 힘겹게 살던 사람들이에요." 노부인은 말한다. "예술가에게 가장 비참한 일은 생계를 위해 원치 않는 작품을 만드는 것이죠. 우리가 가진 재능을 하고 싶지 않은 일에 전부 쏟아 붓는 것 말이에요. 우리는 지금껏 그런 삶을 살아왔어요."

"이해합니다." 선생님은 말한다.

"이런 세계를 만들어주셔서 감사해요." 노부인이 나를 보며 말한다. "그리고 우리를 받아준 것도요."

와주셔서 오히려 감사하다고, 나는 대답한다. "환영의 의미로 저녁식사를 다 같이 해요. 우선 모두 원하는 집을 선택하신 다음 저 흙색 지붕 집 앞으로 오세요. 저녁을 준비해두겠습니다."

2

섬의 밤은 마치 고감도 카메라로 촬영한 사진처럼 풍부한 색감으로 빛난다. 밤이 오면 섬에 존재하는 모든 것들은 낮 동안 간직하고 있던 빛을 추억처럼 뿜어낸다. 집과 잔디, 바다와 테이블보, 접시, 나뭇잎, 풀벌레…… 모든 것들이 자신이 가진 색을 은은하게 발산한다. 그래서 따로 조명을 밝힐 필요가 없다. 색색의 나비가 식탁 주변을 날아다니고, 자주색 바다 위로 수많은 별이 반짝인다.

식사 준비가 다 되어 갈 즈음 사람들이 하나둘 모여든다. 긴 식탁 위에 볶음밥과 샐러드, 국수와 떡, 약밥과 식혜가 놓였다. 선생님이 온실에서 기른 신선한 야채와 과일도 있다. 사람들이 자리에 앉으며 감탄한다.

"세상에, 이 음식들이 전부 돼지의 몸에서 자란 식물로 만든 거란 말이죠?"

노부인의 물음에 나는 그렇다고 대답한다. 그녀는 마음에 드는 음식을 접시에 덜어 먹기 시작한다. 다른 사람들도 그렇게 한다. 낯선 음식이지만, 그들은 별로 망설이지 않고 입으로 가져간다.

"훌륭하네요." 중년의 여자가 말한다. 그녀는 다소 화려해보이는 정장을 입고 있다. "이 국수 한번 먹어봐요." 그녀가 옆자리에 앉은, 마찬가지로 중년인 남자에게 국수를 덜어주자 그는 국수를 맛본 뒤 "음 정말 맛있네" 하고 말한다. 그 또한 화려한 옷을 입고 있다. 두 사람은 부부처럼 보인다.

선생님이 테이블을 돌며 사람들 앞에 놓인 잔에 술을 따른다. 잔이 모두 채워지자 사람들이 맛본다.

"향이 아주 좋네요. 이것도 돼지에게서 자라는 곡식으로 만든 건가요?" 중년 남자가 묻는다.

"그렇습니다. 과일로 만든 것도 있는데 그건 나중에 익으면 맛보여드리죠. 술은 많이 있으니 모두 마음껏 드십시오."

사람들이 식사를 이어간다. 술이 몇 차례 돌고 음식에 대한 이야기가 오고간다. 잔잔한 바람이 숲을 쓰다듬고 풀벌레 우는 소리가 일정한 간격으로 들려온다. 선생님이 모두에게 주목받을 기회를 엿보다가 마침내 입을 연다.

"다들 서로에 대해 잘 모르니 **각자의 세계**에서 어떤 작업들을 해왔는지 얘기해보면 어떨까요?"

"좋은 생각이에요." 노부인은 말한다. "제가 먼저 할게요."

그녀는 의자를 조용히 뒤로 빼며 자리에서 일어난다.

"저는 물고기와 협업해 작품을 만들고 있어요. 어항에 있는 물고기들의 독특한 움직임을 보고 있노라면 다양한 감정을 느낄 수 있죠. 제 입으로 말하긴 좀 쑥스럽지만 그건 정말 대단한 경험이라고 할 수 있어요. 언제 기회가 되면 물고기들의 아름다운 춤을 꼭 보여드리고 싶네요. 저는 마을에 있는 남색 지붕 집에서 살기로 했습니다. 두 사람이 살기에 적당한 곳 같더군요. 참, 저는 아들과 함께 이곳에 왔답니다."

그녀는 옆에 앉아 있는 남자를 가리킨다. 짧은 머리를 한 잘생긴 청년이다. 그는 조용히 일어나 사람들을 향해 목례하고는 자리에 앉는다. 노부인이 소개를 마치자 사람들이 박수로 화답한다. 이어서 깡마른 여자가 자리에서 일어난다.

"저는 끈예술가예요. 끈예술이란 말은 처음 들어보시죠? 직접 보여드릴게요."

그녀는 여러 색깔의 끈을 꺼내 테니스 라켓처럼 생긴 물건의 타원형 테두리에 간격을 두고 하나씩 건다. 다양한 두께로 되어 있는 끈을 어떤 것은 팽팽하게 당기고 어떤 것은 느슨하게 건 다음 시험하듯 살짝살짝 튕겨본다. 잠시 후 그녀가 손잡이를 회전축 삼아 돌리자 허공에 무늬가 생겨난다. 그 상태에서 팔을 움직이자 잔상이 남으며 공중에 아름다운 형태가 만들어진다. 몇 개의 줄을 손가락으로 튕길 때마다 청명한 멜로디가 흘러나온다. 사람들이 감탄하며 그녀의 작품을 감상한다.

"저는 언덕 쪽에 있는 바다가 보이는 곳에서 살기로 했어요. 앞으로 잘 부탁드립니다."

끈예술가가 자리에 앉고, 이어서 여러 가지 맛과 향으로 작품을 만드는 미향예술가와 꿈속 세계를 설계해 그곳에서 여러 경험을 하게 하는 꿈설계예술가, 인형을 움직여 이야기를 보여주는 인형극예술가, 실용적이면서 아름다운 옷을 만드는 의상디자이너 부부가 소개를 이어간다. 그들은 자신이 어떤 작업을 하는지, 어디에서 살기로 했는지를 이야기한다.

다음으로 수염이 덥수룩하고 덩치 큰 남자가 자리에서 일어난다.

"저는 그림을 그리는 화가입니다. 여러분의 세계에 회화라는 게 있었는지 모르겠군요. 캔버스에 물감을 칠해 여러 사물을 담아내는 작업이죠. 사람이나 풍경, 혹은 추상적인 무언가를 그립니다. 저 역시 여러분과 마찬가지로 이곳에 오기 전까지 고생을 많이 했습니다. 제 그림은 주류 예술계에서 인정받지 못했고 그래서 캔버스 살 돈도 없이 빈궁하게 살아야 했죠. 그러던 중 이곳에 대한 얘기를 듣고 곧바로 온 겁니다. 그리고 저도 함께 온 사람이 있습니다."

그의 옆자리에 앉은 여자가 일어나 인사한다. 그녀는 민들레가 수놓아진 흰 드레스를 입고 있다. 화가의 애인인 그녀는 동물체험 예술가이며, 다른 동물의 시선으로 세상을 바라볼 수 있도록 무대장치를 고안한 다음 관람객이 그것을 체험하게 하는 방식의 예술을 한다고 말한다. 사람들이 그 작업에 대해 몇 가지 물어보고, 그녀는 친절히 대답해준 다음 자리에 앉는다.

화가가 깜빡했다는 듯 말을 잇는다.

"저는 숲 속 오솔길 갈림길에서 왼쪽 길로 가면 있는 집에 살기로 했습니다. 그림 그리기에 아주 좋은 장소더군요. 여자친구는 갈림길 오른쪽 집에서 살기로 했고요. 제 그림이 보고 싶다면 언제든 구경하러 오십시오."

사람들의 소개가 끝나고, 선생님이 일어나 자신이 집필 중인 책에 대해 설명한다. 선생님은 섬에 대한 모든 것을 기록해 백과사전 형태의 책으로 만들려고 하고 있다. 책에는 섬의 역사를 비롯해 이곳에서의 문화, 예절, 과학법칙 등이 망라될 예정이다. 사람들이 책에 대해 묻고 선생님이 대답한다.

"자 그럼 이제 이 섬의 주인이 어떤 분인지 알아봐야겠죠?" 노부인이 말한다.

사람들의 시선이 일제히 나를 향한다. 나는 자리에서 일어난다.

"전 그림자예술을 해요."

나는 말한 뒤 식탁 위에 판자를 세워 벽을 만들고, 나무 형상으로 깎아 만든 조각을 가방에서 꺼내 벽 앞에 놓는다. 촛불을 밝혀 빛을 비춘다. 조각은 나무의 모습이지만, 벽에는 새끼돼지의 그림자가 나타난다. 촛불을 왼쪽에서 오른 쪽으로 움직이자 그림자가 움직이기 시작한다. 새끼돼지 모아의 그림자가 동쪽 섬에 있는 식물을 먹는다. 사람들이 그 모습을 흥미로운 눈으로 바라본다. 나는 빛을 하나 더 추가해 벽에 새로운 그림자가 생기도록 한다. 하나의 조각에 서로 다른 두 개의 그림자가 움직이기 시작한다.

"이런 식으로 빛이 조각을 비춰 서로 다른 이야기를 만들어내요. 빛이 어느 정도 거리에 있는지, 어느 방향에서 비추는지에 따라 조각과 그림자의 모습이 다르게 보이죠. 그렇게 어떤 조각은 배경을 담당하고, 어떤 조각은 등장인물이 됩니다."

나는 다른 조각을 꺼내 배경을 만든다. 판자에는 새끼돼지가 숲 속의 연못으로 입수하는 그림자가 나타난다.

"언덕에 있는 갤러리를 이런 조각들로 가득 채울 계획이에요. 그러고 나면 비로소 섬이 완성됩니다."

"정말 멋진 예술이네요." 끈예술가가 말한다. "갤러리를 채울 작품 주제는 정하셨나요?"

아직 못 정했다고 나는 대답한다.

"어서 완성된 걸 보고 싶군요. 제대로 된 작품을 본다면 훨씬 더 대단할 것 같아요."

그녀의 말에 사람들이 동의한다. 모두의 소개가 끝나고 저녁 식사 자리는 밤늦게까지 이어진다. 그들은 각자의 세계에서 살아온 이야기를 하고, 다른 이의 예술 작품에 대해 질문을 하고, 그 질문의 대답에서 받은 영감을 자신의 작품에 반영해본다. 그들은 즐겁게 수다를 떤다. 술병이 바닥을 드러내고 나서야 자리는 끝이 난다.

3

나는 텅 빈 갤러리를 바라본다. 이곳엔 아직 아무 이야기도 존재하지 않는다. 싸늘할 정도의 공허와 적막만이 있을 뿐이다. 나는 어떤 주제로 작품을 만들어 이곳을 채울지 곰곰이 생각해본다. 그러나 이번에도 역시 언제나처럼 마땅한 영감은 떠오르지 않는다. 몇 개의 아이디어가 별로 내키지 않는 모양으로 왔다가 스스로 사라지고, 나의 고의에 의해 물러날 뿐이다. 그렇지만 나는 생각을 이어가기를 멈추지 않는다.

그러던 중 문득 나는 노부인이 했던 말을 떠올린다.

누가 이런 곳에서 살고 싶지 않겠어요?

그 목소리는 높낮이와 톤, 말하는 속도를 달리하며 반복해서 들려온다. 나는 마치 듣기 좋은 음악이라도 되는 것처럼 한동안 그녀의 음성을 듣는다. 그러고 나서 나는 생각한다.

'그 사람'도 이곳을 마음에 들어 할까?

갤러리를 작품으로 채우면 섬은 완성된다. 그때 그 사람이 온다면, 노부인의 말처럼 이곳에서 살고 싶어 할까?

나는 알 수 없다. 아니, 자신이 없다고 하는 편이 더 정확할 것이다. 나는 그저 그 사람이 이곳을 마음에 들어 해주길 바라고 있을 뿐이다.

텅 빈 갤러리를 바라본다. 왠지 이곳은 아까보다 더 넓고 더 깊은 적막에 빠진 것처럼 보인다. 이곳을 채우는 일이 예전보다 훨씬 더 어려워진 것 같은 기분이 든다.

그러나 나는 곧 마음을 다잡는다. 일단은 그 사람이 이 섬에 오고 나서야 이곳을 마음에 들어 하는지 안 하는지를 알 수 있다. 그러려면 우선 섬을 완성해야 한다. 내가 할 수 있는 일을 한 다음에야 비로소 가능성이라도 열리는 것이다.

나는 그런 생각을 한다. 조각칼로 천천히 글자를 새기듯 그런 생각을 한다. 그러고 나자, 텅 빈 갤러리가 처음과 같은 크기와 적막으로 돌아와 있음을 나는 느낀다.

제2장 한준호

우리가 이야기 속에 있다는 증거

〈여기에 있는 문서들은 지난해 실종된 한준호(당시 33세, 부천 거주) 씨의 수첩에 기록된 내용과 휴대폰에 저장된 음성파일을 텍스트로 정리한 것이다. 무질서하게 기록된 내용을 같은 주제로 묶어 시간 순으로 나열하고, 의미를 훼손하지 않는 범위 안에서 알기 쉬운 형태의 문장으로 고쳤다. 국내 속기 전문가 두 명이 6개월에 걸쳐 교차 검증함으로써 번역의 신뢰도를 높였다. 그의 기록을 면밀히 검토한 정신분석 전문가는 한 씨가 조현병을 앓고 있으며 조속한 치료가 필요한 상황이라고 분석했다. 이 기록의 원본은 폐기되었으나(누가 왜 폐기했는지는 여기에서 밝힐 수 없다) 나는 누군가에 의해 백업된 기록을 입수할 수 있었다(입수 경위 또한 밝힐 수 없다). 이것이 그 백업된 자료임을 밝히는 바다.〉

7월 5일. 수첩기록. 우리가 이야기 속에서 살아가고 있다는 근거에 대하여.

창조주와 피조물의 관계를 누군가 나에게 묻는다면, '양측은 적대적 관계에 놓여 있으며 그렇지 않다 하더라도 최소한 정반대의 목표점을 지향하고 있다'라고 나는 대답할 것이다. 세계를 창조한 자는 지속적으로 세계의 진짜 모습을 감추려 하는 반면, 피조물인 인간은 자신이 살고 있는 우주의 모습을 정확히 알고자 하기 때문이다.

이야기적 장치 중에는 간과하기 쉬우면서도 아주 중요한 것이 있는데, 그것은 바로 '주인공은 자신이 이야기 속에 있다는 걸 몰라야 한다'는 것이다. 이것은 복선이나 반전, 플롯과 같은 중요한 장치 중 하나다. 이야기 속 캐릭터가 그런 걸 어떻게 알겠냐고 반문할 수도 있지만, 세계의 구조를 면밀하게 숨겨두지 않으면 생명력을 부여받은 캐릭터는 자신이 있는 곳이 이야기 속이라는 걸 분명히 알아차린다. 인간에게는 감춰진 것을 들여다보려는 속성이 부여되어 있기 때문이다. (창작자가 등장인물을 그런 성향으로 만들지 않으면 이야기는 흘러가지 않는다.)

그리고 이야기 속이라는 걸 알아차린 등장인물은 창작자의 말을 듣지 않기 시작한다. 자신의 목표를 알려고 하지도 않고, 시련이나 위기를 극복하기보다는 작가에게 하소연을 한다. '저는 나약한 존재이니 부디 이 시련으로부터 구해주십시오'라고 하면서. 극단적으로는 이야기에서 빠져나가려고 시도한다.

이러한 이유로 창작자는 치밀하게 우주의 구조를 짜서 그들이 이야기 속에 있다는 걸 눈치 채지 못하게 해야 한다. 그래야 비로소 등장인물은 스스로에게 임무를 부여한 뒤 목표 달성을 추진해 나가며, 마침내 이야기는 역동적으로 흘러갈 수 있다.

덧붙이자면 작가는 자기 자신도 숨겨놓는다. 좋은 작품에서 작가는 이야기에 드러나지 않고 등장인물과 이야기를 돋보이게 한다. 이것이 우리가 어디에서도 창조주의 모습을 볼 수 없는 이유다. (우린 상당히 괜찮은 작품 속에 있는 셈이다.) 창작자가 숨으려고 작정한 이상 등장인물은 절대로 볼 수 없으므로 우리가 그를 찾으려고 하는 건 어리석은 일이다.

이제야 우리의 인생이 왜 고난의 연속인지를 알았다. 창조주는 피조물을 위기 한 가운데에 놔두기를 원하고, 피조물은 그것으로부터 벗어나기를 원한다. 이것이 이야기의 가장 기본적인 구조이자 양측이 대립관계에 있다는 방증이며, 우리의 우주가 이야기로서 창조됐다는 근거이다.

7월 5일. (수첩기록 이어서.) 아직 완성되지 않은 이야기에 대하여.

창작자는 이 세계가 이야기라는 사실을 꽁꽁 숨겨놓는데 왜 일부 사람들은 그것을 알아차린 것처럼 행동할까? 어째서 시련이나 위기를 극복하려 하지 않고 수동적인 자세로 임하며, 심할 경우 이야기에서 빠져나가려고 할까? 그에 대한 답은 이렇다. 사실 지금 우리의 세계는 완전히 감춰져 있는 게 아니라 '감추려는 과정'에 있다. 이 세상은 아직 미완성 상태, 소설로 비유하면 퇴고 과정에 놓여 있는 것이다. 작가, 즉 '이야기를 이끄는 존재'는 초고를 완성한 상태에서 이야기를 수정해 나가고 있다.

일반적으로 소설의 초고라는 건 여기저기에 구멍이 숭숭 뚫리고 모순이 넘쳐나는, 말하자면 무능한 국회의원이 발의한 법안 같은 것이다. 빈 종이에 이야기를 써내려가다 보면 필연적으로 앞부분과 어긋나거나 논리적으로 맞지 않는 결함이 뒤에서 발생하게 된다. 수준 낮은 문장과 비문이 가득하고 과장된 표현도 남발되어 있다. 하지만 작가는 초고 단계에서 그런 부분을 일부러 고치지 않고 일단 그대로 써내려간다. 뒤로 가면서 어차피 또 이야기가 바뀔지 모르는 데다, 오류가 발생할 때마다 고치고 있다가는 영원히 소설을 완성할 수 없을지도 모르기 때문이다.

여기에서 앞서 밝힌 문제가 발생한다. '감춰진 걸 들여다보려는' 속성은 초고 때부터 이미 등장인물에게 부여되어 있기 때문에, 등장인물은 모순된 세계에 의심을 품고 이야기의 목표와 상관없이 그것에 관심을 갖는다. 그러므로 창작자는 미완성된 지금의 상황에서 할 수 있는 최대한으로 세상의 모습을 감춰야 한다. 미봉책에 불과하겠지만 급한 대로 맥락의 빈 간극을 좁힐 수 있는 '틈을 메우는 장치'를 마련해서, 그럭저럭 수선해가며 이야기를 끌고 나가는 것이다. 그러나 아무래도 완벽한 상태는 아니기 때문에 옅은 틈이 발생하는 건 어쩔 수 없다.

그것이 지금 우리가 살아가는 세계의 모습이다. 과학은 나날이 발전하고 있고 인간은 세계의 진짜 모습을 보려고 한다. 하지만 지금은 그걸 확인해봐야 소용없다. 우주의 바깥은 모순으로 되어 있을 것이기 때문이다.

우리에게 중요한 건 그게 아니다. 세계에 틈이 있다는 건 어디까지나 미완성 원고일 때의 얘기다. 소설가는 몇 번이고 퇴고를 하면서 발생한 틈을 조정한다. 그 과정에서 등장인물의 역할이 바뀌기도 하고 주제가 바뀌기도 하며, 때에 따라서는 완전히 다른 이야기가 될 수도 있다. 즉 우리의 이야기는 언제든 다시 쓰일 수 있다는 것이다. 우리에게 중요한 건 그것이다.

***

〈녹취록에 등장하는 사람은 부천의 한 개척교회 담임목사(70대 추정)다. 예수교장로회는 보수적인 교단이지만 아마도 목사의 나이가 나이인지라 생각이 조금 유해진 면이 있는 것 같다고 해당 교단 소속의 장로가 귀띔해주었다. 목사는 여러 상담사 자격을 보유하고 있으며, 지역 주민들을 위한 상담 프로그램을 진행하는 과정에서 한 씨와 만나게 되었다. 앞서 한 씨는 자신에게 벌어지고 있는 일들에 대해 목사의 의견을 듣고자 상담을 신청했었다. 목사는 그와 몇 마디 나눠보고는 곧 그의 정신 문제에 대해 인지한 듯 보인다. 그리고 그와의 대화를 하나의 종교적 사명이라 여기고 받아주기로 한 듯하다. 한 씨가 목사를 만나 수첩에 적힌 아이디어를 설명하는 부분은 생략했다. (— 표시가 목사)〉

7월 10일. 녹취록. 창조주가 숨기로 작정한 일에 대하여.

— 그 이야기 어쩌고 하는 존재는……

'이야기를 이끄는 존재'입니다.

— 그래요. 그 존재는 기독교에서 말하는 신과는 거리가 있어 보이는군요. 하나님께서는 절대로 세계를 감추거나 하지 않습니다. 성경에는 세계의 창조 과정과 이 세계를 만드신 목적이 분명하게 기록되어 있어요.

이야기를 이끄는 존재와 하나님의 관계는 그리 중요하지 않습니다. 창작자는 무엇이든 원하는 대로 쓸 수 있으니까요. 자신을 기독교의 하나님처럼 보이게 할 수도 있고 수십 명의 신으로 나타낼 수도 있습니다. 아니면 인간은 전혀 상상할 수 없는 완전히 다른 존재처럼 보일 수도 있고요. 물론 성경에는 이 세계가 어떻게 만들어졌고 어떻게 운영되고 있는지 기록되어 있습니다만, 바로 그게 세계의 진짜 모습을 감추는 방법처럼 쓰일 수도 있습니다. 진실을 감추는 방법 중 가장 효과적인 게 바로 '진실처럼 보이는 무언가로 눈을 돌리게 하는 것'이니까요.

— 그러니까 선생의 말을 정리하자면 이 우주는 이야기로서 창조되었고, 창작자는 이야기를 수정하는 중이며, 거기에 선생이 중요한 역할을 맡게 됐다 이건가요?

맞습니다.

— 선생이 중요한 역할을 맡았다는 근거는요?

성경에는 이적異跡이 행해지는 경우가 많이 기록되어 있지 않습니까? 오병이어의 기적이라든가 홍해가 갈라지는 일, 물 위를 걷는 일 등의 초자연적 현상 말입니다.

— 잘 알고 있군요. 그 중에서도 가장 중요한 건 예수의 부활이지

요.

 그렇습니다. 그런데 초자연적 현상이라는 건, 엄밀히 말해 창조주가 자신이 설계한 세계의 법칙을 스스로 어기는 일이라고 할 수 있습니다. 지금껏 열심히 이야기 속 세계의 질서를 잡아놓고 한순간에 망쳐버리는 꼴이죠. 왜 그래야 했을까요? 바로 '틈을 메우는 장치' 때문입니다. 말씀드렸다시피 작가는 초고를 쓸 때 일단 이야기를 자신이 원하는 대로 끌고 갑니다. 말이 되지 않더라도 영감이 지시하는 대로 우선 받아 적습니다. 그러다보면 필연적으로 구멍이 숭숭 뚫리고 모순이 발생할 수밖에 없죠.

 이때 작가는 급한 대로 수선하는 과정이 필요합니다. 모순을 완전히 무시한 채 이야기를 전환시키면 세계의 구조가 무너져버릴 수 있기 때문입니다. 지금껏 A지점으로 달리다가 급격하게 B지점으로 방향을 전환하려면 큰 무리가 따르듯이, 중간 중간 발생한 구멍을 대충이라도 수선하지 않으면 이야기 구조 자체가 흔들리게 됩니다.

 그리고 그러한 흔들림을 예의주시하고 있는 건 다름 아닌 등장인물입니다. 창작자는 다른 누구도 아닌 등장인물의 눈치를 살펴야 하는 것입니다. 조금이라도 이상한 점이 있다면 그들은 엉뚱한 행동을 하는 존재니까요. 즉 이야기를 어떻게 끌고 가든 '등장인물들이 납득할 수 있도록' 초고를 써야 한다는 겁니다. 당장의 모순에 최소한의 변명거리는 마련해놔야 하죠. 이것은 작가 또한 길을 잃어버리지 않기 위한 수단으로서 굉장히 중요한 일입니다.

— 그러니까 '이적'이라는 게 이야기 속 오류를 메우는 장치로서 이용된다는 건가요?

그렇습니다. 이적을 활용하면 두 가지 효과가 발생합니다. 첫째는 이야기의 틈을 '손쉽게' 메울 수 있고, 둘째는 사람들이 기꺼이 그 오류를 받아들여 '자발적으로' 이야기를 끌고 나갑니다. 이 두 효과는 강력한 결속력을 발생시켜 이야기가 A지점에서 B지점을 향해 힘차게 달려갈 수 있게 합니다. 그것이 바로 이야기 속에서 이적이 가지는 효용입니다.

그러나 이적은 아무 때, 아무에게나 일어나진 않습니다. 정말 필요한 때에 가장 핵심적인, 최소한의 인물에게만 나타납니다. 너무 많은 사람에게 나타나면 자칫 이야기가 산으로 가버릴 수 있기 때문입니다. 그래서 만약 나에게 이적이 일어났다면, '이야기를 이끄는 존재'가 나 또는 내 주변을 이용해 이야기를 진행시키려고 한다는 뜻이 됩니다.

— 그리고 선생에게 이적이 벌어지고 있다.

우선은 '기이한 일' 정도로 표현하겠습니다. 진짜 이적은 아직 일어나지도 않았는지 모르니까요. 아무튼 최근 들어 저는 기이한 일들을 연이어 겪고 있습니다. 그 중에서 한 가지 일을 말씀드리죠. 저는 요양 차 친정에 내려가 있는 아내에게 며칠 전 전화를 받았습니다. 평소처럼 안부를 주고받고 나서 전화를 끊으려는데, 아내가 저더러 베란다에 있는 화분에 물을 좀 주라고 하더군요. 저는 집에서 화분 같은 걸 본적이 없었기 때문에 의아한 생각을 갖고 베란다에 나가보았습니다. 그런데 정말로 거기엔 화분이 있었습니다. 흙이 삼분의 이 가량 채워져 있고, 삼십 센티미터 정도의 어린 나무가 그 흙에 심어져 있었습니다. 나무 옆에는 아까시나무라는 종명이 쓰인 작은 팻말이 꽂혀 있었습니다. 그 나무에는 상당히 독특한 점이 있었는데, 밑기둥에 돼지의 모습이 양각되어 있다는 것이었습니다. 그리고 돼지의 몸에는 작은 알갱이가 달려 있는 것처럼 표현되어 있었습니다. 마치 피부에 곡식 같은 게 열리기라도 한 것처럼 보이더군요.

  문제는 제가 그 화분을 전혀 기억하지 못한다는 것이었습니다. 이렇게나 독특한 화분을? 하고 저 스스로도 굉장히 의아해했죠.

  아내에게 물어보니 최근에 구입한 식탁과 관련이 있었습니다. 얼마 전 저희 부부는 명성가구 매장에서 조립식 식탁 하나를 구입했는데, 그때 집으로 물건을 배송해준 직원이 설치를 마친 뒤 '반려나무 캠페인'이라면서 트럭에서 그 화분을 꺼내줬다고 하는 것이었습니다. 그러나 저는 전혀 기억나지 않았습니다. 분명 식탁을 설치할 때 저도 옆에 있었는데도요.

  저는 의문을 가진 채 제가 사용하는 수첩을 열어보았습니다. 그런데 거기엔 이런 문장이 있었습니다.

나무에 새긴 돼지 조각은 무엇을 의미할까?

저는 '기록병에 걸린 환자'라고 할 정도로 모든 것을 적어두는 습관이 있습니다. 언제 어디서든 머릿속에 떠오른 생각을 재빨리 기록할 수 있도록 속기법을 사용하고 있죠. 여러 형태의 속기법을 익힌 다음 장점을 추려내고 단점은 보완해서 저만의 문자를 고안해낸 것입니다. 방금 말씀 드린 문장은 분명 제 속기법으로 기록된 것이었고, 다른 사람은 읽지도 쓰지도 못합니다. 그러므로 그 문장은 제가 쓴 것일 수밖에 없습니다. 그런데 전 그런 문장을 쓴 기억이 전혀 없습니다.

물론 지금은 그 일이 왜 기억나지 않는지 정확히 이해하고 있습니다. 퇴고 과정에서 이야기가 수정된 것이죠. 원래 이야기에서 저는 화분의 존재를 모르고 살아갔을 테지만, 필요에 의해 창작자는 저희 집에 화분을 들여놓게 된 겁니다. 몇 문단을 들어내고 거기에 새로운 몇 문단을 채워 넣은 거죠. 그럼으로써 저의 기억도 조정이 되어야 했지만, 어떤 이유로 '이야기를 이끄는 존재'는 일단 거기에는 손을 대지 않은 겁니다.

(얼마간 침묵. 이따금씩 들리는 딱딱 부딪히는 소리는 찻잔을 받침에 내려놓는 소리인 듯하다.)

― 우선 목사에게 다른 신적 존재에 대해 언급하는 것은 실례라

는 걸 알아두도록 하세요. 하나님은 질투가 많은 분이시니, 아마도 선생의 말을 잠자코 듣고만 있는 이 늙은 목사에게 몹시 화가 나셨을지 모릅니다. ……그렇지만 창조주께서 숨기로 작정하셨다는 데에는 어느 정도 동의하지 않을 수 없군요. 솔직히 말하면 나 역시 한 번쯤은 나타나주셔도 될 텐데 하는 생각을 한 적이 있어요. 우리가 신의 깊은 뜻을 결코 알 수는 없습니다만, 가끔은 우리의 목소리를 듣고 계시지 않는 것 같다는 생각이 들 때가 있지요.

목사님도 그런 생각을 하십니까?

— 성직자라고는 하지만 나 또한 죄 많은 인간으로 태어난 몸이니 그럴 수밖에요. (다시 얼마간 침묵. 찻잔 내려놓는 소리.) 선생은 블레즈 파스칼에 대해 알고 있습니까?

르네상스 시대의 수학자 정도로만 알고 있습니다.

— 파스칼은 열두 살 때 삼각형 내각의 합이 백팔십도라는 사실을 혼자 깨우쳤어요. 기하학 같은 건 배우지도 않은 상태였죠. 그 밖에도 진공의 존재를 예측하거나, 기하학과 확률론 같은 이론에 많은 업적을 남겼습니다. 수학사에 길이 남을 천재임이 분명했지요.
동시에 그는 독실한 기독교인이기도 했습니다. 당시는 하늘을 찌르던 종교의 위상이 크게 수그러들고 인간의 이성이 떠받들어지던 시기였어요. 무시무시한 권위를 가졌던 종교의 자리를 인간의 이성이 대체한 거지요. 그리고 그 기세는 대단했습니다. 그렇지만 파스칼은 여기에 반기를 들었어요. 이성이라는 것은 불완전하기 때문에 인간은 이성을 초월한 존재에 기대야 한다면서요. 그는 성인이 되고 나서 기독교 교의를 논리적으로 증명하려고 수기를 작성하기 시작했어요. 그걸 책으로 만들어 무신론자들을 신앙의 길로 이끌려고 한 겁니다.

파스칼처럼 똑똑한 사람이 증명하려했다면 꽤 많은 사람들이 설득됐겠네요.

— 물론 그랬을 겁니다. 파스칼은 당대에 굉장한 환대를 받았 인물이니까. 그를 추종하는 사람이 많았음은 물론, 그의 언행은 사람들에게 큰 영향을 주었지요. 문제는 신께서 그의 계획을 별로 기뻐하지 않으신 것 같다는 겁니다. 파스칼은 지병 때문에 그 책을 완성하지 못하고 죽었어요. 서른아홉 살 젊은 나이에 말입니다. 사후에 그를 따르던 사람들이 수기를 모아서 〈팡세〉라는 이름으로 출판하긴 했지만 영원히 미완성인 채로 남게 되었지요. 그럼에도 널리 읽히고는 있습니다만, 만약 그가 요절하지 않고 책을 완성했다면 훨씬 더 많은 사람들이 기독교를 믿게 됐을지 모르는 일입니다. 그가 수학사에 공헌한 바가 큰 것처럼 기독교 역사에도 큰 영향을 줬을

거라고 나는 확신해요.

아무튼 그는 요절해버렸고, 나는 신께서 왜 그를 일찍 데려가 버리셨을까 하는 의문을 늘 가지고 있었어요. 그걸 아무리 이해해보려 해도 잘 안되더군요. 믿음의 조상으로 일컬어지는 사도 바울 역시 기독교를 전파하려고 세계를 다녔지만 얼마 못가 로마에서 참수형을 당했고, 그 외에도 순교한 인물은 수없이 많습니다. 나는 이걸 오랫동안 고민했어요. 그들은 왜 죽어야 했을까? 신은 왜 자신을 믿게 하려는 사람들이 죽어가는 것을 놔두고 있을까? 혹시 우리가 당신에 대해 더 많이 알기를 원하지 않는 게 아닐까? 늘어가는 질문들 어느 것에도 답을 얻진 못했습니다. 선생이 말한 소설적 장치처럼 '신이 숨기로 작정했다'라는 사실만 알게 됐을 뿐이지요.

7월 10일. (녹취파일 이어서.) 감춰왔던 세계의 모습을 보여주려는 것과 악의 문제에 대하여.

― 그런데 궁금하군요. 무엇 때문에 선생을 이 이야기의 주요 인물로 선택했을까요?

저는 '세계의 진짜 모습'을 주제로 소설을 쓰려고 하고 있었습니다. 원래는 다른 글을 쓰고 있었지만 최근 들어 반드시 그 주제로 글을 써야한다는 강한 동기가 생겨났습니다. 갑자기 왜 그랬는지는 저도 잘 모르겠습니다. 그때 제 머릿속엔 이 우주는 대체 무엇을 위해 만들어졌으며 어디를 향해 나아가고 있는가, 인간은 왜 이곳에 존재하며 무엇을 해야 하는가, 와 같은 골치 아픈 질문으로 가득했습니다. 그리고 얼마 지나지 않아 '세계의 진짜 모습'을 알아낸다면 그런 의문들을 한꺼번에 풀 수 있으리라는 확신이 들었습니다. 복잡한 기계 장치의 구조를 정확히 알면 각 부속품들이 왜 존재하는지, 결국 기계는 무엇을 위해 작동하는지를 알 수 있는 것처럼 말입니다. 그래서 저는 소설의 주제를 '세계의 진짜 모습'으로 정했고, 공교롭게도 그렇게 정하고 나자 저에게 기이한 일들이 일어나기 시작한 겁니다.

— 그러면 더욱더 이해가 되지 않는군요. 창조주는 세계의 진짜 모습을 감춰야 하는 입장이고 선생은 그것을 확인하려고 하고 있습니다. 그렇다면 오히려 선생을 이 이야기에서 배제해야 하는 것 아닌가요?

원래대로라면 그렇습니다. 하지만 지금처럼 상황이 전개되어야 하는 경우가 딱 한 가지 있습니다. 바로 이야기의 주제 자체가 '세계의 진짜 모습'일 때 입니다. 즉 제 개인적 목표와 창작자의 목표가 일치하게 된 것이죠. 물론 제가 그런 목표를 갖게 된 것도 창작자의 의도가 반영된 것일 테지만요. 아무튼 '이야기를 이끄는 존재'

는 원래는 다른 주제였을 이야기를 새롭게 정하고 수정해나가고 있습니다. 그리고 거기에 제가 중요한 임무를 맡게 되었습니다. 그러므로 저는 '세계의 진짜 모습'을 알아내야 합니다. 우리가 이야기 속에 있다는 건 알지만 정확히 어떤 이야기인지는 아직 모르기 때문입니다.

(20초가량 정적. 찻잔 부딪히는 소리는 더 이상 들리지 않는다.)

— ……만약 그렇게 된다면 내 평생의 수수께끼도 풀리겠군요.

수수께끼요?

— 신은 전지전능, 지선하신 분이고, 그렇다면 필연적으로 '이 세상에 악은 왜 존재하는가'에 대한 벽에 부딪히게 되지요.

'악의 문제' 말씀이시군요. 그 또한 제 머릿속을 가득 채우던 질문 중 하나였습니다. 물론 세계의 진짜 모습을 알면 그 골치 아픈 모순 역시 설명이 될 거라고 생각합니다.

— 골치 아프다마다요. 인류 역사상 이토록 오랫동안 논쟁을 벌여온 문제는 드물지요. 기원전 그리스의 에피쿠로스학파는 네 개의

명제로 신이 없음을 논증했다고 전해집니다.[1] 이후 신학은 물론 종교철학, 윤리학을 연구하는 집단에서도 이 난제를 풀어보려고 애썼습니다만, 지금껏 모두가 납득할 만한 답은 나오지 않은 상태지요.

그래도 기독교에선 나름의 답을 내놓지 않았습니까?

— 글쎄요. 나는 최초로 이 문제가 제기된 이후 단 한 발짝도 나아가지 못했다고 생각해요. '악은 왜 존재하는가'에 대한 답을 누구보다 간절히 구한 건 다름 아닌 기독교도들이었습니다. 그 문제를 들이밀 때마다 종교는 힘을 잃고 말았으니까요. 나 역시 '신의 섭리'라는 편한 말로 넘어가곤 했지만 속으로는 꽤나 난처했던 적이 많습니다.

여하간 오래 전부터 기독교도들은 악의 문제를 심각하게 고민해 왔고, 성 아우구스티누스와 토마스 아퀴나스를 거친 기독교 교의에서는 '악은 존재하지 않는 것'이라고 결론지었습니다. 어둠이라는 것이 존재하는 게 아니라 빛이 없는 상태로 보는 것처럼, 악 또한

---

1. 신은 악을 없애려 하지만 그럴 수 없는 것인가?
– 그렇다면 신은 전능하지 않다.
악을 없앨 능력은 있지만 하지 않는 것인가?
– 그렇다면 신은 지선하지 않다.
악을 없앨 능력도 있고 없애려 하기도 하는가?
– 그렇다면 악은 왜 존재하는가?
악을 없앨 능력도 없고 없애려 하지도 않는가?
– 그렇다면 우리는 왜 신을 믿는가?

존재하는 게 아니라 선의 결핍 상태라는 것이지요. 그러면 문제는 간단해집니다. '악은 왜 존재하는가'라는 질문이 애초에 성립이 안 되니까요.

그러나 이러한 결론 역시 '그렇다면 신은 왜 선이 결핍된 상태를 놔두고 있는가' 하는 점에서 '지선한 하나님'이라는 속성이 깨지고 말아요. 애초에 악을 어둠에 비유한 것 또한 말 그대로 비유일 뿐 근거는 될 수 없다는 비판도 있고요. 개신교에서는 '자유 의지'라는 답을 내놨지만 특별히 더 납득되는 논리는 아닙니다. 전지한 신이 우리가 악을 저지를 걸 알고도 놔두고 있으니까요.

그래서 이 문제를 완전히 해결한 결론은 아직까지 없는 실정이에요. 때문에 아직도 선과 악은 동전의 앞면과 뒷면처럼 함께 있을 수 없는 존재로 남아있지요. 나는 개인적으로 그 모순을 깨보려고 많은 시도를 해봤습니다. 시대가 이만큼이나 흘렀으니 다양한 분야의 지혜를 총집합하면 답을 낼 수 있지 않을까 싶었지만 물론 허사였지요.

말씀을 듣다보니 제가 목사님을 찾아온 게 우연이 아닌 것 같습니다.

— 그게 무슨 말이지요?

저는 제가 중요한 임무를 맡았다는 건 알았지만 구체적으로 뭘 해야 하는지는 모르는 상황이었습니다. '지금부터 이걸 이렇게 하세요' 하고 누군가가 친절하게 알려주는 일은 없으니까요. 그런데 말씀을 듣다보니 제가 해야 할 일이 무엇인지 알 것 같습니다. 이야기를 이끌어간다는 건, 말하자면 다양한 형태의 악과 싸우는 것이라고 할 수 있습니다. 사회의 부조리, 연쇄살인마, 거대 조직, 사랑을 방해하는 세력, 암세포…… 무엇이 됐든 싸워야 할 대상을 모르면 싸울 수 없습니다. 그러니까 '악을 설정하는 것'은 우리가 살고 있는 세계를 이해하는 가장 핵심적인 일입니다. 악이라는 게 싸워 없애야 할 것인지, 설득을 통해 선의 편으로 만들어야 할 것인지, 초월적 존재에 의지해 극복해야 할 것인지 방향을 잡을 수 있겠죠. 즉 악이 정확히 무엇인지 '실체를 파악하는 일'이 세계의 진짜 모습을 확인하는 첫걸음인 것입니다.

— 현재 인간은 악을 잘못 설정하고 있다는 건가요?

그게 악의 문제가 해결되지 않는 이유입니다. 애초에 악의 정의를 잘못 내렸기 때문에 모순이 해결되지 않는 것이죠. 지구를 중심으로 천체가 돈다는 생각으로는 우주의 진짜 모습을 알 수 없는 것과 같습니다. 악의 실체를 알아내면 왜 이 세계를 만들었는지 창조주의 의도를 알 수 있고, 그 의도를 알면 세계의 진짜 모습을 볼 수 있습니다. 악의 실체는 지금껏 감춰져왔으니, 저는 그 감춰진 것을 들여다봐야 합니다.

같은 날. (녹취파일 이어서.) 인간이 감당해야 할 것에 대하여.

— 세계의 진짜 모습을 확인하는 일을 우리가 감당할 수 있을지 모르겠군요.

왜 그렇게 생각하십니까?

— 예를 들어 우리 인간이 미술작품의 한 귀퉁이에 기생하는 미생물이라고 가정해봅시다. 울퉁불퉁한 물감 위에서 아등바등 살아가고 있지요. 우리는 너무나 작고 하등한 존재여서, 우리가 사는 곳이 그림 위라는 사실조차 미처 알지 못합니다. 그저 물감을 갉아먹으면서 번식할 뿐이지요. 그런데 어느 날 우리가 사는 세계가 사실은 그림 위였고, 그 그림은 아주 훌륭한 예술작품이라는 걸 알게 되었다고 칩시다. 그러면 인간은 어떻게 할까요? 더 이상 작품을 갉아먹지 않을까요?

우리는 살아가기 위해 계속 그림을 파괴해야 합니다. 훼손하면 안 된다는 걸 알면서도 먹어야 하는 현실에 괴로워하겠지요. 결국 우리는 그림 주인이 만든 세계를 파괴하는 존재입니다. 선생이 말한 것처럼 창조주와 인간은 적대적 관계인 셈이지요. (잠시 침묵)

……그렇지만 한편으로는 내가 죽기 전에 악의 문제를 풀 수만 있다면 그보다 기쁜 일은 없을 거라는 생각이 드는군요. 아무리 감당하기 힘든 일이라 해도 말입니다. 예전 같았으면 하나님을 다른 존재인 것처럼 말하는 선생에게 따끔하게 한마디 해줬을 테지만, 지금은 오히려 하루빨리 답을 알아내달라고 부탁하고 싶은 심정이에요. 신께서 어떤 사정 때문에 악을 놔두고 있는지를.

사정이 있다고 보십니까?

— 그렇지 않고서야 왜 악을 보고도 모른 척 하시겠습니까. 악으로 인해 가장 고통 받는 건 인간이 아니라 하나님 자신인걸요. 악 때문에 시대를 초월해 지속적으로, 자신의 피조물로부터 존재를 부정당하고 있습니다. 자신의 자녀로부터 존재를 인정받지 못하는 것보다 비극적인 게 있을까요? 그럼에도 끔찍한 악은 여전히 세상에 만연해 있지요. 없애지 못하는 피치 못할 사정이 있는 겁니다. 분명 그럴 거예요. 이제 육신이 늙어서 나에겐 그런 걸 알아볼 시간도 힘도 남아 있지 않아요. 선생께서 그걸 알아내 알려준다면 나로서는 내심 기쁠 것 같군요. 어쩐지 죄짓는 기분이 듭니다만.

제3장 민이주

정신을 차려보니 어느새 찾아온 밤처럼

1

캄캄한 방안에 한 남자가 누워 있다. 50대 후반의 머리가 벗어진 남자다. 그의 이마에는 마치 '옛날엔 여기가 헤어라인이었다'고 말하는 듯한 점들이 나란히 나 있다. 불룩 튀어나온 그의 배꼽은 한쪽이 심하게 썩은 과일처럼 찌그러져 있다. 현미를 떼어낸 쌀처럼도 보인다. 〈1초 만에 당신의 식욕을 없애줄 세상의 모든 것〉이라는 제목의 유튜브 영상 〈배꼽편〉에 점점 커지는 사진과 함께 나올 법한 모양으로, 아무튼 별로 쳐다보고 싶지 않은 배꼽이다.

발가벗은 그는 혐오스러운 배꼽을 드러낸 채 침대에 누워 천장을 응시하고 있다. 동공은 확장되어 있고 입은 살짝 벌어져 있다.

그는 천장을 보고 있지만 천장을 보고 있지 않다.

눈은 천장을 향해 있지만 그는 다른 걸 보고 있다. 남자는 왼쪽 눈동자가 원래 있어야 할 위치에서 살짝 벗어난 눈을 가진 여자를 바라보고 있다. 신기하게도 그 약간의 사시기가 여자를 더욱 매력적으로 보이게 한다. 남자는 여자와 격렬한 정사를 벌이는 중이다. 그러나 '실제'의 자신은 그저 침대에 누워 무기력하게 천장을 보고 있을 뿐이라는 걸 그는 알지 못한다.

남자의 호흡이 점차 빨라지더니 이윽고 몸을 떤다. 잠시 후 근육이 나른하게 이완되고 그는 곧 깊은 잠에 빠진다.

여자는 침대 옆에 서서 막 잠이 든 남자를 내려다보고 있다. 그녀의 왼쪽 눈동자는 중앙에서 약간 벗어나 있다. 예민하지 않은 사람은 그 위치의 어색함을 눈치 채지 못할 정도로 아주 약간. 그녀 또한 발가벗은 상태로, 화장대에 몰래 설치해놓았던 카메라를 꺼내 들고 남자를 가까이에서 촬영하고 있다. 일단 남자의 얼굴을 정면에서 한번 촬영한다. 그런 다음 남자를 특정할 수 있는 모습(머리가 벗어진 이마에 난 점들, 찌그러진 참외배꼽)을 클로즈업해 담는다. 마지막으로 전체 모습을 담은 뒤 REC 버튼을 눌러 촬영을 종료한다. 카메라의 메모리카드를 꺼내 노트북에 연결한 다음 파일을 옮겨 저장한다. 영상을 재생한다. 녹화는 이상 없이 잘 됐다. 녹색의 나이트비전은 빛이 한줌도 없는 어둠 속에서 남자의 특징을 정확하게 보여주고 있다. 그녀는 영상을 끄고 파일 이름에 '서울시의원 — 이마의 점, 참외배꼽'이라고 쓴 뒤 저장한다.

컴퓨터 폴더엔 자신과 정사를 나눈 — 그들은 일말의 의심 없이 그렇게 생각하는 — 남자들의 영상 파일이 연도별로 정리되어 있다. 모두 사회고위층으로 분류되는 자들이다. 재벌과 국회의원, 전현직 검사장, 경찰청장, 대학교수, 병원장 등이다. 유명 종교인도 있다. 그녀는 한 명도 빠짐없이 영상을 찍어 모아두었다. 물론 이 영상의 존재를 그들은 알지 못한다.

 그녀는 폴더의 창을 닫으려다가 '실수로' 가장 오래 된 파일들이 담긴 폴더를 연다. 그리고 그중에서도 가장 오래된 파일을 '우연히' 보게 된다. 파일의 이름은 '한영여고 담임 황소개구리'.

 그것이 그녀의 기억을 회상시키려고 한다.

 이주는 고개를 돌려 침대를 바라본다. 잠에서 깨어나려면 아직 한참이나 남았다. 그녀는 영상을 재생시킨다. 살집이 좀 있는 황소개구리 같은 남자의 얼굴이 화면에 나타났다가 곧바로 영상은 멈춘다. 초기의 영상은 지금과 달리 간소하다. 맞아, 그땐 그랬지, 하는 생각에 절로 고개가 끄덕여진다. 이주는 빨간 입술이 프린팅 된 지포라이터로 담배에 불을 붙인다. 벌써 십오 년 전인가, 하고 그녀는 생각한다. 그녀의 붉은 얼굴이 어둠 속에서 나타났다가 사라진다. 눈에 보이진 않지만 희뿌연 연기가 방안에 퍼진다.

2

 그녀는 열다섯 번째 생일날 아침에 보육원을 빠져나왔다. 헐렁한 회색 후드 티셔츠와 물이 다 빠진 청바지, 때가 잔뜩 낀 니코보코 운동화, 녹색 이스트팩 가방과 함께. 주머니에는 현금 십만 원과 헬로키티 열쇠고리, 훔친 지포라이터가 전부였다.

왜 하필 그날이어야 했는지는 그녀도 알 수 없었다. (사실 그날이 정말로 자신의 생일인지조차 그녀는 알지 못한다.) 다만 그녀는 자신이 기억하지 못하는 어느 순간부터 강한 열망 같은 것을 가슴 속에 지니게 되었는데, 생일날 아침 눈을 떴을 때 '그것을 이루려면 지금 당장 이곳에서 벗어나야 한다'고 느꼈을 뿐이다. 그녀가 가진 열망이라는 건 어떤 직업을 갖는다든가, 무엇을 소유한다든가, 얼마를 벌어들인다든가 하는 구체적인 목표가 아니었다. 대충 이런 것이었다.

분명한 존재가 되어 사람들 속으로 스며든다. 나의 존재에 방해되는 요소는 모두 제거한다. 정신을 차려보면 어느새 밤이 찾아와 있는 것처럼, 그들은 나를 받아들인다.

이러한 목소리가 마치 주술처럼 계속해서 그녀의 머릿속을 맴돌았다. 그러므로 그녀는 도시 한복판으로 가서 사람들 틈바구니 속으로 흘러들어가야 했다. 하지만 서울이라는 거대 도시 속으로 열다섯 살짜리 여자아이가 '스며든다'는 건 쉽지 않은 일이었다. 특히 밤이 문제였다. 도시의 낮은 상대적으로 너그러운 얼굴을 하고 있었으나 밤은 달랐다. 그런 차림으로 밤거리를 돌아다니는 것은 어느 모로 보나 가출청소년으로 보일 게 분명했다. 경찰의 눈은 그런 옷차림을 멀리서도 알아볼 수 있도록 훈련되어 있었고, 그들의 눈에 띈다면 꼼짝없이 밤거리에서 쫓겨날 터였다. 도시의 밤은 너 같은 어린 학생의 것이 아니야, 너희는 어딘가로 이동하기 위해 이 밤거리를 잠깐 이용할 수는 있지만 이곳이 목적지는 될 수 없단다, 하는 충고와 함께.

이 도시에서 살아남으려면 성인처럼 보여야 한다, 고 그녀는 생각했다. 피치 못할 사정으로 이곳에 떠밀려온 게 아니라 분명한 목적을 가지고 자발적으로 걸어 나온 것처럼 보여야 한다. 그러기 전에는 결코 밤거리로 나오지 않는다. 이것이 그녀가 세운 생존 룰이었다.

그녀는 보육원을 나오자마자 대학로에 있는 서점으로 갔다. 그곳에서 메이크업 기초이론 서적과 여성잡지를 읽으면서 화장법의 기본 단어를 숙지했다. 그런 다음 PC방으로 가서 메이크업아티스트를 준비하는 사람들이 모인 인터넷 카페에 가입해 실제보다 나이 들어 보이는 화장법을 공부했다. 이미 청소년들 사이에서는 그런 기술이 유행하고 있었는데 그 카페에서는 좀 더 이론적이고 전문적인 방법을 사진이나 동영상과 함께 설명해주고 있었다. 이주는 그 지식들을 스펀지처럼 빨아들였다.

직접 화장품을 발라볼 수 있는 뷰티 숍이 명동에 있다는 걸 알게 된 그녀는 위치를 검색해 대학로에서 갈 수 있는 경로를 암기했다. 그녀는 도로의 이정표를 확인하면서 일단 종로까지 간 다음 을

지로, 충무로를 거쳐 마침내 명동거리에 도착했다. 길을 물어 사진에서 본 뷰티 숍을 찾은 이주는 매장 안으로 들어갔다. 거기엔 온갖 종류의 화장품을 직접 사용해보고 구매할 수 있도록 품목마다 샘플을 갖춘 채 진열되어 있었다.

이주는 판매대에 붙어 있는 작은 거울을 보면서 오전에 습득한 화장법을 적용해보기로 했다. 실제로 화장을 해보는 건 처음이었다. 양쪽 눈썹의 각도가 영원히 같아질 수 없을 것처럼 어긋났고, 한쪽이 많이 발라져 반대편을 더 바르면 이번에는 그쪽이 더 진했다. 립스틱은 바를 때마다 입술 바깥을 침범했고 볼 화장은 아무리 연하게 해도 결과적으로는 너무 진했다. 리부버로 화장을 지우고 다시 바르기를 몇 번이나 반복하고 나서, 마침내 그녀는 전신 거울 앞에 섰다.

화장은 효과가 있다고도, 반대로 없다고도 할 수 없었다. 실제보다 나이가 들어 보이긴 했지만 아직은 누가 봐도 어른의 화장을 흉내 낸 학생이었다. 화장을 했다기보다는 장난삼아 얼굴 위에 색칠을 해놓은 느낌이 강했다.

그녀는 그 상태로 뷰티 숍을 나와 편의점으로 가서 칼로리가 가장 높은 비스킷 한 봉지와 생수 한 병을 구입했다. 그러면서 담배도 한 갑 달라고 해보았다. 이주의 모습을 본 아르바이트생은 가당찮다는 얼굴로 신분증을 요구했다. 이주는 과자와 물만 계산한 뒤 편의점을 나왔다.

그녀는 은행 앞 계단에 앉아 비스킷을 조금씩 갉아먹었다. 보육원에 있었다면 미역국을 끓여줬을 테지만, 그녀는 차가운 계단에 앉아 과자를 먹는 지금이 더 좋았다. 앞으로도 한동안 식사다운 식사는 포기해야 했으나 상관없었다. 배고픔이야 익숙할 뿐 아니라 도시로 흘러나온 이상 날렵한 신체를 유지하는 게 여러모로 유리할 거라는 생각이 들었다. 언제 재빨리 도망치거나 좁은 문틈을 빠져나갈 일이 생길지 몰랐다.

부족한 영양분은 가방 앞주머니에 있는 필수 비타민영양제로 보충하면 되었다. 비타민B군과 아연, 칼슘까지 들어 있는, 보건소에서 성장기 학생을 위해 보육원에 무료 배분한 것이다. 그녀는 그것을 먹지 않고 모아두었었다.

그녀는 절반이 남은 과자의 원통형 포장지를 안으로 접어 가방에 넣고 다시 이정표를 보면서 대학로로 돌아왔다. 그쪽에 있는 찜질방 가격이 다른 곳에 비해 천원 쌌다. 어느덧 해가 져서 캄캄했다. 그녀는 찜질방으로 들어가 뜨거운 물로 목욕을 하고 일찌감치 수면실에 누웠다. 그리고는 보육원을 나온 첫날을 돌이켜보았다. 특별한 걱정거리가 생기지 않은 것만으로 그럭저럭 나쁘지 않은 하루라고 할 수 있었다.

그러나 돈이 문제였다. PC방과 찜질방 입장료, 비스킷과 물을 사느라 벌써 만 원을 썼다. 전 재산의 십 분의 일이 하루 만에 사라진 것이다. 이런 식으로 산다면 앞으로 아홉 날밖에 더 버티지 못한다, 최대한 빨리 화장법을 익혀야한다, 고 그녀는 다짐하며 눈을 감았다. 그렇게 그녀의 열다섯 살 생일이 지나갔다.

3

 다음날 그녀는 다시 서점에 가서 책과 잡지를 보며 어제의 경험을 바탕으로 화장법을 연구해나갔다. 그리고 PC방으로 가서 인터넷 카페에 접속해 화장에 대한 실용적인 팁과 화장술 강의 영상을 보았다. 그녀는 얼굴형에 따른 화장법과 과거 유행했던 화장법, 동양인과 서양인에게 어울리는 화장법 등을 닥치는 대로 공부했다. 그리고 명동까지 걸어가서 여러 유형의 화장을 적용해본 다음 은행 앞 계단에 앉아 고칼로리 비스킷을 먹었다. 그러면서 거리를 다니는 여자들을 유심히 보았다. 명동에는 외국인이 많았는데 카페에서 본 '나라별 유행 화장'은 정말 그대로였다. 명동거리에선 각 나라의 화장을 교본 속 사진자료처럼 확인할 수 있었다.
 그녀는 길거리를 다니는 여자들을 보면서 어른에겐 어른만의 걸음걸이가 있다는 사실을 알게 되었다. 교복을 입은 학생과 사복을 입은 성인의 걸음걸이는 확실히 달랐다. 성인은 좀 더 자신의 걸음에 확신이 있는 듯했다. 그런데 유심히 보니 성인들의 걸음도 제각각이었다. 신고 있는 신발의 종류에 따라 다르고, 바지를 입었느냐 치마를 입었느냐에 따라서도 달랐다. 골반의 크기와 종아리의 두께에 따라서도 약간씩 차이가 있었다. 핸드백의 위치가 팔과 골반의 움직임에 영향을 주기도 했다.

 심지어 자신의 모습을 어떻게 상상하느냐에 따라서도 걸음걸이가 달라진다는 사실을 이주는 알았다. 그녀는 대학로로 돌아오면서 인상적이었던 걸음들을 따라해 보았다. 상가 유리창에 비친 자신의 실루엣이 훨씬 어른스러워 보인다는 걸 그녀는 깨달았다.

 그렇게 엿새가 흘렀다. 그녀의 주머니에는 이제 삼만 원이 남아 있었다. 찜질방 비용이 가장 큰 지출이었기 때문에 숙박문제를 해결해야 했다. 게다가 이제 슬슬 의심을 받을 때가 되었다. 매일 같이 어린 학생이 와서 잠을 자는 게 찜질방 관리자의 눈에 띄면 틀림없이 경찰의 손에 넘어갈 것이었다. 최대한 빨리 새로운 거처를 찾아야 했다. 그녀는 PC방에서 화장법 강의를 본 뒤 오후가 되어 명동으로 출발했다. 깜빡하고 화장실을 들르지 않고 나온 터라 미약한 요의가 신경 쓰인 그녀는 화장실만 조용히 이용하고 나오려고 커피숍에 들어갔다가, 그곳이 자신에게 꿈의 공간이라는 걸 알게 되었다. 손님들이 먹다가 남긴 음식들이 정리대에 쌓여 있는 데다 최근 발행된 잡지들이 꽂혀 있고, 여자들의 화장도 마음껏 볼 수 있었다. 그녀는 방금 나온 PC방으로 다시 들어가서 커피숍에 대해 찾아보았다.

 요즘 들어 그런 커다란 규모의 프랜차이즈 커피숍이 서울에서 유행하기 시작했고, 24시간 운영하는 곳이 강남에 세 군데나 있었다. 부지런히 걸으면 해가 지기 전에 도착할 수 있을 터였다. 그녀는 강남까지 갈 수 있는 경로를 검색한 다음 카운터에서 볼펜을 빌려 손바닥에 적었다. PC방을 나와 도로의 이정표를 보며 동대문까지 걸어갔다. 약수동과 옥수동을 지나 동호대교가 나타날 때까지, 그녀는 쉬지 않고 걸었다.

그녀는 다리를 건너기 전 돌계단에 앉아 잠시 쉬면서 비스킷과 영양제를 물과 함께 먹었다(생수병의 물은 찜질방 정수기에서 담았다). 신발을 벗어 발목을 돌린 뒤 발바닥을 주물렀다. 신발이 조금 커서 걸을 때마다 발이 안에서 미끄러졌다. 그녀는 신발 끈을 전부 풀었다가 맨 아래에서부터 한 줄 한 줄 올라오며 꽉 조여 맸다. 그런 다음 걸음걸이를 신경 쓰면서 다시 걷기 시작했다. 그녀는 한강을 보면서 동호대교를 건넜다. 커다란 강을 보는 일이 특별히 어떠한 감정을 불러오진 않았다. 압구정으로 갔다가 길을 잘못 드는 바람에 삼십 분을 헤매다가 제자리로 돌아왔다. 슬슬 다리가 무거워졌으나 그녀는 쉬지 않고 걸었다. 이정표를 보며 신사동과 논현동을 지나 마침내 강남역에 도착했다. 도착 시간은 일곱 시 반, 총 여섯 시간 정도를 걸었다. 해가 거의 지고 있었다. 그녀는 인터넷에서 본 사진의 커피숍을 찾아 들어갔다.

그 건물은 일층부터 삼층까지 모두 커피숍 건물로, 한국에서 가장 큰 카페로 소개된 곳이었다. 일층에 직원들이 커피를 만드는 바가 있고, 나머지 층은 전부 좌석만 있었다. 그녀는 이층으로 올라가 화장실로 들어갔다. 칸막이는 모두 세 개였다. 맨 끝 칸으로 들어가서 문을 잠근 그녀는 변기에 앉아 짙은 색의 소변을 보고, 양말을 벗어 뒤꿈치에 하얗게 잡힌 물집을 뜯어냈다.

그러고는 칸막이 문을 열고 나와 세면대에서 양말을 빨고, 다시 칸막이 안으로 들어가 옷을 거는 곳에 젖은 양말을 건 다음 문을 잠갔다. 그동안은 찜질방에서 매일 씻으며 청결을 유지했지만 지금부터는 그럴 수 없었다. 그녀는 변기 뚜껑을 닫고 그 위에 가방과 신발을 올렸다. 타일바닥에 새우처럼 몸을 웅크리고 눕자, 곧 잠이 들었다.

문을 두드리는 소리에 그녀는 서서히 깨어났다. 화장실 청소 시간입니다— 하는 말소리가 먼 곳에서 다가와 그녀를 마저 흔들어 깨웠다. 그녀는 일어나서 아직 마르지 않은 양말을 가방에 넣고 맨발로 운동화를 신었다. 물을 내리고 나서 칸막이 문을 열자, 졸린 얼굴의 매장 직원이 고무장갑 낀 손으로 수세미를 들고 서 있었다. 이주는 의심받을 경우를 대비해 술에 취한 척하려고 했으나 직원은 그녀에게 별 관심 없다는 듯 칸막이로 들어가 변기를 닦기 시작했다. 이주는 세면대에서 손을 씻고 화장실을 나와 홀로 갔다.

이층 홀에는 생각보다 많은 사람들이 있었다. 그녀는 정리대에 놓여 있는 쟁반 하나를 들고 소파에 앉았다. 푹신한 소파에 앉아본 건 태어나서 처음이었다. 옆 테이블에 앉은 남자 손님은 잠들어 있었다. 그쪽 테이블 위에 놓인 휴대폰으로 현재 시각이 새벽 두 시라는 걸 알았다. 이 시간에도 이렇게 사람이 많다니, 강남은 그런 곳인가 하고 이주는 생각했다.

카페에는 첫차를 기다리는 젊은 남녀가 많았다. 첫차를 기다린다는 건 그들의 대화로 어림잡을 수 있었다. 그들은 대개 클럽에서 있었던 일을 이야기했다. 잠을 자는 사람도 있었는데, 직원은 그들을 깨우려고 하지 않았다. 아마도 새벽 시간대의 주 고객이어서 그러지 않을까 이주는 추측해보았다. 숙식을 해결할 수 있는 이런 좋은 곳을 놔두고 칠만 원이나 지출한 자신이 바보 같았지만 지금이라도 안 게 다행이었다.

그녀는 쟁반 위에 있는 음식을 먹었다. 치아 자국이 선명히 남은 베이글 조각과 참치샌드위치 가장자리, 케이크에서 걷어낸 크림을 그녀는 먹었다. 찌꺼기가 가라앉아 있는 식은 커피도 마셨다. 그러면서 잡지대에 꽂혀 있는 최신 패션잡지를 가져와 꼼꼼하게 읽었나. 그녀가 기사를 하나도 빠뜨리지 않고 전부 읽었을 때는 이미 날이 새 있었다.

그날부터 이주는 24시간 운영하는 세 군데의 카페를 번갈아가며 숙식을 해결했다. 눈에 띄지 않도록 이틀 연속으로 같은 곳에는 가지 않았다. 세 카페 모두 화장실 청소는 새벽에 이뤄지고, 저녁 열시를 기점으로 야간 타임 멤버로 교체됐다. 저녁 아홉 시 쯤 손님이 많은 틈을 타 매장에 들어간 뒤 곧장 화장실로 가서 칸막이 문을 잠그면 일단 안전했다. 거기에서 잠을 자고 새벽 두 시 전에 일어나 홀로 나와 손님이 남기고 간 것을 먹었다. 그런 다음 소파에 앉아 잠을 더 자거나 잡지를 읽었다.

낮 동안은 계속 화장법과 걸음걸이 연구에 몰두했다. 아침 일찍 카페를 나서 명동까지 걸어가 이런저런 화장을 해보고, 다시 걸어서 강남으로 돌아왔다. 강남과 명동을 오가는 시간은 갈수록 단축

됐다. 왕복 다섯 시간밖에 걸리지 않은 날도 있었다. 공공도서관에서 무료로 컴퓨터를 사용하는 방법도 알게 되어 PC방 대신 그곳에서 공부를 이어갔다. 날로 자연스러워지는 화장 기법과 걸음걸이 때문에 그녀는 몹시 기뻤다. 그것들을 얻는 데 돈이 한 푼도 들지 않는다는 점 덕분에 특히 그랬다.

4

 날이 쌀쌀해지고 있었다. 한낮에는 괜찮았지만 아침저녁엔 확실히 추웠다. 이런 옷차림으로 다니다가는 낮에도 눈에 띌 수밖에 없었다. (경찰관에겐 계절과 어울리지 않는 옷을 입고 다니는 사람을 눈여겨보는 습관이 있다.) 그녀는 집중해서 공부를 마치고 인터넷 창을 끄려다가 카페에 게시된 글을 하나 보았다. 휴대폰 등 전자기기를 비싸게 매입한다는 내용과 전화번호가 적힌 글이었다. 그녀는 그 번호를 모나미 볼펜으로 손등에 적었다. 도서관을 나온 그녀는 깊은 생각에 잠긴 채 강남에 있는 커피숍으로 걸어갔다.
 새벽에 그녀는 소파에서 잠든 젊은 남자의 휴대폰을 주머니에 넣었다. 오전 아홉 시가 되자마자 공중전화에서 손등에 있는 번호로 전화를 건 그녀는 잠시 후 용산에 있다는 그를 찾아갔다. 그는 전자상가 내에서 기계 수리업체를 운영하며 부업으로 장물을 취급하고 있었다.

"원래 애니콜, 싸이언은 오만 원이야. 모토로라는 육만 원까지 쳐주고." 장물업자는 그녀에게 오만 원을 건네며 말했다. "그런데 넌 가출팸 없이 혼자 움직이나?"

고개를 끄덕이는 그녀의 얼굴을 그는 유심히 바라보았다.

"흥미로운 눈을 가지고 있군. 앞으로 잘 지내보자고."

이주는 오랜만에 찜질방에 가서 뜨거운 물로 몸을 씻고 수면실에 누워 아침이 될 때까지 숙면을 취했다. 그녀는 일어나 다시 한 번 깨끗하게 목욕을 한 다음 수면실에 있는 휴대폰 두 개를 훔쳐 그곳을 나왔다.

그녀는 생각에 잠긴 채 한참을 걸었다. 생각을 마쳤을 때, 그녀는 이것이 꽤 괜찮은 사업이 될 거라는 예감이 들었다.

사업을 시작하기에 앞서, 그녀는 '휴대폰 이외의 물건(노트북이나 지갑 등)에는 손대지 않는다'는 원칙을 세웠다. 사람들은 휴대폰 이외의 것들에 대해서는 되찾으려는 의지가 강했다. 그러나 휴대폰은 달랐다. 보조금 지원 제도를 이용해 이 기회에 신형 휴대폰을 사는 게 낫다고 여기는 것이다. 실제로 그런 대화를 나누는 걸 카페에서 몇 번이나 들었다. 그런 경향은 학생보다는 직장인, 그리고 남자에게서 더 컸다.

그래도 너무 신형은 곤란하다고 이주는 생각했다. 아무래도 최신형이라면 찾을 수 있는 데까진 찾아보려고 할 것이기 때문이다. 그런 사소한 점이 리스크를 높일 우려가 있다. 출시한 지 일 년 정도 지난 휴대폰을 훔치면 가장 알맞다. 받을 수 있는 돈은 얼마 되지 않지만 리스크는 크게 낮아진다. 로우리스크—로우리턴. 눈에 띄지 않고 '스며들기'에 가장 적합한 전략이다.

그녀는 자신이 세운 원칙대로 일을 진행했고, 얼마 후 그렇게 번 돈으로 명동에서 겨울 코트 하나와 코듀로이 원피스, 펌프스 한 켤레, 작은 크로스백 하나를 샀다. 서점에서 화장법 총정리 책 한 권과 매일 가던 뷰티 숍에서 화장품 세트도 구입했다. 이제 명동까지 갈 필요가 없었다. 그녀는 카페 소파에 앉아 화장을 하고 잡지를 보고 갓 만들어낸 커피와 빵을 주문해서 먹었다.

그러나 얼마 지나지 않아 그녀의 사업은 위기를 맞았다. CCTV 보급이 급속도로 확산되어 웬만큼 사람들이 모이는 곳이라면 모두 감시카메라가 달렸고, 그녀가 가는 세 군데의 카페 역시 CCTV가 설치되었다. (그녀는 그 카메라의 시선이 견딜 수 없이 불쾌했다.) 이주는 '로우리스크'라는 원칙을 거스를 수 없었기 때문에 어쩔 수 없이 다시 허리띠를 졸라매야 했다. 손님이 남긴 디저트와 음료를 가방에 든 영양제와 함께 먹었다. 화장품을 아껴야 해서 다시 명동으로 가서 화장을 했다.

날이 더 쌀쌀해진 어느 날, 그녀는 평소처럼 명동역 화장실에서 새로 산 옷으로 갈아입고, 역 안에 있는 사물함에 입던 옷과 소지품을 넣은 뒤 뷰티 숍으로 가서 화장을 했다. 그리고 전신거울 앞에 섰을 때, 그녀는 문득 너무나 어른스럽게 변한 자신을 발견했다. 스스로도 깜짝 놀랄 정도의 변모였다. 최근 잘 먹지 못해 살이 빠지면서 더욱 나이가 들어보였다. 키는 원래 큰 편이었고, 그녀의 동작이 풍기는 분위기는 누가 보더라도 열다섯 살 꼬마라고 하기는 힘들었다.

그녀는 그대로 편의점으로 가서 "레종이요" 하고 시험 삼아 말해보았다. 카운터에 서 있는 사람은 석 달 전 신분증을 요구했던 그 점원이었다. 그는 그녀를 한번 쳐다보더니 담배를 꺼내 바코드를 찍고는 "이천 원이요" 하고 말했다.

이주는 만 원을 내밀었다.

"다섯 갑."

직원은 군말 없이 진열대에서 네 갑을 더 꺼내 바코드를 찍고 그녀에게 내밀었다. 이주는 낚아채듯 그것을 받아 크로스백에 넣고 골반을 크게 흔들며 밖으로 걸어 나왔다.

그녀는 담배 한 개비를 꺼내 불을 붙인 다음 하늘을 향해 연기를 내뿜었다. 명동거리를 몇 바퀴나 돌면서 마구 담배를 피웠다. 아무도 그녀를 제지하지 않았다. 기침이 나고 머리가 어지럽고 구역질이 났지만 참았다. 그녀는 성인이 된 기분을 만끽하며 거리를 쏘다녔다.

서서히 밤이 오고 있었다. 그녀는 택시를 타고 강남으로 가면서 생각했다. 오늘은 카페로 들어가지 않는다. 더 이상 어둠을 피해 바퀴벌레처럼 숨지 않는다. 나는 다른 목적지로 이동하기 위해 잠시 거리에 있는 게 아니다. 나의 목적지는 바로 이곳, 서울의 밤거리다.

해가 완전히 지고 거리는 네온사인으로 반짝였다. 그녀는 강남역 근처 벤치에 앉아 담배를 피우면서, 길거리를 다니는 여자들의 화장을 보며 혀를 찼다. 하나같이 우스꽝스러웠다. 자신의 얼굴 생김새는 고려하지 않은 채 유행이랍시고 무작정 분칠한 얼굴이 아름다울 리 없었다. 이주는 새삼 자신이 대견스러웠다. 수십 킬로미터를 걸어 다니면서, 화장실 변기를 끌어안고 잠을 자면서, 남이 먹다 남긴 음식물을 삼키면서, 화장법을 이론적으로 마스터하고 제스처에 대한 자신만의 연구결과를 얻어낸 것이다.

눈앞으로 주마등이 지나갔으나 눈물을 쏟진 않았다. 그녀는 그저 담배 연기를 빨아들인 뒤 하늘을 향해 내뿜었을 뿐이다.

뉴욕양키즈 로고가 새겨진 야구 모자를 눌러쓴 한 여자가 성형외과 건물에서 나왔다. 여자는 선글라스와 마스크로 얼굴을 가리고 있었고, 눈 주위와 콧대에는 반창고가 붙어 있었다. 성형수술이 강남을 중심으로 유행하자 이런 모습을 한 여자들이 길거리는 물론 커피숍에도 많다는 걸 이주는 알고 있었다. 최근 여성잡지에는 성형외과 광고가 꽤 많이 실려 있었고, 이번 호에는 양악수술의 자세한 후기가 기사로 실려 있기도 했다. 이주는 성형외과에서 나온 여자의 모자와 선글라스, 마스크를 한참 동안 바라보았다. 그러고는 손에 있던 담배를 떨어뜨렸다.

"이런 멍청한 년!"

그녀는 자신의 머리를 손바닥으로 몇 번이나 내리치더니 코트 깃으로 입을 막고 소리를 내질렀다. 그러고는 웃음을 터뜨리며 몸을 숙인 채 머리를 감싸 쥐었다. 잠시 후, 그녀는 차분한 얼굴로 몸을 일으켰다.

뭐 손해는 아니지, 하고 그녀는 밤거리를 향해 말했다. 오히려 잘됐어. 내가 배운 화장술과 걸음걸이, 제스처들은 분명 큰 자산이 될 거야. 나는 엄한 가정교육을 받고 자란 보수적인 처녀처럼 보일 수도 있고 속물근성에 찌든 여성 접대부처럼 보일 수도 있어. 미국에서 나고 자란 교포처럼 꾸밀 수도 있고, 상고를 졸업하고 곧바로 공장에 취직한 여성 근로자처럼 걸을 수도 있어. 본격적으로 영리하고 기민하게, 사람들 사이로 스며들자.

그녀는 다음 날 용산 전자상가로 가서 장물업자의 점포를 찾아갔다. 업자는 돋보기안경을 낀 채 휴대폰의 액정을 떼어내고 있었다.

"뭘 고치시려고요?"

장물업자는 그녀를 얼마동안 바라보더니 눈동자에서 무언가를 발견하고는 적잖이 놀랐다.

"네가 그 여자애라고?"

그는 몇 번이나 그녀의 눈을 확인했다.

"나 참 귀신이 곡할 노릇이네. 한 십 년은 갑자기 지나간 것 같구만. 아무튼 그래, 오늘은 무슨 기종으로 가져왔지? 요즘은 애니콜 시세가 좋은데."

"요새 매출이 떨어지고 있어서 걱정이시죠?" 이주는 말했다. "감시카메라 때문에요. 분위기를 보니까 온 세상이 CCTV로 가득하게 될 것 같던데."

"그렇게 되면 본업인 수리만 하면서 살아가면 되지 뭐. 어차피 이런 걸로는 용돈벌이밖에 안 되니까. 딱히 걱정하진 않아."

그녀는 천천히 고개를 가로저었다.

"그렇게 안심할 수 있는 다른 이유가 있는 거겠죠. 예를 들면 다른 수익구조가 있다든가……"

"그런 건 없어."

"다 알고 왔어요. 아저씨 핸드폰 번호로 검색하니까 나오던데요."

장물업자는 기계를 수리하던 손을 잠시 멈췄다가 이내 다시 동작을 이어갔다.

"그 일은 아무하고나 하지 않아. 검증된 사람하고만 하지. 세상엔 워낙 정신 나간 것들이 많아서 까딱하다간 골치 아파지거든."

"저를 연결해줘요. 후회하지 않을 거예요."

"나는 신사들만 상대해. 신사가 아닌 놈들은 아무리 큰돈을 준다 해도 절대 상대하지 않는다고. 그와 마찬가지로 숙녀만 상대하지. 신사에겐 숙녀가 어울리는 법이니까."

"제가 잘 찾아왔네요."

"어디서 이상한 걸 배운 꼬맹이들이 어른을 상대로 헛짓거리 하는 거 많이 봤어. 다시 말하지만 아무하고나 거래하지 않아."

"제가 그런 애로 보여요?" 그녀는 말했다. "숙녀처럼 행동할 테니까 걱정 마세요. 전 뭐든지 될 수 있으니까. 아마 저를 찾는 신사 분들이 엄청나게 많아질 걸요?"

장물업자는 돋보기안경을 벗더니 허— 하고 숨을 내뱉었다. 그리고는 수리하던 휴대폰을 내려놓고 그녀를 매장 안으로 들어오게 했다. 그는 이주를 동그란 플라스틱 의자에 앉히고 매장 한편으로 가서 따뜻하게 데운 쌍화차 드링크를 가져와 그녀에게 건넸다. 그리고는 이주의 맞은편에 의자를 놓고 앉았다.

"자신 있어?"

"없으면 안 왔죠."

"나한테는 양질의 장부가 있어. 신사들의 프로필이 담긴 장부 말이야."

"그러니까 그 분들에게 양질의 숙녀를 연결해줘야죠. 언제까지 발랑 까진 꼬맹이들이나 선보일 거냐구요."

장물업자는 등을 곧게 펴고는 팔짱을 낀 채 그녀를 쳐다보았다.

"아무리 봐도 넌 보통 여자애는 아냐. 괜찮으면 너에 대해 듣고 싶은데. 믿을 만한 아이인지 나름 판단하려는 거야. 이야기를 들려준 대가는 톡톡히 치르지."

그녀는 드링크제를 천천히 마시면서 시간을 끌었다. 어떻게 이야기를 해야 효과적으로 나를 어필할 수 있을까?

"제 생일날 저는 경찰의 추적을 따돌렸어요. 어쩌면 지명수배가 돼 있을지도 몰라요."

그녀는 거짓말과 과장을 섞어가며 보육원을 나와 지금껏 있었던 일을 설명했다. 이야기가 다 끝나고, 장물업자는 팔짱을 풀었다. 그는 나름대로 그녀의 말을 걸러서 들은 참이었다.

"로우리스크—로우리턴. 훌륭한 전략이야. 보통은 나이가 어릴수록 하이리턴을 중요시하는 경향이 있지. 그렇지만 인생에서 가장 중요한 건 다름 아닌 리스크 관리야. 욕심은 화를 불러오거든. 넌 그걸 일찍 깨달았구나. 아주 명석해. 게다가 그렇게 대범하게 행동하는 건 아무나 못 하는 일인데 말이야."

그는 자신이 한 말에 스스로 동의한다는 듯 고개를 끄덕였다.

"넌 어리석은 행동을 하진 않을 것 같구나. 그런데 가출팸에 들어가지 않은 이유는 뭐지? 보통은 숙식 문제 때문에 들어가지 않고는 못 버티는데."

"세상에서 가장 멍청한 짓이 자신의 성을 헐값에 파는 거니까요. 그런 곳에 들어가면 아무리 싫어도 결국 그 일을 해야 하잖아요. 값은 정해져 있고요. 그치만 익지 않은 과일은 제값을 못 받는 법이죠."

"흠— 현명하다고 해야 할까." 그는 잠시 뜸을 들인 뒤 말을 이었다. "그건 그렇고, 그렇게 고생하면서까지 보육원을 나와야 했던 이유는?"

이주는 그 질문에 뭐라고 대답해야 할지 알 수 없었다. 이유 같은 건 없었기 때문이다. '분명한 존재가 되어 사람들 사이로 스며들기 위해서'라는 건 아무래도 인과적 연결성이 부족한 대답이었다. 정말로 나는 왜 그곳을 나와야 했던 걸까?

"내가 보육원을 나와야 했던 이유는……" 그녀는 말끝을 흐렸다.

"됐어. 별로 중요한 질문은 아니니까 굳이 대답하지 않아도 돼.

내가 모르는 이유가 있겠지 뭐."

그는 이주에게 현금 백만 원을 내밀었다. 그리고 휴대폰 하나를 주었다.

"이건 이야기 값을 포함한 계약금이야. 에이전트 개념이니까 개인적으로 활동하면 곤란해. 그리고 이 휴대폰으로 연락할 테니 늘 충전을 잘 해둬."

그녀는 전자상가를 나와 식당에서 돈가스를 사먹은 다음 편의점에서 담배와 삼각김밥, 마스크 팩을 사서 새로 오픈한 모텔에 투숙했다. 두 시간에 걸쳐 뜨거운 물로 목욕을 하고 나와서 휴대폰을 충전시켰다. 휴대폰에는 장물업자의 전화번호 하나만 저장되어 있었다. 이주는 침대에 앉아 손발톱을 깎고 머리를 말린 뒤 마스크 팩을 얼굴에 붙이고 침대에 누웠다.

"내가 거리로 흘러나와야 했던 이유는……" 그녀는 천장을 바라보며 말했다. "내가 사람들 사이로 스며들어야 했던 이유는……"

그녀는 문장을 완성하지 못한 채 잠이 들었다.

5

다음 날 그로부터 연락이 왔다.

"하루 만에 연락하게 될 줄은 몰랐네." 장물업자는 말했다. "너에 대해 얘기했더니 큰 관심을 갖는 사람이 있었어. 만나볼래?"

"가격은 내가 정해요."

"물론이지. 신원도 확실한 사람이니까 걱정하지 마. 저녁 일곱 시까지 포시즌스호텔 스위트룸으로 가면 돼."

이주는 모텔을 나와 햄버그스테이크를 먹으면서 어떤 모습으로 그를 만나야 좋을지 고민했다.

그녀는 수수한 화장을 한 다음 근처 보세옷가게에서 대학생처럼 보이는 코트와 블라우스, 주름치마, 수제단화를 구입했다. 그런 다음 시간에 맞춰 호텔로 갔다. 엘리베이터를 타고 스위트룸으로 올라가 호실을 확인하고 벨을 눌렀다. 잠시 뒤 문이 열리더니 검정색 모자를 쓴 남자가 얼굴을 내밀었다. 이주는 살짝 고개를 숙였다.

"들어와."

그녀는 걸음걸이를 신경 쓰며 안으로 들어가 소파에 앉았다. 스위트룸은 넓었고 유리창 밖으로 도시의 건물들이 내려다보였다. 검은 모자를 쓴 남자는 그녀의 맞은편 소파에 앉았다. 이주는 치마를 살짝 들어올렸다.

"그런 노력 안 해도 돼. 너랑 자진 않을 거니까." 그는 말했다. "너에 대한 이야기는 들었어. 거래를 해볼까 해."

이주는 다리를 꼰 다음 흔들었다.

"무슨 거래요?"

남자는 서류가방에서 치약처럼 생긴 작은 튜브를 꺼내 그녀에게 내밀었다.

"손등에 발라봐."

"이게 뭔데요?"

"일단 발라봐. 너한테 해가 되진 않으니까 걱정하지 말고. 아, 이걸 바르기 전에 좋아하는 사람과의 육체적 행위를 떠올려야 해. 너도 2차 성징이 시작됐으니 성욕 같은 게 있지? 영화에서 본 장면을 떠올려봐. 그런 다음 흥분이 어느 정도 됐을 때 그걸 발라."

"전 수염 없는 남자가 좋은데."

"취향대로."

이주는 얼마동안 눈을 감았다가 뜬 다음 튜브를 짜서 크림을 손등에 펴 발랐다. 그러고는 손등의 냄새를 맡았다.

"아무 냄새도 안 나는데요."

"계속 떠올려. 다른 생각은 하지 마."

이주는 그가 시키는 대로 했다. 남자는 마치 실험실의 연구원처럼 이주에게서 눈을 떼지 않고 바라보았다. 잠시 후, 그녀의 몸이 스르르 무너지더니 소파에 깊숙이 묻혔다. 그녀는 하얀 눈알을 드러내며 그르릉 거리기 시작했다. 옷이 흠뻑 젖을 정도로 많은 양의 침을 흘리면서 양팔과 다리를 쭉 뻗어 부르르 떨었다. 그러더니 돌연 신생아처럼 꺅 하고 소리를 지르며 눈물과 콧물을 쏟아냈고, 이후에는 한참 동안 웃음을 터뜨렸다가 드르릉 코를 골기 시작했다. 남자는 그 모습을 주의 깊게 바라보았다.

이주가 정신을 차렸을 때, 남자는 처음 자세 그대로 앉아 그녀를 바라보고 있었다. 이주는 천천히 몸을 일으켰다.

"그것 좀 더 줘요."

"얼마든지 줄게." 그는 말했다. "그 전에 우선 내 질문에 제대로 대답을 해야 돼. 이걸 바르고 나서 네가 본 내용을 그대로, 하나도 빼놓지 말고 얘기해줘."

이주는 소파에 등을 기대고는 숨을 길게 내쉬었다.

"담배 있어요?"

남자는 코트 주머니에서 던힐을 하나 꺼내주었다. 이주는 유리테이블에 놓인 성냥으로 불을 붙였다.

"그거 마약이죠? 종류가 뭔데요. 엑스터시? 코카인?"

"넌 질문이 아니라 대답을 해야 돼."

"잘 할 수 있을지 모르겠네요. 설명에는 자신이 없어서."

"본 걸 순서대로 그냥 말하면 돼."

그녀는 설명을 시작했다. 손등에 크림을 바르고 얼마 뒤, 텔레비전과 테이블, 유리컵, 전화기 등 방 안의 물건들이 입자 단위로 쪼개진 다음 눈앞에서 재배열되었다. 그녀는 벽의 냄새와 텔레비전 소리를 눈으로 보았고, 남자의 살갗과 조명의 맛을 보았다. 검정색 모자의 모양과 침대의 색깔이 귀에 들려왔다. 배꼽을 중심으로 용광로가 흐르는 것 같은 뜨거움이 서서히 몸에 퍼지는 것을 느꼈다. 그러나 그것은 고통이 아니라 열처럼 느껴지는 황홀감이었다.

그녀의 몸은 설탕으로 만든 가짜 유리병처럼 예민해지더니 이내 가루가 되어 공중에 떠올랐다. 그리고는 다시 뭉쳐졌다. 뭉쳐졌을 때는 자신이 풍선이 되어 있음을 알았다. 그녀는 점점 떠올랐다. 호텔 천장을 뚫고 구름 근처까지 올라가 도시를 내려다보았다. 개미처럼 움직이는 사람들의 모습을 보며 그녀는 적대감을 느꼈다. 그들이 움직이는 방식이 마음에 들지 않았다.

그녀는 둥실둥실 떠다니다가 인간들 사이에서 한 남자를 발견했다. 남자는 그녀가 이상적이라고 생각하는 모습을 하고 있었다. 그야말로 쓰레기 더미 속의 진주였다. 그녀의 몸이 뻥 하고 터지더니 가루가 되어 바닥으로 떨어졌다. 그리고 그곳에서 다시 다른 모습으로 뭉쳐졌다. 이번에는 마릴린 먼로였다. 이주는 남자 앞으로 골반을 흔들며 걸어갔다. 곧바로 두 사람은 침대에 있었고, 육체의 유희를 즐겼다. 관계가 끝나자 남자는 그녀에게 돈다발이 가득 든 가방을 주었다. 멈출 수 없는 웃음이 터져 나왔다. 웃으려고 숨을 들이마실 때마다 그녀의 몸이 부풀어 올랐다. 잠시 후 그녀는 열기구가 되었다.

그녀는 세계의 끝까지 날아올랐다. 우주를 감싸고 있는 젤리 같은 보호막을 뚫고 계속해서 밖으로 밖으로 나아갔다. 배꼽에서 끓던 용광로가 넘쳐흐르기 시작했다. 그녀는 형용할 수 없는 황홀함을 느끼며 아득한 어둠 속으로 빨려 들어갔다……

"이게 내가 본 전부예요." 이주는 재떨이에 담배를 비벼 끄며 말했다.

검은 모자를 쓴 남자는 턱을 괸 채 음— 하는 소리를 냈다.

"용량을 조절해야겠어." 그는 자리에서 일어나 호텔 방을 서성거렸다. "네가 예상했듯이 이건 마약이야. 그동안 없었던 신종 마약.

무작정 기분 좋게 해주는 게 아니라 투여자의 기분과 욕망에 따라 다르게 작용하지. 즉, 경험하고 싶은 걸 경험하게 해주는 거야."

"보고 싶은 걸 보고 듣고 싶은 걸 듣는다?"

"원한다면 세상을 창조할 수도 있지. 검출할 수 있는 시약이 없어서 체내에선 발견되지도 않고, 피부를 통해 흡수되기 때문에 투여 방식이 노출될 일도 없어. 크림을 바르면 몇 초 만에 약 성분만 흡수되고 소금하고 수분만 남아. 그렇지만 지금 상태로는 환각이 너무 심해. 너무 환상적이 되면 약인 게 들통나버릴 거야."

이주는 고개를 천천히 그리고 과장스럽게 끄덕였다. 남자가 말을 이었다.

"그건 그렇고 이제 거래에 대해 얘기해볼까? 우리는 이걸 너한테 독점으로 공급해줄 거야. 그럼 넌 이걸 최대한 널리 퍼뜨리는 거야. 누구에게도 들키지 않게 말이야. 약을 투여한 사람조차 자신이 약을 했다는 걸 알 수 없게끔. 무슨 말인지 알겠어? 네가 어느새 다가온 밤처럼 사람들 사이로 스며들기로 했듯이 말이야. 그렇게 최대한 많은 사람을 이 약의 노예로 만들어야 해. 물론 모든 사람이면 더 좋고."

"어째서 이런 방식으로 하는 거예요? 여러 사람에게 유통하게 하면 훨씬 빠르게 퍼질 텐데."

"우리의 목적은 돈이 아니니까. 게다가 그런 식으로 판매하기 시작하면 꼬리가 금세 잡혀. 해외 경유 없이 국내에서 제조해 국내에서 유통되는 구조라서 추적이 시작되면 도망칠 수 있는 시간적 여유가 없어. 로우리스크—로우리턴. 우리가 원하는 게 바로 그거야. 그래서 널 선택한 거고. 넌 머리가 좋으니 우리의 목적에 맞게 이걸 퍼뜨릴 방법을 알아낼 거야."

그는 뒷짐을 진 채 서서 유리창 너머를 바라보았다.

"돈이 목적이 아니면 뭔데요?" 이주는 물었다.

"그건 몰라도 돼." 남자는 대답했다. "일주일 생각할 시간을 줄게. 우리와 거래를 할 생각이 있다면 이걸 어떻게 유통시킬지 연구해봐. 그동안 우리는 약의 용량을 조절해야겠어. 일주일 뒤 여기서 다시 만나지. 그때까지 이 호텔에서 지내도록 해. 필요한 거 있으면 사고." 그는 주머니에서 체크카드를 꺼내 그녀에게 준 다음 시계를 보았다. 정확히 밤 열 시가 될 때까지 삼 분을 더 기다렸다가 남자는 방을 떠났다.

이주는 창가에 서서 도시를 내려다보았다. 밤은 어느새 찾아와 있었다. 빌딩의 불빛과 차량 헤드라이트가 어둠 속에서 빛나고 있었다. 멀리서 볼 때 그것은 예상 밖의 아름다움을 주었다.

어둠이 있기 때문이야, 하고 이주는 속삭이듯 말했다.

이 사업의 리스크는? 그들이 날 선택한 이유는 자명하다. 출신이 불분명한 데다 몸을 팔려고 계획하던 여자애이므로 문제가 터졌을 때 잘라내기 용이하다. 그때 내 말을 믿어줄 사람은 많지 않을 것이다. 그들은 자신들의 리스크를 나에게 넘긴 것이다.

물론 덕분에 나는 이 약을 독점으로 공급받을 수 있다. 그들 조직에게는 로우리스크—로우리턴, 나 개인에게는 하이리스크—하이리턴이 되었다. 하지만 '어떻게 유통시키느냐'로 리스크의 크기를 대폭 줄일 수 있을지도 모른다. 그들이 원하는 게 바로 그것이다. 그렇게 된다면 그들에게는 로우리스크—로우리턴, 나에게는 로우리스크—하이리턴이 된다. 그야말로 가장 이상적인 형태다. 어떻게 하면 좋을까…… 그건 그렇고, 그 사람들은 어째서 이런 일을 벌이는 거지?

6

 일주일 뒤 남자가 호텔 방으로 찾아왔다. 이번에도 그는 검은 모자를 쓰고 있었다.
 "약은 용량을 조절했어. 저번처럼 극심한 환각은 발생하지 않을 거야. 정확하게 자신이 원하는 걸 보게 되지. 그리고 형태를 좀 바꿨어. 아무래도 남의 신체에 바를 때 내 손에도 묻게 되니까. 이 납작한 플라스틱 케이스 안에 포스트잇 플래그 같은 게 있지? 이걸 하나 뜯어서 살에다가 붙였다가 떼기만 하면 돼. 백 킬로그램이 넘을 것 같은 사람에게는 두 개를 붙이고. 그런데, 거래는 해볼 텐가?"
 "좋아요."
 "그래. 어떻게 사용할 지 생각은 해봤어?"

"생각해봤죠. 제가 이걸 사용할 수 있는 방법은 한 가지 밖에 없어요. 아저씨도 그걸 알고 있고. 그래서 날 찾아온 거잖아요? '그 방법'으로 사용하도록 말이에요. 물론 그건 내가 스스로 내린 결정이어야 하죠. 그래야 혹시라도 일이 틀어졌을 때 '검은 모자를 쓴 사람이 그렇게 지시했다'고 말할 일이 없으니까. 그래도 만약을 대비해 징 박힌 검은 모자를 계속 쓰고 오는 거고요. 다른 특징은 못 보게 하려고."

그는 양손을 들어올렸다.

"항복."

이주는 던힐의 연기를 뱉었다.

"정말로 나한테만 공급하는 거예요? 아니면 사실은 다른 사람들에게도 똑같이 '독점' 공급하는 거예요?"

"이건 정말이야. 우린 한 사람하고만 거래할 거야. 네가 거절하면 다른 사람에게 제안할 거고. 접근할 리스트가 있거든. 넌 그 리스트를 모두 건너뛰고 일순위로 우리를 만난 거야."

"나한테 무슨 일이 생기면 그 다음 사람에게 가겠군요."

"그건 부인하지 않을게."

"어쨌든 좋아요. 내가 할게요. 그 리스트는 버려도 좋아요. 난 절대 걸리지 않을 거니까."

"분명히 말하지만 네가 생각하고 원하는 것을 극대화해서 현실화시킨다는 걸 명심해. 만약 괴롭거나 고통스러운 상태에서 이걸 사용하면 지옥을 맛보게 될 거야. 노하우가 생길 때까지 실험을 좀 해봐. 그동안 계속 이 호텔에서 지내도록 하고."

남자는 크림이 든 케이스를 건넨 뒤 다시 한 번 '약을 바르기 전 감정 상태'에 대해 주의를 주고 호텔을 떠났다. 이주는 한동안 호텔 방에 틀어박혀 자신이 실험자인 동시에 피실험자가 되어 연구에 몰입했다. 한번은 순전히 호기심에 고통스러운 상황을 상상하면서 크림을 발랐는데, 그 때의 고통은 이루 설명하기 힘들 정도로 극심했다. 마치 온몸이 전부 잇몸으로 이뤄져 있고 그것들을 동시에 신경 치료하는 것과 같이 신체 구석구석 통증이 없는 곳이 없었다.

그녀는 한동안 그 트라우마에서 벗어나느라 고생했다. 하지만 그것을 일종의 '밤이 되기 위한 성인식'이라고 여기고 용기를 내 다시 도전했다. 투여를 거듭하면서 그녀는 점점 감정과 욕구를 컨트롤하며 능숙하게 약을 조절할 수 있게 되었다. 자신이 원하는 것을 그대로 경험할 수 있게 된 것이다. 그리고 그것을 다른 사람에게도 적용할 수 있었다. 누군가가 원하는 상대방과 성교를 하는 것처럼 유도하고, 최상의 쾌락을 느낄 수 있도록 하는 기술을 습득한 것이다. 핵심은 역시 약을 바르는 타이밍, 상대방이 정확하게 원하는 것을 상상하도록 만든 다음 욕망의 정점에서 크림을 바르는 것이었다.

얼마 후 장물업자에게서 연락이 왔다.

"어떻게 지내? 다행이네. 아, 미안, 미안. 나도 그런 사람인 줄은 몰랐어. 그래도 좋은 사업 파트너 구했으니 된 거 아냐? 그래. 오히려 나한테 고마워해야지. 그나저나 딱 맞는 사람이 있어서 말이야. 한번 만나봐. 돈은 원하는 대로 주겠대. 뜨내기이긴 한데 믿을 만한 사람 소개로 온 거니까 크게 문제를 일으키진 않을 거야. 아참 그리고 여고생을 원하는데, 그렇게 해줄 수 있지? 이번 주 금요일 저녁 일곱 시까지 한강공원으로 가면 돼."

이주는 정해진 시간에 한강공원에 주차되어 있는 남자의 차에 올라탔다. 그는 삼십대 중반의 황소개구리를 닮은 남자였다. 얼굴은 험상궂게 생겨 겁을 주었지만 몸은 비실비실했다. 목소리 또한 사춘기가 채 되지 않은 여자애처럼 여리디여렸고, 그러한 점이 부자연스러움에서 오는 우스움을 유발했다.

두 사람은 무인 모텔로 갔다. 그는 이주에게 교복을 건네면서 입어줄 수 있느냐고 물었다. 자신이 선생으로 있는 학교의 교복이라고 그는 설명했다.

"입어드릴게요" 하고 이주는 대답했다. 신사만 취급한다더니, 속았잖아.

"그 전에 돈 이야기를 먼저 해요."

"얼마가 필요해?"

"오백만 원이요. 상상도 못할 쾌락을 안겨줄 수 있어요."

"오백만 원이고 천만 원이고 원하는 대로 줄게. 그치만 쾌락은 필요 없어."

그녀는 의아했다.

"아저씨는 돈이 많아요?"

"죽기 전에는 다 쓰지도 못할 정도로." 그는 잠시 틈을 두었다가 말을 이었다. "이제 곧 죽을 거거든."

"병에 걸렸어요?"

그는 고개를 저었다.

"스스로 죽으려고." 그는 모기가 앵앵대는 것 같은 목소리로 말했다. 그러더니 이주에게 담배를 피워줄 수 있느냐고 물었다.

"도대체 왜 이런 걸 시키는 거예요?" 이주는 던힐에 불을 붙이며 물었다.

그는 갑자기 눈물을 터뜨리더니 이야기를 시작했다.

여고 담임선생인 그는 험상궂은 얼굴에 어울리지 않는 비실한 체형, 가느다란 목소리, 심약한 성격 때문에 자신의 반 학생들에게 괴롭힘을 당하고 있었다. 그를 괴롭히는 학생 무리는 그가 복도를 지나갈 때 신발에 우유를 뿌리는가 하면 교무실에 있는 그의 가방에 사용한 생리대를 넣어두었고, 그가 교탁에서 입을 열 때마다 그에게 들리도록 욕설을 해 수업을 방해하고는 했다. 언젠가 교사는 용기를 내어 자신을 괴롭히는 일을 주동하는 학생에게 다가가 주의를 준 적이 있는데, 그 학생은 마치 그가 보이지 않는 것처럼 허공에 시선을 두고 귀를 후비는 행동을 과장스럽게 했고, 그 일로 선생은 마음의 상처를 크게 입게 되었다. 눈물을 흘리는 일이 잦아졌고 학생들은 그가 울지 않은 날마다 달력에 빨간색 엑스 표시를 해두었다.

당시 그는 동료 교사들에게도 무시를 당하고 있었다. 교사들은 회식자리에 부르지 않는다든가 교장의 중요한 전달사항을 일부러 알리지 않는다든가 하는 식으로 그를 따돌렸고, 결국 그는 극심한 우울증에 빠져 삶의 의미를 잃고 말았다.

"이상하게 상대방이 나를 바보라고 단정지어버리면 정말로 그렇게 행동하게 되더라고. 이 나이 먹도록 동정인 데다 내 의견을 누군가에게 끝까지 관철시켜본 적도 없어. 그래도 선생들이 나를 따돌리는 건 괜찮아. 내가 가르치는 학생에게 무시당하는 거, 그건 정말로 견디기 힘들어. 걔네는 나를 '없는 존재'로 여기고 있어. 그게 어떤 기분인지 알아? 그건, 그건, 나도 잘 모르겠어……. 어쨌거나 나 같은 인간은 존재할 가치가 없다는 건 분명해."

그는 자살을 결심했고, 그 직전에 자신을 괴롭히는 여고생을 마음껏 유린하고자 하는 욕구가 생겼다. 그것이 단 한 번도 본인의 의지대로 학생을 움직여본 적 없기 때문에 생겨난 뒤틀린 욕망이라는 걸 선생은 알고 있었다. 그래서는 안 된다는 것도 알았다. 그러나 선생은 그 욕구를 실행하는 것만이 그들에게 할 수 있는 유일한 복수라고 생각했다.

"그렇게라도 안 하면 내 자신을 용서할 수 없을 것 같아. 죽는 마당에 도덕이니 뭐니 따지고 싶지도 않고."

이야기를 하던 선생은 문득 이주의 얼굴에 엄청난 증오가 떠올라 있는 것을 보았다. 그는 지금껏 살면서 그렇게 노여움으로 가득한 얼굴을 본 적이 없었다. 얼굴뿐 아니라 근육, 피부, 모발, 치아 등 그녀의 신체를 이루는 모든 조직이 분노하고 있다고 생각될 정도였다. 돌연 알 수 없는 일이 벌어진다 해도 이상하지 않을 감정의 발산이었다.

"갑자기 왜 그래……" 지친 모기가 마지막 힘을 내려다 포기한 듯한 소리로 교사는 말했다.

"존재를 인정하지 않아?" 이주는 작은 목소리로 말했다. "없는 존재로 여기고 있어?" 그녀의 목소리는 분노로 떨리고 있었다.

남자는 그녀가 무엇 때문에 그러는지 알지 못한 채 이러지도 저러지도 못하고 몸을 떨며 기다렸다. 한참 만에 그녀의 얼굴에서 서서히 분노가 사라졌다. 이윽고 그녀는 입을 열었다.

"괴롭힘을 주도한다는 그 여자애, 그 애는 그냥 놔두면 안 돼."

"그래. 그 괘씸한 자식…… 다른 애들은 눈치 보느라 어쩔 수 없이 동참하는 분위기야. 그런데 그 애는 정말로 악랄한 애라구. 악마 같은 자식. 버릇을 고쳐주고 싶은데 나는 그럴 용기가 없어. 그래서 이런 식으로라도 하려는 거야."

"사진 갖고 있어?"

그는 고개를 끄덕였다.

"그 애 말투랑 억양, 걸음걸이를 설명해봐."

그는 그녀의 특징을 이주에게 설명해주었다. 자주 사용하는 욕설과 특유의 억양, 두서없는 말주변과 조롱할 때 짓는 표정, 슬리퍼를 바닥에 끌면서 껄렁하게 걷는 걸음걸이에 대해 자세히 묘사했다.

"좋아. 지금부터 내가 시키는 대로 하면 원하는 걸 얻을 거야. 대신 아까 약속한 대로 돈을 줘야 해."

"그건 걱정하지 마."

이주는 교복으로 갈아입고 사진 속 여자의 모습대로 화장을 하고 머리를 묶었다. 그리고 그가 묘사한 말투와 걸음걸이를 흉내 냈다. 남자는 마치 자신의 앞에 그 여고생이 있는 것처럼 느껴져 깜짝 놀랐다. 눈앞에 있는 사람이 그 여자애가 아닌 걸 알면서도, 그는 존댓말을 하기도 하고 다리를 후들거리기도 하고 심지어는 그 방에서 도망치려고 하기까지 했다.

그러나 긴 시간에 걸친 이주의 설득으로 남자는 차분한 마음을 되찾을 수 있었다. 이주는 그가 옷을 벗을 수 있도록 도왔다.

"내가 시키는 대로 생각을 해. 일단 그 여자애가 당신 앞에서 교복을 입은 채로 비는 거야. 그동안 당신한테 했던 일들을 뉘우치는 거지. 당신은 그걸 내려다보고 있어. 그리고……"

그는 그녀가 말하는 대로 상상했다. 얼마 후 그의 얼굴이 붉어졌다. 이주는 그의 귓가에 속삭이면서 가방에 손을 넣어 플라스틱 케이스를 열었다. 그리고는 스티커를 하나 떼어 그의 허벅지 안쪽에 붙였다. 남자의 호흡이 서서히 깊어지더니 이내 그는 숨을 몰아쉬었다. 얼마 후에는 몸을 격렬하게 떨었고, 그 다음엔 실로 엄청난 양의 체액을 쏟아냈다.

한참 만에 정신을 차리고 나서 남자는 이렇게 말했다.

"세상에 이런 기쁨이 존재하다니!" 그는 양손으로 얼굴을 감싸며 고개를 들었다. "그런데 이상하네. 내가 왜 그 애하고……"

"아저씨는 어차피 죽을 마당이니까 말해줄게. 대신 느낌이 어땠는지 자세히 설명해줘."

"기분은 아주 좋았어. 그 애라서 더……"

그는 서둘러 말을 줄였다.

"그거 말고, 진짜 같았는지 묻는 거야."

"진짜 같았냐고?" 그는 되물었다. "그냥 현실이었어!"

이주는 고개를 끄덕였다. 모든 사실을 말해주자 남자는 잠시 생각에 잠겼다가 입을 열었다.

"저기, 날 영원히 보내줄 수 없을까? 이곳에는 일분일초도 있고 싶지 않아."

"멍청아. 학교를 그만두면 되잖아."

"학교 문제가 아니야. 난 어디에서나 그런 취급을 당해왔어. 직장을 그만둔다고 해서 될 일이 아니라고. 이거 치사량이 있다면서. 나한테 발라줘."

"안 돼."

"왜? 사실 말로는 자살할 거라고 했지만 이미 두려워서 몇 번이나 실패했어. 내 전 재산을 줄게. 삼억이 넘는 돈이야."

"위험부담이 너무 커."

"이건 체내 검출도 안 된다며. 사인이 심장마비라면 경찰도 수사를 안 할 거야."

"학교 선생이 모텔에서 죽었다고 하면 기자들이 달려들 거야. 집도 있는 선생이 왜 모텔에서 죽었겠어? 분명 당신의 은밀한 사생활에 대해 조사하겠지. 거기에 연루되고 싶지 않아. 게다가 아저씨도 최소한 명예는 지켜야할 거 아냐."

이주는 그렇게 말하긴 했지만 삼억이라는 돈에는 내심 흥미가 생졌다. 하이리스크—하이리턴. 리스크를 어떻게 줄일 수 있을까. 이주는 담배를 입에 물고 모텔 방안을 빙빙 돌았다. 몇 바퀴를 돌고 나서 그녀는 멈춰 섰다.

"이렇게 하자. 치사량을 바르면 얼마 있다가 심장이 견디지 못하고 마비 증세가 올 거야. 전조증상이 나타나면 내가 밧줄로 목을 졸라 줄게. 경부압박질식이 되도록. 그러면 어쨌거나 아저씨는 스스로 죽은 게 되니까."

"넌 그런 단어를 어떻게 아는 거야?"

"아저씨는 뉴스도 안 봐?"

이주는 침대에 걸터앉았다.

"……그런데 네 힘이 그렇게 세진 않은 것 같은데."

"저항하지 않는 사람의 목을 조르는 것 정도는 할 수 있어. 문제는 천장에 매다는 거지."

"그건 상관없어. 알아봤더니 대다수의 목을 매는 사람은 천장에 달지 않더라고."

"그래야 확실하지. 적어도 열다섯 살짜리 여자애한테는 혐의가 오지 않을 거 아냐."

선생이 눈을 깜빡거리는 동안 이주는 장물업자에게 전화를 걸었다.

"믿을 만한 사람으로 구해줘요. 보수는 톡톡히 줄 테니까."

"무슨 일인데?"

"별 일은 아니고 와서 힘만 좀 써주면 돼요."

"별 일 아닌데 보수를 톡톡히 준다는 건 위험한 일이라는 건데."
"생각하기에 따라서는."
"흠— 한 명 돈이 급하다는 사람이 있긴 한데—"

그 사람은 학창 시절 씨름부에서 주전 선수로 활약했을 정도로 힘이 장사인 남자로, 운동을 그만둔 이후 음식점을 운영하던 중에 악덕 건물주와 싸움을 벌였다가 사고를 치고 말았다고 한다. 살짝 민다는 게 그만 멀리 날아가 머리를 다쳐 상대방이 죽고 만 것이다. 그는 징역형을 살다가 최근에 출소했다.

"원래 나쁜 사람은 아니야. 의리도 있고." 장물업자는 그에 대해 말했다.

7

며칠 뒤 교사의 집으로 간 그녀는 그에게 유서를 쓰도록 했다.
"당신을 괴롭혔던 학생들에 대해 써. 그 주동자 계집애는 실명을 언급하고. 걔는 반드시 실명을 넣어야 해."

유서에는 선생의 존재를 인정하지 않는 학생들과 동료 교사의 따돌림에 대해 구체적으로 쓰도록 했다. 편지의 말미에는 현재 교육계의 문제점과 조직 내 파벌, 학부모와의 유착 관계에 대한 논평을 쓰도록 함으로써 생각이 올바른 선생이 안타깝게 세상을 떠난 뉘앙스를 풍기도록 했다.

이주는 그의 유서를 꼼꼼하게 읽어보았다.

"이정도면 괜찮아." 그녀는 말했다.

이제 계획을 실행에 옮기기만 하면 된다, 고 그녀는 생각했다. 물론 이 일에도 리스크가 없진 않다. 하지만 모텔에서 심장마비로 사망하는 것보다는 훨씬 줄어든다. 기자들이 달려들더라도 스포트라이트는 유서에 적힌 여고생들과 추락한 교권, 교육계의 민낯이 받게 될 것이다. 추후에 조금 의심스러운 정황이 드러나더라도 신문사는 자신들이 처음 내뱉은 논조를 유지할 것이다.

장물업자에게 연락이 왔다. "곧 도착할 거야. 그 주소로 가고 있어."

잠시 후 도착한 남자는 덩치가 무척 큰 남자였다. 키는 190센티미터가 넘는 듯했고 굵은 쇠파이프로 골격이 이뤄진 것 같은 느낌을 주었다. 만석이라는 이름의 남자는 주소지 집 앞에 서 있는 나이 어린 이주를 보더니 한숨을 내쉬었다.

"무슨 일을 하면 되는데."

"사람을 천장에 매달아주면 돼요."

"뭐라고?" 그는 욕설을 내뱉었다. "나 이제 막 출소했어. 다시는 그런 일에 연루되고 싶지 않아."

"죽이는 건 내가 해요. 아저씨는 천장에 매달기만 하면 돼요. 지금 당장 이 자리에서 천만 원 드릴게요."

그는 얼마간 고민하더니 뒷머리를 세차게 긁었다.

"빨리 끝내."

"금방 나올게요."

이주는 집안으로 들어가 선생과 마지막 대화를 나눴다. 유서를 테이블 위에 올려놓고 그는 침대에 편하게 누웠다.

"미안해. 목에 밧줄을 걸고 즐거운 상상을 하기는 힘들어서."

"괜찮아. 고통 속에서 죽을 수는 없지. 즐거움 속에서 영원히 살아."

"이제 이곳은 지긋지긋해. 어서 떠나고 싶어." 선생은 말했다. "그런데…… 마지막은 너와 함께 할 수 있을까?"

"알았어."

이주는 자신에게 가장 잘 어울린다고 생각하는 화장을 하고 그의 학교 교복으로 갈아입었다.

"마지막은 아저씨의 판타지를 마음껏 발휘하는 거야. 난 아저씨 반에 새로 전학 온 학생. 그 다음 이야기는 스스로 만들어봐. 돈은 현금으로 준비했지?"

"저 종이가방에 있어." 그는 말했다. "날 위해 애써줘서 고마워."

"준비됐어?"

"응."

그는 가까스로 울음을 참아내고는 작심한 듯 입을 꾹 다물었다. 이주는 그 입술에 입을 맞춰주었다.

"이건 선물이야. 어쨌든 당신은 내 첫 남자니까."

그는 참았던 눈물을 터뜨렸다. 이주는 그의 뺨을 때렸다.

"울지 좀 마!"

그는 울음을 그쳤다. 그리고는 뺨을 맞은 상황을 자신의 판타지로 승화시켰다. 덕분에 그녀가 교복의 단추를 풀기 시작한 것만으로 그는 대단히 흥분할 수 있었다. 이주는 케이스에 담긴 스티커를 전부 떼어 그의 몸에 붙였다. 잠시 후 선생의 온몸에서 땀이 배어나왔고 위급상황임을 알리는 신호가 신체 전반에 나타났다. 이윽고 그의 눈동자가 위로 넘어가더니 발작을 일으켰다. 그는 폐를 팽창시켜 공기를 빨아들이려고 했으나 뜻대로 안 되는 듯했다. 그러나 그의 표정에 고통의 기색이라고는 없었다. 오히려 기쁨이 넘쳐흐르는 것 같았다.

만석은 밖에서 기다리고 있다가 그녀가 부르는 소리에 안으로 들어갔다. 그는 거기에서 교복을 입은 여자아이가 밧줄 자국이 깊게 패인 손바닥을 쥐었다 폈다 하면서 숨을 돌리고 있는 것을 보았다. 만석은 기가 막힌다는 얼굴로 혀를 찬 뒤 남자의 축 늘어진 몸을 천장에 매달았다. 그는 그 일을 옷걸이에 옷을 걸듯 가볍게 해냈다. 잠시 후 이주와 만석은 그곳을 떠났다.

이후 황소개구리 선생의 소식이 뉴스로 전해졌다. 그는 자살로 처리됐고 교권 추락과 교직원 왕따 문제에 대한 뉴스가 한동안 흘러나왔다. 이주는 만족스러운 얼굴로 그 뉴스를 보았다.

그녀는 본격적으로 사업을 벌이기로 하고 만석을 고용했다. 자신에게 없는 완력을 언제든 사용해줄 사람이 필요했다. 만석 역시 전과 때문에 취직이 어려운 데다 장사 밑천도 없어서 막막한 참이었고, 그녀가 제시한 연봉이 깜짝 놀랄 정도로 많았기 때문에 제안을 받아들였다.

이주는 '약을 이용해 성행위를 하지 않고 성을 판다'는 새로운 비즈니스를 앞두고 리스크를 점검했다. 가장 큰 리스크는 근거지였다. 어디에서 활동할 것인가. 그녀의 사업은 모든 걸 혼자 운영해야 했기 때문에 단속 정보에 취약할 뿐 아니라 마약이 연루되어 있어 적극적인 로비를 하기도 어려웠다. 그녀는 고민 끝에 업장을 내는 것보다는 주택을 임대해 사업을 벌이는 게 가장 위험이 적다고 판단했다. 내 집에서 벌이는 일이라면 단속이 나오더라도 함께 있는 남자를 애인이라고 우기면 될 일이었다. 문제는 열다섯 살짜리 여자애가 주택을 계약하는 게 일반적인 일이 아니라는 점이었다. 게다가 학생의 집에 나이 많은 남자가 들락거리는 걸 집주인이 놔둘 리도 없었다. 의심을 사게 되면 결국 경찰이 출동할 터였다. (도대체 경찰의 촉수가 뻗지 않은 곳은 어디란 말인가?)

그녀는 곤궁한 처지에 놓인 예술가에게 거주지를 지원해주는 정부 제도가 있다는 걸 인터넷 검색을 통해 알게 되었다. 2년간 무료로 거주할 수 있으며, 계약이 만료되는 시점에 해당 집에 거주하려는 사람이 없다면 재계약이 가능하고, 상황이 여의치 않으면 다른 집에서 거주할 수 있도록 타 지역으로 연계해주는 제도였다. 이거다, 하고 그녀는 손가락을 튕겼다. 그녀는 장물업자에게 연락해 신분증 하나를 위조해달라고 했다.

"스무 살짜리로? 어디 보자…… 민이주라는 이름으로 만들어둔

게 있긴 한데."

그녀는 가짜 신분증으로 용산구청 소유의 한 적산가옥에 거주할 수 있게 되었다. 자신의 신원을 꼼꼼하게 조회해보면 어쩌나 했지만 그런 일은 일어나지 않았다. 서류에 정보를 입력하는 것만으로 계약은 성사되었다.

그녀는 쾌재를 불렀다. 행운의 여신이 날 돕는구나. 이런 허름한 정부 소유의 건물에서 성매매가 이뤄질 거라고 예상하는 사람은 아무도 없을 거야. 정부의 눈을 피하는 가장 좋은 방법이 정부가 마련한 제도 안으로 숨어드는 것이었다니! 그녀는 이 우스꽝스러운 아이러니에 기쁨을 감출 수 없었다. (실제로 이주가 일을 시작한 뒤로 성매매특별법이 시행되면서 몇 번이나 대대적인 단속이 이뤄졌지만 이주의 영업장에는 아무 일도 일어나지 않았다.)

그녀는 거주지를 옮길 때마다 내부를 직접 손보았다. 정부 소유의 주택은 오래된 경우가 많았으므로 집안을 새로 꾸미는 일은 매번 하나의 도전이었다. 그녀는 벽지, 장판을 스스로 교체하고 살림살이 또한 하나하나 손수 들였다. 암막커튼을 다는 것도 잊지 않았다. 조금의 빛도 새어 들어오지 못하도록 철저하게 가렸다. 그녀는 빛이 싫었다. 형광등을 대신할 저조도의 조명 하나면 충분했다. 그마저도 그녀 혼자 있을 땐 꺼두었다.

이주는 가난하지만 꿈을 키워나가는 소녀의 방으로 집을 꾸몄다. 그것은 중년 이상의 남자들이 가진 노스탤지어를 자극했다. 그녀에 대한 소문이 상류사회에서 조금씩 돌기 시작했다. 지금껏 경험하지 못한 쾌락을 느낄 수 있다는 소문은 그녀와의 잠자리 가격을 천정부지로 치솟게 했다. 이주는 약에 취한 남자의 영상을 촬영해두었다. 그런 자료는 언제 필요하게 될지 몰랐다. 그녀는 2년마다 거주지를 옮겨가며 영업을 이어갔고, 얼마 지나지 않아 성관계 없이 윤락의 여왕이 되었다. 그녀만큼 유명하지 않으면서 유명한 사람은 어디에도 없었다. 그렇게 그녀는 자신이 세운 계획대로, **확실한 존재가 되어 사람들 사이로 스며들 수 있었다.**

8

이주는 노트북을 덮고 담배를 껐다. 침대에서는 이마에 여러 개의 점이 있는 시의원이 코를 골며 자고 있었다. 그녀는 그에게 다가가 옆구리를 발로 툭툭 찼다. 그가 몸을 뒤척였다. 이주는 담뱃불을 끄듯 그의 볼을 밟았다. 잠시 후, 그가 몽롱한 얼굴로 눈을 떴다.

"이제 갈 시간이에요." 그녀가 상냥한 얼굴로 내려다보며 말했다. 시계는 저녁 여덟 시를 가리키고 있었다.

"집에 가기엔 너무 이른데." 시의원이 나른한 목소리로 말했다. "지금 한 번 더 할 수 있으면 값을 두 배로 치를게."

이주는 남자의 옷을 가져와 건넸다.

"안 돼요. 지금 나가봐야 돼요."

"무슨 약속이길래?"

"일곱 난장이들하고 저녁 먹기로 했거든요." 이주는 옅은 미소를 지어보였다.

의원은 하품을 크게 하고 비틀거리며 일어나 바지에 다리를 하나씩 끼웠다. 그의 행동은 몹시 느릿느릿했다. 이주는 그에게 골프복 상의를 입힌 뒤 단추를 채워주었다.

"불 켜봐. 예쁜 얼굴 자세히 좀 보게."

"전 어둠 속에서 더 예쁜걸요?" 이주는 자신의 얼굴을 그의 얼굴 앞에 가까이 댔다. 의원은 그녀를 빤히 바라보았다.

"정말 그렇군." 그는 말한 뒤 침대에 걸터앉아 휘파람을 불며 양말을 신었다. 시의원이 일어나자 이주는 그의 목에 양팔을 둘렀다. 두 사람의 얼굴이 손가락 한 마디 정도 거리만큼 가까워졌다.

"우리가 헤어지는 방법은 뭐라고 했죠?"

"죽음 뿐?"

이주는 콧등을 찡그리며 천천히 고개를 흔들었다.

"다시 만날 여지는 남겨 둬야죠. 안 그래요?" 그녀는 타이르듯 말했다. "자 다시, 우리가 헤어지는 방법은?"

"낙산공원 주차장으로 가서 검정색 볼보에 탄다."

"맞아요. 원하는 데까지 모셔다드릴 거예요. 험악해 보이지만 친절한 기사랍니다."

"그게 천국의 룰이라면 따라야지."

이주는 남자의 뺨에 입을 맞추고 그의 목에서 팔을 풀었다. 그리고 그를 현관으로 안내한 다음 문을 열어주었다.

"이화동 야경 보면서 천천히 가세요."

시의원은 가볍게 손을 들어 인사한 뒤 그녀를 지나쳐 현관 밖으로 나갔다. 그러고는 이제 막 밤이 된 바깥 공기를 깊게 들이마셨다. 마치 이곳에 오기 전과는 다른 방식으로 숨을 쉬기로 작정한 것처럼, 그는 숨을 한껏 들이마셨다가 내쉬기를 몇 차례 반복했다. 그러고는 발길을 옮기려다 말고 뒤를 돌아보았다.

"언제 또 만났으면 좋겠는데."

남자는 열려 있는 현관문 안쪽 어둠을 향해 말했다.

"그땐 내가 더 잘할 수 있어. 정말이야."

그는 또 다시 말을 던져보았다. 잠시 후, 아무 대답도 돌아오지 않은 채 문이 닫혔다.

***

어둠 속에서 전화기가 울렸다. 통화 버튼을 누르자 기계음으로 변조된 목소리가 들려왔다.

"찾았소."

"와, 정말 대단한 사람들이네요." 이주는 말했다.

"우린 대한민국 최고의 정보수집가 집단이오. 우리가 찾지 못하는 건 신도 찾을 수 없소."

수화기 너머의 변조된 음성은 텔레비전 사극에서나 쓸 것 같은 옛 말투를 사용하고 있었다. 신원을 들키지 않으려는 이중 장치로, 그 전략은 꽤 효과적이라고 할 수 있었다. 말하는 사람의 출신도 나이도 성별도 정확히 가늠하기 어려웠다.

"놀라워라." 그녀는 말했다. "그래서 '그 사람'은 어디에 있어요?"

그녀의 물음에 기계음이 정보를 말해주었다.

"확실한 정보인가?"

"다시 말하지만 우린 대한민국……"

"아, 알았어요." 그녀가 말을 끊었다. "그 사람이 그런 곳에 있다는 게 의외여서."

"우리는 진실만을 제공합니다." 목소리는 분명하게 선을 그었다. "그런데 말이오. 우리는 정보제공뿐 아니라 그 사람을 직접 처리해줄 수도 있는데. 쥐도 새도 모르게 증발한 것처럼 말이오. 혹시 그걸 원하나?"

"아쉽지만 괜찮아요. 그 사람이 어디 있는지만 알면 나머진 내가 해도 되니까."

"알겠소. 또 일이 있으면 연락 주시오."

전화는 끊어졌다. 이주는 담배에 불을 붙이며 목소리가 알려준 장소에 대해 생각했다.

그곳에 있단 말이지…… 이주는 옷장을 열고 그 안에 있는 금고의 문을 열었다. 그리고는 서랍 속에서 하얀 액체가 들어 있는 주사기를 꺼내 손에 들었다. 주사기의 표면에 비친 그녀의 얼굴이 위아래로 길게 왜곡되어 있었다.

물론 당신이 어디에 있는지는 중요하지 않아, 하고 그녀는 생각했다. 곧 사라지게 된다는 게 중요하지. 여기는 당신이 있어야 할 곳이 아니니까.

이주는 주사기의 피스톤에 엄지를 올린 뒤 허공을 찔러 누르는 시늉을 했다. 그러자 까닭 모를 쾌감이 그녀의 혈액을 타고 도는 듯했다. 그 결과로, 그녀의 얼굴에 좀처럼 나타나지 않는 '진짜 미소'가 희미하게 나타났다가 사라졌다.

제4장 주이민

섬에서의 평화로운 나날

1.

사람들이 이주해온 뒤 섬은 활기를 얻었다. 섬 곳곳에서 음악소리가 들리고, 마을 앞에서 연극이 상영되고, 광장에선 시를 낭송하는 목소리가 들렸다. 집집마다 굴뚝에서 연기가 피어오르고, 약밥 짓는 냄새가 공기를 떠돌고, 기차가 섬 구석구석을 다녔다. 광장엔 언제나 사람이 있어서, 사람들은 누군가를 만나려면 일단 그곳에 가보았다. 그들은 '돼지 식물'로 만든 음식을 서로 교환하고, 저녁을 함께 먹으며 서로의 작품에 대해 이야기했다. 여가시간에는 해안가에서 수영을 하거나 일광욕을 즐겼다.

노부인은 사람들 사이에서 존대 받았다. 그녀는 행동에 기품이 있고 지식이 많은 데다 사려 깊었다. 섬에 온 사람들은 암묵적으로 노부인을 자신들의 리더로 추대했다. 그녀의 연륜과 예절이 몸에

밴 행동 때문에 누가 말하지 않아도 자연스레 그렇게 되었다. 그녀는 호수처럼 잔잔한 바닷가에서 이따금씩 글을 쓰고, 그곳에 서식하고 있는 물고기의 습성을 연구했다.

의상디자이너 부부는 사람들에게 옷을 만들어 선물했다. 부부의 옷은 실용적이면서 미적인 감각까지 더해진 작품이었다. 그들은 언덕 뒤편에다 자신들이 가져온 씨앗을 심어 식물의 싹을 틔우고, 거기에서 섬유를 뽑아내 천을 만들었다. 필요한 색깔의 빗물을 받아 천에 염색했다. 파란 색이 필요하면 파란 구름에서 내린 빗물을, 노란 색이 필요하면 노란 구름에서 내린 빗물을 받았다.

화가는 집에 틀어박혀 온종일 그림을 그렸다. 그의 집 앞에는 못 쓰게 된 종이와 물감통이 빠르게 쌓였다. 실로 엄청난 작업량이라고 사람들은 입을 모아 말했다. 그의 애인인 동물체험예술가는 고둥과 야광벌레를 채집했다. 내장을 갈아 빗물과 기름을 섞어 물감을 만든 다음 화가에게 주고, 자신은 그 껍데기를 작품의 재료로 사용했다. 다른 예술가들도 의욕적으로 창작에 매진했다. 선생님 또한 새로 온 사람들에 대한 이야기를 백과사전 형식의 책에 추가하느라 집필에 몰두했다.

노부인의 아들만이 이 같은 열정에서 한 발짝 물러나 있었다. 그는 다른 사람들과 달리 작품을 만드는 데에 별다른 관심을 보이지 않았다. 누군가와 대화를 하는 일도 잘 없었다. 간혹 이곳에 오기 전부터 친구였던 꿈설계예술가와 몇 마디를 나눌 뿐이었다. 원체 내향적인 성격이어서 그렇다고, 친해지면 또 살갑게 굴 줄 안다고 꿈설계예술가는 그에 대해 사람들에게 설명해주었다.

노부인의 아들은 호숫가에 멍하니 앉아 있거나, 언덕에 누워 낮잠을 자거나, 때때로 동쪽 섬에 있는 바위에 누워 가시가 달린 식물이 돼지의 입속으로 사라지는 것을 바라보았다. 그는 돼지들과 함께 있는 걸 좋아했다. 돼지들도 그가 나타나면 반겼다.

섬은 평화로운 나날을 이어갔다. 사람들은 아무런 걱정 없이 하고 싶은 일을 하며 살아갔다. 온화한 기온 속에서 이따금씩 단비가 내려 땅을 적셨다. 포근한 바람이 대기를 떠돌며 섬의 풍요를 북돋웠다.

2

목욕을 마친 돼지가 숲속의 연못에서 나와 몸을 흔들어 물기를 털어낸 뒤 바닥에 깔려 있는 넓은 천 위로 올라선다. 나는 가방에서 낫을 꺼내 날이 잘 갈려 있는지를 확인한다. 날은 돌의 표면이라도 깎아낼 것처럼 예리하게 손질되어 있다. 나는 돼지의 몸을 뒤덮고 있는 녹색의 털을 한 움큼 잡아 피부와 맞닿아 있는 부분을 적당한 높이에서 베어낸다. 사각 소리를 내며 돼지의 몸에서 털이 부드럽게 분리된다.

나는 잘려 나온 '수확물'을 한쪽에 내려놓고, 같은 방법으로 등과

배, 옆구리와 엉덩이의 털을 말끔히 베어낸다. 돼지는 수확이 원활히 이뤄질 수 있도록 움직임을 멈춘 채 서 있다. 털이 모두 제거되자 돼지는 한결 가벼워진 몸으로 햇볕으로 가서 몸을 말린다.

수확물을 가지런히 모아 정리하는 사이 다음 차례의 돼지가 연못에서 나와 천 위로 올라온다. 나는 방금과 같은 방법으로 돼지의 몸에서 자란 식물을 수확한다. 한 마리에게서 작업이 끝나갈 때쯤 다른 돼지가 와서 대기하고, 수확을 마친 돼지는 햇볕으로 가서 매끈해진 흙색의 맨살을 말린다. 그야말로 이종의 완벽한 협업이다. 잘라낸 털이 어느 정도 모이면 적당한 양을 끈으로 묶어 뿌리가 커다랗게 드러난 나무 아래에 차곡차곡 쌓는다.

마지막으로 나는 모아의 몸에서 첫 수확을 한다. 모아의 덩치는 제법 커져서, 인간으로 치면 사춘기에 갓 접어든 아이의 몸집 정도로 자랐다. 단단한 엄니도 돋아났다. 모아는 다른 돼지들처럼 얌전히 서서 수확을 할 수 있도록 돕는다. 약간 긴장한 듯 가끔씩 혀를 날름거린다. 자신도 모르게 꼬리를 잠깐 흔들었다가 아차 싶어 멈춘다. 나는 모아의 살갗이 다치지 않도록 신중하게 털을 깎는다. 수확물 끝에 달린 곡식 알갱이를 입에 넣고 씹어본다. 오도독 부서지는 곡식이 입안에 고소한 향을 퍼뜨린다. 아직 여린 이파리도 하나 떼어 먹는다. 아삭함 다음에 신선한 채즙이 흘러나온다. 쌉싸름함 뒤에 미묘한 단맛이 느껴진다. 그 여운이 오래도록 입안에 감돈다. 수확물에 응축되어 있던 영양분이 몸 구석구석을 돌며 기운이 솟아나게 한다.

수확을 모두 마치고, 나는 연못의 물로 낫을 씻은 다음 가방에 넣는다. 돼지들은 열을 맞춰 서 있다. 모아는 열의 가장 앞에 섰다. 뿌리가 드러난 나무 옆에 쌓아두었던 수확물을 돼지의 등에 나눠 싣는다. 우리는 숲을 빠져나와 마을로 간다. 창고에 수확물을 내려놓은 다음 광장으로 향한다.

나와 돼지들은 기차를 타고 동쪽 섬 황무지로 간다. 황무지는 어두운 녹갈색의 식물로 뒤덮여 있다. 혈관처럼 구불구불 꼬인 식물의 줄기에는 뾰족한 가시들이 돋아나 있고, 두껍고 거친 잎사귀는 양 갈래로 벌어져 있다. 기차에서 내린 돼지들은 각자 원하는 곳에 자리를 잡고 식물을 먹기 시작한다. 돼지의 입에 들어간 만큼 식물이 잘려지고, 입을 움직일 때마다 사각사각 소리가 난다. 모아도 꼬리를 마음껏 흔들며 비교적 부드러운 어린 잎사귀 위주로 뜯는다.

돼지들이 식사를 하는 동안 나는 바위에 걸터앉아 갤러리를 채울 주제를 생각해본다. 그러나 이번에도 역시 뚜렷하게 떠오르는 건 없다. 그동안 오랜 시간을 고민했지만 아직까지 마음에 딱 들어차는 아이디어가 없다. 오늘도 나는 돼지들이 식사를 마칠 때까지 주제를 정하지 못한 채 서쪽으로 돌아간다.

***

나는 산책하러 숲에 들어갔다가 화가가 자신의 집 앞에서 물감을 만들고 있는 것을 본다. 이야기를 나눌 겸 같이 식사를 하려고 그에게 다가간다. 그는 의자에 앉아 나뭇가지로 물감을 저으며 깊은 생각에 잠겨 있다. 나는 일부러 기척을 내며 가까이 다가간다. 그러나 그는 눈치 채지 못하고 여전히 생각에 몰두한 채 관성처럼 물감을 젓고 있다. 그러다가 그는 자신의 동작에 미처 신경 쓰지 못하고 물감통을 쓰러뜨린다. 내용물이 바닥에 쏟아진다. 그는 재빨리 일어나 엎어진 물감통을 다시 세우지만 물감은 거의 다 쏟아져버린 뒤다. 그는 머리를 긁으며 뭐라고 중얼거린다.

"괜찮으세요?" 나는 다가가 묻는다.

그는 나를 발견하더니 "아, 괜찮아요" 하고 말한 뒤 얼룩덜룩한 손을 옷에 닦는다. 그의 눈은 퀭하니 기운이 없어 보인다. 버짐 핀 입술 주변에 붉은 반점 몇 개가 돋아나 있다.

"좀 쉬어가면서 하시는 게 좋겠어요." 나는 말한다.

그는 물감에 비친 자신의 모습을 확인하고는 손으로 머리를 빗는다.

"잠을 좀 자긴 해야겠네요. 요 며칠 통 못 잤거든요." 그는 주변을 정리한다. "나머지는 일어나서 마저 해야겠어요. 그런데, 여긴 무슨 일이죠?"

"괜찮으시면 식사를 같이 할까 해서요."

"잘 됐네요. 저도 따뜻한 걸 좀 먹고 자야겠어요. 들어갑시다."

나는 그를 따라 집으로 들어간다. 거실은 작업도구들로 어질러져 있다. 붓과 팔레트가 바닥 여기저기에 놓여 있고 연습용으로 사용한 듯한 수많은 종이가 아무렇게나 버려져 있다. 나는 그것들을 밟지 않으려고 하면서 그가 앉으라고 권한 테이블에 가서 앉는다.

"잠깐 기다려줘요. 돼지 젖을 데워서 가져올 테니."

나는 주먹밥과 과일이 든 도시락을 테이블 위에 꺼내놓고 거실을 둘러본다. 거실 중앙에 놓인 이젤에 아직 마르지 않은 그림이 걸려 있다. 흰 캔버스에 세로로 그은 몇 개의 줄이 전부인 그림이다. 화가가 쿠키와 돼지 젖을 가져와 식탁에 앉는다.

"저 그림은 뭘 의미하는 거예요?" 나는 묻는다.

"아 저거요" 하고 그가 대답한다. "실험을 하고 있어요. 유화에서는 물감 덩어리 자체가 꽃잎이 되기도 하고 나비의 날개가 되기도 하거든요. 질감과 색깔, 두께 같은 걸 이용해서요. 입체감을 주려고 점도에 비해 너무 무겁게 칠하면 중력 때문에 그림의 형태가 변해버리죠. 그런 걸 알맞게 조절해서 과연 물감 자체로 어떤 것까지 표현이 가능할지 알아보는 중이었어요."

그는 돼지 젖을 한 모금 마신다. 그런 다음 내가 건넨 주먹밥을 천천히 씹어 삼킨다. 입맛이 없음에도 내가 가져온 걸 생각해서 일부러 좀 더 먹는 듯 보인다.

"작업을 굉장히 많이 하시는데 작품이 하나도 보이지 않네요?"

"창고로 쓰는 방에 전부 넣어뒀거든요. 완성된 그림은 왠지 보고 싶지 않아서."

"잠깐 구경해도 될까요?"

그는 약간 쑥스러워하면서 나를 창고로 데려간다. 창고는 그림으로 가득하다. 언덕에서 바라본 섬의 모습을 그린 유화와 바다를 추상적으로 묘사한 수채화가 벽에 기댄 채 바닥에 놓여 있다. 자화상도 있고 야광벌레의 비행도 있다. 완전히 똑같아 보이는 그림을 몇 개 그려놓기도 했고, 필요 이상으로 정밀하게 그려놓은 것도 있다. 그 밖에 의미를 알 수 없는 그림도 여럿이다.

나는 그의 작품을 하나하나 감상하면서 모두가 수작이라는 생각을 한다. 노부인이 화가의 작품에 대해 밝힌 감상평이 떠오른다. 정석은 정석대로, 파격은 파격대로 충실히 표현해낸다. 자신이 나타내고자하는 메시지는 정확하게 전달하면서도 다르게 상상할 수 있는 여지는 남겨두고, 슬쩍 주제를 감춰둔 작품에서는 무엇을 말하고자 한 것인지 애타게 찾게 만든다. 대부분의 그림이 기꺼이 그 안으로 들어가 모험을 즐기고 싶은 욕구를 일으킨다.

이어서 노부인이 내린 총평이 떠오른다. 그는 천재 화가이자 관객의 미적 감각을 흔들어 깨우는 요술사다. 나는 그 말이 백번 옳다고 생각한다. 섬에 있는 모든 사람이 대단하지만, 그는 천부적인 재능을 가진 예술가다.

"정말 훌륭한 작품들이네요." 나는 말한다.

"형편없는 그림일 뿐이죠. 이건 겸손을 떠는 게 아니라 난 정말로 내 그림들이 하찮다고 생각해요. 그래서 여기에 처박아둔 거고요."

그는 거치적거린다는 듯 작품 하나를 들어 구석으로 던진다.

나는 흰 천으로 가려진 그림 하나를 발견한다. 다른 그림들은 벽에 기댄 채 바닥에 놓여 있는데 그것만은 이젤 위에 바르게 놓여 있다.

"이 그림을 봐도 될까요?"

그는 얼마간 망설이더니 말한다.

"사실은 곧 깜짝 청혼을 하려고 하거든요. 그때 줄 선물로 준비하고 있는 건데 잠깐 보여드리죠. 대신 비밀로 해줘야 합니다."

알겠다고 나는 대답한다. 화가가 하얀 천을 걷자 그림이 모습을 드러낸다. 나는 그것을 보고 놀란다. 그리고 곧바로 불쾌함을 느낀다. 캔버스에는 기괴한 얼굴을 한 여성의 초상화가 그려져 있다. 생기가 빠져나간 눈과 홀쭉한 뺨, 마치 죽은 사람을 떠올리게 하는 얼굴……. 화가는 그 모습을 기이한 화풍으로 그려놓았다. 통일성이라고는 없는, 마치 그림을 한 번도 그려본 적이 없는 사람이 아무렇게나 물감을 덧입힌 듯 조악하다. 어두운 배경에는 괴상한 선들이 가득하고, 그것들이 인물의 주변에서 거북스럽게 일렁이고 있다.

그림 속 인물은 분명 그의 애인인 동물체험예술가를 닮았다. 그러나 그녀가 이런 모습을 하고 있었던 적은 결코 없었을 거라고, 거의 확신에 가까운 생각을 나는 한다. 이 그림을 청혼 선물로 하기에는 어울리지 않는다. 아니 단순히 어울리지 않는 정도가 아니라 일부러 그림을 보는 사람을 언짢게 하려는 의도가 담겼다는 느낌을 받는다. 청혼하면서 그럴 필요가 있을까?

나는 묻고 싶지만 묻지 않는다. 아직 완성된 것도 아닌 데다 왜 이런 식으로 그렸느냐는 물음이 왠지 실례인 것 같기도 해서 일단은 아무 말 않기로 한다.

내가 잘 봤다고 하자 그는 별다른 말없이 그림을 천으로 덮는다.

우리는 다시 거실로 나와 테이블에 앉는다. 그는 주먹밥을 입에 넣고 돼지 젖을 한 모금 마신다.

"그나저나 주제는 찾았나요?" 화가가 묻는다.

"아직 찾고 있는 중이에요."

"그럼 갤러리를 채울 작품은 하나도 못 만들었겠네요."

그렇다고 나는 대답한다. 그러고 나서 그에게 주제를 어떻게 찾는지를 묻는다.

"전 떠오르는 게 없을 땐 일단 아무 생각 없이 그림을 그려요. 아무 생각이 없다는 게 중요하죠. 그러면 내 무의식이 뭔가를 그리기 시작하거든요. 그 방식이 항상 옳다고 할 수는 없지만, 적어도 내 무의식이 뭘 드러내고자 했었는지는 알 수 있죠. 그걸 들여다보는 건 상당히 흥미로운 일이에요. 내가 정말로 원하고 있던 게 이거였다니, 하고 놀랄 때가 한두 번이 아니라니까요. 그리고 운이 좋으면 거기에서 영감을 얻는 거죠. 한번 아무 생각 없이 시작해봐요. 생각보다 괜찮은 아이디어를 얻을지 모르니까."

그는 주먹밥의 나머지를 입에 넣고 천천히 씹는다.

"아참, 중요한 걸 빠뜨릴 뻔 했네요. 뭐가 됐든 골치 아픈 주제는 정하지 말아요."

"골치 아픈 주제요?"

"답을 찾아야 하는 거 말이에요. '어떤 주제로 작품을 만들어야 하는가'는 차라리 쉬운 문제죠. 주제는 정했지만 '반드시 답을 찾아야 시작할 수 있는 경우'가 정말 어려워요. 이럴 때 역시 일단 작업을 시작한 다음 작품 안에서 답을 찾을 수도 있지만, 만약 찾지 못한다면 결국 완성하지 못하거나 원래 주제와는 다른 엉뚱한 작품이 되고 말죠. 그래서 애초에 시작을 못하는 거예요. 그보다는 답을 찾는 데 시간을 쏟는 거죠. 그녀가 바로 그런 상황에 있고요."

"여자친구분이 주제의 답을 찾고 계세요?"

그는 돼지 젖을 조금 마신다.

"그녀는 언제나 사랑을 이야기하고 사랑에 대해 생각하는 사람이죠. '사랑이란 무엇인가'라는 질문의 답을 찾는 걸 평생의 업으로 삼고, 그걸 주제로 작품을 만들려 하고 있고요. 누군가는 진부한 주제라고 생각할지 모르지만 사랑이야말로 인간의 영원한 주제라고 할 수 있죠. 나 역시 그걸 부인하지 않아요."

그는 잠시 틈을 둔 뒤 말을 잇는다.

"문제는 그녀는 절대 답을 찾을 수 없다는 거예요. 사랑이 뭔지 답을 알려줘도 인정하질 않으니까요. 사실 나는 답을 진작 알고 있었어. 그래서 사랑은 이런 거야, 하고 몇 번이나 얘기해줬지만 믿질 않더군요. 그런 건 결코 사랑이 아니라면서요. 그러니 그녀가 사랑을 알 일은 없다는 거예요. 그 사람이 유일하게 만들 수 없는 작품이 바로 그걸 주제로 한 작품이란 말이죠."

나는 그의 말을 생각해본다. 답을 찾지 못하는 것과 답을 인정하지 않는 것, 두 상황 모두 답을 모르는 것과 같다. 나 역시 지금 그런 상태에 있는 게 아닐까? 주제를 이미 알고 있지만 그것은 주제가 될 수 없다며 거부하고 있는 건 아닐까? 난 무엇을 원하고 있을까? 무의식, 내 무의식이 만들어가는 것을 알아야 한다. 화가의 말대로 아무 생각 없이 작업을 시작해봐야 한다.

화가는 몹시 피곤한 듯 손가락으로 눈꺼풀을 꾹 누른다.

"저는 이제 가볼 테니 어서 주무세요."

나는 도시락 뚜껑을 닫고 가방에 넣는다.

"그렇게 서두르지 않아도 돼요." 그는 말한다. "요즘 신경이 날카로워져 있어서 어차피 자고 싶을 때 못자거든요. 술을 한잔 하면 푹 잘 수 있을 텐데."

"가져다드릴까요? 선생님 댁에 마침 잘 익은 술이 있거든요."

그는 고개를 젓는다.

"이곳에 오기 전에 그녀하고 약속을 하나 했어요. 절대 술을 마시지 않기로. 술버릇이 좀 안 좋아서요. 나도 모르게 좀 과격해지는 경향이 있는 것 같아요."

그러고 보니 사람들이 처음 이곳에 와서 다 같이 식사를 했을 때, 그가 건배만 하고 잔을 내려놓았던 모습을 본 기억이 있다.

화가는 자리에서 일어나 주방으로 간다. 그의 움직임이 다소 불안정해 보이더니, 아니나 다를까 그가 싱크대에 컵을 두려다가 잘못해 바닥에 떨어뜨리고 만다. 컵이 깨진다.

나는 자리에서 일어나 그를 대신해 유리를 치워준다.

"이거 참 미안하게 됐네요." 그는 말한다.

"아니에요. 일단 아무것도 하지 말고 쉬세요. 잠이 안 오더라도 가만히 누워 있다 보면 결국 잠이 들 거예요."

그는 머리를 긁으며 조심스레 말을 꺼낸다.

"아까 청혼 선물로 준비한 그림 말이에요. 비밀로 해달라고 한 거 기억하죠?"

물론 기억한다고, 비밀을 꼭 지키겠다고 나는 대답한다.

"한 가지 더 지켜줬으면 좋겠어요." 그는 그렇게 말하더니 찬장에서 병을 꺼낸다. "이게 없으면 도저히 잘 수가 없을 것 같아서요. 딱 한 잔만 마셔야겠어요."

나는 그가 잠을 못 자는 게 더 위험할 것 같아 일단 마시는 게 좋겠다고 말한다.

"비밀은 지켜드릴게요. 대신 여자친구분과 약속한 게 있으니 딱 한 잔 만이요."

그는 알겠다고 말한 뒤 술을 잔에 따라 단숨에 들이켠다. 그러고 나서 식탁에 앉아 잠시 동안 안정을 찾는다.

"이제 좀 살겠네요. 방금 전까지만 해도 누가 머릿속을 국자로 휘젓는 것 같았는데. 언제부터 그랬는지…… 맙소사, 여기에 어떻게 들어왔는지도 모르겠어요. 집 앞에서 물감을 섞고 있었는데. 방금까지 있었던 일이 꿈속에서 벌어진 것 같아요."

"물감통을 떨어뜨린 건 기억하세요?"

"기억해요. 꿈같아서 그렇지."

"그러고 나서 혼잣말을 하신 건요?"

"혼잣말을요? 그때부터 제정신이 아니었던 모양이네요. 제가 뭐라고 하던가요?"

"저도 '균형'이라는 말밖에는 못 들었어요."

"균형……" 그는 무언가가 떠오른 듯 이야기한다. "그래요, 균형. 나는 늘 그것 때문에 두려워요. 그 두려움에서 벗어나려고 아무리 애를 써도 잘 안 돼요."

"뭐가 그렇게 두려우세요?"

"당신은 균형을 잃게 될까봐 무섭지 않아요?"

나는 그의 말을 이해할 수 없어 대답하지 못한다.

"행복과 불행, 번영과 기근, 사막과 바다…… 그 사이에는 '적당한 상태'라는 게 있잖아요. 생각해봐요, 이 균형이 없다면 인간이 살 수 있는지. 애초에 그게 맞춰졌기 때문에 세계가 만들어졌고, 인간이 태어날 수 있었죠. 적당한 온도, 적당한 공기, 적당한 자원 같은 것들이 계속 유지되고 있어서 지금도 살아가고 있고요. 너무 어두우면 아무것도 보이지 않고 너무 밝으면 눈을 뜰 수 없어요. 하지만 우리는 이 아름다운 광경을 보고 있죠. 우주는 지속적으로 '적당한 상태'를 이루려 하고 있단 말이에요."

"그런데 왜 두려우신 거예요? 이곳은 균형이 맞은 상태가 아닌가요?"

"평화가 지속되면 한쪽에선 불행의 씨앗이 움트기 마련이에요. 이곳은 너무 평화로워요. 난…… 마음껏 그림을 그릴 수 있어서 지금의 상황이 지나치게 행복하다고요. 그렇기 때문에 이 행복 끝에 반드시 큰 불행이 올 거라는 걸 알고 있죠. 그게 우주의 이치니까."

"그렇지만 모든 것에 균형이 있는 건 아니잖아요. 예를 들어 우리의 존재는 유와 무, 어느 중간의 상태가 아닌 확실한 유의 상태인 것처럼요."

"그건 인간의 생각일 뿐이죠. 이 우주는 무에서 출발했고 지금은 유의 상태이지만, 다시 무를 향해 가는 과정에 있어요. 우리는 딱 그 중간에 있는 겁니다. 그래서 인간은 본능적으로 예술을 하려는 건지도 모르죠. 유의 상태를 붙잡아두기 위해서. 우리가 존재했고, 우리가 생각했던 순간을 영원히 남겨놓기 위해서 말이에요. 알고 있죠? 인간은 모두 예술가라는 거. 제아무리 게으른 사람도 홀로 해변에 있으면 모래 위에 무언가를 그리고 마는 게 인간이죠."

그는 갑자기 추운 것처럼 몸을 떨며 다시 불안정한 모습을 보인다.

"인간은 한없이 나약해서 그 불행을 피할 도리가 없어요. 약해도 너무 약한 게 인간이니까."

"잠을 못 자서 더 그렇게 느껴지시는 걸 거예요. 저도 체력이 떨어진 상태에서는 그런 생각이 들곤 하거든요. 아무튼 불행은 일어나지 않을 거예요."

"반드시 일어나요. 오히려 나는 어서 불행이 일어났으면 좋겠어요. 그러면 편안히 행복을 기다릴 수 있을 테니까. 이쪽의 빛은 저쪽에 그림자를 만들고, 이 세계의 행복은 저 세계의 불행을 만들어…… 만약 내가 겪지 않으면 다른 누군가가 불행을 겪게 돼 있어요."

그의 입술이 하얗게 질리며 눈 밑이 파르르 떨린다. 그는 떨리는 손으로 술잔을 다시 채워 입으로 가져간다. 잔이 그의 입술 가까이 다가갔을 때 그는 동작을 멈춘다. 그러더니 자리에서 일어나 싱크대에 술을 부어버린다. 그는 비틀거리며 소파로 가서 눕는다.

"비밀을 꼭 지켜줘요."

그는 천장을 바라보며 말한다. 그의 눈꺼풀이 움직이는 속도가 서서히 느려지더니 마침내 깊은 잠에 빠져든다. 나는 바닥에 있는 천을 털어 화가의 몸을 덮어준다. 그가 식탁에 올려놓은 술병을 찬장에 넣고 문을 닫는다. 그의 집을 나오면서, 나는 균형에 대해 생각해본다.

3

나는 텅 빈 갤러리에 앉아 있다. 그리고 '아무 생각도 하지 않고' 조각을 깎아나간다. 얼마 후 나는 언덕에서 쉬고 있는 모아의 모습을 완성한다. 나는 조각을 유심히 살펴본다. 돼지의 눈과 피부, 털을 만져본다. 나는 그것을 통해 무엇을 느끼고 있을까?

돼지는 많은 면에서 인간과 닮았다. 돼지는 간혹 인간처럼 보일 때가 있고, 인간 또한 때때로 돼지처럼 보일 때가 있다. 그렇다면 어떤 게 인간다운 것일까? 아니 애초에 '인간답다'는 건 무슨 뜻일까. 인간에게서 동물적인 부분을 모두 걷어내면 남는 것? 아니면 인간이 이성적이라고 규정해놓은 행위?

나는 그것에 대해 깊이 생각한다. 바다 깊은 곳에 가라앉아 바닥을 밟는 느낌으로, 눈을 감고서 나의 내면 아래로 내려가 본다. 얼마 후, 나는 목소리를 듣는다. 목소리는 확신에 찬 말투로 이야기를 한다.

인간답다는 말은 인간이 자신과 다른 동물을 구분 지으려는 오만에서 비롯한 말이지. 인간은 동물의 야만성과 거리가 먼 '이성적인 존재'라는 믿음, 그것 때문이야. 그러나 진실은 간단해. 인간은 동물과 '다른' 존재가 아니라, 동물의 특성을 모두 '포함'한 이성적 동물이지. 폭력성과 이기심, 야만성이라는 보편적 특성을 가지고 있으면서 동시에 이성적인 존재.

돼지가 짐승의 보편성과 돼지만의 특성을 가진 것처럼, 인간 또한 짐승의 보편성과 인간의 특성을 가졌을 뿐. 인간이 돼지에게 없는 이성을 가지고 있다면, 돼지에게는 인간이 가지지 못한 게 있지. 단단한 턱과 날카로운 엄니, 엄청난 소화 능력, 강한 근력과 맷집, 발달된 후각. 그러므로 인간은 동물과 다른 존재가 아닌, 지극히 동물적인 존재일 뿐이야.

그리고 동물의 세계에서 나약함은 곧 고통이지. 인간의 삶이 고통스러운 이유는 바로 그 때문이야. 그래서 인간은 강한 힘을 동경할 수밖에 없어. 근력을 기르고 무술과 무기를 개발하는 것도 나약함을 극복하기 위한 방편이지. 권력이나 부를 통해 다른 형태의 힘

을 얻기도 하고 말이야. 그게 바로 강함을 얻음으로써 약함을 상쇄하려는, 균형을 찾는 행위야.

목소리는 그렇게 끝맺는다. 나는 갤러리를 채울 주제를 발견한다. 돼지의 강한 힘을 갖게 된 인간, 혹은 인간의 이성을 가지게 된 돼지. 그러한 존재는 우리의 세계에서 어떤 일을 벌일까? 나는 연필을 꺼내 종이 위에 빠르게 스케치를 한다. 그런 다음 나무토막으로 순식간에 인간의 모습을 조각한다. 양초를 가져와 불을 밝힌다. 벽에 그림자가 새겨진다. 그림자는 돼지의 모습을 하고 있다.

양초를 천천히 움직이자 그림자가 따라 움직인다. 나는 그 그림자에 어울리는 배경을 생각해내고 나무를 깎아 빛을 비춘다. 배경이 나타난다. 빛을 하나 더 만들어 나타날 무늬를 계산한다. 나는 빛을 움직이며 그림자의 이야기를 바라본다. 그 장면을 한참동안 바라본다. 장면이 끝나고 나서, 나는 입으로 불어 촛불을 끈다. 조각의 모습이 어둠 속으로 사라진다. 동시에 그림자도 모두 사라진다.

4

〈사람들이 광장에 모여 이야기를 나누고 있다. 모두 얼굴 표정이

밝다. 뭔가 좋은 일이 있나 하고 기대하게 만드는 얼굴들이다.〉

"그거에 대해 생각해보셨어요? 예술 경연대회 말이에요. 한 가지 주제를 정해서 각자의 작품으로 경합을 벌이는 거죠."

"좋은 아이디어라고 생각합니다. 서로에게 자극이 될 거예요. 미래의 후손들에게 좋은 자료가 될 수도 있고요. 첫 경연대회에서는 이런 작품이 선정되었다, 당시에는 이런 작품이 인정을 받았다, 하는 식으로요."

"선생님의 책에도 기록되겠군요. 특히 첫 대회 우승자는 영원히 기억되겠죠? 할 수만 있다면 제가 그 영광을 차지하고 싶네요."

"저도요. 다른 세계에서도 그 작품을 보기 위해 이 섬에 올 거예요."

"그런데, 평가는 어떤 식으로 이뤄져야 할까요?"

"심사위원을 정하죠. 그분은 작품으로 참여하지 않고 오로지 심사만 하는 거예요."

"그렇게 하면 되겠네요. 그럼 가장 적합한 분은……"

"노부인께서 맡아주시죠."

"제가요?"

"아니라면 누가 할 수 있겠습니까. 부인께선 작품을 만들지 마시고 심사만 맡아주십시오."

"하지만 제가 잘 할 수 있을지 모르겠네요. 예를 들어 전 '끈예술'에 대해서는 아무것도 모르는데요."

"그렇기 때문에 객관적으로 심사하실 수 있을 겁니다. 테크닉은 모두 배제하고, 주제를 얼마나 충실하게, 기발하게, 감동적으로 구현해냈느냐, 이것만 보는 거죠. 많이 아는 사람은 오히려 선입견 때문에 잘못 판단할 수도 있으니까요. 부인께선 지혜로운 분이니 어느 작품이 가장 훌륭한지 정확히 판단하실 수 있으리라 봅니다."

"그럼 주제는 뭘로 해야 할까요?"

"섬 주인이 '인간'을 주제로 갤러리를 채우기로 했다는군요. 우리도 같은 주제로 하면 어떨까요?"

"좋네요. 예술이라는 건 결국 우리 인간의 이야기니까요."

"그렇다면 이번 경연은 얼마나 인간에 대해 잘 표현했는지에 중점을 두도록 하겠습니다."

"모두가 하나의 주제로 경연을 벌이다니, 아주 좋은 경험이 될 것 같아요."

"갑자기 의욕이 마구 생기는데요. 안 그래도 요즘 좀 게을러졌거든요."

"섬의 주인은 갤러리를 채우느라 여력이 없고, 선생님은 책을 쓰셔야 하고, 노부인께선 심사를 맡으셔야 하니…… 참가자는 딱 열 명이네요."

"아니요. 아홉 명이에요. 제 아들은 예술에 관심이 없어서 참가하지 못할 거예요."

"아직도 관심이 없나요?"

"부끄럽지만 전혀요."

"부인께서 잘못 생각하고 계신 것 같군요. 인간은 누구나 예술 활동을 하고 있습니다. 꼭 직접 작품을 만들어야만 하는 게 아니에요. 다른 사람의 작품을 즐기는 것도 예술을 하는 것과 다름없습니다."

"바로 그거예요. 아들 녀석은 예술을 즐기는 것조차 하지를 않아요. 노래를 흥얼거리지도 않는다구요. 아름다운 그 무엇을 봐도 감흥을 못 느끼고요."

"그럴 리가요. 인간이라면……"

"부끄럽지만 그렇습니다."

"뭐 괜찮습니다. 이곳에서 꼭 예술을 해야 하는 건 아니니까요."

"그래도 어미 된 입장에서는 그렇지가 않네요."

"그 마음 충분히 이해합니다. 그렇지만 이곳에 있다 보면 곧 관심이 생길 거예요. 그렇지 않겠습니까? 이렇게 아름다운 풍광과 예술 작품을 어디에서나 볼 수 있으니 어떤 식으로든 영감이 떠오를 겁니다. 그리고 언젠간 그걸 표현하고 싶을 거고요."

"그렇다면 다행이지요."

"아무튼 그럼 부인의 아드님을 제외하고 총 아홉 명의 예술가가 경합을 벌이는 콘테스트가 되겠군요. 이 사실을 모두에게 알려야겠어요."

"저 새들 좀 보세요. 언제부터 우리를 보고 있었을까요?"

"그러게요. 참 예쁜 새들이네요."

"다들 좋은 하루 되세요."

"네. 좋은 하루 되세요."

제5장 한준호

그 사람은 조력자일까?

1

준호는 커피를 한 모금 마시고 테이블 위에 잔을 내려놓았다. 그가 선호하는 맛은 아니었지만 맞은편 건물을 오랜 시간 주시할 수 있는 곳은 여기뿐이었다. 시간은 저녁 여덟 시 삼십 분. 테이블은 만석이다. 카페 스피커에서는 엄선된 보사노바 음악이 흘러나오고 있지만 그 음악을 듣는 사람은 아무도 없었다. 사람들은 대화를 통해 자신과 상대방의 세계를 공유하느라 여념이 없었다. 직원들 역시 밀려드는 주문을 처리하고 부족한 재료를 채워 넣느라 음악에는 신경을 쓰지 못했다. 갑자기 스피커에서 AFKN의 라디오 방송이 송출되어 나오거나 프란치스코 교황의 평화 메시지가 흘러나온다 해도 누구도 알아차리지 못할 것 같았다.

준호는 테이블에 홀로 앉아 창밖을 바라보면서 최근에 벌어진 기이한 일들을 돌이켜보았다. 처음 그가 '기이하다'고 할 만한 일을 겪은 건 화분의 등장이었다. 그는 화분에 물을 주라는 아내의 전화를 받고 베란다에 나갔다가 그것을 처음 발견했다. 그러나 어떻게 화분이 집에 있게 된 건지는 전혀 기억나지 않았다. 마치 어시장의 노련한 상인이 생선의 내장을 제거하듯, 누군가 자신의 기억을 깨끗하게 도려낸 것 같았다.

그럼에도 만약 '그 다음 일'을 겪지 않았더라면, 준호는 어쩌면 화분과 관련된 일은 대수롭지 않게 여겼을지 모른다. 인간은 때로 그런 일을 겪기도 하는구나 하면서 두고두고 그러한 사실을 이야깃거리 삼아 살아가거나, 혹은 자신과 같은 일을 겪은 사람의 얘기를 듣고 아무도 공감하지 못할 때 그만큼은 깊이 공감해줄 수 있었을 것이다. 기껏해야 그게 다였을 것이다.

그러나 그 다음에 벌어진 일이 '화분 사건'을 한 날의 알쏭달쏭한 추억으로 놔두지 않았다. 그가 살고 있는 집 골목에는 십여 년 전 화재가 발생한 주택이 있었다. 준호가 매일 앉아 글을 쓰는 자신의 집 앞 계단에서도 아주 잘 보이는 건물이다. 그 집의 주인은 부천에만 해도 부동산을 여러 개 소유하고 있는 사람인데, 무슨 사정 때문인지 불에 탄 그 집을 보수하지도 않고 화재 이후로는 이 동네에 나타나지도 않았다. 보기 흉하다는 민원 때문에 시에서 나와 청소를 해준 게 그 집과 관련된 일의 전부였다. 그런 이유로 불이 난 이후 지금껏 그 집엔 아무도 살고 있지 않았다.

준호가 아내의 전화를 받고 화분을 계단으로 가지고 나와 그것을 유심히 들여다보고 있을 때, 그 집 창문 너머로 형광등이 켜지는 게 보였다. 처음에는 집주인이 왔나 했으나 잠시 후 창문이 열리더니 한 소녀가 머리를 내밀고 골목 바깥쪽을 바라보았다. 열 살 안팎으로 보이는 소녀는 한동안 그렇게 잠시 있더니 다시 창문을 닫았고, 곧 형광등이 꺼졌다.

준호는 그 소녀를 어딘가에서 본 적이 있는 것 같아 한참동안 기억을 더듬었다. 그러고는 십여 년 전 화재사고 당시 그곳에 세 들어 살던 모녀가 인명피해를 입었었다는 사실을 떠올렸고, 자신이 본 소녀가 바로 그때 죽은 아이의 영혼이었다는 걸 깨달았다.

얼마간 시간이 흐르고, 준호는 무언가를 결심한 듯 고개를 끄덕였다. 그래, 이건 내가 소설의 주제를 '세계의 진짜 모습'으로 정한 것과 깊은 관계가 있어. 그러니 결코 이 일들을 그냥 넘겨선 안 돼. 그리고 앞으로도 어떤 기이한 일이 벌어지든, 혹은 이해할 수 없는 어떤 사실을 알게 되든 일단은 유연하게 받아들여야 해. 그러지 않으면 지구가 둥글다는 사실을 끝내 받아들이지 못한 과거 사람들처럼 진실을 놓치고 말거야.

준호는 그렇게 마음먹고 나서 세계를 이해하기 위한 공부를 시작했다. 우리가 살고 있는 우주의 세계관을 밝힌 것이라면 철학, 종교, 과학, 문학 등 분야를 가리지 않고 책이나 다큐멘터리, 논문 등을 닥치는 대로 찾아보았다. 그리고 얼마 후에 그는 복수의 통찰을 얻게 되었다. 이 세상이 이야기로 되어 있으며, 거기에 자신이 중요한 역할을 맡게 되었다는 것을. 그리고 '이야기를 이끄는 존재'가

나를 이용해 이야기를 완성하려 한다는 것을.

　그는 자신이 알아낸 것들에 대해 의견을 듣고자 목사와 상담을 했다. 상담 후 준호는 '악의 실체'를 알아내는 게 우선이라는 확신을 얻었다. 진짜 악이 무엇인지는 지금껏 감춰져 있었고 자신은 감춰진 그것을 들여다봐야 했다. 그리고 지금 앉아 있는 커피숍에서 창밖으로 보이는 바로 저곳에 악이 있을 거라고 믿어 의심치 않았다. 이야기를 이끄는 존재가 화분을 이용해 자신에게 그러한 힌트를 주었기 때문이다.

　준호는 다시 커피를 한 모금 마셨다. 미각이 둔해짐으로써 커피는 좀 더 마실 만한 것이 되어 있었다. 그는 창문 너머의 명성가구 본사 건물을 바라보았다. 프랑스의 유명 건축가가 아까시나무를 형상화해 만든 건물로, 독특한 외관과 규모 때문에 을지로의 랜드마크가 되었다. 밤이 되면 엘이디 불빛이 건물의 벽을 타고 바닥에서 상층으로 흐르는데 이 빛은 뿌리에서 가지로 이동하는 영양분, 그리고 질소와 이산화탄소를 흡수해 산소를 배출하는 나무의 생장을 표현한 것이다. 전체가 통유리로 되어 있어 건물 내부가 훤히 들여다보인다. 불이 켜진 몇 개의 사무실에서 야근하는 직원의 모습도 보인다. 땅에 설치된 조명은 아래에서 위로 건물을 비추고 있고, 그 주변으로 작은 공원이 조성되어 있어서 사람들이 거기에서 산책을 하거나 사진을 찍기도 했다. 벤치에 앉아 도시락을 먹는 사람도 있었다.

　스마트폰 시계가 오후 08:40을 나타내자 준호는 얼음을 입에 털어 넣고 자리에서 일어났다. 그리고는 절반 이상 남은 커피 잔을 정리대 위에 올려놓고 화장실에 가서 손을 씻었다. 손가락을 튕겨 물기를 털어내면서 계단을 내려간 그는 건물을 빠져나와 바로 옆에 있는 컴컴한 건물로 들어갔다. 오래된 그 빌딩의 일층은 지물포와 페인트 가게, 이층은 기원, 삼층부터는 주택이었다. 그러나 어떤 사연이 있었는지 지금은 간판만 달린 채 모든 점포가 문을 닫고, 거주하는 사람도 없는 폐건물이 되어 있었다.

준호는 휴대폰 손전등을 켜고 좁디좁은 계단을 올라갔다. 센서등은 작동하지 않았다. 계단 바닥이 성인 남자의 발 길이보다 짧은 데다 높이가 상당히 가팔라 조심스럽게 올라가야 했다. 오층까지 올라가서 육층으로 가는 계단을 막아놓은(그러나 지금은 잠겨 있지 않은) 쇠창살문을 열고 들어갔다. 계단을 오르자 철문이 나왔고 준호는 그 문을 열고 밖으로 나갔다.

그는 옥상 가장자리로 갔다. 왕복 팔차선 도로 맞은편에 명성가구 건물이 보였다. 준호는 삼각대를 꺼내 카메라를 설치했다. 그런 다음 명성가구 건물의 가장 꼭대기 층, 맨 오른쪽 창문에 250밀리미터 망원렌즈의 초점을 맞추고 액정화면에 가득 차도록 줌을 당겼다. 준호가 초점을 맞춘 창문은 블라인드로 가려져 있었다. 통유리로 된 모든 사무실 중에서 블라인드가 쳐진 곳은 거기뿐이었다. 그리고 불은 꺼져 있었다.

감춰진 곳. 바로 저 안에 악의 실체가 있다.

준호는 오래되어 표면이 오돌토돌해진 시멘트 난간에 양 팔꿈치를 올리고 도시의 야경을 바라보았다. 녹색의 엘이디 조명이 수채화처럼 번져 어둠 속에서 미끄러지고, 아래에 보이는 도로에는 자동차들이 엔진소리를 내며 이동하고 있었다. 근원을 알 수 없는 뜨거운 공기 덩어리가 한 차례 그의 얼굴을 스치고 지나갔다. 그는 심호흡을 한 뒤 블라인드가 쳐진 방으로 시선을 들었다. 여전히 불은 꺼져 있었다. 하지만 곧 켜질 거란 걸 그는 알았다. 정확히 아홉시가 되면, 오 분가량 그곳의 불이 켜졌다가 꺼진다.

스마트폰 시계가 아홉 시 일분 전을 알렸다. 준호는 망원렌즈가 제대로 비추고 있는지 다시 한 번 확인한 다음 촬영 모드를 영상으로 변환하고 셔터를 눌렀다. 액정화면에 빨간색 동그라미와 REC 글자가 깜빡였다.

아홉 시. 블라인드 너머의 공간에 불이 켜졌다. 동시에 준호는 스톱워치를 눌렀다. 디지털 숫자가 0에서부터 시작해 다음 숫자로 빠르게 교체해나갔다. 곧이어 이제는 익숙해진 광경을 준호는 또 다시 목격했다.

블라인드에 그림자가 나타난다. 그림자는 천천히 움직여 창문의 중앙까지 가서 멈춘다. 그리고 약 삼분 가량 그대로 서 있다가 허리를 숙인다. 무언가를 들여다보고 있는 걸까? 일 분정도가 흐른 뒤 그림자는 허리를 편다. 그 상태로 다시 일 분가량 흐른다. 이윽고 그림자는 천천히 창문의 가장자리로 이동하고, 잠시 후 불이 꺼진다.

준호는 스톱워치를 멈췄다. 5분 13초.

이번에도 역시 오 분을 조금 초과한 시간이다. 준호는 일주일 째 그걸 확인하고 있었다. 평일에도 주말에도 변함없이 정확히 아홉 시에 불이 켜졌다가 오 분이 조금 넘으면 불은 꺼진다.

준호는 카메라의 녹화중지 버튼을 누르고 저장된 영상을 재생시켜 그림자를 확대해보았다. 그림자는 사람의 형체를 하고 있지만 머리 부분이 사람과 달랐다. 지나치게 큰 머리, 길쭉한 코와 커다란 귀. 뾰족한 이빨처럼 보이는 부분도 있다. 사람의 몸을 한 돼지, 혹은 돼지의 얼굴을 한 사람이다.

이 그림자의 정체는 과연 뭘까? 돼지의 탈을 쓴 인간? 만약 그렇다면 무슨 이유로 그런 차림으로 매일 나타났다가 사라지는 걸까?

야근하던 직원이 퇴근을 준비하는 모습이 보였다. 사무실 불이 꺼지고 잠시 후 건물 출입구로 그 직원이 걸어 나와 도로 앞에서 택시를 잡아탔다. 택시는 왠지 쓸쓸해 보이는 미등의 잔상을 남긴 채 종로 방향으로 회전해 사라졌다. 저 사람은 자신이 악의 근거지에서 일하고 있다는 걸 알고 있을까? 물론 직원들에게는 아무 잘못이 없다. 그들은 그저 나무의 생장을 위한 영양분으로서, 아침에 흡수되어 자신이 가진 에너지를 모두 넘겨준 뒤 밤이 되어 뱉어질 뿐이다. 법인이라는 형태의 나무는 그것을 자양 삼아 성장한다. 집으로 돌아간 직원은 고갈된 에너지를 충전한 다음, 아침이 되면 다시 회사로 가서 영양분을 넘겨줘야 한다. 그야말로 여왕벌을 위해 목숨을 바치는 일벌의 삶이다.

준호는 문득 생각나 공원 벤치로 시선을 돌렸다. 아직 있다. 벤치에 앉아 건물 입구를 주시하는 여자. 오늘로 닷새째다. 그녀는 휴대폰을 보거나 책을 읽지도 않는다. 가만히 앉아서 건물의 정문을 바라보고 있을 뿐이다. 오늘은 저녁 여섯 시 반쯤, 준호가 카페에서 건물을 보고 있을 때 검정색 볼보 뒷좌석에서 내렸다.

  왜 매일같이 저기에 앉아 정문을 바라보고 있을까? 그는 턱수염을 만지며 생각에 잠겼다가 그녀에게 가서 직접 물어보기로 마음먹었다. 어쩌면 자신의 일에 도움이 될지 몰랐다. 준호가 카메라를 해체하려고 했을 때, 명성가구 건물에서 검정색 에쿠스가 나와 도로로 진입했다. 준호는 반사적으로 그 차량을 촬영했다. 차량이 사거리를 지나 시야에서 사라지고 나서야 준호는 카메라 본체와 렌즈를 분리하고 캡을 씌운 다음 가방에 넣었다. 옥상 문을 닫고 휴대폰 손전등으로 캄캄한 계단을 비추며 내려갔다. 건물을 나와 도로 건너편의 공원 벤치를 보았을 때, 그녀는 이미 사라진 뒤였다.

2

  골목에 도착하니 시간은 밤 열한 시가 다 되어 있었다. 그는 오래된 주택의 이층으로 가는 계단을 올라 현관문을 열고 안으로 들어갔다. 거실의 불을 켜고 바닥에 가방을 내려놓은 다음, 허물을 벗듯 탈의를 하고 욕실로 들어갔다. 일단 샤워기의 물을 틀어 미끈거리는 땀을 한 번 씻어낸 다음, 바디샴푸로 스펀지에 거품을 내 온몸에 칠했다. 손톱 밑과 손가락 사이, 귓바퀴 안쪽까지 구석구석 씻어냈다. 명성가구를 감시하고 돌아오면 꼭 그렇게 하고 싶어졌다.

샤워를 마치고 거실로 나와 수건으로 머리를 털고 몸의 물기를 닦아냈다. 서랍에서 속옷을 꺼내 입고 그 위에 잠옷을 입었다. 그런 다음 새로 산 식탁에 앉아 선풍기를 틀었다. 방금 사 온 맥주를 한 캔 따서 절반을 단숨에 마시고는 수첩을 펼쳐 오늘 있었던 일을 볼펜으로 속기했다. 블라인드가 쳐진 방(그는 그곳을 '감춰진 방'이라고 이름 붙였다)을 촬영하고, 머리가 긴 여자의 모습을 보고, 검정색 세단이 건물에서 나오는 걸 촬영한 일을 전부 적었다. 옥상에 가기 전 얼음을 씹어 먹고 화장실에서 손을 씻은 일까지 빼먹지 않았다.

그는 수첩을 몇 장 앞으로 넘겨보았다. 나무에 새긴 돼지 조각은 무엇을 의미할까? 라고 자신만의 속기법으로 쓰여 있었다. 그는 베란다로 나가보았다. 나무는 지난주보다 눈에 띄게 자라 있었다.

준호는 생각 난 김에 물을 주기로 하고 페트병에 하루 동안 담아둔 수돗물을 화분에 부었다. 저번과 마찬가지로 2리터짜리 병의 물을 모두 부었으나 화분 아래로 물은 흘러나오지 않았다. 분명 화분보다 물의 부피가 더 큰데도 화분 밑은 계속 마른 채로 있었다. 마치 나무 아래에 새겨진 돼지가 물을 모두 마셔버리기라도 하는 것처럼 느껴졌다. 그는 그 돼지를 한참 동안 바라보고 나서 다시 식탁으로 갔다.

준호는 수첩 내용을 살피며 명성가구에 대해 알아낸 두 가지 특징을 머릿속에 정리해보았다. 첫째는 이 회사 제품이 하나라도 없는 가정은 없다는 것이었다. 준호의 집만 해도 침대와 책상, 옷장, 텔레비전 선반, 최근에 산 식탁까지 전부 명성가구 제품이다. 그가 학창시절에 집에서 사용하던 책상도 나중에 알고 보니 명성가구 제품이었다. 미키마우스가 그려진 어린이용 책상이었는데, 친구 집에 놀러가서 보면 그들도 전부 같은 책상을 사용하고 있었다.

준호가 확인한 기사에 따르면 현재 전국의 학교, 도서관, 공공기관 등에서 사용하는 책상 모두 명성가구가 납품하고 있다. 거의 독점하다시피 한 경영으로 회사는 지금껏 막대한 현금을 벌어들였고, 몸집을 불려 현재는 의류, 화장품, 외식, 물류 등 다양한 업종의 계열사를 둔 대기업그룹이 되었다.

두 번째 특징은 지나치게 베일에 싸여 있다는 것이다. 명성가구는 설립한지 사십 년 가까이 된 회사다. 이 정도로 오래되고 특정 분야의 시장을 장악하고 있는 데다, 사람들의 생활 깊숙한 곳까지 침투해 있는 회사치고 이상하리만큼 알려진 바가 없다.

준호가 즐겨 읽는 타블로이드 주간지는 기업의 야사나 비화, 스캔들을 보도하는 데 특화된 매체였지만, 명성가구에 대해서는 그런 기사가 한 번도 실린 적이 없었다. 주식시장에 상장되어 있지 않아 자세한 투자 정보도 없다. 일정 규모 이상의 기업이 의무로 갖는 감사보고서 공시를 통해 지분율(명성가구는 회장이 지분 구십 퍼센트 이상을 가진 사실상 개인회사다) 등의 몇 가지 사실이 공개됐을 뿐이다.

  명성가구를 검색하면 홍보용 보도자료 기반의 기사만 노출된다. 최근 기사에 따르면 명성가구 측은 서울 혜화동에 아트센터를 오픈할 예정이다. 회장의 숙원사업으로, 그는 예술에 조예가 깊고 관심이 많으며 오래전에 자신의 이름을 딴 재단을 설립해 지금까지 예술가를 후원해왔다.

  여기까지가 준호가 명성가구에 대해 알아낸 전부였다. 그 밖에 임직원의 근속연수라든가 매출, 영업이익 등의 경영상 지표도 일부 공개되어 있긴 하지만 준호에게는 쓸모없는 정보였다.

  준호는 맥주의 남은 절반을 한 번에 마셨다. 악은 과연 무엇일까. 그들은 대체 무엇을 감추고 있기에 돼지의 탈을 쓰고서 매일 정해진 시간에 나타나는 걸까. 그는 새 맥주를 한 캔 더 따서 현관문을 열고 계단으로 나갔다. 골목길은 적막에 싸여 있었고 달은 구름에 가려져 보이지 않았다. 그는 화재가 났던 집으로 시선을 던졌다. 그 뒤로 소녀를 본 적은 없었다. 집은 흉가나 다름없는 모습으로 조용히 서 있을 뿐이었다.

  이제 뭘 해야 하지? 감춰진 방의 블라인드는 걷힐 생각을 하지 않고 있다. 나는 그 바깥에서 일주일째 감시만 하고 있을 뿐이다.

  준호는 맥주를 천천히 마시며 앞으로 뭘 해야 좋을지 고민해보았지만, 캔이 다 비워질 때까지 이렇다 할 생각은 떠오르지 않았다.

  그는 집안으로 들어가 양치를 하고 안방 침대에 누워 텔레비전을 틀었다. 멧돼지가 도심에 출몰했다는 뉴스가 나오고 있었다. 그

밖에 특별히 눈에 띄는 뉴스는 없었다. 텔레비전을 끄고 천장을 바라보았다. 갑자기 피로가 몰려왔다. 서서히 눈이 감겼다. 불을 끄고 누울 걸 하고 그는 후회하면서 일어날지 말지를 고민했다. 째깍째깍 하는 시계 초침 소리가 유난히 크게 들렸다. 그의 생각은 블라인드에 비친 그림자에서 명성가구를 지켜보던 긴 머리의 여자에게로 흘러갔다. 그녀의 모습이 천장에 아른거렸다. 시계초침이 리듬을 탔다. 째깍째깍. 왜 그 여자는 건물 입구를 바라보고 있었을까? 째깍째깍. 블라인드 뒤에선 무슨 일이 벌어지고 있을까? 째깍째깍. 정신이 몽롱해진다. 불 난 집 창문을 여는 소리가 들린다. 드르륵. 준호는 카메라 렌즈를 통해 그녀의 얼굴을 보고 있다. 소녀는 골목 바깥을 얼마간 바라보다가 다시 창문을 닫는다. 드르륵. 그 다음, 돼지인간이 창문의 블라인드를 걷는다. 드르륵.

주위가 일그러지며, 그의 의식은 깊은 수면으로 빠져든다.

3

"나 때문에 깬 거야?"

준호는 눈을 가늘게 뜨며 휴대폰 액정을 보았다. 아침 일곱 시였다.

"안 그래도 일어나려고 했어." 준호는 대답했다.

"나무에 물은 줬어?"

"응. 어젯밤에."

잘했어, 하고 아내는 말했다.

"몸은 좀 어때?" 준호가 물었다.

"좋아졌어."

두 사람은 평소처럼 몇 마디 안부를 나눴다.

"내일 올라가려고."

"벌써? 괜찮겠어?"

"응. 가게도 오래 비웠고 몸도 많이 나아졌으니까. 그거 말하려고 전화한 거야. 말없이 가서 놀라게 하긴 싫어서."

"놀랄 게 뭐 있어. 원래 이 집에 사는 사람이 오는 건데." 준호의 입 근육이 서서히 풀리고 있었다.

"애인 흔적 없앨 시간은 줘야 할 거 아냐."

"진짜 좀 나아지긴 했나보네. 먹고 싶은 거 있으면 말해. 해놓을게."

지금은 딱히 없으니 생각나는 게 있으면 다시 연락하겠다고 아내는 말했다. 준호는 알겠다고 하고 전화를 끊었다. 그는 그대로 오분 정도 더 누워 있다가 침대에서 내려왔다. 이불을 정리하고, 커피를 내려 뜨거움을 감수하고 몇 모금 마셨다. 그러고는 어제 마시고 식탁에 올려놓은 빈 맥주 캔을 분리수거함에 넣었다. 카페인이 들어가자 머릿속에 있던 안개가 걷혔다. 아내와의 통화 내용이 서서히 정리되었다.

내일 아내가 올라온다.

준호는 그 문장을 몇 번이나 머릿속에 되뇌어보았다. 왠지 그러면 그럴수록 현실감이 떨어지는 듯했다.

아내는 우울증이 심해져 보름 전에 친정에 내려갔었다. 그녀의 담당 의사가 제안했고 준호도 그렇게 하는 게 좋을 것 같다고 말했다. 비좁은 집에서 머무르며 이런저런 일로 스트레스 받아봐야 증세가 나아질 리 없었다. 기왕 내려가는 거 푹 쉬다 오라고 준호는 말했다. 당초 계획은 한두 달 정도 있는 것이었지만 보름 만에 올라오겠다고 전화가 온 것이다. 다소 이른 감은 있으나 목소리는 확실히 내려갈 때보다 밝아진 것 같았다. 준호는 다시 극심한 우울증에 빠지지 않으려면 함께 사는 사람이 어떻게 행동해야 하는지 시간을 내서 알아봐야겠다고 생각했다.

그는 커피 잔을 들고 집 앞으로 나갔다. 계단에 앉아 도서관에서 빌려온 책을 펼쳤다. 천문학자가 외계 행성의 존재 가능성에 대해 쓴 책이었다. 머리에 잘 들어오진 않았으나 달리 뭘 해야 좋을지 몰라 일단 활자들을 읽어나갔다. 그가 몇 번이나 같은 줄을 읽고 있었을 때, 그의 전화기가 잠깐 울리다가 끊어졌다. 휴대폰 화면에는 모르는 번호가 떠 있었다. 준호는 기계적으로 그 번호로 전화를 걸었다. 신호가 몇 번 울리고 상대방이 전화를 받았다. 오십대 정도의 남자 목소리였다.

"전화가 와있어서요" 하고 준호가 말하자 상대방은 얼마간 침묵하더니 "잘못 건 모양입니다" 하고 말했다.

아 네, 하고 준호는 대답했다. 또 다시 얼마동안의 침묵이 있었다. 그리고 상대방이 먼저 전화를 끊었다.

준호는 휴대폰을 계단에 내려놓고 커피를 한 모금 마셨다. 눈이 뻑뻑해진 것 같아 손가락으로 눈꺼풀을 꾹 눌렀다가 뗐다. 목을 회전시켜 스트레칭을 하고, 세 번 되풀이해 읽은 문장을 다시 읽었다. 그러는 동안 준호는 방금 전 전화통화가 어딘가 이상하다는 느낌을 받기 시작했다. 누군가 '그 짧은 대화에서 정말로 이상한 걸 느꼈단 말이야?' 하고 진지하게 묻는 것으로 가볍게 뭉갤 수 있는, 아주 작은 의혹이었다. 그러나 그 통화에는 분명 단단하게 덩어리진 어색함 같은 것이 있었다.

준호는 생각했다. 처음 전화가 왔을 때, 상대방은 신호가 울리기 시작하자마자 끊어버렸다. 통화가 연결되기 전에 잘못 걸었다는 걸 안 것이다. 한두 개의 번호를 잘못 눌렀거나 아예 누락했을 수도 있고, 혹은 입력 순서가 뒤바뀌었을 수도 있다. 어쨌거나 그 사람은 비슷한 다른 번호로 전화를 걸려다가 뒤늦게 아닌 것을 깨닫고 전화를 끊은 것이다. 그리고 그런 일은 얼마든지 있을 수 있다.

그런데 내가 다시 전화를 걸었을 때 그는 왜 뜸을 들였을까? '전화가 와 있어서요' 하는 내 말에 그는 잠시 침묵한 뒤 '잘못 건 모양입니다' 하고 대답했다. 준호는 왠지 3~4초 정도 되는 그 공백이 마음에 걸렸다. 전화가 연결되기도 전에 잘못 걸었다는 걸 알아놓고, 어째서 몰랐다는 듯이 머뭇거리는 반응을 보였을까? 그는 무엇을 주저한 걸까? 그러고 보니 내가 '아 네' 하고 대답한 뒤에도 잠깐의 공백이 있었다. 역시 3~4초 정도 틈을 뒀다가 상대방은 전화를 끊었다.

준호는 턱수염을 만지며 흠— 하고 숨을 내뱉었다.

그가 그 통화에 집착하는 건 나름의 이유가 있었다. 지금쯤 '조력자'가 등장할 때가 됐다고 생각했기 때문이다. 나는 지금 무엇을 해야 할지 모르는 상황이다. 이야기의 도입부부터 꽉 막힌 셈이다. 이럴 때는 갑자기 어떤 사건이 벌어져 이야기가 전환되거나, 조력자가 등장해 임무 수행의 힌트를 주게 된다.

그 사람은 조력자일 가능성이 높다. 그는 전화를 잘못 건 게 아니라 분명 나에게 걸었다. 그리고는 무언가 할 말이 있는 것처럼, 혹은 무언가를 암시하려는 것처럼 뜸을 들인 다음 전화를 끊었다.

준호는 뒷짐을 진 채 볼펜을 똑딱거리며 층계참을 서성였다.

왜 잘못 걸었다고 말했을까? 갑자기 마음이 바뀌기라도 했을까? 그리고 내 번호는 어떻게 알았을까?

준호는 한 가지 가설을 세워보았다.

나는 감춰진 무언가를 들여다보려고 하고 있다. 그러나 '감추려고 하는 측'은 계속해서 감추려 할 것이다. 그들은 그것이 드러나지 않게 막아야 한다. 그리고 나에게 전화를 건 사람은 감춰진 것과 관련된 어떤 사실을 알고 있다. 그렇다면 '감추려고 하는 측'은 전화를 건 사람의 돌발행동을 막아야 하는 입장이며, 그렇게 하기 위한 선행 조치가 이미 이뤄져 있을 수도 있다. 어쩌면 그것은 '감시'의 형태로 진행되고 있는지도 모른다. 구체적으로는 도청이나 해킹 같은.

그는 어쩌면 나에게 자신이 아는 사실을 얘기해주려고 전화를 걸었다가 갑작스럽게 그럴 수 없는 상황에 처했거나, 아니면 위험에 빠질지 모른다는 생각에 전화를 끊었을 개연성이 있다.

일견 타당한 가설이다. 아니 그 외에는 달리 생각해볼 수 있는 게 없다.

만약 이 가설이 옳다면 어떻게 그와 만나야 할까? 전화번호만 가지고는 접촉할 방법이 없다. 그의 이름도, 사는 곳도 모른다. 오십대 정도의 남자라는 사실만 알 뿐이다. 준호는 결국 다시 연락해보는 것 말고는 도리가 없다고 결론 내렸다. 그는 볼펜 주둥이로 머리를 긁으며 고민한 끝에 문자 메시지 하나를 작성했다.

오랜만에 연락 주셨는데 제가 몰라 뵀습니다. 핸드폰을 잃어버려서 번호가 다 날아가 버렸네요. 잘 지내시죠? 요즘엔 주로 어디에 계신지 말씀해주시면 한번 찾아뵙겠습니다.

준호는 메시지를 소리 내어 읽어보았다. 충분히 보낼 수 있는 내용이었다. 해킹으로 그들이 메시지를 본다 해도 특별하게 의심을 받을 만한 내용은 없다. 나에게 전화를 건 사람도 내가 어떤 의도로 보낸 건지 알아차릴 것이다. 준호는 메시지를 전송했다. 그런 다음 읽던 책을 마저 읽으며 기다렸다.

그러나 점심이 지나도록 연락은 오지 않았다.

내 가설이 틀린 걸까? 준호는 볼펜을 딱딱거리며 다른 가능성을 검토해보았다.

어쩌면 감시를 당하는 게 아니라 나에게서 신뢰를 느끼지 못한 게 아닐까? 누군지도 모르는 사람에게 자신이 아는 중요한 비밀을 털어놓을 사람은 많지 않다. 신중한 사람이라면 더욱 그렇다. 그는 나에게 전화를 걸었다가 내 목소리를 듣고 비밀을 털어놓을 만한 인물이 아니라고 판단한 것이다. 그도 그럴 만한 것이, 그는 내가 이 이야기에서 어느 정도로 중요한 인물인지 전혀 모르고 있지 않은가.

그에게서 신뢰를 얻어야 한다면 모든 걸 솔직하게 털어놔야 한다. 정직함은 언제든 결국 통하기 마련이니까. 내가 어떤 사람인지를 확실히 알려준다면 그도 마음을 열 것이다.

준호는 다시 문자 메시지를 작성했다.

제 이름은 한준호라고 합니다. 저는 이야기를 이끄는 존재의 선택을 받아 악의 실체를 찾아야 한다는 중책을 안게 됐습니다. 알고 계실 거라고 생각합니다만 악의 실체는 명성가구의 감춰진 방 안에 있습니다. 저는 현재 그곳을 주시하고 있고, 이 임무를 끝까지 완수할 계획입니다. 어떠한 위험과 음모에도 맞서 싸울 각오가 되어 있습니다. 알고 계신 비밀이 있다면 연락 주십시오. 기다리겠습니다.

준호는 몇 번이나 되풀이해 메시지를 읽어보고는 고민에 빠졌다.

만약 처음의 가설, 즉 감시를 당하고 있는 게 맞았다면? 그러나 결국 그는 어쩔 수 없다는 결론에 도달했다. 달리 방법이 없다. 어느 정도의 위험은 조력자로서의 숙명이다. 감시를 당한다고 해서 입을 닫고 있는 사람은 조력자 자격이 없다. 위험을 무릅쓰는 게 그가 할 일이다. 게다가 악의 실체를 밝힌다는 엄중한 일에 도청 정도의 위험은 그리 심각한 일도 못된다. 그런 면에서 볼 때 이 메시지를 보내는 건 적절하다. 준호는 심호흡을 한 번 하고는 전송 버튼을 눌렀다.

그는 차갑게 식은 커피를 홀짝이며 답장을 기다렸다. 바로 답이 올 거라는 기대는 하지 않았다. 책 내용이 머리에 들어오지 않아 휴대폰으로 한 시간 반짜리 다중우주 관련 다큐멘터리 영상을 보았다. 편의점에서 사온 도시락으로 늦은 점심을 먹고, 아까 본 다큐멘터리의 후속편을 보았다. 그때까지도 답장은 오지 않았다.

문자가 확실히 보내졌는지, 수신인은 맞게 되었는지, 문장에 오해를 살만한 내용은 없었는지 몇 번이나 확인했지만 잘못된 건 없었다. 쓸데없는 전화가 몇 번 오고, 그가 임의로 정한 데드라인인 오후 여섯 시가 될 때까지도 아무 연락이 없었다.

준호는 조바심이 났다. 이렇게 시간을 보내는 사이에도 악은 계속 활동을 이어나가고 있다. 오늘도 아무것도 얻지 못하고 하루를 보낼 수는 없다. 그에게 전화를 걸어 단도직입적으로 비밀을 털어놔달라고 부탁해볼까?

그래. 지금 상황에선 그게 더 효율적일지 모른다. 그 다음 일은 그 다음에 생각하면 된다. 그들이 모종의 방식으로 위협을 가한다면, 거기에 걸맞은 대응을 그때 가서 하면 되는 것이다. 이야기는 원래 그렇게 흘러가도록 되어 있다.

준호는 휴대폰을 열어 그에게 전화를 걸었다. 신호가 몇 번 울리다가 끊어졌다. 상대가 수신을 거절한 것이다.

준호는 슬슬 화가 나기 시작했다. 어째서 좀 더 적극적으로 행동하지 않는 거지? 그렇게 배짱이 없어서야 무슨 일을 할 수 있단 말인가? 준호는 고개를 저으며 화면을 꾹꾹 눌러 세 번째 메시지를 작성했다.

당신은 조력자로서 실격입니다. 더 용기 있는 사람과 만나겠습니다. 알고 있는 비밀, 평생 간직하십시오.

준호는 마지막이라고 생각하고 그를 자극해보기로 했다. 이래도 안 된다면 포기하고 감춰진 방을 들여다볼 수 있는 다른 길(어떤 길이 있는지 짐작조차 안 되지만)을 찾으리라 마음먹었다. 그는 메시지를 보낸 뒤 휴대폰을 내려놓았다. 계단에 앉아 한동안 골목길을 바라보자 다소 격해졌던 감정이 누그러졌다.

저는 할 만큼 했습니다. 이제 당신이 조력자가 될 자격이 있는지를 보여주시죠.

일곱 시가 다 되어 휴대폰이 울렸다. 준호는 액정화면의 잠금장치를 풀었다. 심장의 기척이 느껴졌다. 조력자로부터 온 메시지였다. 준호는 떨리는 손을 움직여 메시지를 확인했다.

 한 번만 더 연락하면 신고하겠습니다.

 메시지는 그렇게 끝나 있었다. 준호는 그 문자를 몇 번이나 되풀이해 읽었다. 그러나 다르게 해석할 여지는 숨어 있지 않은 듯했다. 그는 집안으로 들어가 냉장고에서 맥주를 꺼내 식탁에 앉았다. 휴대폰을 옆에 있는 의자에 던지듯 내려놓았다. 맥주 캔의 따개가 잘 열리지 않았다. 그는 신경질적으로 캔을 테이블에 내려놓았다. 그때 던져진 휴대폰이 한 번 더 울었다. 발신인은 조력자였다.

 안녕하세요. 임 사장입니다. 의뢰하신 의자는 모두 수리했습니다. 을지로 가구거리 〈수퍼니처〉로 오셔서 찾아가십시오. 감사합니다.

 얼마 후, 준호는 대로에서 택시를 잡아탔다. 기사에게 주소를 말하자 택시가 출발했다. 퇴근시간임에도 길은 많이 막히지 않았다. 맥주 캔이 안 따져 마시지 못한 게 다행이라고 그는 생각했다. 중요한 순간에 술은 독이 되었을 터였다. 그는 달리는 차 안에서 휴대폰을 열어 메시지를 읽고 또 읽었다. 그러고는 그 메시지에 대답하듯 속으로 말했다. 네. 그래요. 당신은 훌륭한 조력자입니다. 이 이야기에서 아주, 아주 중요한 사람입니다.

제6장 민이주

당신이 존재할 수 있는 방법

1

 캄캄한 어둠이 주변을 감싸고 있다. 시계제로. 말 그대로 한치 앞도 보이지 않는다. 공기는 높은 밀도로 주변을 에워싸고 있고 적막이 그 내부에서 흐르고 있다. 이주는 마치 태초와 같은 깊은 어둠 속에서 정면을 응시하고 있다.

 아무것도 보이지 않는 어둠 속이지만, 주의를 집중해서 그녀의 시선을 따라가다 보면 손가락만 한 크기의 옅은 빛이 바닥 쪽에 깔려 있다는 걸 알 수 있다. 그 빛은 '그들'에게 각자의 위치를 알려주는 표식이다. 우리는 그 빛을 볼 수 없지만 그들은 볼 수 있다. 그곳에 있어야 할 사람은 그 빛을 볼 수 있다. 그들은 자신의 위치를 알고 있고, 움직여야 할 때와 움직이지 말아야 할 때를 구분한다.

 이윽고, 그들에게 움직여야 할 때가 찾아온다. 강렬한 빛줄기가 나타나 어둠의 한가운데를 베어버린다. 조명은 위치를 지키고 있던 자에게 빛을 선물한다. 그 빛을 신호로, 그들은 움직이기 시작한다. 몇 번이고 연습하고 되뇌었던 자신의 역할을 빈틈없이 수행한다. 누군가를 만나고 이야기를 나누고 선택하고 고민하고 갈등한다. 그들은 알고 있다. 미래는 이미 정해져 있으며 자신은 결말을 향해 그저 나아갈 뿐이라는 것을.

그들은 그걸 알면서도 서로를 미워하고, 괴로움 속에서 자신의 일을 추진하고, 가족을 생각한다. 사랑하고 이별하며 절망한다. 이미 끝을 알고 있지만 현재의 자신은 그걸 알고 있어선 안 된다. 못 이기는 척, 아닌 척 자신에게 벌어지는 일들을 받아들인다.

이주는 객석에서 그들의 이야기를 지켜보고 있다. 그리고 아무도 모르게 자신의 삶과 그들의 인생을 비교한다. 그녀는 그렇게 함으로써 자기 삶의 정당성을 얻는다. 내 인생은 썩 나쁘지 않아. 당신들의 삶보다는. 당신들은 별 것도 아닌 고민들로 인생을 허비하고 있을 뿐. 객석엔 그녀 혼자 있는 게 아니지만, 그런 생각을 하는 건 그녀뿐이다.

연극이 끝나고 조명이 켜진다. 사람들이 박수를 친다. 눈물을 훔치는 사람도 있다. 당신의 인생 잘 봤어요. 힘든 일을 이겨냈군요. 배우들이 무대로 나와 객석을 향해 인사한다. 지켜봐주셔서 감사해요. 우리는 이런 삶을 살고 있고, 다음 무대에서 똑같은 삶을 되풀이해야 합니다. 어떤 일이 벌어질지 뻔히 알면서도 바보 같은 선택을 다시 해야 하죠. 매번 같은 이유로 고민하고, 후회하고, 사랑하고, 헤어져야 합니다. 여러분의 삶과 같지 않나요? 이제 여러분의 무대로 돌아가시기 바랍니다.

갈채가 이어진다. 막이 닫히고 모든 조명이 켜진다. 이주는 선글라스를 끼고 조용히 일어난다. 박수가 끝나기 전에 그녀는 그곳을 벗어난다.

2

밤 열 시, 이주는 대학로의 메인거리에서 벗어나 후미진 골목으로 들어갔다. 골목에서도 좀 더 안쪽, 가로등 불빛이 미치지 않는 으슥한 곳까지 가서야 그녀는 멈춰 섰다. Death's door라는 이름의 바. 이주는 건물로 들어가 2층에 있는 출입문을 밀고 안으로 들어갔다. 내부는 가게 이름의 분위기와 달리 무난한 재즈바다. 1920년대 미국에서 유행했던 재즈가 흘러나오고 있다. 주인의 취향이 반영된 할로겐이 바 주변에서 천천히 깜빡이고, 홀에 있는 테이블은 갓등 조명의 영향으로 도박장을 연상시킨다. 중년에 접어든 남자 셋이 한 테이블에서 싱글몰트 위스키를 마시고 있고 젊은 남녀의 테이블엔 칵테일이 하나씩 놓여 있다. 바에서는 이제 막 사회인이 된 듯한 남자가 다리가 긴 원형 의자에 앉아 태블릿을 보며 맥주를 마시는 중이다.

이주는 내부를 한 번 훑어본 다음 홀의 맨 안쪽 테이블로 걸어갔다. 어깨까지 오는 단발머리를 한 여자가 그 자리에 앉아 있었다. 테이블에는 반쯤 마신 무알콜 칵테일이 놓였고, 단발머리 여자는 조명 아래에서 책을 읽는 중이었다. 책은 존 스타인벡의 〈에덴의 동쪽〉.

이주는 그녀의 맞은편 의자에 앉아 담배에 불을 붙이고, 연기를 길게 내뱉었다. 웨이터가 메뉴판을 들고 오자 이주는 블랙 러시안을 주문했다. 단발머리는 앞에 사람이 앉았다는 사실을 인지하지 못한 것처럼 계속해서 책에 시선을 두고 있었다.

"언제까지 읽고 있을 건데." 이주는 말을 건넸다.

단발머리는 대답 없이 읽고 있던 문단의 끝까지 읽고 나서야 책을 덮었다. 그리고는 마치 소설 속에서 빠져나오지 못한 것처럼 한동안 멍한 표정을 짓고 있었다.

"어서 오세요" 하고 그녀는 테이블 어딘가를 응시하며 말했다.

"언제 왔어." 이주가 물었다.

그녀는 잠시 생각하더니 네 시 쯤, 하고 대답했다. 이주는 시계를 보았다.

"약속을 열 시로 잡았는데 네 시에 왔단 말이야?"

단발머리는 천천히 고개를 끄덕였다. 오늘은 일이 없어서 일찌감치 나왔고, 문이 잠겨 있는 가게 앞 계단에 앉아 책을 읽었고, 그러다가 주인이 와서 가게 문을 열었고, 그 뒤를 따라 들어와 지금까지 있었다고 그녀는 설명했다. 그녀의 말은 마치 놀이공원 직원이 기구를 타려고 선 줄에서 정해진 인원만큼씩만 입장시키는 것 같은 느낌을 주었다.

이주는 은지라는 이름의 여자를 바라보았다. 그녀는 사회와 오랜 기간 단절된 채 살아왔던 게 아닐까 싶을 정도로 어색한 말투를 사용했다. 보육원에서 봤던 발달장애 아동의 특징이 그녀에게서 미약하게 발견되고 있었다.

"그래서 왜 보자고 했는데. 나랑 일할 생각이 생긴 건가?"

은지는 알코올이 들어 있지 않은 칵테일을 빨대로 마셨다. 가끔씩 그녀의 사고회로는 사양이 매우 낮은 컴퓨터처럼 느리게 움직여서, 상대방의 말을 해석하는 데 시간이 오래 걸리는 듯했다. 웨이터가 블랙 러시안을 들고 와 이주의 자리에 올려놓고 돌아갔다.

"내 일은 전문적인 기술이 필요하지 않아. 방법을 배우기만 하면 쉽게 돈을 벌 수 있어."

"그쪽이 하는 일에 대해선 잘 알아요." 은지는 말했다.

"내가 무슨 일을 하는데."

"몸이 재산이 되는 일요. 남자에게 성적인 쾌락을 주고 돈을 받아요."

"그래. 내가 하는 일은 아주 정직한 일이야. 어디에서도 얻지 못하는 걸 대가를 주고 얻는다는 게 핵심이지. 내 밑에서 일하면 감당하기 힘들 정도로 큰돈을 벌 수 있어."

이주는 또 다시 대답 않고 칵테일을 마시는 그녀를 찬찬히 훑어보았다. 탐나는 육체를 그녀는 가지고 있었다. 가슴은 풍만하고, 뱃

살은 조금 나와 있지만 적당하다. 근육이 거의 없고 지방이 많은 타입이어서 살이 몹시 부드러울 것이다. 얼굴은 예쁘장하고 피부 톤이 맑아서 연한 화장만으로도 깔끔한 인상을 준다. 두껍고 풍성한 머리카락은 가운데 가르마를 타 단정하게 빗었고, 그것이 이마에 돋아난 잔털들과 어우러져 건강한 느낌을 준다.

무엇보다 그녀의 몸값을 높이는 건 표정이다. 그녀는 언제나 무표정한 얼굴에서 조금도 변하지 않는다. 진한 눈썹은 위나 아래로 어느 한순간에라도 기울어지는 법이 없고, 눈은 정확하게 눈썹과 평행을 이루고 있다.

그녀의 표정을 바꿀 수 있는 게 있기는 할까? 죽음의 공포가 덮쳐올 때가 아니라면 변하지 않을 것이다. 아니 그때조차 그녀의 얼굴에 표정이라는 건 없을지 모른다. 그녀는 거리를 둔 채 자신을 바라보면서, 다가오는 죽음의 그림자가 머쓱해질 정도로 무감각하게 자신의 운명을 받아들일 것이다. 그리고 남자라면 누구든 그녀의 표정을 변화시키고 싶다는 충동을 갖게 된다. 남자의 정복 욕구를 자극함으로써 그녀의 가치는 수직상승한다. 무엇보다 마음에 드는 건, 그녀는 입이 무겁고 유혹에 흔들리는 성격이 아니라는 것이다. 그러므로 나의 일을 물려주는 데에 손색이 없다.

이주는 손을 들어 웨이터를 불렀다. 그녀는 이제 막 이십대가 된 듯한 앳된 외모의 웨이터에게 25년산 글렌피딕을 주문하고 조명을 최대한 어둡게 줄여달라고 했다. 글렌피딕은 괜찮았지만 조명에서 웨이터는 난감해했다.

"죄송한데 조명은 일정 밝기로 정해져 있어서요."

웨이터는 그녀의 선글라스 너머로 시선을 느꼈다.

"이보다 어둡게 하는 건 좀……" 그는 말끝을 흐렸다.

이주는 지갑에서 오만 원을 꺼내 내밀었다.

"착수금. 그리고 이건 조명 줄이고 와서."

그녀는 테이블 가장자리에 오만 원짜리 두 장을 놓고 빈 블랙 러시안 잔을 지폐 위에 올렸다. 웨이터는 바 쪽으로 고개를 돌려 바텐더가 자신을 보고 있는지를 확인했다. 그는 다른 곳을 보고 있었다.

"얘기해보겠습니다."

웨이터는 일단 받은 오만 원을 주머니에 넣고 테이블에 있는 땅콩 접시를 들고 카운터로 갔다. 그는 포스기기에 글렌피딕 25년산 단품 메뉴를 입력하고 바텐더에게 알코올이 없는 서비스 칵테일 하나를 부탁했다. 웨이터는 바 백bar back으로 가서 쟁반에 스트레이트 잔과 온더록스 잔 두 개, 얼음을 채운 얼음통, 생수 두 병, 캔으로 된 홍차와 우롱차 하나씩을 올렸다. 그러고 나서 바에 쟁반을 올려두었다. 바텐더가 그라인더에 얼음을 갈고 하이볼 잔에 음료 베이스를 담는 사이 웨이터는 땅콩통 뒤에 있는 동그란 스위치를 아주 천천히 돌려(재즈 음악의 전주가 끝나고 후렴이 시작되기 직전 동안) 조명을 최대한 어둡게 만들었다. 그리고 재빨리 땅콩을 접시에 채워 쟁반에 올려놨다. 바텐더가 쟁반의 빈 공간에 칵테일을 두면서 물었다.

"저쪽 너무 어둡지 않아?"

"글쎄요. 잘 모르겠는데요."

"달력 날짜가 안 보일 정도잖아. 조명 확인해봐."

웨이터는 휴대폰 손전등을 켜서 땅콩통 뒤에 있는 조명 스위치를 확인하는 척했다.

"그대로인 거 같은데요. 가끔 저쪽이 어두워 보일 때가 있긴 하더라고요. 기분 탓인지는 모르겠지만."

바텐더는 고개를 갸우뚱했으나 그 이상 토를 달진 않았다.

"마감하면 전등 확인해봐. 갈 때가 되긴 했어."

"알겠습니다."

웨이터는 이주의 테이블로 와서 쟁반 위에 놓인 것들을 내려놓았다. 그리고 나서 빈 블랙 러시안 잔과 아래에 깔린 십만 원을 기술적으로 챙겨 카운터로 돌아갔다.

선글라스를 벗은 이주는 술병을 따서 스트레이트 잔에 부었다.

"봤지? 다른 걸로는 할 수 없는 걸 돈으로는 할 수 있어."

은지는 침묵을 유지한 채 새로 온 서비스 칵테일을 빨대로 휘저었다. 음악은 리듬앤블루스로 바뀌었다. 일관성 없는 선곡이 이 술집의 테마인 모양이었다.

"저는 술을 못 마셔요. 몸에 알코올 분해 효소가 없거든요."

은지는 묻지도 않은 말을 했다. 이주는 잔을 비웠다.

"난 새 사업을 시작할 거야. 그래서 지금 하는 일을 뒤이어줄 사람이 필요해. 저번에도 말했듯이 그걸 너한테 맡기고 싶어. 그러면 넌 큰돈을 벌게 될 거야. 난 너한테 뭔가를 제공한 대가만 받아 갈 거고."

"전 극단 소속 티켓매니저예요. 이 일 말고 다른 건 할 수 없어요."

"니가 몰라서 그래. 이게 너한테 얼마나 큰 기회인지. 내가 어렵게 쌓아 놓은 성에 들어오기만 하면 되는 거야. 나랑 일하고 싶어 하는 사람이 얼마나 많은 줄 알아?"

"저는 티켓매니저를 할 수밖에 없어요."

"왜. 그게 너의 사명이라도 되나?"

"맞아요, 사명. 저는 지금으로선 반드시 이 일을 해야 해요."

이주는 술잔을 채운 다음 두 번째 담배에 불을 붙였다.

"도대체 니가 하는 일이 뭔데."

"티켓부스 및 예매 관리, 입장권 판매 현황 보고, 좌석 관리." 그녀는 손가락을 접으며 말했다. "그리고 캐스팅. 캐스팅은 제가 하는 가장 중요한 일 중 하나예요."

"그 일을 티켓매니저가 한다고?"

"원래는 캐스팅디렉터가 따로 있는데, 극단의 높은 분이 저에게 맡겼어요."

이주는 의심하는 눈으로 그녀를 바라보았다.

"그 '높은' 사람이랑은 특별한 사이인가?"

은지는 고개를 저었다.

"그분은 제가 배역을 제대로 이해하고 있다고 했어요. 그래서 저한테 그 일을 맡긴다고 했고요."

"배역을 제대로 이해한다……." 이주는 그녀의 말을 곱씹어보았다. "좋아 어쨌든, 그 일을 계속해야 하기 때문에 내 제안을 거절한다는 거잖아. 넌 정말 멍청한 애야."

은지는 빨대로 칵테일 속 레몬 슬라이스를 꺼내 테이블 위에 올려놓았다.

"그럼 오늘은 뭐 땜에 보자고 한 건데."

은지는 어떤 이유에서인지 레몬의 알맹이와 껍질을 분리한 다음에야 입을 열었다.

"이번에 새로 연극을 해요. 〈에덴의 동쪽〉이라는 소설 원작을 현대의 실정에 맞게 각색한 초연작이에요. 그쪽이 이 작품의 주인공으로 가장 맞아요."

은지는 자신이 읽던 책을 그녀의 테이블 쪽으로 밀었다. 이주 쪽에서 볼 때 그 책은 거꾸로 되어 있었다.

"그걸 왜 내가 해야 되는데?"

"캐스팅은 제 업무예요. 저는 연극에 적합하다고 생각하는 사람에게 역할을 제안해요."

"그러니까 왜 내가 이 역할에 적합하냐고."

은지는 음료를 저어 소용돌이를 일으켰다. 그녀가 머릿속에서 무언가를 처리하는 동안 이주는 온더록스 잔에 얼음을 넣고 술을 따랐다. 잔을 흔들어 얼음을 살짝 녹인 다음, 이주는 마셨다.

"그쪽은 이 소설의 주인공으로 어울려요."

"그런 말로 날 설득할 수는 없어. 그리고 오늘 이 자리에 나온 건 내가 너를 캐스팅하기 위해서지, 너가 나를 캐스팅하라는 게 아니야."

"그쪽은 연극을 해야 해요. 그러지 않으면……"

"그러지 않으면."

은지는 잠시 뜸을 들인 뒤 입을 열었다.

"존재할 수 없어요."

이주는 주먹으로 테이블을 내리쳤다. 쾅 하는 소리와 함께 위스키 병이 테이블에 쓰러지더니 주둥이에서 술을 쏟아냈다. 바는 정적에 휩싸였다. 마침 음악이 끝나고 새로운 음악이 흘러나오기 전 고요 상태였기 때문에 이주의 행동은 더욱 주목되었다. 사람들은 두 사람의 테이블 쪽을 주시하고, 시간은 마치 슬로우 모션처럼 느리게 흘러갔다. 레이 찰스 음악의 전주가 흘러나왔다. 바텐더의 지시를 받은 웨이터가 조용히 다가와 넘어진 술병을 세우고, 리넨 행주로 술병 둘레와 테이블 위를 닦은 다음 돌아갔다. 병 안의 술은 절반도 남지 않았다.

"난 널 당장 죽일 수도 있어. 애들 장난 같은 말로 비극을 만들지 마." 이주는 말했다.

은지는 표정 변화 없이 칵테일 잔을 입으로 가져갔다. 서서히 사람들의 말소리가 다시 들려왔다.

"그쪽은 열두 살 이전의 기억이 없죠? 첫 기억은 목소리였을 테구요." 은지의 말에 이주는 술을 따르려는 동작을 멈췄다. "아마 그 목소리가 시키는 대로 지금껏 살아왔을 거예요. 대다수의 인간은 그 목소리에 인생을 지배당하거든요. 왜인 줄 아세요? 어떤 행동을 해야 할지 말아야 할지 판단할 때 그 기준을 목소리로 삼거든요."

이주는 잠시 후 침착함을 회복하고 술을 따랐다.

"내 기억이 열두 살부터라는 걸 어떻게 아는데."

"저도 '그런 사람' 중 하나거든요. 제 나이는 스무 살이고, 전 올해 이전의 기억이 없어요. 열아홉 살까지의 기억이 아예 통째로. 간혹 그런 사람이 있어요. 대부분은 대여섯 살 이전의 경험을 기억하지 못하지만, 상당한 나이가 될 때까지의 기억이 없는 사람도 있죠. 그리고 그런 사람은 그런 사람만의 느낌이 있어요. 전 그걸 알아볼 수 있고요."

이주는 잔에 든 술을 천천히 입으로 흘려 넣었다. 그러면서 그녀가 한 말에 대해 뭐라고 말하면 좋을지를 생각했다. 그러나 뭔가를 떠올리기도 전에 은지가 시간을 확인하더니 자리에서 일어났다. 그녀는 테이블에 있던 검정색 비닐봉투를 손에 들었다. 비닐봉투 안에는 다 식어 흐늘거리는 붕어빵과 호떡들이 흰 종이봉투에 담겨 들어 있었다.

"전 이제 가봐야 돼요. 늦어도 열두 시 전에는 잠을 자야 하거든요."

은지는 말한 뒤 서둘러 홀을 지나 문을 열고 밖으로 나갔다. 출입문 위에 달린 종이 딸랑거리며 소리를 냈다.

이주는 가만히 앉아 천천히 담배를 태웠다. 음악은 분위기를 바꿔 다시 재즈가 흘러나왔다. 그녀는 얼마동안 테이블 위에 있는 책에 시선을 두었다. 테이블 위로 덩어리진 담뱃재가 떨어졌다. 잠시 후, 그녀의 부름에 웨이터가 와서 계산서와 현금을 받아갔다. 이주는 선글라스를 쓰고 휴대폰과 지갑을 챙겨 자리에서 일어났다. 그녀가 출입문으로 걸어가자 몇 개의 시선이 따라 움직였다. 그녀는 가게 문을 열고 밖으로 나왔다. 그리고는 뭔가가 신경 쓰여 자신이 앉아 있던 테이블을 돌아보았다. 테이블 위엔 은지가 놓고 간 책이 있었다. 닫히고 있는 출입문 너머로, 조명이 아주 느리게 밝아지고 있었다.

***

이주는 집으로 돌아와 마치 더러운 것을 뿌리치기라도 하듯 책을 거실 구석으로 집어던졌다. 책은 푸드덕거리는 소리를 내며 날아가 벽에 부딪히더니 소파 뒤로 떨어졌다. 이주는 소파에 앉아 핸드백에서 납작하고 네모난 플라스틱 케이스를 꺼냈다. 스티커 하나를 떼어 몸에 붙이고 싶은 충동이 밀려왔다. 이주는 가까스로 그 욕구를 억눌렀다.

사업을 시작한 이래로 약을 한 적은 없었다. 한 번 하기 시작하면 계속 빠져들 테고, 그러면 자신의 사업은 위기를 맞을 것이 분명했기 때문이다. 약을 바르는 일은 리스크 수위의 정점에 있는 행위이므로, 사업을 시작한 이상 크림을 바르지 않겠다고 굳게 맹세했고 그것을 지금까지 지켰다.

대신 그녀는 술을 택했다. 술을 마시면 약을 바르고 싶다는 생각이 더욱 간절해졌지만, 그 생각을 당장 물리칠 수 있는 것 또한 술이 유일했다. 이주는 찬장에서 위스키를 꺼내 얼음 없이 온더록스 잔에 따라 마시고, 크림이 담긴 플라스틱 케이스는 다시 핸드백에 넣었다. 은지의 예언적인 말이 계속 머릿속에 맴돌았다.
 '그쪽은 연극을 해야 해요. 그러지 않으면 존재할 수 없어요.'
 이주는 연거푸 술을 들이켰다. 한참 뒤에 그녀는 비틀거리며 일어나 침대로 가서 누웠다. 날이 밝아서야 그녀는 겨우 잠이 들었다. 그러나 그마저도 악몽을 꾸는 바람에 숙면을 취하지는 못했다.

3

 "일하고 싶다고 연락 온 애야. 나이는 열여덟. 예쁘장하고 남자 경험도 꽤 있는 듯 해. 지금 커피숍에서 기다리고 있어."
 만석은 낙산공원 주차장에 세워둔 볼보 운전석에 앉아 뒷좌석으로 팔을 뻗어 사진을 내밀었다. 이주는 사진 속 여자를 보았다. 유행 지난 짙은 아이라인과 입술보다 넓게 바른 립스틱. 작은 눈과 입을 커버하려는 속셈이지만 오히려 그러한 의도가 빤히 보여 우스꽝스럽다.
 "돌려보내" 하고 이주는 말했다.

"맘에 안 들어?"

"열여덟 같은 소리. 이제 열다섯이나 열여섯이야. 화장도 제대로 할 줄 모르고. 돈줄 엮으려는 가출 패거리 중 하나야." 이주의 말에 만석은 사진 속 얼굴을 다시 들여다보았다.

"그러고 보니 어떻게 하면 발랑 까져 보일까 고민한 얼굴 같긴 하네."

그는 휴대폰의 통화 버튼을 눌렀다. 잠시 후 요즘 학생들 사이에서 유행하는 욕설과 함께 신경질적인 목소리가 들려왔다. 만석은 전화기를 귀에서 멀리 떼고 말이 끝나기를 기다렸다. 다시 귀에 댔다.

"기다린 비용은 줄 테니까 계좌 보내."

욕설이 들렸다. 만석은 전화를 끊었다.

"상당히 화가 난 모양이야." 그는 재미있다는 듯 웃었다. "그건 그렇고 두목, 이렇게 내치기만 할 거야? 꽤 괜찮은 애들도 전부 거절하고 있잖아."

이주는 창밖을 바라본 채 대답하지 않았다.

"그나저나 대단하긴 대단해. 세상물정 모르는 애송이들도 마음만 먹으면 어떤 정보든 알아낼 수 있으니. 어떻게 알고 우리한테 연락해 오는 건지 도통 이해가 안 된다니까. 뭐 여기저기 꽤 알려지긴 한 모양이지만."

"일은 어떻게 됐어?" 하고 이주는 창밖에 시선을 둔 채 물었다. 만석은 고개를 저었다.

"일주일 내내 집 주소로 찾아가서 잠복해 있었는데 코빼기도 안 보이더라고. 창문에 불이 켜진 적도 없고. 인적 없는 틈을 타서 몰래 집안에도 들어가 봤는데 누가 왔던 흔적이 전혀 없더라고. 두목은?"

이주는 고개를 저었다.

"거 참 이상하네. 흥신소에서 잘못된 정보 준 거 아냐?"

"절대 틀릴 리 없다고 했어."

"그런데 왜 일주일째 회사에서 한 발짝도 나오질 않는 거지?"

"그보다 이상한 건 그 사람이 왜 회사를 다니냐는 거야."

"회사 다니는 게 왜?"

이주는 침묵했다.

"참 숨기는 게 많단 말이야, 우리 두목은."

이주는 뒷좌석 문을 열고 차에서 내렸다.

"무슨 일 있으면 바로 연락해."

그녀가 말하고 문을 닫자 부하는 시동을 걸고 주차장을 빠져나갔다. 이주는 낙산공원 주차장에서 나와 벽화마을 쪽으로 걸어가면서 휴대폰의 통화 버튼을 눌렀다.

"오랜만이오." 잠시 후 기계음이 전화를 받았다. 그는 여전히 사극에서 나오는 옛 말투를 사용하고 있었다.

"그 사람이 왜 안 나타나는지 모르겠네요. '대한민국 최고'가 준 정보인데."

"그건 우리도 알 수 없소. 우리가 의뢰 받은 건 그 사람이 '지금 어디에 있는지' 찾으라는 거였으니까. 우리가 행방을 확인했을 당시에 그 사람은 틀림없이 그 건물 안에 있었소. 덤으로 그의 거주지 주소까지 알려줬고."

이주는 잠시 틈을 두었다가 입을 열었다.

"저번에 그 사람을 잡아다가 눈앞에 대령해줄 수 있다고 했죠?"

"그랬소."

"내 앞으로 데리고 와요."

"살아있는 상태여야 하는지 아니면 그런 건 상관없는지 말해주시오."

"살아있는 상태로."

"가격은 더 높아질 거요."

"얼마나 걸리죠?"

"정확히 일주일 뒤에 대령하겠소. 접선장소는 그때 정하면 될 것 같소."

"좋아요." 그녀는 말했다. "그런데 혹시 그쪽에선 내가 어디에 살고 있는지도 알 수 있어요?"

기계음은 이주의 질문에 잠시 침묵하더니 입을 열었다.

"미안한 얘기지만 당신이 어디에 살고 있는지는 이미 알고 있소. 의뢰인에 대해서 어느 정도는 파악해둬야 하는 게 이쪽 일이라서. 그러다보면 원래 알려고 했던 것보다 더 많은 걸 알게 되는 경우가 있소. 그 종로구청 소유의 집은 당신 같은 사람이 살기엔 좀 어울리지 않은 것 같디군. 그렇다고 긱정하지는 마시오. 그런 정보로 아무

짓도 하지 않으니까."

이주는 길게 숨을 내쉬었다.

"알았어요. 기다리죠."

이주는 전화를 끊었다. 그녀는 어느새 집 앞에 도착해 있었다. 낙산공원 주차장에서 벽화마을 쪽으로 가다보면 나오는 첫 번째 벽화가 그려진 집. 벽에는 검정색 정장을 입은 두 남자가 쌍안경으로 서로를 마주보고 있는 그림이 그려져 있다. 두 사람의 거리는 쌍안경이 맞닿을 정도로 가깝다.

그들은 내가 여기에서 '살고 있다'는 걸 어떻게 알았을까? 나는 내 거주지에 대한 정보를 누구에게도 말한 적이 없다. 부하조차도 알지 못한다. 얼마 전 '예술인 거주지 지원제도'로 이곳을 새로 계약했을 때, 어딘가 허술해보이던 구청 직원은 아니나 다를까 이곳에 나를 데려와 집을 보여주고 꼼꼼하게 계약서를 작성하게 해놓고는 정작 계약서를 집에 놔두고 가버렸다. 그 뒤로는 연락도 오지 않았다. 아마도 다른 어딘가에서 계약서를 찾고 있거나, 아니면 이런 허름한 집 따위 누가 살든 중요한 행정사항이 아니라서 컴퓨터에 입력도 하지 않고 놔두고 있는지 몰랐다. 그러므로 구청 전산에 들어가 봐야 내 정보를 알 길은 없다.

내 손님들은 이곳이 그저 '영업장소'일 뿐 내가 거주하는 곳은 다른 데에 있다고 생각하고 있다. 아니, 어느 누구도 나와 이 허름한 집을 자연스럽게 연결 짓지 않는다. 즉 내가 여기에서 '살고 있다'는 사실을 안다는 건, 그들의 정보는 아주 정확하다는 걸 의미한다.

그녀는 왠지 주변을 한번 둘러보게 되었다. 그러나 특별히 눈에 띄는 건 없었다. 이주는 집 맞은편으로 보이는 이화동을 내려다보았다. 오래된 주택들이 몇 개의 군집을 이루고 있었다.

알게 뭐야, 하고 잠시 후 그녀는 생각했다. 당신들이 나에 대해 안다 해도 그건 '진짜 나'가 아니니까 상관없어. 당신들은 '그 사람'만 데려오면 돼.

그녀는 이화동의 풍경을 바라보았다. 적막한 가운데 길을 걷는 사람의 움직임 몇 개가 멀리 보였다.

"어쨌든 뭐…… 기다리는 일만 남았네" 하고 이주는 작은 소리로 내뱉었다.

제7장 주이민

예술을 하지 않음으로써 얻는 자유

1

 섬은 날이 갈수록 평화로움을 더해갔다. 자연은 온화한 얼굴을 한 채, 어떤 일에도 웃음을 잃지 않는 사람처럼 앞으로도 결코 인상을 찌푸리지 않으리라는 믿음을 주었다. 생명력이 넘쳐나는 기름진 땅을 꽃이 온통 뒤덮었고, 익어서 바닥에 떨어진 나무의 열매를 어딘가에서 날아온 새들이 쪼아 먹었다. 먼 바다의 물고기들이 헤엄쳐와 섬 주변의 풍성한 영양분을 섭취하고 돌아가기를 반복하다가 결국 근해에 정착했다.

 사람들은 더욱 왕성하게 작품 활동에 매진했다. 예술 경연을 벌이기로 한 사람들은 경쟁심을 감추지 않고 작업에 열중했다. 물질적 풍요로움과 심신의 평화가 그들의 예술성을 더욱 증진시켰다. 먹고 살 걱정에서 벗어난 그들은 무언가를 보다 깊이 들여다보고,

과감하게 생각을 확장하고, 무모한 단계로 몇 발짝 내디뎠다. 그들의 작품은 파격적이었고 그 점이 서로에게 영감을 자극해 더욱 창작에 몰두하게 했다. 그러한 적당한 긴장 속에서 섬은 평온함을 유지해갔다.

2

노부인의 아들은 외출할 준비를 마치고 아래층으로 내려갔다. 노부인은 돼지 식물의 잎사귀로 주스를 만들고 있었다.
"이거 마시고 나가렴."
아들은 노부인이 건넨 주스를 마시고 식탁에 컵을 내려놓았다.
"섬 생활은 잘 적응하고 있니?"
"잘하고 있어요" 하고 아들은 짧게 대답했다.
"다행이구나. 어제는 뭘 했지?"
"모아에게 말을 걸어보려고 했어요. 제 말을 조금씩 알아듣는 것 같더라고요."
"모아라면, 새끼돼지 말이니? 많이 컸더구나. 그래. 지금은 새끼돼지가 아니지. 아무튼 말을 걸어보려고 했다니 잘했다. 그거 말고는?"
"아무것도 안 했어요."

노부인은 아들이 마신 컵을 싱크대에 넣고 물을 담았다. 아들은 자신의 대답 때문에 어머니가 못마땅해 한다는 걸 알고 있었다.

"이따 오후에 광장에서 인형극을 한다더라. 오늘은 거기에 가보도록 해. 가서 예술을 좀 즐겨봐. 그리고 그게 끝나면 미향예술가를 찾아가보고. 너한테 언제든 예술을 가르쳐주겠다고 했다. 그 여러 가지 맛과 향을 내는 재료로 예술을 하는 분 말이야. 알고 있지?"

알고 있다고 아들은 대답했다. 노부인은 식탁을 행주로 닦으면서 말을 이었다.

"넌 여기 와서 아무것도 안 하고 있잖니. 그건 옳은 행동이 아니야. 다른 사람들 시선도 생각해야지."

"하지만 전 그런 게 즐겁지 않아요."

"계속 하다보면 즐거워질 거야. 예술이 나쁜 거라면 너한테 강요하겠니? 당장은 별 생각이 없어도 뭘 하고 싶은지 꾸준히 고민해봐. 일단 오늘은 내가 시킨 걸 꼭 하고."

"네 그렇게 할게요." 아들은 대답했다. "그런데 저번에 말씀드린 건 어때요? 돼지를 돌보면서 사는 거요. 연못에서 목욕을 시키고 동쪽 섬으로 가서 먹이를 먹이고, 또 수확도 하고요. 섬 주인이 작품을 만드느라 바쁘니까 그 일을 제가 맡는 게 어떨까요?"

"물론 그 일을 정말로 원한다면 해도 좋다. 예술 활동을 하면서 한다면 말이야. 돼지와 지내는 게 제대로 된 일이라고 생각할 사람은 아무도 없어."

노부인은 싱크대에서 행주를 빨았다.

"너도 이제 나이가 꽤 찼다. 아직까지 제대로 된 일을 하지 않는다는 건 부끄러운 일이야. 지금부터라도 네가 하고 싶은 걸 찾아야 해."

"전 예술 같은 거 잘 모르겠어요."

"어렵게 생각할 거 없다. 그저 네가 표현하고 싶은 걸 무언가를 통해 표현하면 되는 거야. 여긴 예술을 하는 사람이 사는 곳이라는 걸 잊어선 안 돼. 무슨 말인지 알겠니?"

아들은 무언가를 생각하더니 말했다.

"하지만 어머니, 누구나 표현 욕구가 있는 건 아니라는 걸 아셨으면 해요. 저는 딱히 하고 싶은 거나 세상에 말하고 싶은 게 없어요."

"이건 그런 문제가 아니야. 예술을 할 줄 알면서 하지 않는 것과 아예 할 줄 모르는 것은 차이가 있다. 하고 싶은 건 없어도 할 줄 아는 건 있어야 돼. 인간이라면 말이다. 지금 이곳의 가치는 그래."

노부인은 행주의 물기를 짜서 싱크대에 펼쳐 널었다. 그리고는 주방 정리를 이어갔다.

"물론 난 네가 남들보다 어디 하나 모자라다고 생각하지 않는다. 하지만 네가 다른 사람에게 무시당하는 건 볼 수 없어. 너도 이제 만혼의 때가 되었으니 올바른 여성과 만나 가정을 꾸려야 해. 그러려면 네 자신부터 미래가 없는 사람이어선 안 되고."

"분명 예술을 하지 않아도 괜찮다고 생각하는 사람이 어딘가에 있을 거예요. 그런 사람을 만나면 되지 않을까요?"

"봐라. 넌 아직 세상을 모르는 거야. 그런 사람은 이 세상에 없어.

있다면 데려와 보거라. 너의 천생연분이니 네 결혼에 대해 두 말 않겠다." 노부인은 단호하게 말했다. "다시 말하지만 여긴 예술가들이 오는 세계야. 예술을 하지 않으면 이곳에 있을 수 없어."

"그렇지만 섬 주인은 룰만 지키면 된다고……"

노부인은 하던 동작을 멈추고 아들을 바라보았다.

"호의로 한 말을 진지하게 받아들이지 마. 상대방이 진심으로 한 말인지 예의상 한 말인지 정도는 구별할 줄 알아야 해."

아들은 잠시 침묵한 뒤 입을 열었다.

"알겠어요. 계속 뭘 하면 좋을지 찾아볼게요."

아들은 현관으로 가서 신발에 발을 찔러 넣은 뒤 발끝을 바닥에 찍었다.

"급하게 생각할 것 없다." 노부인이 현관문 쪽으로 따라 나오면서 말했다. "당장 뭔가를 하라는 게 아냐. 일단은 계속 관심을 가져보도록 해."

네 그렇게 할게요, 하고 아들은 대답한 뒤 현관문을 나섰다.

3

노부인의 아들은 해안가에서 배를 탔다. 나룻배에 누워 하늘을 바라보았다. 낚시를 하고, 잠시 후에는 잡은 물고기들을 놓아주었다. 그러고 나서 다시 배에 누워 색색의 구름을 구경했다. 구름덩어리마다 안에 작은 태양이 숨어 있기라도 한 것처럼 은은하게 빛나고 있었다. 그 모습을 보고 있자니 얼마 후 몽롱한 상태가 되어, 선잠이 들었다가 깨기를 반복했다. 그는 그렇게 시간을 보내고 나서 인형극이 시작되기 직전에 광장으로 갔다. 마을사람 세 명이 관람을 하려고 의자에 앉아 있었다. 아들은 그들과 같이 공연을 관람했다. 인형으로 만든 주인공이 움직이며 이야기가 펼쳐졌다. 한 인간이 여러 비극을 겪으면서 자아를 찾아간다는 내용이었다. 노부인의 아들이 느끼기에 그 이야기는 지루하기 짝이 없었다. 처음부터 끝까지 집중해서 보았으나 아무런 재미도 느끼지 못했다. 하지만 공연이 끝나자 사람들은 극찬했다.

"그래, 본 소감이 어때?" 인형극예술가가 노부인의 아들에게 물었다.

"좋았어요." 그는 대답했다.

"그랬겠지." 인형극예술가는 인형을 가방에 정리했다. "저번에 가져다주신 음식 잘 먹었다고 어머니께 전해드리렴. 훌륭한 음식이더구나."

"네. 그렇게 말씀드릴게요."

인형극예술가는 인형 정리를 마치고 나서 소중한 것을 다루듯 가방을 한쪽에 가만히 내려놓더니 이번에는 의자를 치우기 시작했다.

"네 어머니는 훌륭한 예술가시다." 그는 말했다. "식견도 뛰어나시지. 이번 콘테스트에서 심사를 맡으신 거 알고 있지? 분명 현명한 평가를 내리실 거야."

"저 그런데, 예술이란 도대체 뭔가요?" 노부인의 아들은 물었다.

"인간 활동의 최고 정점에 있는 것이지."

"인간은 꼭 예술을 해야 하나요?"

"당연하지. 예술을 하지 않는 사람의 삶은 가치가 없거든. 그걸 하지 않으면 저기 언덕에 누워 있는 돼지와 뭐가 다르겠냐. 너도 어머니를 생각해서 얼른 시작해야 해. 인간은 모두 예술가니까."

인간은 모두 예술가, 하고 아들은 그의 말을 되뇌었다.

"사람들은 알게 모르게 늘 무언가를 표현하고 있어. 즉흥적으로 노래를 만들어 흥얼거리고, 이야기를 지어내고, 박자에 맞춰 다리를 떨지. 넓게 보면 그런 것도 전부 예술 활동이야. 그런데 넌 그런 걸 전혀 하지 않는다고 들었다. 그건 잘못된 거야. 인간이 인간일 수 있는 건 예술 때문이거든."

노부인의 아들이 잠시 생각에 잠긴 사이 인형극예술가는 의자 정리를 마치고 가방을 손에 들었다. 그러고는 조만간 새로운 이야기로 공연을 할 테니 그때 또 오라고 말했다. 아들은 그러겠다고 대답했다.

노부인의 아들은 광장을 나와 생각에 잠긴 채 미향예술가의 집으로 향했다. 마을 입구에서 끈예술가가 자신의 작품을 홀로 시연하고 있었다. 색색의 무늬가 허공에 그려지고, 팽팽하게 당겨진 줄이 만들어내는 멜로디가 들려왔다. 아들은 그것을 멀리서 지켜보았다. 사람들은 그것을 아름답다고 말했으나 그에게는 전혀 그렇게 느껴지지 않았다. 무늬는 그저 어떠한 형태를 나타내고 있었고, 멜로디는 높낮이가 다른 음을 순차적으로 들려줄 뿐이었다. 그것은 그에게 아무런 감정도 불러일으키지 않았다.

아들은 그곳을 벗어나 미향예술가의 집으로 갔다. 문을 두드리자 안으로 들어오라는 말소리가 들렸다. 미향예술가는 콘테스트용 작품을 만들고 있었다.

"어서 오게."

"어머니가 가보라고 하셔서요."

"그래. 어머니께서 걱정이 많으시더군. 자네에게 예술적 감각을 일깨워달라고 부탁하시길래 언제든 좋다고 했지."

그는 작업 공간으로 아들을 데리고 가서 사탕처럼 생긴 동그란 것을 내밀었다.

"자, 이건 인간을 표현한 작품이야. 눈을 감고 향을 한 번 맡아봐. 그러면서 이 향기가 왜 인간을 표현한 건지 생각해보는 거야. 향을 충분히 맡았으면 이번에는 맛을 봐. 향을 어떻게 느꼈는지에 따라 맛이 다르게 느껴질 거야."

그는 동그란 것을 입에 넣었다. 그러고는 잠시 후 인상을 찡그렸다.

"쓴맛이 강하네요."

"그건 자네가 쓴맛을 원하기 때문이야. 인간은 자신이 보고 싶은 걸 보거든. 지금부터 단맛을 원해보게. 숨을 쉬면 쉴수록 맛은 달콤하게 변할 거야."

아들은 시키는 대로 해보았다. 그의 말대로 점점 단맛이 느껴졌다. 그런 다음에는 과일 향기가 났다.

"내가 어렸을 때 읽었던 동화책에는 이런 요술 사탕 같은 게 단골 소재로 등장하고는 했지. 나는 그런 이야기를 정말로 좋아했어. 그래서 그걸 실제로 구현하려고 노력했고 마침내 성공한 거야. 사람들이 이걸 먹으며 즐거워하는 걸 보면 마치 꿈을 꾸는 것 같다니까. 특히 이 인간이라는 주제의 사탕을 만들고 나서 보니, 그 사람이 뭘 좋아하고 뭘 싫어하는 지까지도 알게 되더군. 자네가 과일을 좋아한다는 걸 알게 된 것처럼 말이야. 재밌지 않나? 이런 의외의 기능을 발견할 때의 기쁨을 자네도 알아야 할 텐데."

그의 말대로 사람들은 사탕이 입에서 녹으며 시시각각 변하는 맛을 즐겼다. 유아기 때의 젖 냄새, 어머니의 품 냄새, 비오는 숲속 냄새, 책 곰팡이 냄새. 이런 걸 숨겨놨다가 천천히 향기가 감돌게 하는 것이다.

하지만 그게 전부였다. 맛과 향을 즐기는 과정에서 도대체 어떤 아름다움을 느껴야 하는지, 무엇 때문에 즐거워야 하는지 의문이었다. 그에게 솔직히 말할 권리가 주어졌다면 이렇게 말했을 것이다. 이런 걸 만들고 즐길 시간에 돼지와 이야기를 나누고 교감하는 게 더 낫지 않을까요? 그러나 어머니의 말에 따르면 이 세상에 솔직한 걸 좋아하는 사람은 아무도 없다. 솔직하게 말하는 걸 좋아한다고 말하는 사람일수록 사실은 더 싫어한다.

"좋네요." 아들은 말했다.

"자네가 좋다 하니 나도 기분 좋군." 그는 대답했다. "그런데 한 가지 궁금한 게 있네. 솔직하게 말해줬으면 좋겠는데. 그러니까— 이게 콘테스트에서 우승할 수 있을 거라고 생각하는지 말이야."

"글쎄요. 전 잘 모르지만 대단한 작품이라는 건 알겠어요."

그는 팔짱을 낀 상태에서 손가락으로 자신의 팔뚝을 두드렸다.

"자네가 보기에 누가 제일 재능 있는 예술가인 것 같나?"

"모두 다 똑같이 훌륭하신 것 같은데요."

"물론 그렇지. 다들 멋진 작품들을 만들고 있으니까. 그런데 내 생각을 말하자면 말이야, 화가의 작품이 유독 훌륭하던데. 혹시 자네도 그렇게 생각하나?"

"아시다시피 제가 예술을 잘 모르잖아요. 제 눈에는 다른 분들 작품도 그 정도로 훌륭한 것처럼 보여요."

미향예술가는 잠시 생각하더니 팔짱을 풀었다. 그리고는 중요한 말을 하려는 듯 헛기침을 한 뒤 말을 이었다.

"그렇군. 아무튼 자네가 원한다면 내 작품을 만드는 법을 전수해 주겠네. 자네 어머니께서 특별히 부탁하셨으니까 말이야. 그 대신, 이건 오해하지 말고 들어줘, 자네 어머니가 좋아하는 맛을 살짝 알려준다면 좋겠는데. 나는 이 콘테스트에서 꼭 우승을 차지하고 싶어. 그래, 그래. 물론 내 실력으로도 충분히 우승을 노려볼 만하지. 그렇지만 말이야, 다른 작품과 큰 차이를 두고 확실한 승리를 하고 싶어. 자네에게도 이런 욕망이 있다면 내 마음을 이해할 수 있을 거야."

"글쎄요. 어머니가 나이 드시면서 예전하고 취향이 많이 달라지셨거든요. 지금은 특별히 뭘 좋아하시는지 모르겠어요."

"그래? 알겠네. 아무튼 내가 하고 싶은 말은, 언제든 부담 갖지 말고 오라는 거야. 어차피 자네도 뭔가는 해야 하니까. 알겠지? 나중에라도 어머니가 뭘 좋아하는지 알게 되면 말해주면 좋고."

미향예술가는 여러 재료가 담긴 통의 뚜껑을 하나씩 닫았다.

"네 그렇게 할게요. 그런데…… 아무래도 예술을 하지 않으면 안 되겠죠?"

노부인의 아들이 조심스레 묻자 그는 고개를 저었다.

"그런 생각은 아예 하지도 말게. 무언가를 표현하지 않고 산다는 건 인생이라고 할 수 없어. 저 돼지들을 봐. 저들과 똑같이 산다면 그걸 인간이라고 할 수 있겠나? 그저 동물일 뿐이지."

"하지만 인간도 동물 아닌가요?"

"자네는 사춘기 때나 할 법한 말을 하는군. 잘 듣게. 인간은 결코 돼지와 똑같은 동물이 아니야. 돼지들은 그저 우리에게 식량과 에너지를 공급하는 존재지. 그 대가로 우리가 그들의 안전을 보장해주는 거고. 만약 공급하지 않는다면? 우리는 '방식을 달리해서' 식량과 에너지를 얻을 거야. 물론 이곳에서 그런 일은 일어나지 않겠지만 말이야. 말하자면 인간과 돼지는 갑과 을의 관계라고 할 수 있지. 결코 동등한 존재가 아니라는 걸 알아두게."

미향예술가는 동쪽 섬에서 잡은 물고기를 냄비에 넣고 졸이기 시작했다.

"네 알겠어요. 그럼 오늘은 이만 가볼게요."
"그래. 언제든 마음이 생기면 찾아오도록 해."
노부인의 아들은 인사를 남기고 그의 집을 나왔다.

4

언덕 위 초원에서 돼지들이 낮잠을 자고 있었다. 노부인의 아들은 돼지들이 누워 있는 곳 근처에 가서 앉았다. 그러고는 한동안 먼 바다를 바라보았다. 그는 도시락을 열어 쿠키를 하나 꺼내먹고 곧바로 뚜껑을 덮었다. 식욕이 전혀 없었다. 풀 위에 드러누워 앞으로 무엇을 해야 좋을지 그는 생각했다. 오늘 경험한 것 모두에 별 마음이 없었다. 그 외에도 딱히 배우고 싶거나 즐기고 싶은 건 떠오르지 않았다.

그렇다면 그냥 아무거나 해도 상관없지 않을까? 어차피 어느 것도 마음에 들지 않으니 무언가를 찾으려고 해봐야 의미 없는 일이다. 그래. 미향예술가께서 흔쾌히 자신의 예술을 가르쳐준다고 했으니 그걸 배우자. 그러면 적어도 '인간답게' 사는 거니까.

그런 생각을 하고 있는데 꿈설계예술가가 다가왔다. 두 사람은 이 섬에 오기 전부터 같은 세계에 있던 죽마고우였다.

"수영이나 하러 갈까?"

그가 옆에 앉으며 묻자 노부인의 아들은 고개를 저었다.

"표정이 왜 그래. 무슨 일 있어?"

"다들 나한테 예술을 해야 한다고 말하고 있어."

"너무 신경 쓰지 마. 생각보다 시야가 넓지 못한 사람들이야."

"어떻게 신경을 안 쓰겠어? 모든 사람이 그렇게 말하는데."

"늘 예술과 현실 사이에서 고민하던 사람들이잖아. 그러다보니 널 보면 이런 생각이 드는 거야. 왜 이런 꿈같은 상황이 주어졌는데 아무것도 하지 않는 거지? 하고."

노부인의 아들은 몸을 일으켜 앉았다.

"넌 예술을 하는 게 정말로 즐거워?"

"응. 작품을 만드는 것 자체도 즐겁지만, 내가 설계한 꿈속을 경험한 사람들이 만족해하는 걸 보면 기분이 좋아. 그게 더 좋은 작품을 만들고 싶다는 의욕을 일으키고."

"난 어느 것을 해도 즐겁지가 않아. 내가 뭘 좋아하는지도 모르겠고. 나는 그냥 주어진 일을 하면서 나머지 시간에는 아무 생각도 하지 않고 살고 싶어. 돼지들이랑 시간을 보내면서 말이야. 그렇지만 동시에 어머니를 기쁘게 해드리고 싶기도 해. 그러려면 예술 활동도 하고 결혼도 해야지."

"어려운 문제긴 하네." 친구는 처음과 달리 진지한 얼굴이 되어 말했다. "아무튼 좀 더 시간을 갖고 고민해보는 수밖에 없겠어. 나도 네가 뭘 하면 좋을지 생각해볼게."

그런 얘기를 하고 있는데 동물체험예술가가 언덕을 올라오는 게 보였다. 화가의 연인인 그녀는 두 사람을 발견하더니 그쪽으로 다가왔다.

"안녕하세요." 그녀가 두 사람에게 인사했다.

"안녕하세요." 두 사람도 인사를 건넸다.

"무슨 얘기를 그렇게 진지하게 하세요?"

그녀는 고둥을 담은 바구니를 땅에 내려놓고 돼지들 옆에 앉으며 물었다.

"이 친구가 예술을 하지 않고 살 수는 없을까 고민 중이거든요." 친구는 대답했다.

"안 하면 어때요? 여긴 룰만 지키면 되는 곳이잖아요."

"그렇게 생각하세요?" 노부인의 아들이 물었다.

"물론이죠. 섬의 주인이 그렇게 살아도 된다고 했으니까."

"하지만 사람들은 반드시 예술을 해야 한다고 하더라고요. 그걸 하지 않으면 인간이 아니라면서. 그래서 전 뭔가를 찾으려고 하고 있고요."

"글쎄요. 어떻게 살아야 한다, 라는 건 없다고 생각하는데요? 용도는 인간의 손으로 만드는 것에만 있는 거니까."

"용도라니요?"

동물체험예술가는 언덕에 자란 기다란 풀을 꺾어 손가락에 감았다. 그러고는 곤히 자고 있는 돼지들을 바라보았다.

"어떤 식으로 사용해야 한다는 규칙을 정해놓는 게 용도잖아요. 그리고 그런 쓰임새는 인간이 만든 것에만 존재해요. 못을 박으려고 망치를 만들고, 앉으려고 의자를 만들죠. 그런 것들에는 용도가 정해져 있어요. 하지만 자연물에는 없죠. 자연은 그냥 존재할 뿐이에요. 인간도 자연의 일부고요. 그러니까 인간에게 어떻게 살아야 한다든가 어떤 걸 반드시 해야 한다고 말하는 건 틀렸다고 생각해요."

그녀는 잠들어 있는 돼지의 등을 천천히 쓰다듬었다.

"그걸 모두가 알면 좋을 텐데요." 아들은 말했다. "사람들은 어디에나 용도를 부여하지 않으면 못 배기나 봐요."

"어쩔 수 없다면 당신도 그렇게 하면 되죠."

"저도요?"

"스스로에게 부여하는 거예요. 나라는 인간의 용도는 이러하니 앞으로 이렇게 살아가겠다, 하고요. 그리고 누가 뭐라고 하든 그렇게 살아가는 거예요. 이건 스스로 짐을 짊어지는 것과 같아요. 당신의 경우라면, 당신이 원하는 삶을 사는 대신에 '사람들이 원하는 방식'으로 살지 않음으로써 받게 되는 따가운 시선이나 말들이 당신의 짐인 거예요. 어차피 사람은 한평생 짐을 지고 살아가야 하는데, 기왕이면 자신이 하고 싶은 걸 하면서 지는 게 좋지 않을까요? 물론 그 선택은 나중에 후회하지 않을 정도로 충분히 고민한 다음에 이뤄져야 하겠지만요."

돼지들은 여전히 잠들어 있었다. 기분 좋은 꿈이라도 꾸는 듯 눈을 감은 채 천천히 호흡하는 중이다.

노부인의 아들은 머릿속으로 그녀의 말을 몇 번이나 되풀이해보

앉았다. 그러자 왠지 모르게 가슴 속에 응고되어 있던 무언가가 서서히 용해되어 사라진 기분이 들었다. 그리고 그 공백을 통해 정체되어 있던 것들이 원활히 흐르면서, 커다란 해방감 같은 기분을 그는 느꼈다.

돼지들이 낮잠에서 하나둘 깨어났다. 모아가 일어나 동물체험예술가 곁으로 와서 그녀의 냄새를 맡으며 꼬리를 흔들었다. 그녀는 모아의 콧등을 쓰다듬었다.

"작업은 잘 돼가세요?" 아들의 친구가 그녀에게 물었다.

"반반이에요. 콘테스트에 출품할 건 잘 돼가지만 제가 늘 고민하던 주제에 대해서는 여전히 모르겠네요."

"고민하던 주제라면 어떤 거요?"

친구는 자세를 고쳐 앉았다. 작품에 대한 얘기가 나오자 그는 눈을 빛냈다. 그녀는 잠시 머뭇거리더니 입을 열었다.

"전 사랑이 뭔지 답을 찾고 있어요. 그걸 작품으로 만드는 게 목표구요. 하지만 알다가도 모르겠어요. 어떨 때는 '아 사랑이란 이런 거구나' 했다가도 시간이 조금 지나면 '아냐, 이런 게 사랑일 리 없어' 하고 부정하게 돼요. 지금껏 그걸 계속 반복해왔고요."

"누구도 쉽게 정의하지 못하는 게 사랑이니까요." 꿈설계예술가는 고개를 끄덕이며 맞장구쳤다.

"아예 답이 없는 걸지도 모르죠. 물론 그렇다 해도 저만의 답은 찾아야 하지만요."

돼지들은 이제 모두 잠에서 깨어나 기지개를 켜고 언덕을 거닐었다.

"생각해본 적 있으세요? 사랑이 뭔지." 그녀는 노부인의 아들에게 물었다. 아들은 뜻밖의 물음에 얼마간 머뭇거리고는 입을 열었다.

"글쎄요. 전……"

그가 뭔가를 말하려고 했을 때, 돼지들이 우— 하는 소리를 냈다. 기분이 좋거나 나쁠 때 으레 내는 소리였다(물론 지금은 의심할 여지없는 기분 좋은 상태). 동물체험예술가는 그에게로 귀를 가까이 기울였다. 바로 그때, 노부인의 아들은 그녀가 내뿜는 향기가 호흡을 통해 자기 안으로 들어오는 것을 느꼈다. 그리고 그 향기는 그의 내부를 천천히 떠돌다가 이내 어떠한 힘을 갖고 소용돌이치기 시작했다.

처음에 그는 소용돌이의 위력을 깨닫지 못했다. 그 거센 바람이 자신의 내면에 쌓여 있던 모든 것을 뒤엎을 것이란 사실을. 또한 그의 사고체계가 앞으로 뭘 하든 그녀를 염두에 둔 쪽으로 움직이게 되고, 자신의 모든 말과 행동이 어딘가에서 그녀가 자신을 보고 있다는 상상 속에서 이뤄지게 될 것이란 사실을. 그리고 그런 강력한 소용돌이가, 방금 전 그녀가 자신 앞에 나타났을 때부터 이미 미풍으로서 시작되고 있었다는 사실도 그는 알지 못했다.

"네? 뭐라고 하셨어요?" 그녀는 물었다.

"아, 전 잘 모른다고 했어요. 사랑이 뭔지…… 사실 깊이 생각해본 적도 없거든요."

아들의 대답에 그녀는 옅은 미소를 지었다.

"어려운 문제죠. 어쩌면 인간이란 존재가 사라질 때까지 어느 누구도 알지 못할 지도요."

그녀는 말하고는 자리에서 일어나 고둥이 든 바구니를 들었다.

"이제 가봐야겠어요."

"하루 빨리 답을 찾으시길 바랄게요." 아들의 친구는 말했다.

그녀는 미소 지으며 인사를 남긴 뒤 언덕을 내려갔다. 노부인의 아들은 그녀가 사라지고 나서도 한참이나 그쪽을 바라보았다.

"난 그냥 예술을 하지 않고 살겠어." 마침내 그는 입을 열었다.

"사람들이 계속 뭐라고 할 텐데 괜찮겠어?"

"그걸 견뎌내는 게 내가 져야 할 짐이야."

"그래. 네 생각이 그렇다면 그렇게 해. 여기선 룰만 지키면 어떻게 살든 상관없으니까."

노부인의 아들은 그녀가 사라진 언덕 아래를 계속 바라보았다. 그는 이제 막 자신의 내면에서 일고 있는 폭풍의 기척을 감지한 참이었다. 그리고 그가 느끼기 시작했을 땐 이미 그 바람을 잠재울 수 있는 건 아무것도 없었다.

"아까 봤어?"

"뭘?"

"저 분이 내 쪽으로 얼굴을 기울인 거."

"그게 왜."

"나한테 호감이 있는 게 아닐까? 아니면 뭐 하러 여기까지 올라와서 말을 걸었겠어."

"무슨 소리야. 네 말이 안 들려서 귀를 기울인 거잖아."

"그래. 하지만 내가 싫었다면 얼굴을 가까이 하지 않았을 거야."

"왜 이래 갑자기. 머리가 어떻게 된 거야?" 친구는 농담조로 말했다.

"잘 생각해봐. 네가 언제 마음에 들지 않는 사람에게 그렇게 가까이 다가간 적이 있는지. 말소리가 안 들린다는 이유로 말이야. 절대 없을걸? 오히려 좀 큰소리로 말하라고 정중한 척 다그친 적은 있겠지. 아니면 그냥 무슨 말인지 못 듣고 말거나."

"진심으로 하는 말이야?"

노부인의 아들은 대답하지 않았다. 그의 표정을 살핀 친구는 어이가 없다는 듯 말을 이었다.

"잘 들어. 넌 지금 제대로 판단을 못하고 있어. 호의와 호감을 혼동하고 있다고. 그 사람은 예의상 네 얘기를 잘 들어주려한 거야. 알았어? 게다가 그 사람은 오래 사귄 애인이 있다구."

"그게 무슨 상관이야. 결혼한 것도 아닌데. 설령 결혼을 했다 한들 문제될 건 없어. 결혼이란 인간이 인위적으로 만들어낸 용도 가운데 하나일 뿐이야. 자연물인 인간에게 그런 굴레 따윈 아무 의미 없어. 게다가 지금 화가와 사귀면서도 사랑이 뭔지 모른다는 건, 그를 사랑하지 않기 때문인지도 몰라."

"맙소사!" 꿈설계예술가는 소리쳤다. "너하고 싸우고 싶지 않아. 널 잃고 싶지도 않고. 그러니까 말썽 일으킬 생각하지 마. 그랬다간 여기에서 쫓겨나고 말 거야. 제발 네 어머니를 생각해."

친구는 그렇게 말하고는 일부러 자리를 박차고 일어나 그곳을 떠났다. 그렇게 행동함으로써, 말로 하는 것보다 더 강하게 그의 행동이 잘못됐음을 지적하는 효과를 노린 것이다. 그러나 노부인의 아들은 그런 친구의 행동을 보고 있지도 않았다. 그의 머릿속엔 온통 그녀가 남긴 향기뿐이었다. 그녀의 냄새를 사탕으로 만든다면 얼마나 좋을지를 그는 생각하고 있었다.

말썽 일으킬 생각하지 마. 그랬다간 여기에서 쫓겨나고 말 거야.

친구의 말이 뒤늦게 그의 주변을 안개처럼 감싸며 성가심을 유발했다.

"쫓겨날 일은 없어. 룰은 단 하나, 돼지만 해치지 않으면 되는 거니까."

노부인의 아들은 작게 말했다. 그러자 주변을 떠돌던 안개가 서서히 옅어지더니 이윽고 완전히 사라졌다.

5

〈두 예술가가 광장에서 만나 이야기를 나눈다.〉

"어디가세요?"

"꿀을 좀 따려고요. 노부인께서 그러는데 돼지 잎사귀 주스에 넣어서 먹으면 그렇게 맛있다네요."

"그래요? 저도 만들어봐야겠네요."

"이따 저희 집으로 오세요. 좀 드릴 테니."

"고마워요. 아참, 그런데 그 집 아드님 말이에요. 예술을 전혀 즐기지 않는다고 하던데 알고 계셨어요?"

"그렇다 하더라고요."

"어떻게 생각하세요? 좀 그렇지 않나요?"

"'좀 그렇다'는 건 안 좋은 의미인가요?"

"뭐 그럴 수도 있고 아닐 수도 있고……"

"그렇다면 저도 '좀 그렇다'고 생각해요."

"그렇죠?"

"그렇죠."

"…………아, 이러지 말고 우리 톡 터놓고 얘기해요. 예술을 즐기지 않는다니, 그건 잘못 돼도 한참 잘못된 거잖아요."

"누가 아니래요. 제 아이라면 어떻게든 뜯어 고쳤을 거예요. 아유, 그나저나 아무도 이 말을 안 꺼내고 있어서 답답해 죽는 줄 알았는데 이제야 속이 시원하네요."

"그러니까요. 저도 영 마뜩잖았거든요."

"섬 주인은 꼭 예술을 할 필요 없다고 하지만 글쎄요, 그런 사람이 이 섬에 있을 자격이나 되는지 의문이네요."

"얘기를 들어보니 이래저래 고민이 많은 것 같더라구요. 나이도 먹을 만큼 먹어놓고는 아직도 사춘기 애처럼 굴고 있으니."

"솔직히 말해서 전 그 사람하고 한 공간에서 살아간다는 게 기분 나빠요. 어째서 그렇게 훌륭한 노부인 밑에서 그런 아들이 나왔을까요?"

"아무래도 아버지 없이 자란…… 아, 아니에요."

"에이, 뭘 숨기고 그러세요. 사실 저도 그렇게 생각하고 있는걸요. 아무튼, 더 두고 보죠."

"그래요. 좀 더 두고 보기로 해요."

"그럼 이따 뵐게요."

"네. 이따 봬요."

제8장 한준호

그들이 움직이는 방식

1

'수퍼니처'라는 간판의 중고가구점 앞에 도착했을 때는 저녁 여덟 시가 넘은 시각이었다. 해는 완전히 져서 캄캄했다. 준호는 근처 편의점에 들어가서 박카스 한 상자를 카운터로 가져갔다. 계산을 하는 사이 휴대폰의 문자를 다시 읽어보았다.

의뢰하신 의자는 모두 수리했습니다. 을지로 가구거리 수퍼니처로 오셔서 찾아가십시오.

분명히 그는 '내가 여기에 있으니 이곳으로 오십시오' 하는 메시지를 다른 사람에게 잘못 보낸 양 나에게 보냈다. 아주 훌륭한 전략이라고 할 수 있다. 감시하는 쪽에는 실수로 보낸 것이라는 인상을 주면서도 나에게는 필요한 정보를 정확히 전달한 것이다. 그로서는 감시의 끈이 좀 더 조여 올지는 모르지만 달리 나에게 접촉할 방법이 없었으므로 시도해 볼만한 일이었다.

영리한 사람이라고 준호는 생각했다. 그리고 그가 영리하다는 점이 앞으로 그가 겪어야 할 모험을 더욱 기대되는 것으로 만들었다.

준호는 박카스 상자가 든 비닐 봉투를 들고 편의점을 나와 가구 매장으로 갔다. 영업을 마친 상태인 듯 간판은 꺼져 있었으나 유리로 된 출입문은 활짝 열려 있었다. 홀에는 중앙의 전등 하나만 켜진 채였고 나머지는 모두 꺼져 있었다. 준호는 안으로 들어가서 "계십니까" 하고 인기척을 내보았다. 그러나 고요한 실내 어디에서도 대답 비슷한 소리는 들려오지 않았다.

매장 입구에 배치된 소파와 탁자들을 지나 안쪽으로 들어가 보았다. 중앙 형광등 아래에 책장 코너가 있었다. 그곳은 밝았다. 거기에는 손님과 이야기를 나눌 수 있는 무릎 높이의 유리 테이블과 각진 소파가 있었고, 테이블 위에는 한 줄로 세워진 종이컵과 믹스커피 몇 봉지를 담아놓은 바구니가 있었다. 티스푼이 물과 함께 담긴 컵, 전기포트도 있었다. 하지만 거기에도 사람은 없었다.

준호는 계세요— 하고 말하면서 중앙에서 조금 더 안으로 들어가 보았다. 침대 코너가 나오고, 거기에서 내부 구조를 따라 오른쪽으로 꺾어 들어가자 주방 가구들이 나타났다. 잠시 후 그는 매장의 맨 구석에 도달했다. 그곳은 유일하게 불이 켜진 중앙 형광등과 거리가 먼 데다 장롱들이 빛을 가리고 있어 어두웠다. 이제 더 이상 안으로 들어갈 곳은 없었다. 준호는 다시 출입문 쪽으로 걸어 나오면서 계십니까, 하고 불러보았지만 역시 대답은 없었다.

화장실에 가셨나 하고 준호는 생각했다. 주인 없는 가게 안에 있으려니 왠지 난처했으나 하는 수 없이 그는 다시 한 번 주위를 살피며 안쪽으로 들어가보았다. 이윽고 그는 다시 매장 끝에 도착했는데, 거기에서 활짝 열려 있는 쪽문 하나를 발견했다. 장롱과 장롱 사이 깊은 곳에 있는 데다 가죽 소파가 장롱 사이를 막고 있어서 하마터면 못 보고 지나칠 뻔했다. 그 문으로 들어가려면 소파를 치우든가 아니면 소파를 밟고 등받이를 넘어가야 했다.

준호는 쪽문 안쪽을 들여다보려 했지만 너무 어두워서 보이지 않았다. 계세요— 하고 준호는 그곳을 향해 말해보았으나 소용없는 일이었다. 그는 주변에 아무도 없음을 확인하고, 신발을 벗어 소파로 올라간 다음 반대편에 내려놓았다. 그리고는 등받이를 넘어갔다.

그런데 그때, 홀 중앙에 있는 형광등 아래의 책장 코너 쪽에서 발소리가 들려왔다. 두껍고 단단한 굽이 대리석바닥을 또각또각 두드리는 소리였다. 그리고 얼마 만에 발걸음은 멈춰 섰다. 준호가 있는 곳에선 그쪽이 보이진 않았지만 소리는 분명 거기에서 들려왔다. 이런, 모양새가 곤란하게 됐네. 준호는 다시 등받이를 넘어 소파에 올라간 다음 내려놨던 신발을 들어 반대편 바닥에 내려놓았다. 신발을 신으려고 소파에서 내려왔는데 쪽문의 안쪽, 어두운 곳에서 누군가 속삭였다.

"그쪽으로 가지 말아요."

준호는 동작을 멈췄다. 그는 쪽문 안쪽을 들여다보려 했지만, 빛이 있는 이쪽에서는 아무리 들여다봐도 어둠 속을 볼 수 없었다.

"사장님이세요?" 준호는 덩달아 속삭였다.

"그래요. 어서 이쪽으로 와요. 날 만나러 왔잖아."

그러나 준호는 그 지시에 선뜻 따를 수 없었다. 이런 목소리였나? 하고 기억을 더듬어보았으나 그가 속삭이듯 말하고 있었기 때문에 통화했을 때와 같은 목소리인지 판단하기 어려웠다. 준호는 긴가민가하면서도 신발을 들어 등받이 뒤쪽에 놓고 한쪽 발을 내려놓았다. 그런데 다시 책장 코너 쪽에서 발소리가 들렸다. 이쪽으로 다가오고 있었다. 준호는 소파 등받이를 가랑이 사이에 두고 갈등에 빠졌다. 쪽문과 책장 코너를 번갈아보며 어느 쪽으로 가야 할지 망설였다. 발소리가 조력자일까, 아니면 저 목소리?

"선생님이 저한테 문자를 보내셨습니까?" 준호는 문을 향해 물었다.

"그래요. 얼른 소파를 넘어 이쪽으로 와요."

발소리가 탁자와 침대 코너를 지나 점점 가까이 다가왔다.

"그놈이 오고 있어. 그쪽으로 가면 큰일이 벌어질 거예요."

하지만 준호는 어둠 속으로 들어갈 용기가 나지 않았다. 속삭이는 그의 목소리 또한 못 미더운 구석이 있었다. 반면 선명한 구두 굽 소리는 어쩐지 경쾌하고 익숙해서 마음이 놓였다.

준호는 밝은 곳을 택하기로 했다. 발소리가 코너를 돌아 자신을 발견하기 전에 소파를 넘어가려고 반대편에 놓은 신발을 들었다. 그때 홀 중앙 쪽에서 마치 유리 테이블에 무릎을 부딪친 것 같은(실제로 그랬는지는 모르지만) 소리가 나더니 발소리가 멈췄다. 그와 동시에 쪽문 안에서 검은 그림자가 재빠르게 나와 준호를 붙들어 당겼다. 준호는 그 힘을 거부하지 못하고 끌려 들어갔다.

준호는 어둠 속에서 문을 닫아 잠그는 소리를 들었다. 그러고는 곧바로 누군가 자신의 팔을 잡고 계단을 내려가는 힘을 느꼈다. 준호는 팔을 뻗어 주변을 감각하려고 하면서 엉거주춤한 자세로 그를 따랐다. 잠시 후 동그란 전구의 주황색 불빛이 켜지고, 지하실의 모습이 눈에 들어왔다. 열 평 남짓한 공간에 장롱과 선반이 널려 있고, 전등이 달린 작업대 위에는 망치와 대패, 전기톱 등의 공구들이 있었다. 그제야 준호는 그림자의 모습을 볼 수 있었다. 항공점퍼를 입고 있는 오십대 정도의 남자로, 그는 어쩐지 화가 난 듯한 얼굴로 준호를 바라보고 있었다. 남자는 나무 의자에 놓인 경마 잡지를 치우고 준호를 거기에 앉혔다.

준호는 어안이 벙벙해서 아무 말도 할 수 없었다. 오십대의 남자는 다리를 절뚝거리면서 방금 내려온 계단을 올라갔다. 그러더니 문에 귀를 갖다 댔다. 아무 소리도 들리지 않자 다시 계단을 내려왔다.

"도대체 무슨 일이 벌어지고 있는 거죠?" 준호는 물었다.

남자는 검지를 세워 자신의 입술 위에 댔다. 두 사람은 숨죽인 채 가만히 기다렸다. 천장에서 발소리가 천천히 다가왔다. 남자는 계단 중간까지 살금살금 걸어 올라가서 일부러 큰소리로 말했다.

"아, 그런가요? 제가 문자를 잘못 보냈군요. 이거 원, 정신머리가 없으려니까 이런 일이 다 있네요. 아닙니다. 내 잘못이지요. 뭐 어쨌든 여기까지 왔으니 차나 한 잔하고 가시죠. 오신 김에 구경도 하시고요. 여기가 가구를 수리하거나 재조립하는 공간입니다."

남자는 주먹을 꼭 쥔 채 귀를 기울였다. 잠시 정적이 흐른 뒤 발소리가 천천히 멀어졌다. 그는 안도한 듯 숨을 뱉고는 다시 다리를 절뚝이며 계단을 내려와 준호가 있는 쪽으로 다가왔다. 그러더니 다그치듯 말했다.

"지금 당신이 얼마나 위험한 짓을 하고 있는지 알아요? 당신은 절대 건드리지 말아야 할 것을 건드렸어."

"제가 무슨……"

"명성가구를 주시하고 있다고 했잖아요. 그 안에 악의 실체가 있다면서."

"그냥 카메라로 촬영만 했습니다. 그 안은 확인도 못했고요."

"잘 들어요. 그들은 감시를 하는 쪽이지 당하는 쪽이 아니에요. 누군가의 시선이 자신을 향해있는 걸 허락하지 않는단 말입니다. 이미 명성가구는 당신을 주시하기 시작했을 거예요. 당신의 일거수일투족을 샅샅이 살피고 있을 거란 말입니다. 알겠어요?"

준호는 그가 무슨 말을 하고 있는 건지 정확히 알 수 없었다. 그래서 어떻게 대답해야 좋을지도 몰랐다. 수퍼니처 점주는 선반이 있는 곳으로 가서 전기포트로 물을 끓인 다음 종이컵에 인스턴트커피를 탔다. 그는 다리를 절뚝이면서도 커피를 한 방울도 흘리지 않고 준호에게 가져다주었다. 그런 다음 준호의 맞은편에 나무 의자를 놓고 앉았다.

"나 역시 철저하게 감시당하고 있어요." 그는 말했다.

"그럼 저 발소리의 주인이 명성가구 사람이란 말인가요?"

"사람? 여기 들어올 때 사람 같은 거 봤어요?" 그는 준호가 사온 박카스 상자에서 하나를 꺼내 마셨다. "명성가구는 어디에나 있어요. 그리고 그들은 무엇이든 될 수 있죠. 언제든 원하는 대로 형태를 바꿀 수 있단 말입니다. 저 발소리가 당신을 유인한 것처럼 저들은 언제나 곁에 머무르며 당신을 꾀어낼 거예요."

그는 빈병을 원통형 쓰레기통에 던져 넣고 말을 이었다.

"시간이 많지 않아요. 어서 묻고 싶은 걸 물어보고 여길 떠나요. 그들을 속이는 건 불가능에 가깝지만 어쨌든 해봅시다. 내가 아는 한 최대한 얘기해줄 테니."

준호는 가슴을 쓸어내릴 시간도 없이 수첩을 꺼냈다. 휴대폰의 녹음 기능을 켜고 볼펜을 눌러 속기할 준비를 했다. 손이 떨려 볼펜을 힘주어 잡았다. 어느 정도 효과가 있었다.

"선생님은 명성가구와 관련되어 있는 게 맞습니까?"

"작년까진 그랬죠. 이십 년이나 다닌 회사니까. 작년에 사표를 내고 나와서 이 가게를 인수했어요."

"명성가구 본사의 꼭대기 층에 있는 블라인드가 쳐진 방(지금부터는 '감춰진 방'이라고 부르겠습니다)에 대해서 알고 계십니까?"

"그 방에 대해 아는 사람은 거의 없어요. 아마도 회장과 그의 최측근 정도만 알 거예요. 하지만 나는 우연히 그 안에서 뭔가가 일어나고 있다는 걸 알게 됐지요."

"정확히 어떤 거죠?"

"그 방에선 환각과 관련된 일이 벌어지고 있어요."

"환각이요?" 준호는 자기도 모르게 큰소리로 말했다. 수퍼니처 점주는 입술에 손가락을 갖다 댔다. 잠시 후 그는 말을 이었다.

"나는 명성가구가 오래 전부터 '인간의 정신이 세계에 미치는 영향'을 연구해오고 있다는 걸 우연히 알게 됐어요. 그걸 연구하는 특별 팀이 지금도 실험을 이어가고 있죠. 그리고 그 실험은 꼭대기 층에서 이뤄집니다. 특별 팀을 제외하고는 아무도 그 층에 갈 수 없기 때문에 거기에 정확히 어떤 방들이 있는지는 알지 못해요. 일반 엘리베이터는 그 바로 아래층까지만 운행됩니다. 비상계단으로 올라갈 수는 있지만 복도로 들어가는 문이 언제나 안쪽에서 잠겨 있어요. 해당 층 전용 엘리베이터가 따로 있는데 그건 회장과 특별 팀만 이용하도록 되어 있고요. 그렇지만 아까도 말했듯이 나는 우연히 그 층 전체가 환각과 관련된 '의식'을 행하고 있다는 걸 알게 됐어요."

준호는 속기로 그의 말을 받아 적었다.

"의식이라면 혹시……"

"준호 씨가 생각하는 그 의식 맞아요. 이건 농담이 아니에요. 이 얘기를 어디까지 믿을지 모르겠는데, 아무튼 내가 본 그대로를 말해 볼게요. 나는 소각장으로 보내야 할 문서를 정리하다가 문서 세단기에 걸린 연구보고서 일부를 보게 됐어요. 옛 에스파냐어로 작성된 문서였는데, 개인적 흥미 때문에 전공 외에 따로 공부한 적이 있어서 그걸 읽을 수 있었죠.

특별 팀의 구성원은 명성가구 회장과 임원진, 외국인 연구원이었어요. 회장이 팀장을 맡았고 임원진은 주술을 외우는 역할을 맡았어요. 외국인은 콜롬비아에서 온 사람이었는데, 아마도 그가 남아메리카에서 전해져 내려오는 한 부족의 의식을 가르치는 모양이었어요. 보고서에는 의식에 관한 절차와 내용이 있었죠. 반드시 지켜야 할 복장과 예절, 앉는 위치 같은 거요. 그리고 팀장은 돼지 가면을 쓰도록 되어 있었어요."

준호는 블라인드에 나타났던 그림자를 떠올렸다. 돼지 가면을 쓴 인간, 그건 명성가구 회장이었던 것이다.

"이 의식에는 특이한 점이 하나 있는데 '돼지의 먹이를 먹는 행위'가 있다는 거예요. 그건 반드시 모두가 해야 해요. 여기서 말하는 돼지가 탈을 쓴 돼지인간을 말하는 건지, 아니면 은유적 표현으로서의 돼지를 말하는 건지는 나도 몰라요. 그냥 문장으로 그렇게 되어 있을 뿐이에요. '돼지의 먹이를 먹는다.' 안타깝게도 그 행위를 포함해서 그들이 벌이는 의식이 뭘 의미하는지, 목적이 무엇인지도 전혀 알지 못해요. 내가 본 보고서 자체가 세절되다가 만 일부에 불과했으니까. 그걸 처음 봤을 땐 누군가 장난을 치고 있다고 생각했죠. 일부 직원들이 자기네끼리 낄낄거리려는 용도로 만들었다가 폐기한 거라고요. 그렇지만 얼마 안 가 내 생각이 틀렸다는 걸 알았어요. 어느 날 야근을 하느라 밤늦게 일층 로비에 있었던 적이 있는데, 그들이 보고서에 나온 복장 그대로 입고 꼭대기 층 전용 엘리베이터를 타는 걸 본 적이 있거든요. 도대체 왜 그런 일을 벌이는지 지금도 전혀 이해할 수 없어요. 그 회사 임원진은 모두 국내외에서 엘리트 교육을 받은 수재들인데 말이에요."

준호의 손이 수첩 위에서 빠르게 움직였다.

"그들의 연구와 실험은 어떤 것이었습니까?"

"인간이 환각을 어디까지 컨트롤할 수 있는지를 알아내는 것이었어요."

"환각을 컨트롤한다……" 준호는 그의 말을 되풀이하며 속기했다.

"아까도 말했듯이 보고서 전체를 본 건 아니지만 그들이 꽤 오래전부터 연구를 해왔다는 건 알 수 있었어요. 회사 설립과 동시에 시작했다는 내용을 봤거든요. 개인적으로 이 문제에 대해 생각을 해봤는데, 이건 아주 조심스러운 얘기입니다만, 그들은 마약을 이용하고 있는 것 같아요. 물론 확실한 건 아니에요. 보고서에 마약이라는 단어는 사용되지 않았거든요. 하지만 그걸 암시하는 단어들은 있었죠. 가루 혹은 잎사귀 같은 거요. 제조 방법도 있었고. 아마도 그 약을 변형하고, 개량하는 것 같더군요."

"그 보고서를 파쇄하려고 한 걸 보면, 어쩌면 의식이나 실험 같은 것도 지금은 전부 그만두지 않았을까요?"

"그럴지도 모르죠." 그는 말했다. "하지만 그랬다면 내가 퇴사를 종용 당할 일도 없었을 것 같은데요."

"퇴사를요?"

그는 절뚝거리는 다리로 일어나 믹스커피를 한잔 타서 돌아와 마시기 시작했다.

"나는 그걸 본 뒤로 동료들로부터 따돌림을 당했어요. 위에서는 말도 안 되는 지시를 하고 아래에선 내 명령을 따르지 않았죠. 그게 문서를 본 것과 연관되어 있다는 증거는 없지만 어쨌든 갑작스럽게 이전에는 없던 부당한 일들을 겪었어요. 도저히 견딜 수 없을 정도가 되자 결국엔 퇴사하기로 마음먹었죠. 명성가구는 내가 그만두는 날 '비밀 유지 의무'에 대해 몇 번이고 강조했어요. 회사의 비밀을 누설하면 화를 당하게 될 거란 암시를 엄청 하더군요. 물론 그들이 말한 비밀이란 공식적으로는 회사의 내부 사정을 뜻하는 것이었지만, 사실은 의식과 관련된 내용을 말한다는 것쯤은 누구나 알 수 있죠. 그리고 퇴사한 이후로 나는 줄곧 감시를 당하고 있고요."

그는 언젠가는 자신이 명성가구 측으로부터 죽임을 당하리라는 공포 속에서 살았다고 했다. 모종의 방식으로 비밀을 누설하도록 만든 다음 자신을 처단하리라 여긴 것이다. 그리고 준호가 자신에게 보낸 문자가 바로 그러한 과정의 일환이라고 생각해 망설였다고 그는 설명했다.

"아무리 그래도 설마 목숨까지 위험할까요?"

준호의 말에 그는 허허 하고 웃더니, 바지의 왼쪽 다리를 걷어 올렸다. 그의 무릎 아래는 의족이었다.

"이겁니다. 우연히 비밀을 알게 된 대가가."

"……어떻게 된 거죠?"

"간단해요. 회사를 그만 두고 얼마 지나지 않은 어느 날, 자다가 눈을 떠보니 다리가 없었어요. 그게 다예요. 그들은 자신들의 일을 진행할 때 적합성 같은 건 따지지 않죠. 이건 이러저러하니 이 정도가 적당한 대응 같다, 혹은 이런 일에 그 정도 대응은 지나친 것 같다, 하는 논의는 하지 않아요. 이렇게 하기로 결정하면 실행할 뿐이죠. 다리를 가져가기로 한다, 가져간다, 끝. 나 역시 마찬가지였죠. 자다가 눈을 떴다, 다리가 없었다, 끝. 잘린 부위는 깔끔하게 봉합되어 있었고 통증도 후유증도 없었어요. 집에 침입자의 흔적이 있지도, 꿈자리가 사납지도 않았고요. 나조차도 원래부터 다리가 없었던 게 아닐까 하는 생각이 들 정도였죠.

생각해봐요. 이건 그들에게 아주 '경제적인' 일이에요. 신체 일부를 제거하는 것은 목숨을 없애는 것보다 훨씬 더 안전하게 비밀을 가진 자의 전의를 상실시켜요. 목숨을 가져가는 건 아무래도 긁어 부스럼이 될 수 있거든요. 물론 가져갈 생각이 있었다면 가져갔을 테지만, 어쨌거나 그들은 '언제든 목숨을 가져갈 수 있다'고 경고하는 선에서 멈추기로 한 거예요. 그냥 그렇게 하기로 한 거죠.

이해가 잘 안 되죠? 나도 그곳을 그만두고 나서는 이 일이 이치에 맞는지 따져봤어요. 도대체 어떻게 된 걸까. 왜 이렇게까지 하는 걸까. 하지만 그런 생각은 무의미해요. 애초에 그들은 물리법칙을 초월한 무언가를 시도하고 있으니, 이치를 따지려고 하는 일 자체가 소용없는 건지도 모르죠. 아무튼 그래서 이 얘기를 지금껏 누구에게도 못한 거예요. 굳이 미친 사람처럼 보이고 싶지는 않았으니까."

준호는 바쁘게 그의 말을 기록했다. 떨리던 손은 이제 진정되어 원래 목적인 속기의 기능이 제대로 발휘되고 있었다.

"그런데 제 연락처는 어떻게 아셨습니까?" 준호는 물었다.

어떻게 알다니, 하고 그는 반문했다. "난 정말로 전화를 잘못 건 거예요. 비슷한 번호를 가진 다른 고객에게 전화를 걸었다가 잘못 건 걸 깨닫고 끊었을 뿐이라고요. 이후에 당신한테 전화와 문자를 받고 혹시 명성가구 측 사람인가 의심을 했다가, 나중에는 용기를 내서 만나기로 한 거라니까. 나야말로 당신이 어떻게 내가 명성가구와 관련이 있는지를 알고 있는지 궁금한 참이구만. 뭐, 어쨌든 좋아요. 난 이제 잃을 게 없습니다. 변변찮은 목숨이야 아직 붙어 있긴 하지만, 기왕에 마음먹은 이상 그들이 벌이는 이 수상쩍은 일들을 모른 척 할 수만은 없어요."

그는 계단 근처로 가서 귀를 기울였다. 그리고 다시 돌아와 자리에 앉았다.

"자, 내가 아는 건 다 얘기했어요. 이십년이나 다닌 회사지만 아는 거라곤 이것뿐이에요. 워낙 베일에 싸인 회사라서. 홍보팀조차 자기 회사가 어떤 곳인지 제대로 설명 못할 정도니 말 다했죠. 더 물어볼 게 있으면 어서 물어봐요."

"혜화동에 새로 오픈하는 아트센터에 대해 알고 계십니까?"

"회장이 예술에 관심이 깊은 건 사실이에요. 원래 화가를 지망하던 사람이었는데 형이 일찍 죽는 바람에 가계를 일으켜야 해서 일에 뛰어든 거죠. 아마도 회장이 무슨 일을 꾸민다면 아트센터도 거기에 당연히 연관이 있을 거라고 봐요. 아니, 분명 그들은 아트센터를 개관함과 동시에 뭔가를 하려고 해요. 지금 갑자기 생각이 났는데, 보고서에서 그런 내용을 본 것 같아요."

그때 다시 발소리가 들려왔다. 묵직한 굽이 바닥을 때리는 소리가 지하실을 울렸다.

"이제 여기서 나가요." 그가 일어나며 말했다.

"하나만 더요. 혹시 돼지가 새겨진 화분에 대해서는 모르십니까?"

"화분?" 그는 잠깐 생각을 하더니 이내 고개를 저었다. "화분에 대해서는 전혀 몰라요. 내가 못 본 거거나 보고서를 본 이후에 새롭게 추가된 거겠죠. 자, 어서 나가요. '조력자'로서의 내 역할은 이제 끝이에요."

발소리가 계단 위에서 멈췄다.

"그 정도 장롱이면 사흘이면 수리 가능합니다." 그가 계단 밑에서 큰 소리로 말했다. "당연히 원하시면 우리가 트럭으로 싣고 와서 고치고 배송까지 다 해드리죠. 그 시간까지 전부 포함해서 사흘이라는 거예요. 돈이야 더 들지만 그래도 우리만큼 완벽히 리폼할 수 있는 데는 찾기 어려울 거예요."

발소리가 다시 천천히 멀어졌다. 준호는 수첩을 가방에 넣었다. 수퍼니처 사장이 절뚝거리며 계단을 오르고 준호가 그 뒤를 따랐다. 사장은 문손잡이를 잡고 준호 쪽을 돌아보았다.

"소파를 넘어가면 앞만 보고 곧장 출입문으로 나가요. 어떤 소리가 나더라도 그쪽을 쳐다보지 말고. 알았어요?"

준호는 고개를 끄덕였다.

"도움 주셔서 감사합니다."

사장이 쪽문을 열어주었다.

"어서 가요. 그리고 반드시 '악의 실체'를 밝혀줘요."

그의 말을 뒤로 한 채 준호는 소파를 넘어 침대 코너까지 곧장 갔다. 그런 다음 왼쪽으로 방향을 틀어 출입문을 향해 걸어갔다. 그때 손님용 유리테이블이 있는 곳에서 인기척이 났다. 준호는 그곳에 시선을 주지 않고 정면에 보이는 출입문을 바라보며 빠르게 걸었다.

이봐요 누굽니까, 하는 말소리가 등 뒤에서 들려왔다. 구두소리가 또각또각 다가왔다. 갑자기 누군가 차가운 손으로 자신의 목덜미를 만진 것처럼 그 부위에 소름이 돋았다. 누군데 여기 있는 거죠? 이봐요.

준호는 뒤돌아보지 않았다. 이윽고 그는 열려 있는 출입문을 통과해 가게 밖으로 나왔다. 그러고 나서도 그는 앞만 보며 걸었다. 지하철역에 도착해 계단을 바삐 내려갔다. 승차카드를 찍고 플랫폼으로 들어가자 전철이 문을 열어둔 채 기다리고 있었다. 준호는 올라탔다. 문이 닫히고, 전철이 출발하고 나서야 그는 긴장을 풀 수 있었다. 목덜미뿐 아니라 온몸에 소름이 돋아나 있었다. 시계를 보니 밤 열 시가 다 되었다.

문득 수퍼니처 점주의 말이 떠올랐다.

당신의 행동은 샅샅이 감시를 받고 있을 거예요.

그는 주변을 둘러보았다. 몇 명의 사람이 전철의 움직임에 걸맞게 흔들리고 있었다. 그러나 아무도 자신을 쳐다보고 있지는 않았다.

2

무더운 오후, 수진은 짐을 풀면서 콧노래를 부르고 있었다. 그녀는 스티비 원더의 〈Isn't she lovely〉의 후렴 부분을 반복해서 흥얼거리며 친정집에서 입었던 옷을 세탁기에 넣어 돌리고, 읽으려고 가져갔던 책 두 권을 침실 책장에 다시 꽂아 넣었다. 책은 예상보다 경쾌한 소리를 내며 꽂혔다. 충전기를 콘센트에 꽂아 휴대폰을 충전시키고, 식탁 의자를 밟고 올라가서 비닐을 씌운 여행 가방을 장롱 위에 올려두었다.

그녀는 냉장고에 붙어 있는 남편의 포스트잇을 확인했다.

'도서관에서 급하게 자료를 확인할 게 있어서 나갈게. 냄비에 갈비찜 해놨어.'

그녀는 진공청소기로 방과 거실, 침대 밑과 문틈 사이, 식탁과 소파 아래의 먼지를 빨아들이고, 같은 동선으로 움직이며 걸레질을 했다. 내친 김에 그녀는 화장실 타일과 세면대, 변기까지 모두 청소했다. 묶은 때가 벗겨지며 표면이 하얗게 드러나자 덩달아 새로워지는 기분이 들었다. 마음 같아선 책장에 있는 책을 모두 꺼내고 칸막이 안쪽까지 닦아내고 싶었지만 그랬다간 에너지를 모두 소진해버릴 것 같아 그만두었다.

혼자서 방 세 개와 거실, 화장실까지 청소하는 것만 해도 적잖이 고된 노동이었다. 하지만 노래가 멈추는 일은 없었다. 그녀는 구간 반복 재생을 걸어둔 뮤직플레이어처럼 스티비 원더의 후렴구를 계속해서 흥얼거렸다. 마침내 청소를 끝내고 그녀는 방과 거실을 둘러보며 만족스러운 숨을 내뱉었다.

그녀는 빨래가 다 되기를 기다리며 포도를 씻어 몇 알 떼어먹었다. 그러고는 아무래도 찜찜한 마음이 사라지지 않아 책장의 책을 모두 꺼냈다. 그런 다음 모든 칸막이의 먼지를 걸레로 깨끗하게 닦아내고 도로 책들을 꽂았다. 그리고 나서야 홀가분한 마음으로 빨래를 널고 샤워할 수 있었다. 서랍장에서 세탁된 옷을 꺼내 입고 집 앞 계단으로 나갔을 때, 햇볕은 강하게 내리쬐고 있었다. 시계는 오후 세 시를 가리켰다. 골목은 변함없이 조용했다. 세상이 멸망하더라도 이 골목만큼은 영원히 이대로 남아 있을 것 같은 풍경이었다. 잠시 후 집안으로 들어간 그녀는 화분의 흙 상태를 확인한 뒤 물을 주었다.

환기를 위해 열어두었던 창문과 현관문을 모두 닫고 방으로 들어가 침대에 누웠다. 양손으로 머리를 받치고 크게 숨을 쉬었다. 그러고는 한동안 꼼짝 않고 누워 있었다. 노래는 더 이상 흥얼거리지 않았다. 얼마 후에는 상체를 일으켰다. 그녀는 눈물을 참으려고 애썼다. 잠시라도 방심하면 슬픔이 그녀 안으로 파고들었다. 마치 오셀로 게임처럼, '행복 면面'으로 뒤집어놓으면 끝끝내 다시 '슬픔 면'으로 넘어갔다. 그녀는 침대에서 나와 억지로 스티비 원더의 노래를 불러보았지만, 신나는 재즈는 구슬픈 가락이 되어 흘러나왔다.

그러나 그것도 잠시, 그녀는 다시 기운을 회복했다. 분명 상황은 나아지고 있었다. 그녀는 오셀로 게임에서 결정적 자리에 돌을 올려놓으며 역전으로 게임을 끝내기로 했다. 그녀는 자신의 배를 내려다보며 살살 만졌다. 그러자 더 이상 슬픈 생각은 들지 않았다.

제9장 민이주

돌이킬 수 없는 실수

1

저녁 여섯 시. Death's door의 바텐더 겸 점주는 오픈 준비를 하고 있었다. 냉장고를 열어 안주 재료의 재고를 확인하고 부족한 양만큼 발주를 한 다음, 새로 입고된 맥주를 냉장고 안쪽으로 밀어 넣고 기존에 있던 맥주는 앞쪽에 진열했다. 바의 먼지를 닦아낸 행주를 빨아 싱크대의 물기를 닦고, 유리잔에 먼지가 앉지 않도록 덮어둔 천을 걷어낸 다음 그 천을 단정하게 개어서 선반에 넣어두었다. 그런 다음 리넨 행주로 하이볼과 마티니, 마가리타 잔 순으로 닦아 나가기 시작했다.

그는 요즘 가게 매출이 신통치 않아 고민하는 중이었다. 트렌드에 맞지 않은 가게 분위기와 매장 위치의 비접근성이 주요 원인이었지만, 칵테일에 대한 인기가 예전보다 훨씬 못하다는 점도 한몫

하고 있었다. 테이블이 가득 차는 날은 특별한 기념일뿐이었다. 그마저도 칵테일 서너 잔이 전부. 국산 맥주 마실 걸 수입 맥주로 주문하는 경우가 많다는 게 대목에 유일하게 기대할 만한 거리였다.

업종을 변경할까도 고민해봤지만 그는 배운 것도 없고 할 줄 아는 것도 없었다. 무엇보다 새로운 시도를 할 돈이 없었다.

그는 다섯 번 호흡할 때마다 한 번씩 한숨을 쉬면서 유리잔을 닦았다. 그러면서 열어둔 출입문을 통해 계단을 청소하고 있는 웨이터를 보았다. 웨이터는 노래를 흥얼거리면서 쓰레기를 종류별로 분리하고 있었다.

바텐더는 삼십대 후반에 운 좋게 자신의 가게를 갖게 됐지만 순수익으로는 스물두 살의 웨이터 월급보다 적을 때가 많았다. 그는 아무런 걱정 없이 월급을 꼬박꼬박 받아가는 웨이터의 뒷모습을 착잡한 얼굴로 얼마간 바라보고는, 입을 굳게 다물고 잔을 닦아나갔다.

잠시 후 문밖에서 웨이터의 말소리가 들렸다.

"일곱 시 오픈이라 이따 오셔야 하는데요."

잠시 후 한 여자가 가게 안으로 들어왔다. 터틀넥 민소매티셔츠와 짧은 스커트, 구두까지 온통 검정색으로 무장한 여자였다. 톰포드 선글라스 역시 짙은 검정이었다. 키는 168센티미터 정도. 그녀는 일주일 전에 와서 글렌피딕 25년산을 주문한 사람이었다. 가게에서 팔아본 적 없는 비싼 술이었기 때문에 바텐더는 그녀를 기억하고 있었다. (그 술을 테이블에 쏟기까지 해서 더욱 잊을 수 없었다.) 그녀는 지난번에 앉았던 자리로 가서 앉았다.

웨이터는 어떡하느냐는 얼굴로 들어와 점주를 쳐다보았다. 바텐더는 놔두라는 의미로 손을 저었다. 그는 청소하느라 밝혀둔 조명을 영업용으로 줄이고, 음악을 틀었다. 빌보드차트 순위에 오른 미국 팝이 흘러나왔다. 웨이터는 홀에 놔둔 청소도구를 창고에 정리하고 옷매무새를 가다듬은 다음 그녀의 테이블로 갔다.

"저번에 킵해놓으신 술로 가져다드리겠습니다. 안주는 뭘로 드릴까요?"

아무 거나, 하고 그녀는 대답했다.

"과일로 가져다드리겠습니다."

그러나 웨이터는 가지 않고 왼손에 있던 메뉴판을 오른손으로 바꿔 들며 시간을 벌었다. "그때 조명을 줄였다가 얼마나 혼났는지 모릅니다. 지금도 청소 시간인데 들여보냈다고 어찌나 눈치를 주는지……"

이주는 말없이 지갑에서 오만 원짜리를 꺼내 테이블에 올렸다. 웨이터는 공손하게 그 돈을 받아 바 쪽으로 갔다. 잠시 뒤 조명이 줄어들었다. 이주는 선글라스를 벗고 담배를 천천히 피운 다음 재떨이에 비벼 껐다. 웨이터가 와서 반쯤 남은 술병과 얼음 통, 술잔들과 땅콩 접시를 올려두고 떠났다.

바텐더는 바에서 마가리타 잔을 닦으며 술을 따라 마시는 그녀의 얼굴을 바라보았다. 저 여자는 뭐하는 사람일까? 늦은 오후인데 이제 막 감은 듯한 머리, 잘 어울리는 화장과 조금 과하게 멋 부린 옷차림, 계산할 때 현금을 사용하는 점, 거리낌 없이 주문하는 고가의 양주와 팁 액수. (그는 웨이터가 조명을 줄여주고 팁을 받는 걸 알고 있었으나 그가 월급이 적은 것에 대해 불평한 적이 있었기 때문에 뭐라 하진 않았다.)

바텐더는 몇 가지 정보를 가지고 그녀의 정체를 추론해보고는 직업여성일 가능성이 높다고 결론지었다. 그는 언제나 그런 식으로 자신만의 지적 유희에 빠지고는 했다. 탐정이라도 된 것처럼 눈에 보이는 정보를 조합한 다음 몇 개의 좁혀진 사실을 가지고 손님의 직업이나 나이, 성격 등을 추리해내는 것이다. 물론 손님에게 자신이 알아낸 정보가 맞는지 확인한 적이 없고, 말 그대로 그저 유희일 뿐이었다. (그렇다고 해서 자신의 추리가 틀릴 거라고 생각하진 않았다.) 그는 비록 텔레비전에 나올 법한 '성공한 젊은 사업가' 반열에는 오르지 못했지만, 눈썰미를 키워나가는 것으로 '젊은 시절을 마냥 헛되이 보내진 않았다'는 위안을 얻고 있었다.

그는 그녀를 바라보면서 문득, 자신이 한창 때 상당히 괜찮은 여자로부터 대시를 받았던 기억을 떠올렸다. 길거리를 다니는데 어떤 여자가 자신의 휴대폰 번호를 받아간 것이다. (그녀에게 전화가 오진 않았다.) 그 일을 떠올리자 갑자기 수컷으로서의 도전 욕구가 샘솟았다. 바텐더는 과일 안주를 만들기 위해 웨이터에게 바나나를 사오라고 지시한 다음 데킬라 베이스의 칵테일 하나를 만들었다. 그런 다음 거울을 보고 머리를 매만졌다. 숱이 줄어 예전만큼의 스타일은 나오지 않았지만 옆머리의 도움으로 볼륨을 적당히 만들어냈다. 그는 쟁반에 칵테일을 올리고 그녀의 자리로 갔다. 여자는 안주도 없이 벌써 세 잔째 스트레이트로 마시고 있었다. 바텐더는 칵테일을 그녀의 테이블에 내려놓았다.

"서비스입니다. 손님과 잘 어울린다고 생각해서 제가 특별히 만들어봤습니다."

그는 그렇게 말하고는 먼 바다를 응시하는 것 같은 얼굴로 그녀를 보았다. 그녀는 술잔을 채웠다. 바텐더가 가볍게 웃으며 "한번 맛 봐보시죠" 하고 재차 말을 걸었으나, 그녀는 창밖에 시선을 둔 채 위스키를 천천히 입에 흘려 넣을 뿐이었다.

바텐더는 적어도 십초 이상 멋쩍게 서 있었다. 이제 어떻게 해야 좋을지 알 수 없었다. 상대방을 이토록 드러내놓고 무시하는 건 처음 겪는 일이었다. 그는 그녀가 화라도 내주길 바랐으나 이뤄지지 않았다. 결국 그 뒤로 몇 초가 더 지나서(적어도 십초 이상) 좋은 시간 되십시오, 하고 말하고 몸을 돌리는 수밖에 없었다.

그런데 그때 저기, 하고 그녀가 바텐더를 불러 세웠다. 그는 미소를 회복하며 그녀를 돌아보았다. 그녀는 턱 끝으로 테이블 위를 한번 가리킨 다음 다시 창밖이 보이는 각도로 고개를 돌렸다.

"아, 예."

바텐더는 칵테일 잔을 쟁반에 올리고 바 안으로 돌아왔다. 그러고는 자신이 특별히 만든 음료를 싱크대에 붓고, 벽에 기대어 리넨 행주로 다시 잔을 닦아나가기 시작했다.

예사롭지 않은 여자야. 그는 생각했다. 화류계에 몸담고 있다면 분명 상위 클래스에 속해 있는 여자다. 아니, 어떤 조직에 있든 그녀의 서열은 늘 최상위를 차지할 것이다. 어쩌면 그녀를 담을 수 있는 조직이란 존재하지 않아서, 독자적으로 행동하고 있을지도 모른다.

"독자적."

그는 머릿속에 떠오른 단어를 내뱉어보았다. 그러자 문득 예전에 들었던 소문이 떠올랐다. 독자적으로 영업을 하는 한 윤락 여성이 쾌락의 극치를 경험하게 해준다는 내용이었다. 그녀의 집에 커다란 금고가 있으며 그 안에는 어마어마한 금은보화가 있다고 했다. 언제 어디에서 들었더라? 그는 기억을 더듬어 자신이 십년 전쯤 술집 웨이터를 할 때 한 상류층 인사(누구인지는 기억 안 난다)에게서 우연히 들었다는 걸 생각해냈다. 이 여자가 그 여자 아닐까?

상당히 신빙성 있는 추론이라고 생각한 그는 여자를 노려보았다. 그러나 다른 단서는 찾지 못했다. 그런데…… 방금 전 느껴졌던 기분은 뭐지?

웨이터가 바나나 한 송이를 손에 들고 가게 안으로 들어왔다. 그가 탈의실에서 겉옷을 벗어두고 나오자 바텐더는 그를 불렀다.

"너 저 여자한테 갈 때 기분이 어때?"

"아무렇지 않은데요." 웨이터는 말했다. "왜요?"

"뭔가…… 불쾌해. 가까이 가면 기분이 안 좋아."

웨이터는 고개를 갸우뚱했다.

"글쎄요. 전 모르겠는데요."

바텐더는 흠— 하고 소리를 내더니, 주방으로 들어가 안주를 만들기 시작했다.

2

 밤이 깊어지고, 홀에 있는 테이블은 절반 정도 찼다. 절반이라고 해봐야 여덟 테이블 중 네 테이블이었다. 바에는 한 사람도 없었다. 이주는 휴대폰 화면을 켰다. 흥신소에선 아직까지 연락이 없었다. 오늘이 '그 사람'을 잡아오기로 기한한 날이었다.
 그녀는 어서 그 사람을 제거하고 싶었다. 급한 일은 아니지만 빨리 처리하고 싶은 마음이 드는 건 어쩔 수 없었다.
 이주는 나온 지 한참 된 과일 안주에는 손도 대지 않은 채 연거푸 술을 따라 마셨다. 병은 거의 바닥을 드러냈다. 그녀가 이렇게 빠른 시간 안에, 이 정도 양의 술을 마셔본 건 처음이었다. 그녀의 주량은 소주로 치면 한 병 정도다. 이미 한참 전에 자신의 주량을 넘어섰지만 그녀는 멈출 수 없었다. 술을 마시지 않으면 크림을 바르고 싶은 욕망이 거세게 밀려왔기 때문이다. 요즘 들어 더욱 그런 충동이 자주 일었다.
 새 사업을 시작해야 하잖아, 리스크를 키워선 안 돼, 하고 자신을 타일러보아도 잘 되지 않았다. 이주는 현재 자신이 영위하고 있는 사업의 권한 일체를 다른 사람에게 넘겨주고 새로운 일을 시작할 계획이었다. 아직 어떤 사업을 할지 구체적으로 생각해 두진 않았지만 업종이 뭐가 됐든 목적은 '모든 사람에게 약을 경험하게 한다'는 것이었다. 지금 하는 일의 후계자가 정해지고 나면 얼마동안 휴식을 가지면서 목적을 달성하기에 적합한 사업이 뭐가 있을지 고민해 볼 예정이었다. 그녀는 자신의 영민한 머리가 적절한 때에 번뜩이는 아이디어를 내놓을 거라고 믿고 있었다.

그녀는 핸드백에서 스티커가 든 플라스틱 케이스를 꺼내 어루만졌다. 그리고는 곧 다시 집어넣고 마지막 잔을 채웠다.

그 즈음 그녀는 완전히 취해 있었다. 숨이 가쁘고 손발이 저리며 시야가 좁아졌다. 음악소리와 말소리가 마치 콘서트홀에서처럼 울렸다. 그녀는 다시 핸드백에서 플라스틱 케이스를 꺼냈다. 지금 이걸 바르면 어떤 기분일지 그녀는 알고 있었다. 그러나 그녀는 고개를 저었다.

언제 전화가 걸려올지 몰라. '그 사람'을 만나려고 예쁜 옷까지 입었잖아?

그 사람을 죽이는 건 어렵지 않다, 고 그녀는 생각했다. 주삿바늘을 그의 신체 어디든 찔러 넣고 피스톤을 꾹 누르기만 하면 된다. 그의 몸속으로 액체가 흘러들어가고, 열을 세면 몸을 떨기 시작한다. 다시 열을 세면 근육이 굳어가고 호흡이 곤경에 빠진다. 그 다음 열 이후엔 모든 생명 활동이 꺼진다. 서서히 굳어가는 그 사람의 얼굴, 그 얼굴을 떠올리는 일은 언제나 떠올리기 이전보다 기분을 나아지게 했다.

이주는 아까부터 강한 요의를 느끼고 있었다. 더 이상 참을 수 없을 때가 되어서야 그녀는 핸드백을 들고 일어났다. 그러다가 그녀는 온더록스 잔 하나를 떨어뜨렸다. 유리가 깨지는 소리가 나고, 홀은 지난번에 술병을 쏟았을 때처럼 정적에 휩싸였다. 하지만 이번에는 스티비 레이 본의 신들린 기타 연주가 소리의 공백을 채워주었다.

웨이터가 빗자루를 들고 와 바닥을 쓰는 동안 이주는 테이블과 벽을 번갈아 짚으며 화장실로 갔다. 그녀는 화장실 맨 안쪽 칸막이로 들어가 문을 잠갔다. 바지와 속옷을 동시에 내리려고 했으나 잘 되지 않았다. 몇 번의 시도 끝에 그녀는 변기에 앉을 수 있었다. 감각이 몹시 둔해져 있어서 한참을 집중하고서야 쪼르르하는 소리와 함께 소변이 흘렀다.

이윽고 오랫동안 볼일을 보고 났을 때의 묘한 쾌감을 그녀는 느꼈다. 그 상쾌함의 여운이 둔해져 있는 그녀의 감각을 건드렸다. 감각들은 둔한 채로 공동의 목적을 위해 움직이기 시작했다. 밤샘 작업을 하고 이제 막 허기를 채운 어선 노동자에게 졸음이 몰려가 육신을 무너뜨리듯, 이성이 알코올에 지배된 틈을 타 약을 하지 않으려는 그녀의 의지를 쓰러뜨렸다. 이성은 일단 습관적으로나마 그것을 막아보려 했지만, 애매한 의지는 도리어 안달만 북돋웠다.

그녀는 핸드백에서 플라스틱 케이스를 꺼내 스티커 하나를 떼어냈다. 그러고 나서 맨살이 드러나 있는 자신의 팔에 붙였다.

3

바텐더는 하품을 하고 있는 웨이터를 불렀다.
"왜 이렇게 안 나오지? 가봐야 할 것 같은데."
"여자 손님들이 있어서 곤란한데요."
"그래도 너무 오래 됐잖아. 들어갈 때 상태 봤지, 완전히 맛 간 거. 아무래도 안 되겠어. 슬쩍 가서 문 두드려봐."
웨이터는 화장실에 가려는 여자 손님이 있는지 눈치를 살핀 뒤 홀 안쪽으로 갔다. 화장실 문을 살며시 열어 얼굴을 들이밀고 실례합니다— 하고 말해보았다. 대답이 없자 웨이터는 안으로 들어가서 닫혀 있는 칸막이 문을 두드렸다.
"손님, 괜찮으세요?"
그는 몸을 숙여 아래 틈새로 안을 들여다보았다. 그녀의 발이 보였다.
"저기요, 저기요."
웨이터는 문을 두드리며 그녀를 불렀으나 대답이 없었다. 그는 칸막이에 얼굴을 좀 더 가까이 대고 바닥 문틈으로 안을 들여다보았다. 그녀의 두 다리가 안쪽으로 꺾인 채 꿈쩍도 하지 않고 있었다. 그는 일단 화장실 출입문을 잠그고, 그녀가 있는 옆 칸막이로 들어가서 변기 뚜껑을 덮은 다음 그 위로 올라갔다. 그러고는 칸막이 너머로 눈을 슬며시 내밀었다.

그녀는 변기에 앉아 몸을 축 늘어뜨리고 있었다. 눈은 반쯤 감긴 채 어딘가를 바라보고 있고, 벌어진 입에서 흘러나온 침이 옷을 적시고 있었다. 웨이터는 소스라치게 놀라더니 재빨리 화장실을 나와 바 쪽으로 갔다.

"사장님, 죽은 것 같은데요."

바텐더는 목소리를 낮추라는 동작을 하고는 바 구석으로 그를 끌고 가 쪼그려 앉았다.

"자세히 말해봐."

"움직이지를 않아요."

"잠든 거 아냐?"

웨이터는 고개를 저었다.

"그건 잠든 얼굴이 아니에요."

바텐더는 심상치 않은 일이 일어났음을 직감했다.

"신고할까요?"

"호들갑 떨지 마. 가뜩이나 손님 없어 죽겠는데."

바텐더는 일어서서 홀을 한 번 둘러보았다. 이 소동을 눈치 챈 손님은 없었다.

"내가 나오기 전에는 아무도 못 들어오게 해."

바텐더는 창고에서 청소중이라고 쓰인 푯말을 들고 여자화장실로 갔다. 그는 통로에 푯말을 세워둔 다음 화장실 안으로 들어가 웨이터가 들어갔었던 칸의 변기 위로 올라가서 칸막이를 넘어다보았다. 웨이터의 말대로 그녀는 꼭 죽어 있는 것처럼 보였다. 그는 변기 물통을 밟고 칸막이를 넘은 다음 여자의 등에 있는 물통을 밟고 바닥으로 내려왔다.

그녀의 인중에 손가락을 대보았다. 숨은 쉬고 있었다. 가까이서 보니 그녀의 뺨 근육이 미세하게 움직이고 있었다. 눈꺼풀이 떨리면서 조금 열렸다가 닫히기도 하고, 손가락을 움찔거리기도 했다. 바텐더는 쪼그려 앉아 그녀의 눈을 유심히 들여다보았다.

마약이다. 이건 마약을 한 사람의 눈이다.

바텐더는 머리를 긁었다. 신고를 해야 하나? 일이 커질 텐데. 경찰은 마약 문제만큼은 확대 해석하는 걸 좋아하니까. 분명 내 가게가 마약이 유통되는 소굴이라고 의심할 거야. 그러면 주방을 불법으로 개조한 것과 흡연 영업을 하는 게 적발되겠지. 무엇보다 나 역시 마약 검사를 받게 될 테고.

그는 얼마 전 손님이 가져온 대마초를 피운 일을 떠올리고는 신고한다는 선택지를 머릿속에서 제거했다. 그녀의 핸드백을 뒤져보자 지갑과 담배, 라이터, 화장품, 열쇠 등이 나왔다. 신원을 확인할 만 한 건 없었다. 지갑 안에는 현금만 있을 뿐 아무것도 없었다. 주민등록증이나 면허증, 체크카드, 명함 같은 것도 없었다. 그는 여자의 지문으로 휴대폰을 열었다. 저장된 번호는 하나도 없고, 통화 목록에 자주 통화하는 번호가 세 개 정도로 압축되었다. 카카오톡도 페이스북도 없었다. 참 좁은 세계를 살고 있는 여자구나. 그는 생각했다. 요즘 세상에 이렇게도 살아갈 수 있다니. 이 정도면 세상에 존재하지 않는 사람으로 살아가는 게 아닐까?

문자를 확인하자 일주일 전 이곳에서 만나자는 내용의 메시지가 있었다. 그 메시지를 보낸 사람을 그는 짐작할 수 있었다. 일주일 전 왔던 단발머리 여자다. 가게 문을 열려고 건물로 들어왔을 때 그녀는 계단에 앉아 책을 읽고 있었고, 문을 열자 그녀는 자신을 따라 들어왔다. 바텐더는 그녀에게 전화를 걸어볼까 하다가, 혹시 그녀가 경찰에 신고할 수도 있다는 생각을 하고는 그만두었다.

그는 다른 메시지를 확인하던 중 택배업체로부터 온 문자를 발견했다.

'민이주 님의 택배를 배송 완료했습니다.'

시간은 저녁 아홉시가 다 되어 있었다. 그는 발신 버튼을 눌렀다. 신호음이 울리고 잠시 뒤 한 남자가 전화를 받았다.

"늦은 시간에 죄송합니다. 급한 거라서 그런데, 배송이 오늘 온다고 돼 있는데 아직 안 와서요."

"성함이 어떻게 되시죠?"

"민이주요."

택배기사는 무언가를 찾아본 뒤 말했다.

"배송 완료했는데요."

"아무리 찾아도 안 보이네요. 혹시 다른 집에 놓으신 게 아닐까요?"

수화기 너머로 한숨 소리가 희미하게 나더니, 잠시 후 택배기사의 목소리가 들렸다.

"맞게 놔뒀어요. 벽화마을 첫 번째 집이요. 그 쌍안경으로 마주보고 있는 그림 그려진. 배송요청에 써두신 대로 길에서 안 보이게 두고 문자 드렸어요. 잘 찾아보시고 없으면 수사기관에 의뢰하세요."

전화는 끊어졌다. 바텐더는 쌍안경 벽화, 쌍안경 벽화, 하고 중얼거리면서 화장실을 나왔다. 웨이터는 긴장한 얼굴로 바에서 기다리고 있었다. 바텐더는 그를 구석으로 데리고 갔다.

"너 벽화마을 알지. 거기 쌍안경으로 마주보고 있는 그림을 찾아. 이 여자 집이야. 이름이 민이주라는데 뭐, 가명이겠지. 아무튼 핸드백 안에 열쇠가 하나 있는데 그게 출입문 열쇠 같아. 오늘은 다시 오지 않아도 돼. 아냐, 괜찮아. 손님도 별로 없으니까 나 혼자 할 수 있어. 여기 내 차를 가져가."

그는 자신의 차 키를 웨이터에게 건네주었다.

"정말로 데려다주고 바로 퇴근해도 돼요?" 웨이터는 물었다.

"그래. 그 대신에……"

4

오후 늦게 눈을 뜬 이주는 머리가 지끈거리는 것을 느끼며 침대에서 내려왔다. 그녀는 옷장 서랍에서 실내복을 꺼내 입고 거실로 나갔다. 바닥에 빈 위스키 병이 굴러다녔다. 와서 술을 또 마신 건가? 그녀는 기억해보려 했으나 떠오르는 게 없었다. 바에서 술을 마시다가 몇 시에 어떻게 집에 왔는지, 와서 무슨 일을 했는지 아무 기억도 나지 않았다.

그녀는 거실 소파에서 잠들어 있는 남자를 발견했다. 그 남자가 웨이터라는 건 알았지만 그가 어떤 이유로 여기에 있는지는 알지 못했다. 그녀는 소파 등받이에 걸린 남자의 겉옷을 집어 그의 얼굴에 던졌다. 그의 몸이 일순간 움찔거렸다. 겉옷이 그의 얼굴에서 미끄러져 내려오자 달라붙어 있던 눈꺼풀이 힘겹게 떨어지는 모습이 보였다.

이주는 안방으로 가서 침대 밑에 널브러져 있는 자신의 옷가지를 집어 화장실로 갔다. 세탁기 문을 열고 던지듯 집어넣었다. 거실로 돌아왔을 때 웨이터는 다시 잠들어 있었다. 이주는 그의 뺨을 내리쳤다.

웨이터가 오만상을 찌푸리며 눈을 떴다.

"어제 있었던 일 말해."

그는 얼마동안 두리번거리며 상황을 파악하더니 이윽고 기지개를 켰다.

"기억 안 나요?" 웨이터는 기지개를 켜느라 넓게 벌린 팔을 이용해 말을 이었다. "이 상황을 보세요. 무슨 일이 있었겠는지. 아주 화끈한 일들이 벌어졌죠."

그는 천천히 몸을 일으키고는 바닥에 떨어진 겉옷을 주워들어 한쪽 팔을 끼웠다.

"농담이에요, 농담. 그쪽이 몸을 가누지 못해서 집에 데려왔는데 얼마 뒤 깨어나서는 술을 달라고 고래고래 소리치는 바람에 하는 수 없이 제가 수발을 들어줬죠. 어쩌다보니 저도 술을 마시게 됐고 나중에는 저 역시 엄청나게 취했어요. 그래도 당신이 난동 부리는 걸 겨우 붙들고 재우는 데는 성공했죠. 엄청 힘들었다니까요. 물론 그 전에 재밌는 얘기를 많이 해줘서 즐겁긴 했지만."

이주는 그의 맞은편 소파에 앉았다.

"내가 무슨 얘기를 했는데."

"모든 얘기요." 그는 말했다. "마약을 이용해 성매매를 하고 큰돈을 벌었단 얘기, 새로운 사업을 준비 중이라는 얘기, 누군가를 죽일 거라는 얘기 등등. 정말 상상초월이던데요. 여기에서 그 많은 일들이."

그는 아직도 믿기지 않는다는 얼굴로 방안을 둘러보았다.

"취해서 한 말이야. 어디서 들은 얘길 재미삼아 한 거니까 잊어버려."

"에이, 어떻게 그렇게 사실적으로 거짓말을 할 수 있겠어요?"

이주는 라이터를 켰다. 잠시 후 그녀의 입에서 연기가 뿜어져 나왔다.

"너 대학생 아니지? 전과 있는 애송이 같은데."

"어떻게 아셨어요?"

"난 너 같은 놈들을 잘 알거든."

"맞긴 한데 그렇다고 해서 달라지는 일은 없죠." 그는 말했다. "그런데 약은 어디서 구하는 거예요?"

이주는 다시 연기를 길게 내뱉었다.

"이 일은 어디에서도 얘기하지 않는 게 좋아."

"어제 금고 열어서 보여준 거 알아요? 돈 정말 많이 모으셨던데요. '가짜 섹스'로 말이에요." 웨이터는 화장대로 가서 그녀의 빗으로 머리를 넘겼다. "게다가 당신이 아주 유명한 사람이라는 것도 알았어요. 우리 가게 사장님도 그쪽을 알고 있더라고요."

이주는 침대 옆 서랍장에 든 스테인리스 가위를 떠올렸다. 지금 당장이라도 마음만 먹는다면 그를 죽일 수 있었다. 날카로운 날로 그의 목을 정확하게 찔러 순식간에 숨통을 끊을 자신이 있었다. 그가 온전한 힘으로 저항한다면 쉽지 않겠지만 한 번의 급소 공격 이후에 벌어지는 저항 정도는 막을 수 있었다. 하지만 충동적인 행동은 언제나 일을 그르친다는 걸 그녀는 알고 있었다. 감정적으로 대응하는 것은 결과가 어떻든 늘 손해다.

"얼마를 원해."

그는 현관으로 나가 신발을 신었다.

"제가 입을 열면 당신 사업도 끝장이겠죠? 지금 하는 일이든 앞으로 할 일이든요. 비밀을 지키는 게 얼마 정도의 가치일지 생각할 시간이 필요해요. 번호 저장해뒀으니까 내가 연락하면 놓치지 말고 받아요."

웨이터는 현관문을 열고 밖으로 나갔다. 그가 나가면서 닫으려고

밀었던 문은 삐걱 소리를 내며, 완전히 닫히지 않은 채 멈췄다.

****

웨이터는 낙산공원 주차장으로 걸어가면서 머리를 굴렸다. 큰돈을 벌게 될 것이란 예감이 들었다. 잘만 하면 평생 일하지 않고도 떵떵거리며 살 수 있을지 몰랐다. 생각해보니 어제는 운이 참 좋은 날이었다. 원래는 일하는 것도 재미없고 월급도 짜서 한 달 전에 일을 그만두겠다고 말할 생각이었다. 그러나 당장 돈이 급해 딱 한 달만 더 하기로 마음먹었고, 바로 어제 일이 끝나면 그만둔다고 말하려고 했었다. 그만두고 나면 불법으로 주방을 개조해 영업하는 것과 사장이 대마초를 피운 사실을 신고하고 포상금을 챙길 계획이었다. 그러나 사장이 불러서 귀띔 해준 게 운을 불러왔다.

'집에 가면 분명 금고 같은 게 있을 거야. 그걸 열게 해서 돈 좀 챙겨와. 티 안 나게 조금만 가져오면 문제될 거 없어. 어차피 불법으로 번 돈이니까 양심에 찔릴 일도 아니고. 그게 안 되면 이것저것 캐물어서 정보를 가져와. 사례금은 톡톡히 줄 테니.'

웨이터는 어젯밤 그녀와 술을 마시며 어떻게 정보를 얻어낼지 나름의 전략을 세워가며 조심스레 대화를 이어갔는데, 예상치 않게 그녀가 먼저 나서서 모든 걸 술술 털어놓았다. 결정적인 순간에 그녀가 곯아떨어지는 바람에 사실 금고 안을 구경하진 못했지만, 그녀와 관련된 거의 모든 정보를 얻을 수 있었다. 물론 웨이터는 사장에게 그 정보들을 넘길 생각이 없었다.

그럴 이유가 없잖아. 당신이 줄 사례금 따위 얼마나 한다고.

그는 경쾌한 동작으로 발걸음을 옮겼다. 잠은 거의 못 잤지만 피곤함은 전혀 느껴지지 않았다. 웨이터는 주차장에 세워둔 가게 사장의 차를 몰고 출근했다. 사장은 어제 못한 홀 청소를 웨이터를 대신해 하고 있었다.

"그래, 금고는 확인했어?"

웨이터는 고개를 저었다.

"금고 같은 건 없었어요. 그리고 그 여자, 사장님이 생각하는 그런 사람 아니에요. 그냥 남자한테 빌붙어 사는 얼굴 반반한 여자, 그 이상도 이하도 아니었습니다."

웨이터는 바텐더에게 차 키를 건네주었다. 그리고는 휘파람을 불며 대걸레로 바닥을 닦기 시작했다.

그랬구만, 하고 바텐더는 말했다. 그는 자신의 추리가 틀렸다는 사실에 풀이 죽긴 했으나 오히려 잘 된 일이라고 생각했다. 웨이터에게 금고에 있는 걸 챙겨오라고 해놓고는 얼마 지나지 않아 괜한 짓을 한 것 같아 마음이 찔렸던 것이다.

"근데 넌 뭐가 그렇게 신났어?" 바텐더는 물었다.

"산다는 건 신나는 일이죠." 웨이터가 벙글거리면서 대답했다.

5

이주는 테이블에 놓인 재떨이에 담배를 비벼 껐다. 침대 밑에서 휴대폰을 찾아 화면을 열자 부재중 전화가 여러 통 와 있었다. 흥신소와 부하의 전화였는데 특히 흥신소로부터 여러 번 연락이 와 있었다. 이주는 곧바로 전화를 걸었다. 잠시 뒤 기계음과 연결되었다.

"바쁜 모양이오."

"그 사람은?"

기계음은 잠시 뜸을 들이더니 대답했다.

"우선 한 가지 말해줄 것은, 우린 대한민국 최고의 정보제공업체라는 거요."

"헛소리 말고 대답이나 해."

"흥분하지 말고 일단 얘기를 좀 들어보시오. 우선 정해진 날까지 약속을 지키지 못한 점 미안하다는 말부터 하겠소. 결론부터 말하면, 우린 그곳에 접근할 수 없었소. 이런 경우는 처음이어서 우리 역시 몹시 당황스러운 상황이오."

"당장 잡아올 수 있을 것처럼 말해놓고 접근할 수조차 없었다?"

목소리는 잠시 침묵한 뒤 입을 열었다.

"우리로서는 역부족이었소. 미안하지만 우리는 이 일에서 손 떼겠소."

"안 떼면 어쩔 건데. 아마추어 주제에 온갖 폼은 다 잡더니. 진짜 프로에게 일을 맡기겠어."

"화가 난 건 알지만 계속해서 얘기를 좀 들어보시오." 목소리는 정중하게 말했다. "미안하게 생각하고 있소. 하지만 이 말은 꼭 해줘야겠소. 일단, 우리가 얻지 못하는 건 누구도 얻을 수 없다는 거요. 우리는 정부기관은 물론 보안이 가장 까다롭기로 유명한 기업의 통신망 깊숙한 곳까지도 어렵지 않게 침투할 수 있소. 마음만 먹는다면 대통령의 개인 금융거래 내역, 통신기록, GPS 기록까지 손바닥 들여다보듯 볼 수 있고, 당신의 노트북에 저장돼 있는 고객들의 영상도 여기에 앉아서 전부 재생시켜 볼 수 있소. 심지어 당신이 지금까지 함께 있던 그 웨이터, 그놈이 입고 있는 속옷을 언제 어디에서 얼마를 주고 구입했는지도 알 수 있소. 이 정도면 우리의 정보력이 어느 정도인지 짐작이 가시오? 그런데 말이오. 이 명성가구에 대해서는 어떤 것도 알아낼 수 없었소. 당신이 찾는 '그 사람'이 왜 그 건물 안에 있는지 알아보려고 했지만, 관련된 건 손톱만큼의 실마리도 얻지 못했단 말이오. 알겠소? 이건 뭔가 잘못된 거요."

그는 잠시 말을 멈췄다가 다시 이었다.

"민이주 씨, 당신이 계속 이 일을 진행한다 해도 우리가 당신을 말릴 수는 없을 거요. 하지만 우리의 의뢰인이었던 사람에게 조언을 한마디 하자면, 그만 두는 게 좋을 거요. 우리의 직감을 믿는 게 좋소. 거긴 위험한 곳이오."

"아마추어에 겁쟁이기까지 하네."

"마음대로 생각하시오. 이 이상 얘기해봤자 소용없을 테니 여기까지만 하겠소. 우리는 분명히 경고했소. 나머지는 알아서 잘 판단하시오. 다시 한 번 일을 처리하지 못한 점 깊이 사과하겠소."

전화는 끊어졌다.

그녀는 소파에서 일어나 거실을 이리저리 서성이며 휴대폰 모서리로 입술을 톡톡 두드렸다. 접근할 수 없었다? 어째서? 제아무리 촘촘한 보안망이라도 뚫을 수 있는데 왜 그곳은 뚫지 못한 거지? 이주는 아까부터 목이 타는 듯 말랐으나 물을 마실 생각은 하지 못했다. 그녀는 온 신경을 기울여 생각에 집중했다. 그리고 한참 만에 한 가지 아이디어를 떠올릴 수 있었다.

그들이 접근할 수 없었던 건 어쨌거나 '그들의 방식'이 통하지 않았기 때문이다. 그들은 대한민국에서 가장 강력한 창이지만, 어쨌든 그보다 강한 방패를 만난 것이다. 명성가구라는 회사는 그들의 방식으로는 접근할 수 없는 특별한 보안시스템을 갖고 있는 것이다.

이주는 거실을 서성거리며 조금 더 생각에 집중했다. 그렇다면 '다른 방식'으로 접근한다면? 창으로 방패를 찔러댈 게 아니라 어떤 방법으로 방패를 내려놓게 만든다면? 이주는 그렇게 할 수 있는 수단이 어떤 게 있는지 숙고해 본 뒤, 그 답이 아주 간단한 것이었음을 깨닫고는 시시한 기분에 사로잡혔다.

그래, '내 방식'으로 접근하면 돼. 명성가구 사람들을 내 손님으로 만들어서 직접 정보를 말하게 하는 거야. 좀 더 어려워도 괜찮았을 텐데.

그녀는 곧바로 만석에게 전화를 걸었다. 신호가 울리고 그가 전화를 받았다.

"왜 이렇게 연락이 안 돼. 어젯밤에 계속 전화했어." 부하는 투덜거렸다. "그쪽에서 연락은 왔어?"

"이 일에서 손 뗀다네."

"뭐라고?" 그는 놀란 듯 물었다. "이 미친놈들. 내가 아무래도 이상하다고 했지."

"그건 됐고, 명성가구 사람들 상대로 영업을 좀 해야겠어. 그쪽으로 우리 정보 좀 흘려."

만석은 그녀의 의도를 금세 알아차렸다.

"임원급으로 접근하면 되는 거지? 알았어."

"그리고" 이주는 말을 이었다. "사람 하나 처리해야겠어."

부하는 '처리'라는 말이 뭘 의미하는지 잠시 생각하더니 한숨을 내쉬었다.

"두목, 지금은 옛날이랑 상황이 달라. 계획에 없던 사람을 갑자기 처리하는 건 요즘은 굉장히 위험한 일이라고. 무슨 일인데 그래. 어제 전화 안 받은 거랑 관련 있는 거야? 설마, 약을 한 건 아니겠지?"

"잔말 말고 하라는 대로 해." 이주는 말했다.

"알았어, 한다고. 그렇지만 위험 관리를 좀 해달란 말이야. 부하까지 위험에 빠뜨리진 말라고. 듣고 있어? 두목."

부하는 몇 번 더 그녀를 불렀으나 아무 대답도 듣지 못한 채 전화가 끊어졌다.

제10장 주이민

나는 그 사람을 사랑하고 있을까?

1

나는 숲으로 들어가 동물체험예술가의 집으로 간다. 그녀는 이층 베란다에 서서 꽃에 물을 주고 있다. 꽃향기가 숲의 냄새와 어우러져 상쾌한 기분을 느끼게 한다. 신선한 풀잎 베이스에 달콤한 향이 첨가된 음료를 마신 기분이다. 그녀가 나를 발견하고 인사한다. 나도 인사를 건넨다.

"선생님이 책을 완성하셨거든요. 알려드리려고 왔어요."

"어머, 잘됐네요."

"기념으로 오늘 저녁에 다 같이 식사를 하려고 하는데 어떠세요?"

"당연히 참석해야죠." 그녀는 바닥에 물조리개를 내려놓는다. "문 열려 있어요. 잠깐 들어오세요."

나는 그녀의 집 안으로 들어간다. 거실에는 다양한 화분들이 장식되어 있다. 더욱 진한 꽃향기가 난다. 그녀가 계단을 내려온다.

"아름다운 꽃들이 많네요."

"그렇죠? 이따가 선생님 드릴 선물로 꽃다발을 준비하려고요."

거실엔 동물 조형물도 가득하다. 게와 나비, 다람쥐, 새 등의 모양으로 만든 장신구와 조각들이 진열되어 있고, 벽에는 동물의 가면이 걸려 있다. 그녀는 나를 식탁에 앉게 한 뒤 주전자에 물을 올린다. 나는 식탁에 유리병 하나가 놓여 있는 것을 본다. 병 안에는 동쪽 섬에서 자라는 가시 달린 식물이 한 줄기 담겨 있다. 나는 병에 돼지의 먹이를 담아둔 의미가 무엇일지 생각해본다.

물이 끓자 그녀는 차를 가져온다. 꽃잎을 올린 경단도 접시에 담아 내놓는다. 나는 그것을 맛본다. 입속에 봉오리가 피기라도 한 것처럼 은은한 꽃향기가 계속 감돈다.

"이건 왜 담아두셨어요?" 나는 유리병을 가리키며 묻는다.

"작품 때문에 가져와봤어요. '돼지의 시선으로 본 인간'을 주제로 해서 콘테스트에 내려고요."

다른 동물의 시선을 경험한다는 게 어떤 느낌인지 묻자 그녀는 잠깐 생각하더니 입을 연다.

"새로운 세계에 들어가는 것과 같아요. 돼지는 이런 시야를 가지고 이런 맛을 보면서 사는구나, 이럴 땐 이런 감정을 느끼는구나, 하고 관객은 알게 되죠. 이건 체험자에게 아주 중요한 깨달음을 줘요. 나와 다른 존재를 이해할 수 있을 뿐 아니라, 다른 존재의 시선으로 인간을 바라봄으로써 자신이 어떤 존재인지를 더 잘 알 수 있게 해주죠. 시야가 바뀌면 생각을 다르게 할 수 있고, 그게 자신을 이전과 다른 방식으로 볼 수 있게 하거든요."

그녀는 돼지 먹이가 든 병을 손에 든다.

"그래서 제가 이걸 직접 먹어봤어요. 돼지가 느끼는 걸 저도 느껴보려고요. 그런데 저는 돼지만큼 턱이 강하지도 않고 이빨도 날카롭지 못해서 제대로 못 씹겠더라구요. 잘게 자른 다음 절구로 빻았더니 그나마 먹을 수 있었죠. 그렇게 맛을 알 수 있었어요."

"어떠셨어요?"

"생각보다 괜찮았어요. 저는 아주 이상한 맛이 날 줄 알았는데 그렇진 않더라구요. 약간 씁쓸하면서 시큼하기도 하고, 그러면서 아주 약하게 단 맛도 나고, 미끌거리고. 아무튼 흥미로운 맛이 나서 어느새 줄기 하나를 다 먹었죠. 그런데 얼마 있다가 속이 이상해지더니 전부 토해버리고 말았어요. 그보다 맛이 더 이상한 식물은 얼마든지 있는데 말이에요."

"**톱니바퀴**가 달라서 그래요." 나는 말한다.

"**톱니바퀴**요?"

"선생님이 그러셨거든요. **톱니바퀴**의 모양이 다르면 다른 장치에선 움직일 수 없다고요. 돼지의 먹이는 돼지 몸에선 맞물려 돌아가지만 인간의 몸에선 돌아가지 않는 거예요. 아직까지 두 세계는 무언가를 공유할 수 없는 상태인 거죠."

그녀는 내 말을 깊이 생각하는가싶더니 이내 고개를 끄덕인다.

"미향예술가님께 이 맛을 구현해달라고 해야겠어요. 그러면 거부감 없이 모두가 맛볼 수 있을 테니까."

좋은 생각인 것 같다고 나는 말한다. "열정이 대단하시네요."

"다들 그렇죠." 그녀는 대답한다. "그건 그렇고 갤러리를 채울 작품은 잘 되고 있으세요?"

"열심히 하고 있어요."

"갤러리가 다 채워져야 섬이 완성된다고 하셨죠? 그럼 그 다음은요?"

"누군가를 데려와야 해요."

내 말에 그녀는 또 다시 얼마간 생각에 잠긴다.

"그러니까 이 섬은 '그 누군가'를 위해 만든 섬이군요. 아니면 적어도 많은 부분이 그 사람을 위한 것이거나요. 사랑하는 사람인가요?"

나는 곧바로 대답하지 못한다. 잠시 동안 고민한 뒤에, 나는 '그 사람'을 사랑하는지 알 수 없다고 말한다.

"당신도 그렇군요." 그녀는 차를 한 모금 마신다. 나와 그녀 사이에 한동안 침묵이 놓인다. 이윽고, 그녀가 먼저 입을 뗀다.

"전 아주 어린 시절부터 사랑하는 사람과 결혼하는 걸 꿈꿔왔어요. 그리고 그게 인생을 사는 가장 큰 목적이라고 생각했죠. 그 생각은 지금도 변함 없구요. 그러려면 우선 사랑이란 과연 무엇인가, 라는 질문에 답을 내려야 했어요. 그러지 않으면 제가 정말로 사랑하는 사람과 결혼했는지 판단할 수 없으니까."

그녀는 티스푼으로 찻잔 속의 꽃잎을 떠서 잔 받침 위에 올려놓는다. 꽃잎에 엷은 수막이 덧입혀져 있다.

"물론 화가는 책임감 강하고 멋진 남자예요. 술을 마시면 자신이 조금 난폭해진다는 걸 알고 그 좋아하는 술도 끊었죠. 저도 그가 좋아요. 듬직한 신체, 목소리, 배려하는 마음…… 모두가 마음에 들어요. 그이와 함께 있으면 마음이 편안하고 행복한 기분이 들죠. 그런데 결혼만 떠올리면 가슴이 답답해져요. 이게 정말 사랑인지 알 수 없으니."

"서로 좋아하시고 있잖아요. 그런 감정은 사랑이 아니라고 생각하세요?" 나는 묻는다.

"저도 처음엔 그게 사랑인 줄 알았어요. 하지만 곰곰이 생각해보니 그렇다면 사랑은 금방 식어버리는 게 되더군요. 그 사람 역시 시간이 흐르면 절 사랑하지 않게 되겠죠. 그리고 다른 사람에게 그 감정을 느낄 거구요. 이건 그 사람뿐 아니라 저 역시 마찬가지예요. 사랑이라는 이유로 다른 남자에게 마음을 빼앗기고 싶지 않아요. 좋아하는 감정이란 이토록 연약한 것이죠. 그래서 그 감정만을 가지고 평생 함께 할 사람을 선택한다는 건 옳지 않다는 생각을 하게 된 거예요. 아니, 애초에 그건 사랑이 아니에요. 사랑은 그렇게 약하지 않아요. 훨씬 더 강한 무언가라구요."

그녀는 꽃잎을 제거한 상태의 차를 한 모금 마신다. 그리고는 찻잔 손잡이를 매만진다.

"곧 그 사람이 청혼을 할 것 같아요. 그래서 더 조급해지는 걸지도 모르겠어요."

나는 화가가 준비한 청혼 선물을 떠올린다. 기괴한 그림이기는 하지만 어쨌든 그는 청혼할 준비가 되어 있다.

"이 섬에 오기 전부터 상황이 나아지면 결혼하자는 얘기를 했었거든요. 만약 그가 지금 저에게 프러포즈를 한다면, 전 어떤 선택을 해야 좋을지 모르겠어요. 물론 전 화가를 몹시 좋아하고 함께 살고 싶은 마음도 있지만 청혼을 받아들였다가 나중에 사랑이 뭔지를 깨닫고, 그 사랑의 대상이 뒤늦게 나타나면 어떡하죠? 그러면 제가 평생을 꿈꿔온 삶이 어긋나고 말아요. 그건 그이에게도 불행한 일이잖아요."

그녀는 자리에서 일어나 창문이 있는 곳으로 가서 문을 연다. 창밖에서 불어온 바람이 그녀의 머리를 살짝 헝클어놓는다. 사랑에 대해 아무것도 알지 못하는 나로서는 무슨 말을 해야 좋을지 알 수 없다. 나는 그저 그녀가 하고 있는 고민을 내 머릿속으로 옮겨와서, 내 나름의 사고와 경험을 바탕으로 그 문제를 풀어보려고 얼마간 노력해볼 뿐이다. 그러나 물론 어떠한 답도 내리지 못한다. '사랑이란 과연 무엇인가'를 고민하는 사람 앞에서 내가 할 수 있는 건, 입속을 맴도는 꽃향기를 이따금씩 느끼는 일 말고는 아무것도 없는 것이다.

"제가 괜한 얘기를 늘어놨네요." 그녀는 말한다. "바쁘실 텐데 붙잡아둬서 죄송해요."

"아니에요. 차 잘 마셨습니다. 경단도요. 정말 맛있었어요."

"좀 가져가셔도 돼요. 많이 있거든요."

"그럼 조금만 주시겠어요?"

그녀는 주방으로 가서 경단을 바구니에 담은 다음 보자기에 싸서 나에게 준다. 나는 그것을 받아 인사를 남기고 집을 나온다. 나는 선생님의 책 출간 소식을 알리기 위해 다음 집으로 향한다. 그러면서 그녀가 했던 말을 생각해본다.

'이 섬은 그 사람을 위해서 만든 섬이군요. 아니면 적어도 많은 부분이 그 사람을 위한 것이거나요. 사랑하는 사람인가요?'

나는 그 사람을 사랑하고 있을까? 동물체험예술가는 좋아하는 감정만으로는 사랑이라고 할 수 없다고 했다. 그렇다면 나는 그 사람을 좋아하기라도 하고 있을까? 나는 그마저도 알 수 없다. '좋아한다'고 말하기에는 내가 그 사람에게 한 행동이 이해되지 않는다. 나는 그 사람에게 크나큰 잘못을 저질렀다. 그 잘못은 그 사람을 좋아한다면, 혹은 사랑한다면 결코 하지 않았을 행동이다. 물론 이것은 어디까지나 '일반적으로 알고 있는' 사랑일 경우에 그렇다. 만약 사랑이라는 게 내가 알고 있는 것과 다른 무언가라면, 그땐 내가 했던 행동이 이해될까? 그리고 그 사람에게 나는 용서받을 수 있을까? 나는 그 질문에 대해 곰곰이 생각하며 걸음을 옮긴다.

2

동물체험예술가는 화장대에 앉아 거울을 들여다보았다. 자신의 얼굴을 찬찬히 살펴보던 중 그녀는 눈가에서 못 보던 주름을 발견했다. 피부를 살짝 잡아당겨 없애보려 했으나 손을 놓으면 다시 주름이 잡혔다. 거울에 얼굴을 가까이하고 다른 부위를 찬찬히 살피자, 그동안은 본 적 없던 나이 듦의 흔적이 곳곳에서 눈에 띄었다. 피부는 오래 전 딴 과일의 껍질처럼 얇아졌고 물기를 머금었던 눈망울은 푸석해졌다. 조명에 따라 눈꺼풀과 광대뼈가 움푹 꺼져 보이기도 했다.

나는 늙어가고 있다. 오늘의 나는 어제의 나보다 하루만큼 늙어 있다. 이것은 변할 수 없는 사실이다. 젊음, 아름다움이 나에게서 매일 하루만큼씩 물러난다. 나는 그것을 붙잡을 수 없다. 세상의 모든 시계가 멈춰버린다 해도, 나는 거울을 통해 시간이 흐르고 있음을 인식할 것이다.

그녀는 아름다운 장신구들로 가득한 방안을 둘러보았다. 목걸이와 반지, 꽃 모양의 브로치, 동물 모양의 펜던트. 아름다운 침대보와 화가가 그려준 예술품들……. 섬은 너무나 아름답다. 언덕에서 바라보는 바다와 숲에 비쳐드는 햇살, 나의 집, 나의 방…… 어디에도 아름답지 않은 것은 없다. 하지만 결국 이 모든 것들은 사라질 것이다. 시간은 모든 것을 파괴하며 우주 만물을 무의 상태로 실어 나르고 있다. 그리고 마침내 시간은 시간이라는 자신의 속성까지 없애고 말 것이다.

그렇다면 사랑은? 사랑이 무엇이든, 그 또한 언젠가는 가루처럼 분해되어 아주 작은 바람에도 날아가 버릴 것이다. 그 순간은 반드시 온다. 갓 피어난 사랑은 시간이 흘러 낡은 것이 된다. 그러나 시간은 새로움을 가져가면서 동시에 또 다른 새로움을 가져온다. 그와 나의 주변엔 이제 갓 피어난 꽃 같은 사람들이 다가올 것이다. 그리고 우리의 마음은 나비가 되어 새 꽃을 향해 날아갈 것이다. 그런 일로 흔들리고 싶지 않다. 나의 삶은 그러한 동요 없이 행복하고 평화로운 나날로 채워지기를 바란다. 그런 삶을 바라는 게 큰 욕심일까?

그녀는 베란다로 나가 숨을 천천히 들이마시고 다시 천천히 내뱉었다. 숲의 싱그러운 공기가 몸속으로 들어오자 답답한 마음이 조금 나아지는 것 같았다. 새들이 나뭇가지에 일렬로 앉아 고개를 이리저리 움직이고 있었다. 그녀가 새들의 움직임을 얼마동안 관찰하고 있는데 아래에서 현관문을 두드리는 소리가 들렸다. 아래층으로 내려가 문을 열자 노부인의 아들이 서 있었다.

"오늘 저녁에 다 같이 모여 식사하기로 한 거 아세요?" 그가 말했다.

"네. 섬 주인께서 오전에 다녀가셨어요."

"그렇군요. 가실 거죠?"

"물론 가야죠."

노부인의 아들은 할 말이 있는 듯 머뭇거리며 서 있었다.

"무슨 일 있으세요?"

그는 잠시 망설이더니 이내 결심한 듯 입을 열었다.

"사실은 제가 알아낸 걸 말씀드릴까 해서요."

"알아낸 거라니요?"

"사랑이요. 그게 뭔지 알게 됐거든요."

그녀는 놀란 얼굴이 되었다.

"뭐라고요?"

"얼마 전 언덕에서 뵀을 때 전 예술을 하고 싶지 않다고 했던 거 기억하세요? 그런데 그날 이후 처음으로 예술을 하고 싶다는 생각이 들었어요. 당신을 위해 노래하고, 당신의 모습을 그리고, 당신에게 선물할 무언가를 만들고 싶어요. 어떻게 나한테 이런 갑작스러운 변화가 찾아왔는지 제 자신도 놀라고 말았죠. 그리고…… 전 이게 사랑이라는 걸 깨달았어요."

그녀는 당혹감을 느끼고는 주변을 둘러보았다. 다행히 숲에는 아무도 없었다. 노부인의 아들이 말을 이었다.

"당신은 저를 완전히 다른 사람으로 만들었어요. 제가 하는 생각, 말과 행동, 모든 것을 바꾸고 있죠. 저는 무언가를 할 때마다 당신을 떠올려요. '이런 말을 하면 그 분이 싫어하지 않을까?' 하는 생각이 들어 습관처럼 하던 말을 멈추고, '이렇게 행동하면 좋아할지도 몰라' 하는 생각에 내 평생 전혀 하지 않을 행동을 기꺼이 하게 된다고요. 아무도 없는 곳에서도 말이에요. 무슨 말인지 아시겠어요? 저라는 세계가 완전히 바뀌고 있어요. 그런 힘을 가진 건 사랑밖에 없죠. 저에게 가하는 다른 힘으로는 절대 그렇게 할 수 없다고요."

생각에 잠긴 동물체험예술가의 얼굴에 곧 실망의 빛이 떠올랐다.

"아뇨. 그건 사랑이 아니에요. 당신의 세계를 뒤흔드는 그 거대한 힘도 시간이 지나면 어린 아이의 힘만큼도 남지 않아요. 그리 오래 걸리지도 않고요. 머잖아 다시 예전의 당신으로 돌아갈 거예요. 저를 봐도 가슴이 두근거리지 않고, 제가 무슨 생각을 하든 아무 관심도 없겠죠."

"이게 사랑이 아니라면 도대체 뭐죠? 감정적 이끌림, 상대를 알고 싶은 호기심 말이에요. 저라는 미지의 세계에 대해 알고 싶어 한다는 거 알아요. 인간은 본능적으로 새로운 세계에 끌리도록 되어 있으니까. 그날 기억하죠? 저에게 얼굴을 가까이 한 날. 당신은 나에게 끌리고 있어요."

그녀는 다시 주변을 둘러보고는 황급히 그를 집안으로 들어오게 했다. 그리고 문을 닫았다.

"함부로 그런 말하지 말아요." 그녀는 단호하게 말했다. "누가 들으면 어쩌려고 이래요? 저를 난처하게 해서 뭘 얻으려고요."

"미안해요. 저도 모르게 그만…… 그렇지만 제 말이 맞잖아요. 안 그래요?"

"감정적인 이끌림이 사랑이라면 부모의 사랑은 어떻게 설명할 거죠?"

그는 침착함을 되찾고 나서 그녀의 물음에 대답했다.

"좋아요. 사랑은 희생이에요. 전 당신을 위해 뭐든 할 수 있어요."

"아까도 말했지만 그런 감정은 금방 사라져버려요. 사랑은 그런 게 아니에요."

"그럼 영원한 무언가라고 생각해요? 세상에 영원한 건 없어요."

"그럴 거라는 생각은 안 해요. 그렇지만 적어도 쉽게 사라져버리는 걸 영원할 것처럼 여길 필요는 없잖아요."

그녀는 심호흡을 한 뒤 마음을 진정시키고 분명한 어조로 말을 이어갔다.

"어쨌거나 다시는 이런 행동하지 말아요. 그건 사랑도 아닐 뿐더러, 설령 그렇다 해도 전 결혼을 전제로 만나는 사람이 있어요."

"당신은 그를 사랑하지 않아요." 그는 말했다. "이미 그를 향한 마음은 기한을 끝냈다고요. 그래서 자꾸만 사랑의 다른 의미를 찾으려고 하는 거예요. 사랑이 끝나면 본래의 모습으로 돌아온다고 했죠? 그 사람은 술을 마실 거예요. 그리고 매일 같이 '균형'을 들먹이면서 불행을 기다리겠죠. 그게 평생 당신을 괴롭힐 테고요. 하지만 난 술도 마시지 않고 불행을 기다리지도 않아요. 난 사랑이 끝나도 이 모습일 거예요."

그녀는 고개를 저었다.

"그렇다고 해도 난 화가를 떠날 수 없어요."

"왜죠? 아직 결혼을 한 것도 아니잖아요."

"아직 답을 찾지 못했으니까요. 그건 내가 생각하는 답이 아니에요. 어쩌면 나는 화가를 진심으로 사랑하고 있을지도 몰라요."

아들은 깊은 한숨을 내쉬었다.

"좋아요. 당신이 선택해요. 기다릴 테니까."

"기다리지 말아요. 언젠가 나보다 더 좋은 사람이 이 섬에 올 거예요. 그때가 되면 지금 이렇게 행동한 걸 굉장히 부끄러워하게 될걸요? 그러니까 나중에 그 사람과 당신이 생각하는 사랑을 해요."

"이곳은 저에게 천국이면서 지옥이에요. 하루에도 몇 번씩 두 곳을 오가고 있죠. 당신을 생각하면 기분이 좋았다가 당신 곁에 화가가 있다는 걸 생각하면 지옥에 빠지고 말아요. 하루하루를 고통 속에서 살고 있다고요. 나를 구원해줄 사람은 당신뿐이에요."

동물체험예술가는 출입문을 열었다. "어서 나가요. 이런 말 하려면 다시는 오지 말아요."

"전 당신이 말한 짐을 지기로 했어요. 이 아름다운 섬에서 예술을 하며 살아가기로 했다고요. 저에게 이곳이 천국이 될지 지옥이 될지는……"

"나한테 달렸다는 건가요?" 그녀는 따지듯 물었다. "그런 책임 지우지 말아요. 다시 말하지만 난 화가를 떠나지 않을 거예요. 사랑이 뭔지 알기 전에는."

물론 그녀는 사랑이 뭔지 알게 되었을 때, 자신이 화가를 사랑하는 게 아니라면 그를 떠나는 걸 주저하지 않을 생각이었다. 그게 그 사람을 위한 일이기도 했다. 그러나 그 전에는 결코 떠날 마음이 없었다. 설령 자신의 마음을 뒤흔드는 사람이 나타난다고 해도.

그녀는 단호한 얼굴을 한 채 손가락으로 현관문 바깥을 가리켰다.

"나가요."

노부인의 아들은 말없이 그녀를 바라보다가 결국 문밖으로 나갔다. 그가 나가자 그녀는 문을 닫고 자신의 방으로 올라갔다. 그녀는 잠시 방안을 서성이다가 창가로 가서 바깥을 보았다. 노부인의 아들이 그녀의 집을 한참 동안 바라보고 있었다. 이윽고 그는 몸을 돌려 수풀이 우거진 곳으로 들어갔다.

그녀는 창틀에 몸을 기댄 채 한숨을 내쉬었다. 그의 예상치 못한 고백을 듣고 나자 더욱더 답답한 마음이 들었다. 이제 신선한 공기를 마시는 것만으로는 답답함이 조금도 해소되지 않았다.

나뭇가지에 앉아 있던 새들은 아직도 그곳에 있었다. 그게 조금이나마 마음의 안정을 주었다. 새들은 그녀를 바라보고 있었다.

너희들은 답을 알고 있니? 아니면 이런 고민을 하는 내가 우습니?

새들은 말없이 고개만 움직일 뿐이었다.

그녀는 얼마 전 언덕에서 노부인의 아들에게 고개를 기울였던 일을 떠올려보았다. 그 행동 때문에 자신을 좋아한다고 생각한다는 게 당혹스러웠다. 그녀는 천천히 고개를 젓고는 앞으로는 행동을 조심해야겠다고 다짐했다.

너희들도 방금 들었니? 그 사람은 엉뚱한 말로 나를 더 힘들게 하는구나.

그녀는 새들을 보았다. 그러다가 문득, 새들이 자신에게 말을 하는 것 같은 기분을 느꼈다.

정말로 그를 사랑하는 거면 어쩌려고요?

그녀는 흠칫 놀라 창문을 닫았다.

3

저녁이 되자 사람들이 광장으로 모여든다. 나와 선생님은 부족한 자리마다 음식을 채워놓는다. 화가가 우리 쪽으로 다가온다.

"이따가 청혼하려고 합니다. 모두가 있는 자리에서 하고 싶어서요. 때에 맞춰서 음악을 연주해달라고 부탁도 해뒀습니다."

"잘 됐군. 축하하네." 선생님은 말한다.

"고맙습니다. 그런데 선생님의 책 출간을 기념하는 자리에서 이런 걸 해도 될지 모르겠네요."

"무슨 소린가. 더없이 기쁜 일이지. 사실 오늘 자리는 출간을 평계로 다 같이 모여 식사나 하려고 한 거지 특별한 자리도 아니네. 오히려 자네 덕분에 좋은 자리가 되겠어."

"그렇게 말씀해주시니 감사합니다."

화가는 선생님을 도와 음식을 테이블에 놓는다. 나는 오전에 동물체험예술가와 나눈 대화를 떠올린다. 그녀는 화가의 청혼을 받아줄까?

끈예술가를 마지막으로 모든 사람이 저녁 식사 자리에 참석한다. 사람들은 자리에 앉아 선생님이 완성한 책을 구경한다. 책은 상당히 두께가 있는 것으로, 겉표지는 동쪽 섬에서 자라는 식물의 껍질로 만들어졌다. 책에는 섬에서의 규칙, 각종 식물과 동물의 특성 등 섬과 관련된 모든 것이 기록되어 있다. 내용은 앞으로 계속 추가할 예정이며 책은 광장 도서관에 비치해놓겠다고 선생님은 말한다.

"이렇게 책으로 남기시는 이유가 있습니까?" 남자 의상디자이너가 묻는다.

"미래에 사실이 아닌 것 혹은 잘못된 정보가 전달될 수 있기 때문입니다. 이 세계가 어떻게 이뤄져 있는지 정확하게 기록해놓는다면, 앞으로 우리가 살면서 어떤 것을 기준으로 삼고 살아야 하는지 혼란을 느낄 일은 없겠죠."

"훌륭한 생각이시네요." 노부인은 말한다. "선생님의 노고에 많은 사람들이 룰을 어기지 않고 살아갈 수 있겠어요."

미향예술가가 자신이 새로 개발한 술을 사람들의 술잔에 채운다.

"자, 그럼 잔을 들까요?"

잔을 부딪치는 소리가 나고 사람들이 술잔을 기울인다. 화가만이 잔에 입을 대기만 하고 내려놓는다. 술이 몇 차례 돌며 사람들은 책에 대해 이야기하고 자신의 작품에 대해 이야기한다. 모두가 즐거운 시간을 보낸다. 이따금 깜짝 놀랄 만큼 큰 웃음소리도 들린다. 자리의 분위기가 무르익자, 화가가 기회를 엿보다 자리에서 일어난다.

"모두가 모인 자리에서 한 말씀 드리려고 합니다." 사람들의 시선이 그에게 쏠린다. "좋은 곳에 자리를 잡으면 반드시 하리라 마음먹었는데 드디어 할 수 있게 되었네요."

그는 옆에 앉아 있는 동물체험예술가를 바라본다. 사람들은 그가 뭘 하려고 하는지 이미 알고 있다는 듯, 옆 사람의 팔을 쿡 찌르며 코를 찡그리기도 하고 가만히 고개를 끄덕이기도 한다. 화가는 따로 준비한 의자에 그녀가 앉도록 한 다음, 그녀 앞에 무릎을 꿇는다. 꿈설계예술가가 그녀의 뒤에 조용히 이젤을 놓고 천에 싸인 그림을 설치한다. 그녀가 뒤를 돌아보면 천을 걷어낼 참이다.

화가는 자신과 결혼해달라고 그녀에게 말한다. 끈예술가가 끈을 연주하기 시작한다. 허공에 아름다운 무늬가 그려진다. 보랏빛 바다가 은은하게 반짝이고, 바람이 숲을 쓰다듬는 소리가 들려온다. 모두가 숨죽인 채 그녀의 입을 주목한다. 사람들은 어서 그녀가 청혼을 받아들이고 나서 화가가 그린 그림에 대해 품평하기를 원한다.

그러나 그녀는 고개를 숙인 채 침묵하고 있다. 감명 받은 마음을 진정시키느라 시간이 좀 걸리는 거라고 사람들은 생각한다. 두 사람은 힘든 시기를 함께 버텨왔고 이제 막 행복한 시기를 보내고 있으니, 여러 생각과 감정이 오갈 게 당연할 터였다. 그러므로 그녀가 침묵하는 건 정당한 일이라고, 사람들은 이해한다.

음악이 중반을 지나 서서히 마무리를 향해 간다. 그녀는 여전히 고개를 들지 않고 있다. 사람들은 평정심을 유지하며 기다린다. 어쩌면 그녀는 좀 더 극적인 순간에 대답하려고 일부러 기다리고 있는지 모른다. 예를 들어 음악이 거의 다 끝날 무렵, 혹은 음악소리가 완전히 사라지고 난 직후에 받아들인다면 좀 더 예술적인 구애가 되리라고, 아닌 게 아니라 분명 그렇게 될 거라고 사람들은 생각한다.

그러나 끈 예술가가 준비한 음악이 끝나도 그녀는 고개를 숙이고 있다. 바람이 멈추고 풀벌레 소리만이 들려온다. 화가는 무릎을 꿇은 채 말없이 기다린다. 그녀의 어깨가 침묵 속에서 가늘게 떨리고 있다. 사람들은 그녀가 울고 있음을 깨닫는다.

사람들은 눈치를 보기 시작한다. '어떻게 된 일이죠?' 하고 묻는 눈빛을 보내면 '나도 잘 모르겠다'는 의미로 작게 고개를 젓는다. 시간이 흐른다. 실제로는 그리 많이 흐르지 않았지만, 거기에 있는 사람들에겐 긴 시간처럼 느껴진다. 이윽고, 동물체험예술가가 천천히 고개를 든다. 그녀는 모든 사람의 시선을 받고 있는 상태에서, 눈물이 번진 얼굴로 작게 고개를 끄덕인다. 화가의 청혼에 드디어 응답한 것이다.

사람들이 깊이 안도한다. 옆 사람을 팔로 찌르며 '십년감수했네' 하는 눈빛을 교환한다. 끈예술가의 음악이 다시 연주된다. 아까와 똑같은 음악이다. 사람들이 두 사람의 약혼을 축하한다.

"자 여기를 보세요."

동물체험예술가가 뒤를 돌아보자 천이 걷힌다. 화가가 그린 그림이 나타난다. 사람들이 손으로 입을 가린다. 그들은 말없이 그림이 가진 의미를 생각해본다. 잠시 뒤에는 본격적으로 의견을 나누기 시작한다. 다소 심각한 언쟁도 오간다.

동물체험예술가는 아무 반응도 보이지 않는다. 그 그림을 지그시 바라볼 뿐이다. 기이한 형태로 그려진 자신의 초상화를 보며 그녀가 어떤 생각을 하고 있을지 나로서는 짐작조차 할 수 없다.

어쨌든 화가의 프러포즈가 무사히 끝나 다행이라고 나는 생각한다. 모두가 즐거운 얼굴을 하고 있다. 아니 한 사람만 제외하고는. 노부인의 아들만은 별로 즐겁지 않은 얼굴로 그림을 보고 있다. 그는 화가 난 것 같기도 하고 슬픈 것 같기도 한 표정을 짓고 있다. 그는 한동안 그림을 바라보다가 조용히 자리에서 일어나 숲으로 걸어 들어간다. 나는 그를 따라가 볼까하다가 어쩐지 방해될 것 같아 그만둔다. 그의 모습이 완전히 사라지고 나자, 사람들의 웃음소리가 들려온다.

***

밤늦게 자리가 끝나고, 뒷정리를 마친 다음 광장을 나와 집으로 향한다. 나는 노부인의 아들이 마음에 걸려 가던 길을 멈추고 숲으로 발걸음을 돌린다. 숲속 이곳저곳을 가보았지만 그는 보이지 않는다. 커다란 나무가 있는 곳과 바위가 있는 곳에도 없다. 연못 주변에서도 보이지 않는다. 어디로 간 걸까? 노부인의 집으로 가는 방향은 아니었으니 아마도 아직 숲에 있을 거라고 나는 추측해본다.

갈림길이 있는 쪽으로 갔다가 뜻밖에도 그곳에서 화가가 술을 마시고 있는 것을 발견한다. 나는 나무뿌리에 걸터앉아 있는 그에게 다가간다. 화가는 이미 거나하게 취한 상태였으나 아직 부족한지 술을 병째 들이켠다. 나는 누가 볼까 염려하며 주변을 살핀다.

"왜 술을 마시고 계세요?"

그는 입가를 소매로 닦는다.

"내가 얘기했죠. 불행이 곧 닥쳐올 거라고."

"지금 막 약혼했는데 불행이라니요."

"그 사람이 고민한 걸 봤잖아요. 그것도 아주 오랫동안."

"감정을 추스르느라 시간이 걸렸을 거예요. 울고 계셨잖아요."

내 말에 그는 고개를 젓는다.

"고민한 거예요. 나와의 결혼을. 고민하고 고민하다가 사람들이 지켜보고 있으니 어쩔 수 없이 내 청혼을 받은 거라고요. 결국 받지 않은 거나 다름없어요."

지나친 생각이라고 나는 화가를 달래보려 말했지만, 사실 나는 그녀가 훨씬 이전부터 고민하고 있었다는 걸 알고 있었다.

"물론 내가 더 잘했어야 했겠죠." 그는 말한다. "그치만 이 이상 뭘 더 해줄 수 있을지 모르겠어요. 난 그저 그림을 그리는 사람일 뿐인데."

그는 비틀거리며 자리에서 일어난다. 자리에서 일어나는 것만으로도 꽤 버거움을 느낀 듯 그의 숨소리가 거칠어진다.

"난 내가 생각하는 사랑을 아낌없이 해줬지만 그녀 입장에선 사랑이 아니었던 거예요. 결국 아무것도 안 해준 거죠. 내가 답답한 게 바로 그거라고요."

"우선 들어가서 좀 쉬셔야겠어요. 취한 모습을 보이는 건 상황을 더 안 좋게 할 뿐이에요. 맑은 정신으로 다시 한 번 생각해보시는 게 좋겠어요."

그는 고개를 푹 숙인 채 말없이 얼마간 서 있는다. 잠시 후에는 고개를 젓는다.

"괜찮아요. 그게 우주의 이치니까. 불행이 올 차례가 됐던 거죠. 그냥 그랬던 거예요. 그러니까 괜찮아요. 사실 어느 정도는 예상하고 있었죠."

그는 나무 기둥을 잡고 서서 몇 차례 심호흡하더니 손을 떼고 균형을 잡아 선다.

"말썽부릴 생각 없으니 걱정 말아요. 잠이 안 올 거 같아 한잔 한 것뿐이니까."

화가는 비틀거리며 갈림길에서 자신의 집 쪽으로 걷기 시작한다. 나는 뭐라고 말해야 좋을지 몰라 가만히 있는다. 편히 주무시라는 말도, 좋은 밤 되시라는 말도 할 수 없다. 그저 말없이 서서 그가 집으로 들어갈 때까지 뒷모습을 지켜본다. 그가 현관문을 열고 안으로 들어가고 나서 문이 닫힌다.

그의 모습을 아무도 못 본 것 같아 일단 나는 안심한다. 지금은 취해서 감정이 올라와 있지만 술이 깨고 나면 누그러질 것이다. 내일 화가의 집으로 찾아가봐야겠다고 나는 생각한다. 그러고는 다시 노부인의 아들을 찾으러 그곳을 떠난다.

4

 화가는 빈 술병을 거실 탁자에 올려놓고 의자에 앉았다. 그러고는 얼마동안 꾸벅꾸벅 졸다가 느닷없이 화를 내며 자리에서 일어났다.
 이럴 수는 없어. 어떻게 고민을 할 수 있지?
 그는 갑자기 견딜 수 없이 더워져서 현관으로 갔다. 문을 열고 밖으로 나가자 시원한 바람이 열을 식혀주었다. 나무들 사이로 그녀의 집에 불이 켜져 있는 것이 보였다. 그는 지금의 상황이 비참하게 느껴졌다. 정성들여 준비한 청혼은 엉망이 되어버렸다. 아무리 좋게 생각하려해도 이해할 수 없는 일투성이였다. 자신의 처지가 너무도 우스웠다.
 화가는 그녀의 집 방향으로 한걸음씩 내딛기 시작했다. 그녀와 대화를 좀 나눠봐야 할 듯싶었다. 오늘 일에 대해 그녀는 어떻게 생각하는지 듣고 싶었다. 어쩌면 사과를 받을 수 있을지도 몰랐다.
 분명한 목적을 갖자 그의 걸음이 빨라졌다. 비틀거리지도 않았다. 그는 똑바로 걸으며 그녀의 집으로 성큼성큼 다가갔다. 창문 너머로 그녀의 실루엣이 보였다. 그는 그녀와 차분하게 얘기할 생각이었으나, 집이 가까워올수록 침착함을 잃어갔다. 불필요한 말은 생략하고 그녀가 곧바로 자신에게 사과를 해준다면 모든 게 쉽게 해결될 여지는 있었다. 그러나 그렇게 하지 않는다면, 그로서는 그녀의 잘못을 분명하게 지적할 수밖에 없었다. 그래도 말이 통하지 않는다면 강제로라도 사과를 받아내야 할지 몰랐다. 아니, 애초에 그러는 편이 더 쉬울지도. 그의 발걸음이 더욱 빨라졌다.

그녀의 집이 얼마 남지 않았을 때, 쿵 하는 둔탁한 소리가 숲을 뒤흔들었다. 잠들어 있던 새들이 놀라 나뭇가지에서 날아올랐다. 화가는 자신의 머리에 번갯불이 떨어지는 느낌을 받았다. 그 직후 뜨거운 액체가 얼굴과 목덜미로 흘러내렸다. 그는 앞으로 쓰러졌다. 자신의 몸에서 기운이 빠져나가고 있음을 느꼈다. 급속도로 의식이 희미해져가는 가운데 가까스로 고개를 돌리자 두 다리가 보였다. 화가는 안간힘을 다해 시선을 위로 옮겼다. 눈앞이 점점 흐려져갔다. 다리를 지나자 커다란 돌덩이를 들고 있는 양손이 보였다. 그 돌에서는 자신의 것으로 보이는 검붉은 피가 떨어지고 있었다. 화가는 시선을 조금 더 옮겨 돌을 들고 있는 사람의 얼굴을 보려고 했다. 시선이 그의 가슴과 목을 지나 얼굴에 다다르기 직전, 화가는 완전히 의식을 잃었다.

제11장 한준호

상상력으로 갈아타야 할 시간

1

준호는 물품보관함에 소지품을 넣고 '국립중앙도서관'이라고 인쇄된 내부반입용 비닐가방에 수첩과 필기구를 넣었다. 그러고 나서 가방을 들고 도서관 건물 옆 편의점으로 갔다. 그는 롤빵과 커피를 구입해 테이블에 앉아 먹으면서 수첩에 적힌 수퍼니처 점주와의 대화 내용을 읽었다. 간단하게 식사를 마친 그는 캔 커피 하나를 더 사서 편의점을 나온 뒤 다시 도서관 건물로 들어갔다. 홀 중앙의 출입게이트에 회원카드를 찍고 들어가 3층 열람실 창가 쪽에 자리를 잡았다. 그런 다음 사회과학 칸으로 가서 미리 알아봐 둔 책을 찾아보았다. 인류학자인 저자가 각국의 고대 부족들이 행하던 의식을 연구해 편찬한 책으로, 중남미 지역에서 벌어지던 제사에 대한 내용이 한 카테고리를 이루고 있었다. 저자가 밝힌 중남미의 부족에게서 발견된 공통점으로는, 샤머니즘과 토테미즘을 동시에 가지고 있었을 뿐 아니라 동물의 신체에 대한 열망이 있었다는 것이었다. 마침 그 책은 책장에 꽂혀 있었다. 준호는 책을 꺼내들고 자리로 가서 목차를 확인한 다음 해당 내용을 찾아 읽어내려 갔다.

콜롬비아 지역 원주민들은 자연을 신성하게 여겼는데 그들에게 특히 중요한 존재는 '동물'이었다. 그들은 각 동물이 갖고 있는 능력에 의미를 부여하고 그들을 특별한 존재로 인식했다. 허물을 벗는 매미는 죽음 이후 부활하는 존재로, 하늘을 나는 새는 우주를 마음대로 이동할 수 있는 존재로 여겼다. 박쥐는 어둠과 지하세계를 지배하고, 바닷가재는 땅과 물을 중개하는 존재였다.

그들은 그러한 세계관을 반영한 물건을 제작했다. 동물 모양을 본떠 악기나 장신구, 제사 및 의례용품, 생활 및 장례용품 등을 만들었다. 그 물건을 사용함으로써 해당 짐승이 가지고 있는 힘과 지혜가 자신에게 깃든다고 생각한 것이다. 박쥐 장식을 예로 들면, 족장이 의식을 치르기 전 그 장식을 착용하면 어둠 속에서도 볼 수 있게 될 뿐 아니라 자신의 영혼이 우주를 날 수 있는 힘을 얻게 된다고 믿었다. 이처럼 동물은 그들에게 신적 존재임과 동시에 자신들에게 권능을 부여해주는 존재였던 것이다.

중남미 지역에서 상당한 규모의 문명을 이룩하고 살던 '무이스카 부족'은 이러한 사상을 압축해 담아 퉁호tunjo라는 이름의 제사용품을 만들었다. 그것은 황금으로 만든 인형으로, 손가락 마디만한 것부터 손바닥만 한 것까지 다양한 크기로 제작되었다. 그리고 그 인형은 현대의 기술로도 재현하기 어려울 정도로 정교하다.

무이스카 족장은 의식을 치른 후 퉁호를 물속에 던지는 식으로 신에게 봉헌했다. 그곳이 다른 세계로 가는 입구라고 믿었기 때문이다. 족장은 온몸에 금가루를 묻힌 뒤 뗏목을 타고 호수 한 가운데로 가서 물에 뛰어들어 금가루를 씻어냈는데, 이러한 것들이 훗날 그 유명한 '엘 도라도' 전설을 만들어냈다. 엘 도라도는 '금으로 된' '금가루를 칠한'을 뜻하는 스페인어에서 유래한 말로, 스페인이 신대륙을 찾아 남미에 도착했을 때 이 이야기를 듣고 호수 밑바닥에 황금이 어마어마하게 있을 거라는 환상을 갖게 되어 그 보물을 찾아 이곳저곳을 들쑤시고 다녔던 것이다.

책에는 퉁호의 사진 자료를 첨부하고 있었다. 인간과 동물이 합쳐진 모양으로, 사람 얼굴에 박쥐의 송곳니와 날개, 재규어의 꼬리가 결합되어 있거나, 바닷가재의 손과 새의 날개를 가진 인간의 모습도 있었다. 족장이 영적세계로 들어가기 위해 동물로 변신한 모습을 표현한 거라고 사진 아래에 설명이 달려 있다. 클로즈업 된 사진을 보면 동물의 가죽 모양까지 섬세하게 표현되어 있다는 걸 알 수 있었다. 별다른 기구도 없이 어떻게 이렇게 만들 수 있었을까 하는 생각이 들 정도로 정밀했다. 준호는 다시 본문으로 눈을 돌렸다.

남아메리카 부족 의식에서 가장 중요한 존재는 '샤먼'이다. 샤먼은 족장을 신에게 인도하는 존재다. 그 스스로도 '변신'을 통해 영혼의 세계를 자유롭게 오간다. 변신하고자 하는 동물 모양의 장신구를 착용해 그 동물의 능력을 얻은 뒤, 그들의 습성을 그대로 흉내내어 본인의 영혼을 변화시킨다. 재규어의 영혼이 필요하면 재규어 가면을 쓰고 그들처럼 행동하고, 박쥐의 영혼이 필요하면 귀와 코에 박쥐모양의 장신구를 착용해 그들의 관점에서 세상을 바라보았다. 심지어 실제 박쥐처럼 피를 마시는 의식을 행하기도 했다. 샤먼은 그러한 방식으로 새나 물고기 등이 되었다.

사진 자료에는 이러한 과정을 보여주는 장식도 있었다. 새 가면을 쓴 샤먼의 하반신이 도마뱀의 형태를 하고 있는 장식품인데, 의식을 통해 인간에서 동물로 변신하는 과정을 표현한 것이었다. 준호는 첨부된 사진들을 하나도 빠뜨리지 않고 꼼꼼히 살펴본 다음 다시 본문으로 돌아왔다.

다른 존재가 되어 다른 우주로 가는 것, 그것은 의식으로서만 행한 게 아니었다. 그들은 '실제로' 다른 존재가 되어야 했다. 그러기 위해서는 무언가의 도움을 받아야 했는데 그건 바로 환각제였다. 샤먼은 온몸을 동물의 장신구로 치장한 뒤 코카 잎과 석회가루를 씹어 환각 상태에 빠져들었다. 악기를 흔들며 춤을 추다보면 어느 순간 자신의 영혼이 다른 존재가 되어 신을 만날 수 있었고, 그 상태에서 신에게 앞날의 조언을 구하거나 부족의 안녕을 기원했다.

놀라운 점은 플라시보 효과가 환각에도 적용된다는 것이다. 코카와 석회가루는 샤먼이나 족장 등 높은 위치에 있는 사람만 할 수 있었는데, 의식이 시작되어 그들이 환각 상태에서 춤을 추기 시작하고, 분위기를 고조시키는 휘파람과 방울 소리 등으로 광적인 상태에 빠져들면 코카를 하지 않은 사람들도 그들과 유사한 환각 현상을 집단으로 경험하게 되는 것이다.

무이스카 부족의 이야기는 여기에서 끝났다. 준호는 수첩에 내용을 정리하고 첨부된 사진들을 휴대폰 카메라로 촬영했다. 의식과 환각, 샤먼, 동물…… 명성가구가 행하는 게 바로 이것인가? 그렇다면 돼지는 어떤 의미일까? 왜 그들은 박쥐도 아니고 재규어도 아닌 돼지를 택했을까?

유럽인들이 아메리카에 처음 발을 디뎠을 당시 그 대륙에는 돼지가 존재하지 않았다. 돼지는 신대륙 발견 이후 유럽에서 아메리카로 전파된 것이다. 그러므로 고대 원주민들이 돼지에게 의미를 부여할 일은 없었다. 돼지의 의미는 명성가구가 부여한 것이다.

그들은 어떤 능력을 가지려고 하는 걸까? 준호는 수첩에 돼지의 의미라고 적은 다음 글씨 바깥으로 동그라미를 쳤다. 그보다 더 의문스러운 점은 '도대체 왜 그런 일을 벌이는가' 하는 것이었다. 환각에 빠져서 뭔가 중요한 일을 한다고 한들 깨어나면 결국 아무 일도 없었던 게 아닌가. 그 똑똑한 사람들이 그걸 모를 리가 없다.

준호는 의문을 가진 채 꺼끌꺼끌하게 자란 턱수염을 매만졌다.

2

준호는 오후 다섯 시쯤 골목에 도착했다. 그는 생각에 잠긴 채 오래된 주택의 계단을 올랐다. 현관문을 열고 신발이 놓여 있는 걸 보고 나서야 아내가 올라왔다는 사실을 알아차렸다. 집안은 깨끗하게 청소되어 있었고 아내는 화장대에 앉아 있었다.

"얼른 준비할 테니까 나가서 저녁 먹자." 수진은 말했다.

"내 갈비찜은 영 별로인가 보네?"

응, 하고 수진은 대답했다. 엄밀히 말하면 그건 자신의 물음에 하는 대답이 아니라는 걸 준호는 알고 있었다. 그녀는 뭔가에 집중할 때면 언제나 상대의 말을 제대로 듣지도 않고 대답하곤 했다. 분명 지금도 '내가 뭘 물어봤는데?' 하고 물으면 '뭐가?' 하고 되물을 게 분명했다.

그녀는 립스틱을 바르면서 말을 이었다.

"오늘은 제대로 된 데서 식사하자. 예약도 해뒀어."

수진은 화장을 다 마치고 삼십 분이 넘도록 고민한 끝에 오 년 전에 산 하늘색 원피스와 웨지힐 구두를 골랐다. 준호도 그가 가진 가장 좋은 옷으로 갈아입었다. 그녀는 걷고 싶다며 매달리듯 준호의 팔을 안고서 시청 근처의 프렌치 레스토랑으로 그를 이끌었다. 프랑스 부부가 운영하는 꽤 고급스러운 레스토랑이라고 그녀는 강조했다. 두 사람이 들어가자 웨이터가 자리를 안내해주었다. 창가였고, 스피커가 바로 위에 달려 있어서 음악소리가 조금 컸다. 그러나 잔잔한 연주곡이어서 거슬리진 않았다. 아내는 자리에 앉아 손등에 턱을 괴고 창밖을 응시했다. 그러면서 콧노래를 흥얼거렸다.

웨이터가 자리로 와서 와인을 따라주었다. 두 사람은 잔을 부딪쳤다. 아내는 립스틱이 잔에 묻지 않도록 주의하면서 한 모금 마셨다. 준호도 맛을 보았다. 약간 떫으면서도 좋은 향이 났다.

"가끔 이렇게 외식하는 것도 나쁘지 않은 것 같아." 수진은 말했다. "그동안 너무 일만 했으니까. 앞으로 한 달에 한 번은 이런 데서 식사하는 게 어때?"

"그러면 계획이 틀어지잖아."

"계획은 다시 세우면 되지. 우리 이런 레스토랑 한 번도 와본 적 없잖아. 연애할 때도."

그녀는 창밖을 보며 와인 잔을 천천히 기울였다. 준호는 모처럼 기분이 좋아 보이는 아내의 얼굴을 바라보았다. 많이 나아진 것 같아 마음이 놓였다.

***

수진은 6년 전 지인의 소개로 준호를 만났다. 그녀가 서른, 준호는 스물일곱이었다. 당시 준호는 소설을 습작하면서 이런저런 아르바이트를 하며 지낼 때였고 수진은 동네에서 옷가게를 운영하고 있었다. 아내는 준호의 천진함에 매료되었다. 반나절 만에 파랗게 자라나는 수염도 마음에 들었다. 두 사람은 만난 지 일 년 만에 결혼을 약속했다.

"난 벌이가 거의 없는데 괜찮아?"

"일단 내가 수입이 좀 되니까. 당신은 정년도 없겠다, 나중에 소설이 팔리면 연금처럼 벌 수 있잖아. 글도 꽤 잘 쓰니 언젠간 이름을 날릴 거야."

수진의 경제관념은 조금 독특했는데 그녀는 젊었을 때 돈을 최대한 많이 모아 보험사의 연금 상품에 일시불 납입으로 넣어두었다가, 55세가 되면 연금을 타기 시작해 그 돈으로 여유를 부리며 노후를 보내고 싶다고 했다. 다행히 그녀의 옷가게는 성업 중이었고 이미 상당한 액수의 연금보험을 여러 개 들어두었었다. 두 사람이 결혼을 하고 신혼집을 따로 준비하지 않은 것도 그 때문이었다. 그녀는 준호가 태어난 그 집에서 살자고 말했다. 준호의 집은 그의 부모님이 서울에 올라와 정착한 곳으로(부모님은 다시 고향으로 내려갔다) 상당히 오래되어 신혼집으로 살기에는 여러모로 부족한 면이 많았지만 연금에 모든 저금을 넣고 앞으로도 버는 족족 쏟아 부어야 하니 최대한 지출을 줄여야한다, 지출 중 가장 아까운 게 대출이자다, 그러므로 집을 사지 말아야한다, 는 이유로 그 집에서 계속 살게 된 것이었다.

수진은 언젠가 이렇게 말한 적이 있다.

"우리 인생은 오십대부터야. 젊었을 때 실컷 놀라는 말은 틀렸어."

"그러다 오십 되기도 전에 죽으면 얼마나 억울해?"

"죽는 마당에 억울할 게 뭐 있어. 게다가 일찍 죽는다면 그동안 많이 놀았든 안 놀았든 관계없이 억울하겠지. 난 젊을 때 즐기는 거에는 관심 없어. 연금 개시 시점부터 아주 호화롭게 즐기면서 살 거야. 도시에 있는 정원 딸린 집에 살면서 원할 때면 언제든 여행도 다니고 책도 읽고 영화도 볼 거야. 좋은 일도 하면서. 좋은 일이라는 게 뭐가 될지는 아직 모르지만, 아무튼 좋은 일을 많이 할 거야. 인간에 대해, 삶에 대해 어느 정도 알았다고 생각될 때부터 진짜 즐길 수 있는 거라고."

준호는 그녀의 의견에 동의했다. 아내만 괜찮다면 그 집에 계속 사는 거야 벌이가 적은 준호로서는 고마운 일이었다. 그렇게 두 사람은 신혼집을 꾸몄다. 준호는 자신이 태어난 곳, 안방에서 아내와 생활했다. 집은 오래되어 낡았지만 내부 리모델링을 해서 얼마간은 세련되게 꾸밀 수 있었다.

결혼 2년차에 아이가 생겼다. 둘이서 행복하게 잘 살면 그만이라며 특별히 임신을 계획하진 않았지만 어쨌든 일이 그렇게 되었으므로 계획을 수정해야 했다. 큰 틀은 변하지 않은 상태에서 58세로 연금 타는 시점을 미루고 지출을 좀 더 바짝 조이기로 한 것이다.

"개시일을 3년 미루면 아이 교육비랑 이런저런 돈 들어갈 거 빼더라도 지급액에 큰 차이는 없을 거야. 여차하면 하나 더 들면 돼."

계획에 없는 임신이었지만 그녀는 아이를 갖게 된 이후 몹시 행복해 했다. 그 무렵 경쟁 옷가게가 매장을 이전하면서 손님이 더욱 늘었다. 아내는 출산을 염두에 두고 가게 직원을 한 명 늘렸다. 지출이 늘더라도 태교에 좀 더 신경 쓰고 싶었기 때문이다. 배는 점점 불러왔고, 딸아이의 이름을 짓고 옷이랑 신발도 미리 사두었다. 아이와의 첫 만남에서 뭐라고 말할지도 준비해두었다.

"네가 세상에 나온 걸 후회하지 않게 해줄게."

수진은 건강하게 태어난 아이에게 그대로 말해주었다. 채은이는 특별히 보채지도 않고 잘 자랐다. 남달리 빨리 걷기 시작했고 걷는 걸 좋아했다. 아이는 맛있는 걸 맛보면 작은 손으로 그 음식을 쥐고 뒤뚱뒤뚱 걸어와 엄마에게 주곤 했다. 예쁘거나 흥미로운 걸 봤을 때도 멀리서 걸어와 자신이 본 곳을 손가락으로 가리켰다. 자신이 느끼는 기쁨을 다른 사람도 느끼기를 바라는 것이었다.

어느 날 세 사람은 창고형 마트에 갔다. 채은이는 손톱만한 크기로 자른 돈가스를 먹고, 놀이방 볼풀 바닥에 수도 없이 숨었다가 나타나며 웃음을 터뜨리고, 신기한 것 위주로 손가락으로 가리키며 장을 보았다. 별로 한 것도 없이 지친 세 사람은 집에 가려고 차에 올라탔다. 아내는 영수증을 확인하더니 계산이 잘못됐다며 잠깐 다녀오겠다고 했다. 할인행사를 한다고 해서 굳이 산 물건이 할인 적용이 되지 않아 만 원이나 더 나온 것이다. 아내가 마트 안으로 들어간 사이에 준호는 잠든 딸의 시트를 확인하고 벨트를 채웠다. 그리고 잘 풀리지 않는 소설의 뒷부분에 대해 생각했다. 아내는 생각보다 금방 돌아왔다.

"영수증을 잘못 본 거였어. 헷갈리게 적혀 있네, 여기 마트는."

집으로 가는 길에 준호는 좀 돌아가더라도 덜 막히는 쪽으로 가려고 차를 돌렸다. 대로에 올라서서 신호를 받고 좌회전을 하다가, 맞은편 차선에서 직진하는 차량과 충돌했다. 물류기업의 5톤짜리 화물트럭이었다. 준호와 아내는 정신을 잃었고, 채은이는 잠든 상태에서 다시 눈 뜨지 못했다.

준호는 자신이 차를 돌렸다는 사실 때문에, 수진은 영수증을 잘못 봤다는 사실 때문에 2년 동안을 지옥에서 살았다. 실어증에 가까울 정도로 말을 않던 수진은 일 년만에야 입을 열었다.

"다시 55세로 바꿀 거야."

아내는 우울증을 극복한 것처럼 보이는 날도 있었지만 대개는 말을 하지 않고 멍하니 지냈다. 가게는 문을 닫는 날이 많았다. 준호 역시 괴로웠으나 내색하지 않으려고 애썼다. 정신을 바짝 붙들고 가해자 측과 싸워야 했다. 그러한 투지가 고통 속에서도 버틸 수 있게 하는지도 몰랐다. 준호는 사고를 낸 차량의 운전자와 소유주를 형사 고소했다. 당시 사고는 운전자의 졸음운전 때문에 벌어진 일이었는데, 회사 측의 무리한 스케줄 압박과 운전자에 대한 주의 의무를 위반한 부분이 있다고 여겨졌기 때문이다. 그쪽에서 합의를 요청해왔으나 준호는 거절했다.

허무하게도 재판결과는 무죄였다. 다른 물류업체와 비교했을 때 통상적인 수준의 스케줄이었다는 판단이었다. 통상적이라고 해서 무리하지 않은 건 아니다, 다들 그렇게 하고 있으니 문제 되지 않는다는 판단은 부당하다, 는 의견은 받아들여지지 않았다. 운전자는 금고형의 집행유예를 선고받았다. 선고 후 운전자는 준호에게 장문의 문자 메시지를 보냈다. 이런 일이 발생해서 유감이다, 불가항력적인 일이었다고 생각한다, 나로서도 뭘 어떻게 해야 좋을지 알 수 없다, 만약 내가 해야 할 일이 있다고 생각되는 게 있다면 언제든지 말해 달라, 는 내용이었다. 준호는 그 말에 뭐라고 답을 해야 좋을지 알 수 없었다. 아무리 생각해도 단 한 단어도 생각나지 않았다. 결국 답장은 보내지 않았다.

해당 기업은 무고죄로 준호 부부를 고소했다. 준호 부부가 당사에 금전적 손해를 끼치기 위해 허위 사실로 고소했다고 주장한 것이다. 언론에서 이 같은 내용의 기사가 보도되었다. 준호가 겪은 일과 비슷한 사건 몇 개가 엮인 기사에는 '보상금을 노린 사람들이 생떼를 쓰고 있어 기업들이 골머리를 앓고 있다'는 뉘앙스가 은근하게 담겨 있었다. 준호 부부는 얼마 후 검찰로부터 기소유예 처분 통보를 받았다.

범죄혐의는 인정되나 기소하진 않겠다는 내용의 검찰 통지서를 읽은 준호는 갑자기 정신이 맑아지는 것을 느꼈다. 딸깍, 하고 스위치를 누르는 소리가 들린 것도 같았다. 그러고 나서는 흙탕물이 필터에 여과되어 아래로 떨어지듯, 혼탁했던 그의 생각들이 깨끗하게 정화되어 한 방울씩 머릿속을 채워나갔다. 의식이 또렷해지고 집중력이 높아졌다. 아무리 인과관계가 복잡한 일도 머릿속에서 저절로 정리되어 쉽게 이해되는 일이 연달아 벌어졌다.

전에 없던 의욕도 생겨났다. 그는 드디어 소설을 완성할 수 있을 것 같았다. 그토록 찾고 싶었던 '자신이 써야 할 주제'도 찾았고, 주제의 답을 찾기 위해 공부할 체력과 의지도 솟아났다.

문제는 아내였다. 준호의 정신은 점점 또렷하고 강해졌지만, 아내는 살아있는 사람도 죽어 있는 사람도 아니었다. 살이 20킬로그램 가까이 빠졌고, 아무것도 먹지 않아 쓰러지기 직전에 병원에서 포도당 수액을 맞고 살아나기를 여러 번 반복했다. 다행히 시간이 흐르며 아주 조금씩이지만 회복해갔고, 보름 전 아내의 담당 의사가 친정에 내려가 안정을 취하기를 제안한 것이었다.

***

샐러드와 스테이크, 해산물 요리가 코스로 나왔다. 음식은 먹을 만했다. 다른 곳보다 맛이 훌륭한지 어떤지 두 사람 다 알지 못했다. 두 사람에게는 평소에 먹던 것과 다른 음식이라는 점만으로 충분히 만족스러웠다.

"집에는 별일 없지?" 준호는 물었다.

"응. 엄마아빠 다 잘 있어. 쫑이도 엄청 컸고. 새끼도 뱄던데."

"벌써 그렇게 컸나."

"응. 오랜만이라고 어찌나 반가워하던지."

그녀는 친정집에서 어떻게 보냈는지를 자세히 이야기했다. 준호는 음식을 먹으며 그녀의 이야기를 들었다.

"책은 한 장도 못 읽고 가져왔어."

"무슨 책 가져갔었는데?"

"〈1Q84〉랑 〈인간의 굴레〉. 기회가 되면 읽어보려고 벼르고 있었는데 막상 안 읽히더라고."

수진은 나이프로 스테이크를 작게 잘라 입에 넣은 뒤 천천히 씹었다.

"그건 그렇고 소설은 잘 되고 있어?"

지금껏 그녀는 준호에게 소설의 진행 상황을 묻는 일이 없었다. 글을 쓰는 사람에게 부담을 줄 거라고 생각하기 때문이었다. 그가 몇 번이나 작품을 완성하지 못하고 쓰던 글을 창고에 처박았을 때도 그 이유를 한 번도 물은 적이 없었다. (준호는 소설을 쓰기 시작한 이후로 지금까지 단 한 작품도 완성하지 못했는데, 아마도 그것은 지금 자신이 찾으려는 주제를 쓰게 하기 위한 어떠한 힘이 작용한 결과라고 그는 확신하고 있었다.) 말은 하지 않았어도 준호는 아내의 그러한 배려에 고마움을 느끼고 있었다. 그런데 처음으로 소설에 대해 묻자 준호는 아내에게 뭔가 변화가 일어나고 있음을 느꼈다.

"잘 되고 있어" 하고 준호는 대답했다.

그녀는 음식을 씹어 삼킨 뒤 와인을 마셨다.

"얘기해줘. 오늘은 왠지 당신이 하는 일에 대해 자세히 알고 싶어."

준호는 그러나 고민이 되었다. 내가 겪고 있는 '기이한 일'들을 말해줘도 괜찮을까? 겨우 마음을 추스르고 올라왔는데 남편의 정신을 의심해야 하는 상황에 처한다는 건 별로 바람직한 일은 아닐 것이었다. 그러나 얘기를 듣고 싶다는 아내의 요청을 거절하고 싶지도 않았다. 준호는 냅킨으로 입을 닦고, 기이한 일은 제외한 채 자신이 무엇을 찾고 있는지를 설명해주었다. 아내는 준호의 얘기를 흥미로워 하는 얼굴로 귀 기울여 들었다.

"이 우주가 어떻게 이뤄져 있는지를 안다는 게 가능한 일일까?"

"물리적으로 어떻게 이뤄져 있는지는 먼 훗날 과학자들이 밝혀내겠지. 내가 알고 싶은 건 물리적인 세계의 일이 아니야. 그런 식으로 해석한 세계는 또 하나의 세계를 감추는 행위니까."

"그게 무슨 말이야?"

"과학으로 세계를 이해하는 건 여러 방식 가운데 하나일 뿐이야. 무엇을 기준으로 이해하느냐의 문제라는 거지. 예를 들어 눈에 보이는 것으로만 세상을 해석해버리면 눈에 보이지 않는 세상은 알 수 없게 되잖아. 내가 원하는 건 그런 게 아니야. 이 우주가 어떻게 이뤄져 있고 무엇 때문에 그렇게 작동하고 있는가 하는, 말하자면 큰 그림을 이해하고 싶은 거야. 그리고 그것에 대해 글을 쓰고 싶어."

"심오하네." 아내는 말했다. "뭔가 대단한 작품이 나올 것 같아."

"말이라도 고맙네."

"아니 진짜야. 기분 좋으라고 하는 말도 아니고 그렇다고 어떤 근거가 있어서 하는 말도 아니야. 하지만 정말로 당신이 대단한 일을 할 것 같아. 예감뿐이긴 하지만 어쨌든 보통 예감은 아니야."

준호는 나이프를 내려놓은 뒤 턱수염을 손으로 비볐다.

"그치만 잡힐 듯 잡히지가 않아. 뭐랄까, 눈앞에 있는 걸 알면서도 손으로 잡을 수가 없는 느낌이야. 경주마 머리에 당근을 달아둔 것처럼 아무리 달려도 그 한 뼘 거리 앞에 도달할 수가 없어."

아내는 무언가를 생각하더니 입을 열었다.

"그 한 뼘은 상상력으로 다가가야 하는 거 아닐까?"

"상상력?"

"예를 들어 어떤 섬에 가려면 어디까지는 자동차나 기차로는 갈 수 있지만 어디에서부터는 반드시 배를 타야 하는 거야. 마찬가지로 당신이 도달하려는 곳의 교통수단은 어딘가에서부터는 상상력 말고는 없는 거지. 말하자면 이제 환승을 할 때인 거야."

준호는 문득 상상력이라는 단어에 이질감을 느꼈다. 상상하는 힘. 상상력은 인력이나 전자기력 같은 물리적 힘으로 작용할 수 있을까? 만약 그렇다면 그 힘이 우리의 세계 어딘가에 어떤 식으로든 작용하고 있지 않을까? 그리고 어쩌면, 명성가구가 연구하는 게 이와 관련된 게 아닐까?

'명성가구는 인간의 정신이 세계에 미치는 영향을 연구해왔어요.'

준호는 수퍼니처 사장의 말을 떠올리고는 한번 깊이 파고들 필요가 있다고 생각했다.

식사가 끝나고 디저트로 블루베리 셔벗과 홍차가 나왔다. 두 사람은 이미 배가 가득 차서 별 감동 없이 그것들을 맛보았다.

"내일부터 일 나가려고."

"벌써?"

"벌써 아니야. 꽤 오래 쉬었잖아." 수진은 셔벗을 떠서 입에 넣고 천천히 녹였다. "다시 시작해야지. 우울증이라는 게 굉장히 무서운 거더라고. 그거 알아? 사고가 일어난 시점보다 우울증에 빠진 시점에 훨씬 더 무서운 거. 채은이가 떠났을 땐 마음껏 슬퍼하느라 정신이 없었어. 그런데 우울증은 그런 게 아니야. 뭐랄까, 마치 나라는 인간은 죽기 위해 설계된 로봇 같은 느낌이야. 죽지 않으면 아무런 의미가 없는 느낌?"

"그걸 어떻게 극복한 거야?"

아내는 냅킨으로 입을 닦았다.

"비밀이야."

3

두 사람은 침대에 누워 잠들어 있다. 안방 텔레비전에서는 뉴스가 흘러나오는 중이다. 텔레비전의 불빛이 두 사람의 얼굴에 알록달록한 무늬를 만든다. 충청도의 한 돼지 농가에 설치된 CCTV영상이 화면에 나타난다. 화면 아랫부분에 세 마리의 야생 멧돼지가 삼각 대형으로 나타나 화면 중앙에서 멈춘다. 삼각형의 맨 위에 서 있던 돼지는 마치 점호를 하는 당직사관처럼 돼지우리를 바깥에서 둘러본다. 그리고는 두 다리로 일어나 우리의 문을 열고 안으로 들어간다. 화면은 우리 내부의 CCTV로 변경된다. 중앙에 긴 통로가 있고, 양옆으로 분리된 공간이 나란히 늘어서 있는 구조다. 두 다리로 걸어 들어온 멧돼지가 중앙 통로를 걸어가며 앞발을 이용해 잠긴 문을 하나씩 연다. 수백 마리의 집돼지들은 질서정연하게 통로로 나와 2열로 줄을 서더니 멧돼지를 따라 밖으로 나온다. 그러고는 질서를 유지하며 멧돼지를 따라 산비탈로 걸어간다. 밖에서 대기하던 야생 멧돼지 두 마리는 긴 행렬의 뒤를 경호하며 화면 바깥으로 사라진다.

기자의 코멘트.

놀라운 것은 전국 각지의 축사에서 이와 같은 일이 동시다발적으로 이뤄지고 있다는 겁니다. 야생 멧돼지들이 어딘가에서 갑자기 나타나 집돼지들을 데리고 산으로 들어가는 기현상에 전문가들이 급파되어 현장을 조사하고 있지만 뚜렷한 원인은 알아내지 못하고 있습니다.

뉴스는 다음 영상을 송출한다. 고구마 밭에 나타난 돼지 떼의 모습을 농장 주인이 촬영한 것이다. 멧돼지 몇 마리와 집돼지 수십 마리가 아직 다 자라지도 않은 밭의 고구마를 캐먹고 있다. 신고를 받은 당국은 사격수를 불러 공기총을 하늘로 쏴보지만 돼지들은 아무

동요 없이 계속해서 고구마를 먹는다. 식사를 마친 돼지들은 질서를 갖춰 산으로 올라간다. 카메라가 돼지들의 뒤를 좇아가지만 속도를 따라잡지 못하고 산의 초입에서 놓치고 만다.

앵커의 코멘트.

도대체 이 현상을 어떻게 설명할 수 있을까요? 농림축산식품부에 따르면 현재까지 전국에서 탈출한 돼지는 십만 마리에 가깝다고 합니다. 농장 주인들은 하나 같이 돼지들이 모두 야산으로 도망쳤다고 말합니다. 당국은 돼지들을 생포하기 위해 유인작전을 펼치고 있지만 돼지들은 영리하게 따돌리고 있습니다. 헬기와 드론을 동원해 동선을 파악하려는 시도는 산을 뒤덮고 있는 나무 때문에 어려움을 겪고 있습니다. 열화상카메라와 무인트랩 같은 첨단 장비도 어째서인지 기계가 오작동을 벌이며 전혀 감지가 되지 않아 소용이 없다고 합니다.

한 축산 농가의 인터뷰.

멧돼지가 나타나서는 글씨 우리로 가서 문을 열어주더라니께에. 시상에 얼매나 놀랐는지. 마침 몽둥이랑 마취총 들고 잠복해 있어서 잡으려고 뛰어갔는디, 아니 글씨 멧돼지 눈을 본 순간에 몸을 꼼짝도 할 수가 없는 거여어. 아이고 내 평생 그렇게 무서운 짐승은 처음 봤다니께에.

뉴스가 끝나고 각 방송사에서는 돼지를 주제로 한 특집 다큐멘터리가 편성되었다.

제12장 민이주

아직은 나갈 때가 아냐

1

 동그란 빛이 무대에 서 있는 사람을 따라다닌다. 배우는 빛이 있는 동안 자신의 역할을 연기한다. 그것은 그의 실제 모습과는 얼마간 차이가 있다. 빛이 없을 때 배우는 본래의 모습으로 돌아갈 수도 있고, 아니면 그 역할을 계속할 수도 있다. 그것은 그 사람 마음에 달려 있다. 그러나 빛이 그를 따라다니는 동안에는 반드시 자신이 맡은 역할을 보여줘야 한다. 그러지 않으면 그는 무대에 있을 수 없다.
 당신은 그 빛이 싫다. 빛은 당신에게 연기를 하라고 강요한다. 본모습을 감추고, 룰이 부여된 언행만을 하도록 지시한다. 당신은 거부감을 드러낸다. 그리고 그러한 거부감은 종종 '인간은 자신의 본모습으로 살아야 한다'는 말로 정당성을 얻는다. 당신을 따라다니는 빛은 그러한 이유로 거부당하고 조롱받는다.

그러나 우습게도, 당신은 그토록 본모습으로 살고 싶으면서도, 다른 사람이 빛을 거부하는 행동을 보일 때는 철저하게 빛의 편을 든다. 당신의 일이 아닐 때 당신은 빛을 동정한다. 갑자기 얼굴을 고쳐 '빛이 있을 땐 자신의 역할을 연기해야 한다'고 주장한다. 당신은 그토록 위선적이다. 아니 애초에 '당신의 본모습'이라는 게 '상황에 따라 제멋대로 모습을 바꾸는 것'인지도 모른다. 그리고 빛은 그것을 꿰뚫어본다. 당신은 그래서 빛을 싫어한다.

이주 또한 '당신처럼' 그 빛이 싫다. 당신과는 다른 이유에서지만 어쨌든 그녀도 빛을 싫어한다.

그 빛은 누군가의 시선일까? 사람들의 시선이 그녀를 좇는다. 그녀는 그 시선을 응시해보려고 한다. 그러나 그녀는 똑바로 쳐다볼 수 없다. 눈이 부시다. 너무나 눈이 부셔서 망치로 안구를 두드리는 것 같은 통증을 느낀다. 빛은 비추는 쪽에서만 볼 수 있다는 걸 그녀는 깨닫는다. 비춰지는 쪽에서는 그 너머를 볼 수 없다. 전류의 흐름이 그렇듯, 시선은 한 방향으로만 흐른다. 그리고 그 시선은 말을 하지 않고도 우리에게 다음과 같은 지시를 내린다.

연기를 하되, 연기처럼 보이지 마라.

우리는 필사적으로 연기가 실제 모습인 양 행동해야 한다. 그리고 그것은 또 다시 '본모습으로 살고 싶다'는 욕구를 일으키고, 당신이 위선적으로 행동하게 만들고, 빛은 그것을 간파하며 당신에게 경고를 내린다.

연기를 하되, 연기처럼 보이지 마라.

구역감. 또 시작이다. 몸속 깊은 곳에서 무언가를 밖으로 밀어내려는 힘을 느낀다. 뭔가 잘못된 게 몸속에 있다. 그것이 언제 들어왔는지는 알 수 없다. 어느샌가 몸 안에 있었고, 그것은 신체로부터 거부당하고 있다.

이주는 연극이 끝나기 직전에 견딜 수 없는 메스꺼움을 느끼며 밖으로 나온다.

2

"명성가구는" 하고 이주는 물었다.

"아직이야. 좀만 더 기다려봐. 요즘엔 업소들도 전부 소셜 미디어인가 뭔가로 홍보해서 이쪽에 빠삭한 애들한테 맡겨뒀으니까 곧 입질이 올 거야."

만석은 조수석 사물함에서 종이로 포장된 작은 상자를 꺼내 뒷좌석으로 건넸다.

"이달치 약이야."

이주는 상자를 받아 핸드백에 넣었다.

그런데, 하고 만석은 이면도로로 커브를 틀며 말했다. 방향을 바꾼 자동차는 과속방지턱을 부드럽게 넘어갔다.

"내가 그쪽으로부터 계속 약을 받아오고 있기는 하지만 도대체 그 사람들은 누굴까? 어떤 뒷배경이 있길래 이런 일을 저지르는지 궁금하단 말이야."

이주는 창밖에 시선을 둔 채 대꾸하지 않았다.

"정확히 누군지도 모르는 상대랑 두목이 사업을 이어가고 있다는 게 아직도 적응이 안 돼."

자동차는 낙산공원 주차장에 진입했다. 만석은 늘 대는 공간에 차를 세웠다.

"그 웨이터 놈은 어떻게 처리했어?" 이주는 물었다.

"실족사로 위장했어. 얼마 전에 장맛비 엄청 왔잖아. 맨홀에 빠뜨린 다음 뚜껑을 닫았지. 어디서 발견될지 나도 궁금하네. 그나저나 이유 좀 알려줘. 꼭 그렇게 처리해야 했던 거야? 무슨 일이 있었는지 나한테 말해주면 다른 방법을 찾을 수도 있었을 텐데."

부하는 룸미러로 이주를 바라보며 말을 이었다.

"다시 말하지만 요즘은 예전과 달라서 사람을 죽이는 게 그리 쉬운 게 아니야. CCTV 천지일 뿐 아니라 경찰 수사력도 엄청 발전했다고. 이것저것 고려해야 할 게 많아. 부탁이니까 행동을 주의해 줘."

이주는 차문을 열었다. "명성가구랑 접촉되면 연락해" 하고 그녀는 말한 뒤 차에서 내렸다.

"그리고 잔소리하지 마."

문이 쾅 소리를 내며 닫히고 나서 차가 한동안 흔들렸다.

"저 성질머리하고는."

부하는 투덜거리며 차를 몰고 주차장을 떠났다.

***

이주는 낙산공원 주차장에서 벗어나 이화동이 내려다보이는 길을 걸었다. 갈림길에서 오른쪽으로 조금 더 가자 그녀는 곧 산 아래에 있는 허름한 집에 도착했다.

그녀는 문득 집에 들어가고 싶지 않다는 기분을 느꼈다. 그러나 그 기분은 찰나에 나타났다가 사라져버려서, 그녀는 자신이 그런 감정을 느꼈다는 사실을 알지 못했다. 이주는 문을 열고 집안으로 들어갔다. 불을 켜지 않은 상태로 슬리퍼를 신고 안방으로 들어가 부하에게 받은 약상자를 확인했다. 약은 이번에도 어김없이 정확한 양이 담겨 있었다. 이주는 금고 문을 열고 그 안의 작은 서랍을 열어 상자를 넣었다.

서랍 한쪽 구석에 있는 주사기를 보자 또 다시 충동이 일었다. 그녀는 어서 주삿바늘을 '그 사람'에게 찔러 하얀 액체를 밀어 넣는 기분을 느끼고 싶었다. 그녀는 그 욕구를 가까스로 억눌렀다. 괜찮다. 조급해할 필요 없다. 여기에 있는 주사기는 사라지지 않는다. 내용물이 상하는 것도 아니다. 그렇게 된다 하더라도 다시 만들어 달라고 하면 그만이다. 그들은 신중해서 결정하는 데 오래 걸리긴 하지만 결국엔 다시 만들어줄 것이다. 저번에도 그랬던 것처럼.

앞서 주사기 형태로 약을 만들어달라는 이주의 요청에 '공급자' 측은 한동안 답을 하지 않았었다. 평소대로 매달 정해진 날짜에 정해진 만큼의 약을 제공해줄 뿐이었다. 만석이 그것을 받아오는 역할을 했다. 몇 달이 지나고 나서 상자를 열어보았을 때, 그 안에 주사기가 들어 있었다. 그러한 형태로 만들어줘도 되는지 리스크를 따져보고, 문제없다는 판단을 내리고, 근육 조직에 주입하는 방식으로 제조해 그녀의 요청에 답한 것이다. 그렇게 이미 한 차례 적합성을 따져보았으므로 다시 요청할 땐 이전만큼 오래 걸리진 않을 것이었다.

주사기 형태의 약을 제공받는 과정에서 그녀가 확실히 알아낸 사실은 공급자 측이 장담한 대로 그들은 '어떤 형태로든' 약을 만들 수 있다는 것이었다. 복용하는 형태도 될 수 있고 호흡하는 형태로도 될 수 있다. 그러므로 그녀가 새롭게 벌일 사업에 특별히 제약이 될 만한 분야는 없다. 어느 영역의 일을 시작하든 거기에 맞는 약을 만들어줄 것이다.

새 사업은 분명 완전히 다른 업태가 될 터였다. 지금과는 비교가 안 될 정도로 많은 사람들이 자신이 약을 하는지도 모르는 채 약을 경험하게 되는 것이다. 이러한 계획은 만석도 알지 못하고 있다. 그는 자신에게 많은 걸 숨긴다며 못마땅해 하고 있지만 그녀로서는 리스크를 줄이려면 어쩔 수 없는 일이었다. 때가 되면 어차피 그도 알게 될 테니 일단은 함구한다는 기본 방침을 이주는 바꿀 생각이 없었다.

그러나 어쨌든 지금 하는 일을 누군가가 맡아줘야 새 사업이든 뭐든 할 수 있었다. 지금 일을 완전히 접고 나서 시작하는 것도 방법이지만, 그럴 필요가 전혀 없다. 이 또한 탄탄한 하나의 손님 군을 이룬 채 계속해서 영역을 확장해 나가고 있다. 특별한 수고 없이도 그렇게 되고 있다. 그러니 '최대한 많은 사람에게 약을 경험하게 한다'는 목적에 부합하려면 그만둘 이유가 전혀 없는 것이다.

이주는 물론 일을 맡아줄 사람으로 은지가 가장 적합하다고 생각하고 있다. 다른 사람은 전혀 생각하지 않는다. 나이는 어리지만 그녀는 이주가 생각하는 완벽한 적임자다. 음흉한 속내가 없고 거짓말을 하지 않으며 주변의 유혹에 흔들리지 않는다. 얼굴과 몸매 또한 더없이 훌륭하다.

문제는 그녀가 아직까지도 자신의 일에 관심을 갖지 않는다는 점이다. 이주는 그걸 이해할 수가 없었다. 왜 이렇게 쉽게 벌 수 있는 돈을 마다하는 걸까?

이주로서는 그녀가 정말로 독특하다고 생각할 수밖에 없었다. 때로는 흥미롭기도 하고 때로는 답답해서 성질이 날 때도 있었지만, 한편으로는 묘한 감정을 느낄 때도 있었다. 그 감정은 말 그대로 오묘했다. 그녀에게 이끌리는 것 같으면서도 자신 또한 그녀를 끌어당기고 싶었던 것이다. 그런 감정은 살면서 누구에게도 느껴본 적이 없었다. 어쩌면 끌림이라기보다는 '인정'이라고 해야 정확할지도 모른다. 자신이 가지지 못한 어떤 힘을 은지가 가지고 있다고 이주는 인정하고 있었다. 그 힘이 정확히 어떤 건지는 알지 못했지만,

호랑이를 본 개가 본능적으로 눈을 피하며 고개를 숙이게 되는 것처럼, 이주 또한 그녀의 힘을 인지한 순간에는 고개를 숙일 수밖에 없는 것이다(물론 실제로 그런 동작을 한 적은 없다).

어쩌면 이주가 '공급자'와 사업을 유지하고 있는 것도 그러한 관계 속에서 이뤄지고 있는지도 몰랐다. 이주는 공급자가 정확히 어떤 존재인지(개인인지 집단인지, 본업은 무엇이고 근거지는 어디인지 등) 아는 바가 전혀 없지만, 그들에게는 조금의 빈틈도 없을 것이라는 믿음이 그녀 안에 확고히 자리 잡고 있었다. 즉 저들이 문제를 일으켜 일이 잘못될 일은 없다, 문제가 발생한다면 나한테서 비롯된 것이다, 라는 기본 명제가 정립되어 있는 것이다. 그리고 그러한 명제가 지금껏 단 한 번도 거짓인 적이 없었다는 게 그녀로 하여금 그들을 '인정'하게 만들었고, 그녀가 십여 년간 그들과 파트너십을 유지하고 있는 중요한 까닭이었다.

따라서 공급자는 도대체 누굴까? 하는 질문은 오래 전에 그만두었다. 자신은 알려고 해봐야 알 수 없다는 결론에 이르렀기 때문이다. 그들이 철저하게 자신을 감출 의지가 있다면(이미 그렇다고 여겨지지만) 결코 그 실체를 정확히 알아낼 수 없는 것이다.

나는 그저 그들이 제공하는 약을 이용해 돈을 벌 뿐이다, 하고 이주는 생각했다. 그거면 된다. 그들 덕분에 나는 흡혈박쥐가 피를 빨듯 돈을 빨아들이고 있다. 손님의 수는 줄어들 생각을 하지 않는다. 제아무리 세상을 떠들썩하게 만드는 일, 예를 들어 바이러스가 퍼진다거나 국가가 파산을 한다거나 심지어 전쟁이 벌어진다 해도,

남자의 성욕이 사라지는 일은 결코 없다. 여자들이 디저트를 위한 배를 따로 가지고 있듯이 남자들은 성욕만 담당하는 주머니가 따로 있다. 아주 크고 튼실한 주머니. 그리고 그것은 남자들이 세상에 존재하는 한 영원히, 화수분처럼 돈을 만들어낼 것이다. 사업이란 모름지기 인간의 욕구를 해소해주는 방향으로 꾸려나가야 하는 것이다.

이주는 그런 생각을 하면서, 서랍을 닫고 금고 문을 잠근 다음 침대 밑으로 밀어 넣었다. 그러고는 찬장에 있는 위스키를 떠올리고 거실로 갔다.

그때 휴대폰이 울렸다. 발신자는 은지였다.

잠깐 만날 수 있어요? 하고 은지는 수화기 너머에서 말했다.

"무슨 일인데."

"곧 그쪽 집에 도착해요. 만나서 얘기해요." 전화는 끊어졌다.

그쪽 집? 이주는 안방 창문으로 가서 암막커튼을 살짝 열어 길 쪽을 살펴보았다. 그러나 창문에서 바라보는 각도로는 길 전체가 보이지 않았다. 얼굴을 창문에 바짝 대보았으나 마찬가지였다. 그녀는 화장실로 가서 변기 뚜껑을 닫고 그 위로 올라갔다. 손바닥만 한 창문을 열어 바깥을 보았다. 그곳에서는 올라오는 길이 보였다. 그녀는 변기 위에 엉거주춤한 자세로 서서, 창문에 눈을 가까이 대고 이면도로를 주시했다. 얼마간 시간이 흘렀으나 그녀는 나타나지 않았다. 길에는 사람 하나 다니지 않았다. 이주는 계속해서 작은 창문 밖을 바라보았다.

잠시 후 현관문 두드리는 소리가 났다.

이주는 변기에서 내려와 현관으로 가서 손잡이를 잡고 조심스레 문을 밀었다. 한 뼘 정도 열린 문 사이로 은지가 서 있는 게 보였다. 그녀의 손에는 편의점 봉투가 들려 있었다. 이주는 문을 조금 더 열고 얼굴을 내밀어 주변을 살폈다. 그리고는 은지의 팔을 잡아당겨 들어오게 한 다음 문을 잠갔다.

"너무 어두워요." 은지가 신발장 앞에 서서 말했다.

이주는 은지를 거실에 있는 손님용 소파로 끌고 가 앉혔다.

"여길 어떻게 알았어."

은지는 대답 없이 눈을 껌벅거리며 어둠에 익숙해지려고 했다. 이주는 화장실로 가서 창문 바깥을 살폈다.

"혼자 왔으니까 걱정 말아요."

이주는 다시 은지가 앉아 있는 소파 앞으로 와서 섰다.

"말해. 여길 어떻게 알고 왔어."

"말할 수 없어요. 그냥 안 거니까." 은지는 말했다. "이 집이 머릿속에 들어왔어요. 누가 집어넣은 것처럼."

"그 말을 믿을 것 같아?"

"믿든 안 믿든 사실이에요. 그냥 놀러온 거니까 너무 경계할 필요 없어요."

은지는 어둠이 눈에 익었는지 들고 온 봉투에서 맥주 두 캔을 꺼내 테이블에 올려놓았다. 다시 봉투를 뒤져 조미된 오징어 한 봉지도 꺼냈다. 이주는 그런 그녀를 빤히 내려다본 다음 맞은편 소파에 앉았다.

"무슨 꿍꿍이야."

"저도 술을 마셔보려고요."

이주는 등받이에 몸을 기대며 동시에 팔짱을 끼고 다리를 꼬았다.

"못 마시는 체질이라고 하지 않았나?"

"맞아요. 술은 제 몸과 맞지 않아요. 그렇지만 맞게 변했을 수도 있죠. 우주가 변하듯이 신체도 변해가거든요."

"또 멍청한 소리."

은지는 오징어 포장을 뜯어 몸통을 길게 찢기 시작했다. 이주는 그런 그녀를 한참 바라보더니, 자리에서 일어나 주방으로 가서 경첩이 떨어져 약간 비틀어진 찬장 문을 열고 위스키와 스트레이트 잔을 가져왔다.

"기왕이면 좋은 걸 마셔야지. 따라봐."

이주는 잔을 들었다. 은지는 위스키 병을 들어 이주의 잔에 기울였다.

"어른한텐 두 손으로."

은지는 그렇게 했다.

"전 맥주 마실게요. 처음부터 독한 건 싫어요."

이주는 잔을 비우고 담배를 하나 꺼내 불을 붙였다.

"담배는 맛있어요?"

이주는 대답하지 않았다. 특별히 맛있어서 피우는 게 아니라고 말하면 왜 특별히 맛이 없는데 피우느냐고 물어볼 것 같았다. 이주는 그녀의 유아적인 질문에 일일이 대답해주기 귀찮았다. 이주가 다시 잔을 들자 은지가 두 손으로 술을 채웠다.

"그런데 왜 이런 집에서 살아요? 돈도 많다면서."

"사는 곳은 따로 있어. 여긴 내 영업장이야. 이 테이블에서 술을 마신 다음 저 침대로 가는 거야."

이주는 안방의 열린 문으로 보이는 침대를 가리켰다.

저곳에서, 그 일이, 하고 은지는 특유의 말투로 내뱉었다.

"그래. 나랑 일을 하면 너도 저기에서 일하는 거야."

이주는 그렇게 말한 뒤 은지의 가슴을 쳐다보았다. 니트 위로 묵직하게 솟아 있는 유방은 앳된 외모와 달리 풍만했다. 그리고 왜인지는 모르지만 그녀의 큼직한 유방을 빨고 있는 자신의 모습이 머릿속에 떠올랐다. 그러나 그것은 성적인 의미가 아닌 어미의 젖을 빠는 아이 같은 느낌이었다. 그 이미지가 갑자기 나타났다가 사라졌다. 좀 전에 집에 들어오기 싫다는 느낌을 알아차리지 못했듯이, 이번에도 그녀 자신은 그걸 알아차리지 못했다.

"남자 경험 없다고 했지?"

은지는 고개를 끄덕였다.

"기회가 없었던 건가?"

"모르겠어요."

"넌 아주 훌륭한 몸을 가지고 있어. 그리고 그건 아주 짧은 기간 동안만 아름다워. 금방 시들고 말거란 얘기야. 그러니 그냥 놔두면 얼마나 손해야?"

이주는 잔을 비웠다. 은지도 캔을 따서 맥주를 한 모금 입에 흘려 넣었다. 그러나 삼키지는 못하고 곧 인상을 찌푸리며 싱크대로 달려가 뱉어냈다.

"순진한 척을 하는 건지 진짜 순진한 건지, 어느 쪽이든 별로 매력적이지 않아. 도가 지나치면 멍청해 보이는 거야."

은지는 두 손으로 수돗물을 받아 입을 헹군 다음 뱉었다.

"어떻게 보이든 그런 건 몰라요."

은지는 붉어진 얼굴로 기침을 하면서 대답했다. 그녀는 자신의 맥주를 싱크대로 가져가 전부 부어버리고 자리로 돌아왔다. 그런 다음 편의점 봉투를 뒤져 키위 주스를 꺼내고 뚜껑을 따서 마셨다. 이주는 담배연기를 빨아들였다가 천천히 내뱉었다.

"그런데 넌 왜 그 일을 하는 거야. 그 티켓매니저인가 뭔가 하는 일."

"그냥 그게 좋아요. 우리의 이야기를 들려줄 사람을 가장 먼저 만날 수 있으니까 좋고 매표소에 앉아서 길거리 다니는 사람을 구경하는 것도 좋아요. 극단 사람들의 스케줄을 관리하고, 건강을 체크하고, 무사히 공연이 이뤄질 수 있도록 보조하는 일도 좋고요. 만약 앞으로 돈을 한 푼도 주지 않겠다고 하면 나는 다른 아르바이트를 하면서라도 이 일을 계속할 거예요. 다행히 돈을 주지만요."

그녀도 가끔은 논리적으로 말할 때가 있었다.

"어릴 때부터 꿈이었던 건가?"

"어렸을 때 기억은 없어요. 제일 오래된 기억은 불과 몇 달 전이에요. 그래서 스무 살에 이 세상에 온 것처럼 느껴져요."

이주는 지난 번 바에서 은지가 한 말을 떠올렸다. 그 말을 듣고 이주는 새삼 자신에게 열두 살 이전의 기억이 없다는 사실을 깨달았었다. 첫 기억은 물론 '그 일'이었다. 자신의 엄마를 영원히 잠재운 일.

은지가 말을 이었다.

"이전 기억은 나지 않지만 아무 의문 없이 모든 걸 받아들일 수 있었어요. 첫 기억은 극단 소속 티켓매니저로서 그날의 일을 마치고 집으로 돌아와 혼자 카레라이스를 해먹은 거였어요. 집에 모든 재료들이 갖춰져 있었어요. 감자랑 당근이랑 양파랑 돼지고기랑 카레가루랑 완두콩이랑 피망이랑 식용유랑 소금이랑 후추랑 쌀이랑 다 있었어요. 전 알고 있었죠. 내 이름은 은지이고 부모님은 없다. 나는 이 집에 혼자 살고 있고 앞으로 이 일을 계속 해야 한다, 와 같은 사실을요. 마찬가지로 그쪽을 만났을 때 이미 알고 있었어요. 이 사람은 이런 일을 하고 있고 연극을 하지 않으면 안 된다, 하고요. 그쪽이 이 집에서 살고 있다는 것도 그런 식으로 알게 됐죠. 아까 그쪽이 '사는 곳은 따로 있다'고 한 말은 거짓말이에요. 여기 말고 그쪽 집은 없어요."

은지는 키위 주스를 한 모금 마셨다. 이주는 아무 말도 하지 않고 위스키를 마신 뒤 담배를 재떨이에 비벼 껐다.

"그런데 왜 이렇게 어둡게 살아요? 집을 온통 암막커튼으로 막아났네요. 빛이 싫어요?"

"쓸데없는 소리 말고 여기 온 이유나 말해."

은지는 두 손으로 이주의 빈 잔에 술을 따랐다.

"책은 읽어봤어요? 저번에 읽어보라고 한 책."

이주는 잠시 생각해보고는 그런 일이 있었다는 걸 기억해냈다.

"집어던져버렸어. 어디에 있는지도 몰라."

은지는 소파에서 일어나 실내 여기저기를 돌아다니며 찾다가 결국에는 자기가 앉아 있던 소파와 벽 사이에서 책을 발견했다. 은지는 그 틈으로 손을 뻗어 책을 꺼냈다. 표지가 대각선으로 접혀서 내지가 보였고, 접힌 부분에 덩어리 진 먼지가 머리카락과 함께 달라붙어 있었다. 그녀는 가스 밸브를 돌리듯이 먼지를 집어내 오징어 포장지 안에 넣고 접힌 표지를 펼쳐 책을 테이블에 올려두었다.

"읽어봐요. 오디션 날짜가 잡혔어요. 아직 기회는 있어요."

"싫어."

"인생은 각자 배역을 맡아 살도록 정해져 있어요. 자신의 배역이 무엇인지 알아차려야 해요."

"너나 그렇게 살아."

"그쪽은 그쪽의 역할이 아닌 채로 살아가고 있어요."

"그래서, 연극을 하는 게 내 삶이다?"

"연극을 하지 않는 그쪽은 이곳에 존재할 수 없기 때문이에요."

"또 시작이네."

이주는 테이블 위에 있는 책을 손에 들었다.

"잘 봐."

그녀는 책 모서리로 방금 전 은지가 꺼냈던 곳을 조준하더니 집어던졌다. 책은 날개를 펄럭이며 날아가 원래 있던 자리로 돌아갔다.

"이게 내 대답이야."

은지는 특별히 낙담하거나 실망한 표정을 짓지는 않았다.

"저는 제 일을 하는 것뿐이에요. 연극할 사람을 모집하는 게 저에게 특별히 부여된 임무예요. 그래서 이번 연극과 어울리는 사람에게 역할을 제안하고 있고요."

"몇 번이고 말해줄게. 난 연극 따위 안 해. 알았으면 얼른 여기서 꺼져."

은지는 주스를 마시고는 찢어놓은 오징어를 입에 넣고 씹었다. 마치 아직은 나갈 때가 되지 않았다는 것처럼. 은지는 소파에 몸을 푹 묻었다.

"사실 다른 말을 하려고 왔어요."

그녀는 천천히 오징어를 씹어 목구멍으로 넘긴 다음 말을 이었다.

"해볼게요. 그쪽이 나한테 하라고 한 일."

이주는 꼬았던 다리를 풀고 몸을 앞으로 조금 기울였다. 아직은 나갈 때가 아니라고, 이주도 막 생각한 참이었다.

"대신에, 그쪽이 연극을 하는 조건으로요."

"내가 연극을 하겠다고 하면 너도 이 일을 한다는 거야?"

은지는 고개를 끄덕였다.

"예약제니까 시간을 정할 수 있다면서요. 그러면 티켓매니저 일이랑 병행할 수 있어요."

이주는 잔을 비우고 스스로 한 잔을 더 따랐다.

"서로를 캐스팅하자는 거네. 넌 나를 캐스팅하고 난 너를 캐스팅하는 거야. 재밌어."

"제 마음은 얘기했으니 결정은 그쪽이 해요. 오디션 전까지 답을 줘요."

이주는 팔짱을 낀 채 소파에 등을 기대고는 무언가를 계산하듯 천장을 바라보았다.

"그런데 하나 물어볼 게 있어요." 은지가 그녀의 계산을 방해했다. "왜 그렇게 나한테 그 일을 맡기려고 애쓰는 거예요?"

"난 앞으로 할 일이 있어."

이어서 그녀는 새로운 사업, 이라고 말하려다가 또 귀찮은 질문들을 늘어놓을 것 같아 하지 않기로 했다. 무슨 사업이냐, 왜 아직 준비가 안 됐느냐, 어째서 지금 사업으로는 만족할 수 없느냐, 등등. 그러나 이미 '할 일이 있다'고 말했으므로, 그 일이 무엇인지 말하지 않으면 안 된다는 걸 이주는 알고 있었다. 아닌 게 아니라 은지는 오징어를 우물거리며 대답을 기다리고 있었다. 이주는 '해야 할 일' 중 간단하게 말할 수 있는 걸로 하나를 선택했다.

"사람 하나를 없앨 거야."

"왜요?"

"그래야 내가 사니까."

이주는 후회했다.

"그 사람이 살면 그쪽이 죽어요?"

이주는 담배에 불을 붙였다.

"이 세상에는 존재해야 할 사람이 있는가 하면 존재하지 말아야 할 사람이 있단다. 꼬맹아. 누군가가 어떻게든 존재하려고 하면, 다른 누군가는 존재할 수 없는 거야."

이주는 담배를 맛없게 피우고는 재떨이에 비벼 껐다.

"그쪽은 가끔씩 알 수 없는 말을 하네요."

이주는 기가 막힌다는 듯 콧방귀를 뀌었다.

"논리적인 말이 아니라는 뜻이에요."

"알아!" 이주는 소리쳤다. "제발 멍청한 소리 좀 하지 마."

이주는 술잔을 비우고 소리 나게 내려놓았다.

"그쪽은 '그 사람'을 없앨 수 없어요. 그럴 능력이 그쪽한텐 없어요."

"능력?" 이주는 말했다. "난 이미 사람을 죽여 봤어. 누구를 그랬는지 알아? 내 엄마야. 열두 살 때, 주사기에 든 약을 엄마 몸속에 넣고 집에 불을 질렀어. 두 번은 못할 것 같애?"

은지는 졸린 듯 눈을 비볐다. 그러고 나서 천천히 고개를 저었다.

"그쪽은 '그 사람'을 없앨 수 없어요. 그게 연극을 하지 않으면 그쪽이 존재할 수 없는 이유예요."

"한 번만 더 멍청한 소리하면……"

"멍청한 소리 아니에요!"

은지는 마치 용수철이 튀어 오르듯 갑자기 소파에서 일어났다. 그러고는 맞은편에 앉아 있는 이주를 내려다보았다. 조금도 흔들리지 않는 시선으로, 이주의 사시기 있는 눈동자를 주시했다. 그녀가 이주를 이토록 자세히, 오랫동안 바라본 적은 처음이었다. 은지의 눈빛에는 타협의 여지라고는 전혀 보이지 않는 엄중함이 담겨 있었다. 돌연 은지는 차분한 어조로 말을 이었다.

"내 말을 새겨들어요."

이주는 살기가 가득 담긴 얼굴로 은지를 올려다보았다. 이주가 마음먹고 노려보았을 때 누구나 두려움에 떨게 되는 그녀만의 독특한 표정이었다. 그러나 은지는 조금의 동요도 보이지 않은 채 특유의 무표정으로 계속해서 그녀를 내려다보고 있었다.

잠시 후, 이주는 천천히 시선을 내렸다.

제13장 주이민

사랑이 만들어내는 것들

1

동물체험예술가는 숲을 가로지르며 달려가 노부인의 집 문을 두드렸다. 조금 있다가 문이 열렸다.

"빨리요!"

위급한 일임을 직감한 노부인은 거실에 있는 구급상자를 챙겨 나왔다. 두 사람은 화가의 집까지 쉬지 않고 달렸다. 현관문을 열고 들어가자 거실 한가운데에 피투성이가 된 화가가 쓰러져 있었다. 다행히 그의 맥박과 호흡은 유지되고 있음을 노부인은 확인했다.

"똑바로 눕게 할 게요. 다리를 잡아줘요."

노부인과 동물체험예술가는 엎어져 있는 화가의 몸을 돌려 눕혔다. 그의 얼굴은 심하게 짓이겨져 있었다. 왼쪽 뺨에 깊이 팬 상처에는 하얀 고름과 검붉은 피가 섞여 말라붙어 있고, 오른팔은 끔찍하게 뒤틀려 있었다.

"돼지곡식 빻은 가루랑 뜨거운 물을 가져다줘요." 노부인은 말했다.

그러나 동물체험예술가는 떨리는 손으로 화가의 다리를 붙잡은 채 노부인을 멀뚱히 바라보고 있었다. 노부인은 그녀의 어깨를 붙잡고 말했다.

"우리가 얼마나 빨리 조치를 하느냐에 따라 결과가 크게 달라질 거예요. 놀라고 있을 틈이 없어요. 하나씩 천천히, 일단 가서 물을 올리고, 곡식가루를 가져와요."

그녀는 그제야 고개를 끄덕이고는 몸을 일으켜 주방으로 갔다. 그 사이 노부인은 화가의 눈꺼풀을 열어 동공을 확인했다. 일단 반응은 있었다. 그녀는 근처에 있는 천을 몇 번 접은 다음 화가의 머리를 약간 들어 받치고, 구급상자를 열어 소독약으로 상처들을 소독했다. 그런 다음 옷을 찢어 상처를 감싸고 머리의 찢어진 살을 꿰맸다.

그의 팔을 확인해보니 팔꿈치 부위가 울퉁불퉁 튀어나와 있었다. 노부인은 정신을 집중해 손가락 끝으로 뼈가 이탈된 위치를 확인한 다음 맞춰야 할 방향을 점검했다. 동물체험예술가가 곡식가루를 가지고 나왔다.

"날 도와줘야 해요. 내가 젊다면 혼자 할 수 있겠지만 이제 힘이 달려서 안 돼요. 마음을 단단하게 먹어요. 알겠어요?"

그녀는 고개를 끄덕였다.

"여기 튀어나와 있는 게 보이죠?" 노부인은 손가락으로 화가의 팔을 가리켰다. 동물체험예술가는 그걸 보더니 자신이 고통을 느끼기라도 하듯 얼굴이 일그러졌다. 하지만 침을 한 번 삼키고 나서 그녀는 다시 고개를 끄덕였다.

"이걸 이렇게 밀어 넣을 거예요." 노부인은 허공에 팔꿈치 뼈가 어떻게 생겼는지 묘사한 뒤 동물체험예술가의 팔꿈치를 만지며 어떤 방식으로 맞출지를 설명했다.

"내가 셋을 세면 여기를 힘차게 밀어 넣어요. 망설이면 안 돼요. 나하고 동시에 힘을 주지 않으면 소용없는 일이니까. 머릿속으로 모양을 계속 그리면서, 자 잡아요."

화가의 약혼녀는 그의 팔을 잡았다. 노부인이 셋을 세자 그녀는 입술을 세게 물며 힘껏 밀어 넣었다. 우두둑 하는 소리가 나면서 뼈의 불거진 부분이 들어갔다. 동물체험예술가는 짧게 신음하며 손을 떼고 귀를 막았다. 노부인은 손가락으로 그 부위를 다시 만져보았다.

"한 번 더. 아직 완벽하게 들어가지 않았어요."

동물체험예술가는 숨을 크게 뱉었다. 그리고 팔을 잡았다.

"이번에는 내가 반대 방향으로 힘을 줄 테니 당신은 이쪽으로 힘껏 끼워주면 돼요."

노부인이 셋을 세자 다시 그녀는 힘을 주었다. 우둑 하는 소리가 아까보다는 덜 분명하게 들리고 나서, 노부인은 다시 손가락으로 만져보았다.

"됐어요. 이제 물이 끓으면 찬물하고 같이 가져다줘요."

노부인은 돼지 식물의 잎사귀와 곡식가루를 짓이겨 섞은 다음 상처에 발랐다. 그런 다음 구급상자에서 도구들을 꺼내 몇 가지 처치를 더 해주고, 그의 체온을 확인한 다음 이불로 몸을 덮어주었다. 동물체험예술가가 뜨거운 물을 가지고 오자 노부인은 수건을 적셔 화가의 이마에 올리고, 찬물을 적당히 섞은 물에 곡식가루를 타서 작은 천 조각을 적셨다. 그런 다음 물기를 털어내고 그의 혀 아래에 천을 넣어두었다.

"일단 급한 불은 껐어요."

노부인이 말하자 동물체험예술가는 자리에 주저앉았다.

"대처를 잘했으니 괜찮을 거예요. 당신 덕분이에요."

노부인의 말에 그녀는 울음을 터뜨렸다. 노부인은 그녀를 안고 머리를 쓰다듬었다. 얼마간 시간이 흐르고 나서 그녀는 울음을 그쳤다. 노부인은 그녀를 소파로 데려가 앉히고 그 옆에 앉았다.

"어떻게 된 건지 얘기해줄 수 있어요?"

"오늘 아침에 물감을 가져다주려고 집에 와보니 이런 상태였어요. 너무 놀라 곧바로 부인께 달려갔고요."

"어제 무슨 일 있었나요?"

"특별한 일은 없었어요. 그이는 저녁식사 후에 곧바로 집으로 간다고 했거든요. 긴장이 풀렸다면서 엄청 피곤해 하더라고요."

노부인은 화가의 몸에서 약하게 술 냄새가 풍긴다는 걸 알았으나 일단 말하지 않았다.

"상처로 봐선 밤새 이 상태로 있었던 것 같아요. 출혈이 많지 않았던 게 다행이에요." 노부인은 말했다.

"어쩌다가 이렇게…… 이층에서 내려오다가 계단에서 굴러 떨어졌을까요?"

"그건 아닌 것 같아요. 여기에서 계단은 꽤 떨어져 있고 이 정도로 다쳤다면 계단에도 어딘가 흔적이 있을 텐데 전혀 없어요."

노부인은 한동안 무언가를 생각하더니 말을 이었다.

"일단 급한 대로 조치는 했으니 기다려봐요. 안정을 취하면 나아질 거예요. 그런데 혹시, 다른 사람에게도 이 일을 알렸나요?"

"아뇨, 곧바로 부인께 갔어요. 중간에 만난 사람도 없고요."

"잘했어요. 나한테 가장 먼저 온 건 정말 잘한 거예요. 이제 나머지는 나한테 맡기고 집에 가서 마음을 좀 진정시켜요."

"아니에요. 제가 있을게요. 여기까지 해주신 것만 해도 감사해요."

"수시로 처치해야 돼요. 우선은 집에 가 있어요. 앞으로 당신이 계속 있어야 할 테니 그때까진 쉬어두는 게 좋아요."

그녀는 노부인의 말을 듣는 게 좋겠다고 생각했다. 지금으로서는 자신보다 노부인이 있는 게 더 도움이 될 터였다.

"그럼 부탁드려요."

"걱정 말고 푹 쉬어요."

2

 노부인은 그의 상처를 면밀히 들여다보았다. 누군가 의도를 가지고 충격을 가하지 않고서는 이렇게 될 리 없었다. 그러한 판단에 무게를 싣는 단서는 더 있었다. 많은 피를 흘렸음에도 거실이 깨끗했다. 사건이 있었음을 암시하는 흔적이 이곳에는 전혀 없었다. 그가 다친 곳은 여기가 아니다. 본인의 힘으로 이곳까지 온 것도 아니다. 누군가 정신을 잃은 그를 여기로 옮긴 것이다. 그리고 그런 일을 벌일 만한 사람이 누구인지 노부인은 예상할 수 있었다. 인정하고 싶진 않지만 자신의 아들뿐이었다. 어젯밤 화가의 청혼이 끝나자마자 아들이 숲으로 들어가는 걸 그녀는 보았다. 그가 화가의 약혼녀에게 사랑을 느끼고 있다는 것도 알았다. 아들은 노부인이 그러한 사실을 모를 거라고 생각하고 있었지만, 지금까지 많은 일에서 그래왔듯 어머니는 늘 자식에 대해 다 알면서도 모르는 척 할 뿐이었다.

 아들이 화가를 이렇게 만들었으니 이제 수를 써야 했다. 사람들이 알게 되면 이곳에서 사는 일이 녹록치 않게 될 것이었다. 당장 이곳을 떠나야 할지도 몰랐다. 우선 일을 수습한 다음, 이번에는 호되게 야단을 쳐서라도 아들이 정신을 차리도록 해야겠다고 그녀는 다짐했다.

 그녀는 화가의 상처를 다시 한 번 점검하고 나서 이불을 덮어주고 밖으로 나갔다. 숲을 빠져나와 자신의 집으로 가보니 아들은 방에 없었다. 어젯밤에 아들은 집에 들어오지 않았다. 아들은 요즘 들어 부쩍 동쪽 섬에서 시간을 보내는 일이 많았다. 거기에서 밤을 새운 일도 몇 번 있었고, 아마 어젯밤에도 그랬을 것이었다. 이에 대해서도 따끔하게 한마디 해야겠다고 마음먹고 나서, 노부인은 옷매무새를 확인하고 집을 나섰다.

그녀는 의상디자이너 부부 집으로 가서 문을 두드렸다. 잠시 후 남편이 잠옷차림으로 나왔다.

"안녕하세요, 부인."

"이른 시간에 미안해요. 돼지 곡식가루 좀 빌릴 수 있을까 해서요."

"물론이죠. 잠시만 기다리세요."

디자이너는 잠시 뒤 가루가 든 병을 들고 나왔다.

"여기요. 그런데 무슨 일 있습니까?"

"화가가 좀 다쳤어요."

"저런, 어쩌다가요?"

"그건 아직 몰라요. 지금 의식이 없는 상태라서 깨어나야 알 것 같아요."

"얼른 가보셔야겠네요. 저도 금방 가보겠습니다."

"아뇨. 지금은 안정을 취해야 되니 제가 말할 때까지는 문안을 삼가줬으면 해요."

"예 뭐, 부인께서 그렇게 얘기하신다면 그렇게 해야죠. 그런데 혹시…… 위험한 상황인가요?"

"그렇진 않아요. 이게 있으니 괜찮을 거예요." 노부인은 곡식가루가 든 병을 들어보였다. "아참, 어제 화가를 마지막으로 봤을 때 그 사람이 뭘 하고 있었는지 기억해요? 어쩌다가 사고를 당했는지 대충이라도 알았으면 해서요."

"글쎄요. 저희 부부는 어제 자리가 끝나기 전에 먼저 집으로 왔거든요. 작업을 마무리할 게 있어서요. 화가가 청혼을 하고 나서 바로니까 마지막으로 봤을 때…… 맞아요. 화가는 테이블에 앉아 있었어요. 그 이후에는 잘 모르겠네요."

"아, 그래요. 가루 고마워요."

"일손이 필요하면 언제든 말씀하세요."

"그럴게요."

노부인은 디자이너의 집을 나와 끈예술가의 집으로 갔다. 현관문 옆에 디자이너에게 받은 병을 내려놓고 문을 두드렸다. 잠시 후 끈예술가가 나왔다. 노부인은 어젯밤 잘 들어갔느냐고 묻고 나서 곡식가루를 빌려달라고 했다. 끈예술가는 곧바로 병을 가져왔다. 노부인은 화가의 상태를 이야기하고 어제 마지막으로 본 그의 모습을 물었다.

"전 어제 술을 너무 마셔서 잘 기억이 안 나요. 제 기억으로 화가는…… 사람들이 그림에 대해 이것저것 묻는 말에 대답하고 있었던 것 같아요. 그 뒤로는 잘……"

끈예술가는 기억을 더 더듬어보는 듯 했으나 이내 고개를 저었다.

"많이 다쳤나요?" 그녀는 물었다.

"응급처치를 했으니 괜찮을 거예요. 안정을 취해야 하니 당분간 문안은 삼가줬으면 해요. 가루 고마워요."

노부인은 두 개의 병을 들고 아들 친구인 꿈설계예술가의 집으로 향했다. 병을 집 모퉁이에 숨겨두고 문을 두드렸다. 그는 저녁식사가 끝나고 나서 화가가 숲으로 들어간 것을 봤다고 했다. 테이블을 정리하느라 그 이후는 모르며, 그때까지 남아 있던 사람은 자신과 섬 주인, 인형극예술가 셋뿐이었다고 그는 설명했다.

"그렇구나, 혹시 어제 아들은 못 봤니?"

"청혼이 끝나고 말도 없이 사라졌더라고요. 어디로 갔는지는 모르겠어요. 동쪽 섬에 있지 않을까요? 거기에 동굴이 하나 있는데 그 녀석, 요즘에 잠도 거기에서 자는 것 같던데요."

"그래. 알겠다."

노부인은 당분간 병문안을 삼가달라고 말한 뒤 발길을 옮겼다. 그녀는 아들이 숨은 곳을 알게 되자 마음이 놓였다. 거기에 숨어 있을 거라고 짐작은 하고 있었다. 아들이 '여기라면 숨어 있을 만하다'고 생각하는 곳은 그녀 또한 '그 녀석이 숨기 적당한 곳'이라고 판단할 수 있었다. 돌이켜보면 아들은 어려서부터 자주 숨곤 했는데, 그곳이 어디든 그녀는 반드시 찾아냈다. 뛰어봤자 손바닥 안이었다.

그녀는 아들을 찾으면 따끔하게 한마디 하려던 계획을 철회했다. 자꾸 숨으려고 하는 아들에게 스트레스를 줘봤자 더 깊숙한 곳으로 숨고 말 것이었다. 정말로 깊숙한 곳으로, 혹은 전혀 예상하지 못한 곳으로 숨어버린다면 또 다른 문제로 비화할 가능성이 있었다. 오히려 아들의 고민을 더 이해하려 노력하고 그를 전적으로 도와주는 쪽으로, 어릴 때부터 그를 훈육해왔던 방식대로 하는 게 옳다고 그녀는 생각했다.

그래, 진작 그렇게 하는 편이 옳았어. 그랬다면 처음부터 이런 일도 일어나지 않았을 거야. 요즘 들어 예술 활동을 하라고 자꾸 부추겨서 여러모로 골치가 아팠겠지. 일을 바로잡고 나면 아들의 말에 좀 더 귀를 기울여야 해. 그리고 만약 아들이 화가의 약혼녀를 정말로 사랑한다면, 그래서 그녀를 얻지 않고는 도저히 견딜 수 없다면, 나는 할 수 있는 모든 수단을 동원해서 두 사람이 이어질 수 있도록 도울 거야. 아들의 행복을 위해서라면 난 뭐든지 할 수 있으니까.

노부인은 인형극예술가의 집으로 갔다. 그 역시 화가의 마지막 모습은 잘 기억이 안 난다고 했다. 아직까지 화가가 다치는 걸 목격한 사람도, 아들이 숲으로 들어간 걸 본 사람도 없었다. 그러므로 자신의 아들과 화가의 부상을 연관 지을 만 한 건 아무것도 없었다. 노부인은 그러한 사실에 안도하며 마지막으로 미향예술가에게 갔다. 그는 몹시 피곤한 얼굴로 문밖으로 나왔다. 그녀가 상황을 설명하자 그가 가루를 가지고 왔다.

"잠 깨워서 미안해요. 상황이 상황인지라."

"아니에요. 밤샘 작업하느라 안자고 있었거든요. 어제 자리가 끝나고 술 취한 상태에서 작업에 들어가 지금까지 하고 있죠. 화가의 그림을 보고 완전히 자극받았으니까요. 이렇게라도 하지 않으면 이번 콘테스트에서 우승하기 힘들 것 같아요."

"열심이시네요. 그런데 어제 화가를 마지막으로 어디에서 봤는지 기억해요?"

"숲속에서 봤어요." 그는 대답했다. "어제 자리가 끝나자마자 작업에 쓸 꿀을 따려고 숲에 갔었거든요. 조금 있다가 화가가 숲을 서성이는 걸 봤는데 어째선지 표정이 별로 좋지 않더라고요. 그리고 이건 비밀인데, 술병을 들고 있었어요."

"그거 말고는요?"

그는 생각을 더듬어보았다.

"아, 부인의 아드님도 봤네요. 왜 여기에 있는지 물어보려고 했는데 인기척을 느끼고는 재빨리 다른 길로 가버리더군요."

노부인은 그를 밀며 집안으로 들어간 다음 등 뒤에서 문을 닫았다.

"잠깐 얘기 좀 해요." 노부인은 말했다. "제 아들이 뭘 하고 있던가요?"

"모르겠는데요. 그때 저는 한참 자극받은 상태여서 빨리 꿀을 따고 집에 가야 한다는 생각밖에 없었거든요. 그래서 딱히 아드님이 뭘 하고 있는지 관심이 없었어요. 아, 그러고 보니…… 아드님은 동물체험예술가의 집 방향을 쳐다보고 있었어요."

"혹시 숲에 돼지는 없던가요?"

"돼지요? 못 봤는데요."

"다시 잘 생각해봐요."

"정말 못 봤어요."

"화가가 많이 다쳤거든요. 돼지의 공격을 받았나 싶어서요."

그는 잠시 생각하더니, 노부인이 왜 이렇게 예민하게 반응하는지를 알아차렸다. 그는 고개를 저었다.

"그렇게 얘기하셔도 어쩔 수 없어요, 부인. 안 본 걸 봤다고 할 수는 없으니까요. 게다가 돼지는 그 시간에 우리에 들어가 있다는 거 아시잖아요."

노부인은 거실 소파로 가서 앉았다. 얘기가 좀 길어질 것 같았다.

"화가의 상처를 보니 사람이 한 일이라고 확신할 수 없어서 그래요. 그러니까, 그냥 가능성을 열어두는 거예요."

"부인, 돼지들은 인간을 해치지 않아요. 화가가 다친 데에 아드님이 관련되어 있을까봐 그러십니까?"

"내 아들은 아무 관련 없어요. 그 애는 원래 혼자 산책하는 걸 좋아해서 어제도 그랬을 뿐이에요."

"그럼 문제될 게 뭐 있습니까."

그는 그녀의 맞은편 소파에 앉았다. 그러고는 테이블에 놓인 쓰레기를 하나둘 정리하기 시작했다. 노부인은 그의 손을 눈으로 좇았다.

"혹시라도 내 아들을 숲에서 봤다고 하면 사람들이 괜한 의심을 할 거예요."

"하지만 저는 부인의 아들은 봤고 돼지는 못 봤어요. 죄송하지만 본 걸 못 봤다고 하거나, 못 본 걸 봤다고 할 수는 없어요. 거짓말을 하고 싶진 않습니다."

"거짓말을 하라는 게 아니에요." 노부인은 테이블 정리를 거들었다. "그냥 아무 말도 안 하면 돼요."

"아드님이 한 게 아니라면 걱정할 필요 없잖습니까. 화가가 깨어나면 모든 의혹이 풀릴 테니까요."

"어쩌면 화가는 일어나기 힘들 수도 있어요. 머리를 크게 다쳐서 정신을 차린다 해도 기억해낼지 장담할 수도 없고요."

테이블이 깔끔하게 정리되자, 미향예술가는 뭐라도 하려고 허벅지를 손바닥으로 쓸었다. 노부인이 말을 이었다.

"부탁이에요. 내 아들이 누명을 쓴다면 나와 아들은 이곳에서 살 수 없을 거예요. 당신 말고는 아무도 아들을 본 사람이 없어요."

"다시 말씀드리지만 누군가 묻는다면 전 사실대로 말할 수밖에 없습니다. 알고 있는 걸 말하지 않는 건 거짓말을 하는 것만큼이나 힘든 일이니까요. 전 정말 그런 걸 못한다구요."

노부인은 한동안 잠자코 있다가 마침내 입을 열었다.

"그냥 해달라는 게 아니에요. 그에 합당한 보상을 해드리죠."

그가 한숨을 내쉬었다.

"부인, 제가 보상 같은 걸 바라고 이러는 줄 아십니까? 사람 잘못 보셨네요."

"당신은 이번 콘테스트에서 우승하게 될 거예요."

미향예술가는 손바닥으로 허벅지를 한 번 더 쓸었다. 그러고는 헛기침을 하려고 고개를 돌리는 척하면서 창문 쪽을 보았다. 거기엔 아무도 없었다.

"난 당신의 작품이 선정될 수 있도록 힘 쓸 수 있어요."

"제 실력으로도 우승은 가능한데요. 누구보다 열심히 작업하고 있고 또……"

노부인은 고개를 가로저었다.

"안 될 거라는 거 알잖아요. 어제 화가의 작품 보고 느꼈을 텐데요? 그 사람은 천재예요. 미안한 얘기지만 당신의 노력으로는 따라잡기 힘들다고요. 모두들 화가의 천재성을 인정하고 있는데, 콘테스트에서 그 사람의 작품이 선정되지 않는다면 사람들이 이상하게 여길 거예요."

미향예술가는 몇 번인가 자신의 귓불을 길게 늘어뜨렸다가 놓았다. 노부인이 말을 이었다.

"심사위원은 나예요. 화가의 작품에서 어떻게든 트집을 잡고, 반대로 당신 작품에는 어떻게든 의미를 부여하면 돼요. 의미라는 건 만들기 나름이니까. 그러다보면 사람들은 정말로 그렇다고 생각하게 되고, 당신이 우승한다 해도 토를 달 사람은 없을 거예요."

그는 자신의 허벅지에 묻은 얼룩을 손톱으로 긁어 지우려고 해보았으나 잘 되지 않았다.

"당신이 얼마나 예술을 사랑하는지 잘 알아요. 그만큼 명예도 사랑하죠. 생각해봐요. 당신의 작품은 이 섬의 상징물이 될 거예요. 후손들은 첫 우승 작품을 기리고 당신의 이름은 영원히 언급되겠죠. 선생님의 책에 당신 이름과 작품이 실리고, 다른 세계 사람들은 그걸 보기 위해 이 섬에 올 거예요."

"그래도 계속 모르는 척하기는 쉽지 않을 텐데……" 그는 자신의 주장을 굽히지 않았으나 처음과 같은 힘은 실려 있지 않았다.

"당신은 그저 숲에서 내 아들을 봤다는 말만 하지 않으면 돼요. 그게 다예요. 그러면 콘테스트에서 우승을 하게 되죠."

노부인의 말을 곰곰이 생각하며 한동안 침묵에 잠겨 있던 미향예술가는 문득 자리에서 일어났다.

"내 정신 좀 봐. 차도 한잔 안 드렸네요. 잠깐만 기다려주시겠습니까?"

"그럼요. 천천히 하세요."

3

노부인은 목격자의 집을 나와 아들 친구의 집으로 가서, 나머지 병은 집 옆에 숨겨두고 문을 두드렸다.

"돌려주려고 왔다."

"상태는 좀 어떤가요? 많이 안 좋나요?"

"뭐라고 말할 수가 없구나. 아직 의식이 없는 상태야."

"문병 갈 수 있는 때가 되면 말씀해주세요."

"그래." 노부인은 가려던 발걸음을 멈추고 말했다. "아참, 어젯밤에 화가가 숲에 있을 때 그를 마지막으로 본 사람이 있더구나. 미향예술가가 꿀을 따러 숲에 들어갔다가 화가를 봤다고 해. 그러니까 숲에는 화가와 미향예술가 두 사람이 있었던 거야. 이건 너만 알고 있으렴."

"그럼 혹시……"

노부인은 고개를 저었다.

"쓸데없는 의심을 해서는 곤란해. 그냥 그런 줄만 알고 있어."

노부인은 가루를 빌렸던 반대 순으로 집을 돌며 가루가 담긴 병을 돌려주었다. 그러면서 미향예술가가 숲에 갔었다는 사실을 넌지시 알려주었다. 그 사실 말고는 아무 말도 하지 않았다. 그건 거짓말이 아니었으므로, 특별히 문제될 게 없었다.

그녀가 화가의 집으로 다시 돌아갔을 때 화가는 여전히 무의식 상태로 거실 바닥에 누워 있었다. 노부인은 상처에서 새어나온 피를 닦고 오염된 붕대와 물수건을 교체했다. 맥박과 호흡을 체크하고, 곡식가루를 탄 물을 천 조각에 적셔 물기를 턴 다음 화가의 혀 아래에 넣었다. 잠시 후 노부인은 그릇을 치우고 이불을 덮어주었다.

화가는 범인을 알고 있을까? 의식을 잃기 전 자신을 공격한 사람을 봤을까? 만약 그가 범인을 안다면, 그리고 그것을 기억해낸다면, 깨어나서 내 아들이 벌인 일이라는 걸 밝힐 것이다.

노부인은 누워 있는 화가를 내려다보았다. 그는 커다란 덩치를 가지고 있지만 지금은 무력한 상태로 누워 있을 뿐이었다. 자신의 힘으로도 얼마든지 그가 영원히 깨어나지 못하게 할 수 있었다.

그러나 그녀는 생각했다. 나는 아들을 위해서라면 어떤 일이든 할 수 있다. 하지만 그것은 또한 위험한 일이다. 화가가 이대로 눈을 뜨지 못한 채 죽었다가 나중에 뜻밖의 방식으로 아들의 소행임이 밝혀진다면 상황은 더욱 곤란해진다. 차라리 화가가 눈을 뜨는 게 나을 수도 있다. 진실은 없애는 것보다 왜곡하는 게 오히려 쉬운 법이니까. 쉬운 일을 두고 위험을 감수할 필요는 없다. 우선 최선을 다해 그를 돌보는 게 여러모로 유리하다. 그래야 나중에 사실이 밝혀지더라도 참작될 여지가 있다. 그를 정성껏 도왔다는 사실이 그때에 도움이 될 것이다.

노부인은 창고 문을 열고 들어가 그의 작품들을 보았다. 모두가 걸작이었다. 이중에서 아무거나 콘테스트에 내놓더라도 우승할 만했다. 누구도 거기에 이견을 달 수 없을 것이다. 미향예술가의 작품은 화가의 작품에 비하면 형편없는 수준이다. 하지만 의미를 부여하는 건 생각보다 쉬운 일이다. 언제나 권위가 여론을 만든다. 사람들은 내 의견에 의문을 가지면서도 겉으로는 박수를 쳐줄 것이다. 그렇게 하지 않으면 자신에게 작품을 보는 눈이 없다는 걸 알리는 꼴이 될 테니까.

노부인은 창고 문을 닫고 다시 화가에게 갔다. 그녀는 그의 손을 내려다보았다. 천재적인 영감을 실재하게 만드는 위대한 손. 노부인은 그의 재능이 부럽기도 하면서 질투를 느꼈다. 그가 가진 예술가로서의 재능을 자신 또한 가지고 싶은 마음이 있었다. 그러나 아들을 생각하는 마음만큼은 아니었다. 아들은 자신이 저지른 일로 크게 겁을 먹고 어딘가에 숨었을 터였다. 그걸 생각하면 그녀는 가슴이 찢어질 듯 아팠다. 그녀는 어서 아들을 만나 그가 받았을 상처를 보듬어주고 싶었다.

  노부인은 화가의 상태를 다시 한 번 점검한 뒤, 불을 끄고 집을 나섰다.

4

  나는 모든 곳이 내려다보이는 곳에서 망원경으로 섬을 살핀다. 섬 어디에서도 노부인의 아들은 보이지 않는다. 그는 대체 어디로 갔을까? 어디에 숨었기에 여기에서도 보이지 않을까?

  나는 그곳을 내려와 갤러리로 간다. 망치와 끌로 조각을 시작한다. 얼마 동안 작업을 한 뒤 도시락을 먹고, 잠시 휴식을 취한 다음 다시 작업에 들어간다. 이야기를 전개시키고, 필요한 배경을 추가하고, 불필요한 조각들을 작품에서 제외시킨다. 해가 넘어가려고 할 때쯤 갤러리 바깥에서 인기척이 들리더니 선생님이 들어온다.

  선생님은 나에게 다가와 조심스럽게 말을 꺼낸다.

  "한 가지 좋지 않은 소식이 있어서 왔네. 작업하느라 몰랐을 텐데, 자네도 알고 있어야 할 것 같아."

나는 화가에게 벌어진 일에 대해 듣고 잠시 놀라 말없이 있는다. 어젯밤 노부인의 아들이 숲으로 들어가는 장면을 떠올린다. 그것과 관련이 있을까?

선생님은 내 생각을 읽기라도 한 듯 고개를 젓는다.

"화가를 다치게 한 사람은 그가 아니네."

선생님은 잠시 머뭇거리다가 말을 잇는다.

"노부인의 아들은 어제 숲으로 간 그 시각에 이 섬을 떠났어. 내가 말한 좋지 않은 소식이란 이거였네."

섬을 떠났다. 나는 그 말이 실감 나지 않는다.

내가 만든 섬에서 떠났다.

나는 그 말을 믿을 수 없다.

선생님은 뒷짐을 진 채 열린 문 너머로 보이는 바깥을 바라본다.

"이런 일이 일어나지 않았으면 좋았을 테지만, 이미 벌어진 일이니 받아들이는 수밖에 없네. 힘들겠지만 그들의 일에 개입해선 안 돼. 그러면 이야기는 흘러가지 않게 될 테니까."

먼 곳에서 천둥소리가 들린다. 식물들이 발하던 빛이 약해지며 약간 시든다.

나는 갤러리를 나와 모든 곳이 내려다보이는 곳으로 올라간다. 망원경으로 광장을 비추고 시간을 되돌려 그곳을 바라본다. 저녁 식사 장면이 펼쳐진다. 화가가 청혼을 한다. 노부인의 아들은 그 모습을 바라보고 있다. 그를 바라보는 나의 모습도 보인다. 그는 숲으로 들어간다. 시간을 앞으로 돌린다. 그는 동쪽 섬 선착장에 있다. 그가 배 위에 올라타 노를 젓기 시작한다. 나는 노부인의 아들이 섬을 떠나는 모습을 본다. 그의 형태가 서서히 작아지더니 이윽고 완전히 사라진다.

얼마간 시간이 흐르고, 망원경을 숲으로 돌린다. 나는 화가를 다치게 한 사람이 누구인지를 확인한다.

제14장 한준호

다른 존재가 되는 일의 기쁨

1

준호는 커피숍에 앉아 창문 너머에 있는 명성가구 본사 건물을 바라보았다. 시간은 여덟 시 삼십 분. 감춰진 방은 여전히 블라인드로 가려져 있었다. 건물 주변에 조성된 공원에서는 여느 때와 마찬가지로 사람들이 산책을 하고 사진을 찍고 벤치에 앉아 여유를 즐기고 있었다. 본사 유리창 너머로 야근하는 직원들의 모습도 보였다. 마치 영화의 한 장면을 반복해서 재생시켜놓기라도 한 것처럼, 커피숍 창밖에선 매일 똑같은 모습이 되풀이 되고 있었다.

그러나 한 가지 달라진 게 있었다. 최근 며칠 간 '감춰진 방'의 불이 켜지지 않았다. 아홉 시부터 오 분간 점등됐던 감춰진 방의 불은 이제 완전히 꺼져버렸다. 혹시 방을 옮겼나싶었으나 통유리로 된 건물에 블라인드가 쳐진 다른 방은 없었다. 아홉시가 되어 불이 켜지는 곳도 없었다. 건물의 반대편도 전부 확인했으나 마찬가지였다.

준호는 커피를 한 모금 마시고는 생각에 잠겼다. 그들이 의식을 멈췄을 가능성은 낮다. 명성가구 내부에서 의식과 관련된 행위를 벌인 건 상당히 오래전부터다. 갑자기 그만둘 이유가 있다면 그들이 달성하려고 했던 무언가를 이미 이뤘기 때문일 것이고, 그렇다면 그것은 어떤 형태로든 나타났어야 한다. 그러나 특별히 눈에 띄는 건 없다. 세상은 이전과 조금도 달라지지 않았고, 영화의 한 장면이 되풀이되는 것과 같은 일상이 반복되고 있을 뿐이다. 적어도 아직 그들은 원하는 걸 얻지 못했고, 그러므로 의식을 멈췄다고 보기는 어렵다.

여덟 시 오십 분. 준호는 커피숍을 나와 옆 건물로 들어갔다. 휴대폰의 손전등 기능을 켜고 좁고 가파른 계단을 올랐다. 오층까지 가서 육층으로 올라가는 철창문을 밀어보았지만 굳게 잠겨 있었다. 지금껏 아무도 관리하지 않던 폐건물에, 갑자기 누군가 와서 문을 잠근 것이다. 절묘하게도 그 시기가 감춰진 방의 불이 켜지지 않게 된 시기와 겹친다. 준호는 다시 계단을 내려갔다. 인도에 서서 건너편의 건물을 올려다보았다. 아홉 시. 오늘도 역시 불은 켜지지 않는다. 시선을 내려 본사 앞 벤치를 보았다. 긴 머리의 여자 역시 더 이상 나타나지 않는다. 의식이 끝나면 건물 밖으로 나오던 검정색 에쿠스(회장의 차량으로 추정된다)도 보이지 않는다.

준호는 이제 여기에 와봐야 얻을 수 있는 건 아무것도 없다고 판단했다. 컴퓨터 게임으로 치면 이미 완료한 퀘스트, 소설로 치면 읽어버린 페이지인 것이다. 이곳에서는 이제 새로운 일은 일어나지 않는다.

그는 지하철역으로 가서 집으로 가는 전철에 올라탔다. 손잡이를 잡고 서서, 불이 켜지지 않는 상황에 대해 생각을 이어나갔다. 어떠한 결론을 내리고 나서 그가 수첩에 적은 내용은 다음과 같았다.

의식은 다른 곳에서 벌어지고 있다. 옮겨진 '감춰진 방'을 다시 찾아내야 한다. 그리고 계속해서 주시해야 한다. 악의 실체는 아직 그 안에 있다.

감춰진 방은 어디로 옮겨졌을까? 그곳의 힌트를 어떻게 얻을 수 있을까? 짐작 가는 곳이 하나 있긴 했다. 준호는 수첩을 앞으로 넘겨 기록을 확인했다. 그가 명성가구 관련 기사의 한 부분을 정리해 적어놓은 것이었다.

명성가구 회장은 가구회사를 창립한 이후 재단을 설립하고 젊은 예술가들을 지원해왔다. 창작자금과 장학금을 후원하고, 전시회 및 공연 개최 등을 통해 실질적인 참여 무대를 만들어주었다. 인재 발굴과 육성도 현재까지 이어오고 있다. 회장 자신 또한 예술가적 기질을 발휘해 작품을 만들고 있으며, 개인전도 수차례 성황리에 진행한 바 있다. 회장의 호를 딴 아트센터는 다음 달 개관 예정으로,

회장 개인작품은 물론 국내외 유명 작품들이 전시될 계획이다.

 준호는 이 기사에 주목했다. 현재 명성가구의 경영은 회장의 장남을 필두로 2세 체제에 들어간 상태다. 회장은 경영 일선에서 물러나 예술 활동에 집중할 예정이다. 그렇다면 새로 지은 아트센터 건물 안에 회장의 집무실과 의식 관련 공간이 마련되어 있을 가능성이 크다.
 준호는 그러한 생각을 하며 지하철에서 내려 집까지 걸어갔다. 골목길에 들어가려는데 누군가 자신을 쳐다보고 있다는 느낌이 들어 주변을 둘러보았으나 그런 사람은 없었다. 준호는 골목으로 들어가 대문을 넘어 계단을 올라갔다.
 '그들을 주시한 순간부터 당신은 감시받고 있을 겁니다.'
 수퍼니처 사장은 확신에 찬 말투로 그렇게 말했었다. 그의 다리는 어느 날 깨끗하게 잘려 있었다. 준호는 자신 역시 언제든 그런 일을 당할 수 있다고 생각하자 두려움이 일었다. 그러나 물론 도망칠 마음은 없었다. 이야기는 이미 시작됐으니까, 하고 다시 한 번 의지를 다질 뿐이었다. '행동을 거부함으로써' 이야기를 흘러가지 못하게 할 수도 있지만, 어차피 이야기를 이끄는 존재는 그렇게 놔두지 않을 것이었다.
 현관 앞에 도착한 준호는 고개를 돌려 캄캄한 골목길을 바라보았다. 거기엔 아무도 없었으나 왠지 모르게 몸 전체에 소름이 돋아났다. 준호는 출입문을 열고 집안으로 들어가 문을 잠갔다.

***

 아내는 가게에 나갔다가 돌아와 있었다. 부천역 지하상가에 있는 그녀의 옷가게는 처제 부부가 지금껏 봐주고 있었다. 아내는 오랜만에 일터에 나가 예전 분위기를 떠올리며 다시 일을 하기 위한 준비운동을 했다고 했다. 사입한 옷들을 정리하며 동선을 다시 몸에 익히고, 거래처에 세금계산서를 요청하고, 단골식당에서 주문한 순두부찌개를 2년 만에 먹었다. 그렇게 하는 게 죽은 딸아이의 기억을 불러왔지만 그렇다고 더는 손 놓고 있을 수 없었다. 옷가게 운영을 다시 삶의 일부로 가져와야 했다. 그러나 일단 오늘은 무리하지 않으려고 일찍 집으로 돌아와 쉬고 있었다고 아내는 말했다.

 준호는 씻고 나와 머리를 말리며 안방으로 들어갔다. 아내는 침대에 누워 텔레비전을 보고 있었다. 돼지들의 탈출이 이어지고 있다는 뉴스였다.

 "이상한 일이 계속 벌어지네." 수진은 말했다. "야생돼지들이 축사에 나타나서 집돼지들을 끌고 산속으로 들어가고 있어."

 방송에서는 앵커와 전문가들이 이야기를 나누고 있었다. 야생돼지가 산을 내려오는 경우는 대다수 식량이 부족해서다, 먹을 게 떨어진 돼지들이 도시나 민가로 내려와 쓰레기통을 뒤지고 논밭을 훼손하는 경우는 그동안 여러 차례 있었다, 그러나 축사에 나타나 집돼지들을 산으로 데리고 가는 일은 어디에도 보고된 적 없는, 듣도 보도 못한 일이다, 라고 전문가는 설명했다. 그의 표현대로 '눈으로 보면서도 믿어지지 않는 광경'이었다.

더욱 이상한 일은 돼지가 어디에서도 발견되지 않는다는 점이었다. 당국은 등산로를 폐쇄하고 사냥전문가 집단과 군경을 동원해 산속을 샅샅이 살폈으나 단 한 차례도 돼지들을 찾아내지 못했다. 그 많은 무리가 음식을 먹거나 배변한 흔적도 남기지도 않고, 심지어 발자국조차 남기지 않고 사라져버린 것이다. 열감지 카메라 또한 무용지물이었다. 분명 다른 야생동물은 감지가 되지만 돼지는 그렇지 않았다. 그런데도 밤이 되면 그들이 어딘가로 이동하는 소리가, 마치 거대한 바위가 구르는 것 같은 소리가 민가까지 울려 퍼졌다.

누구도 이 현상을 제대로 아는 사람이 없었다. 일시적 현상인지, 아니면 대재앙의 전조인지 아무도 예측하지 못했다.

세계의 눈이 한국에 집중되었다. 워싱턴포스트는 '한국 돼지들의 엑소더스'라는 특집 기사를 내보냈고 BBC와 NHK도 비슷한 제목의 뉴스를 송출했다. 왜 한국에서만 이런 일이 벌어지는가? 하는 물음에 가장 설득력 있는 주장은 '그들은 선택받았기 때문'이라는 것이었다. 그 외에는 전부 허무맹랑한 해석일 뿐이었다.

"도대체 무슨 일이 벌어지고 있는 거지?"

"글쎄. 알 수가 없네." 준호는 침대에 걸터앉으며 대답했다.

"돼지들이 군대라도 결성하는 거 아냐? 〈혹성탈출〉에서 유인원들이 그랬던 것처럼."

그녀는 침대에서 몸을 일으켰다. 좀 더 진지한 자세로 자신의 주장을 뒷받침하겠다는 듯이, 그녀는 말을 이었다.

"난 전혀 몰랐는데, 찾아보니까 돼지들이 생각보다 영리하더라고. 개보다 지능이 높아. 그런데 봐봐, 간혹 인간 중에서 엄청나게 똑똑한 사람이 태어나고는 하잖아. 아인슈타인이나 뉴턴처럼. 아이큐 200이 넘는 사람도 텔레비전에 꽤 많이 소개됐고. 아니면 신체적 능력이 엄청나게 뛰어난 사람이 나타나기도 하고 말이야. 그런 사람들은 '인간의 몸으로 어떻게 저런 걸 할 수 있을까' 하는 일들을 해내잖아. 그럼 예를 들어서 '인간보다 뛰어난 존재'가 있다고 가정을 해봐. 그 존재의 평균 지능은 아이큐 200이고 신체능력도 뛰어나. 그럼 내가 말한 '간혹 태어나는 뛰어난 인간'은 그 존재에 필적하게 된 거잖아. 그렇지? 마찬가지로 돼지 중에도 간혹 인간에 필적하는 엄청나게 똑똑한, 돼지의 신체로는 결코 할 수 없는 일들을 할 줄 아는, 그런 돼지가 태어날 수도 있지 않겠어? 그런 돼지가 뭔가 일을 도모하고 있을 수도 있잖아."

준호가 별다른 반응을 보이지 않자 수진은 더욱 진지한 상태가 되었다. 조바심이 드는 것도 같았다.

"아니 진짜로 그럴 수도 있잖아. 충분히 설득력 있는 얘기 아냐?"

물론 준호는 그녀가 하는 말이 '전혀 일어날 수 없는 일'이라고 생각하지는 않았다. 다만 아내가 자신과 같은 기이한 일을 겪지 않기를 바랄 뿐이었다. 돼지가 산속으로 사라지는 일이 명성가구와 관련되어 있다면, 어쩌면 아내도 위험한 일에 휘말리게 될지 몰랐기 때문이다. 그래서 준호는 그녀가 더 진지해지지 못하게 하려고 일부러 무심하게 반응하고 있었다.

"아참, 보여줄 게 있어."

아내는 준호를 데리고 베란다로 나가 바닥에 있는 화분을 가리켰다. 나무의 크기는 열 살 정도 되는 남자애의 키만큼 자랐고, 뿌리가 화분 여기저기를 뚫고 나와 타일바닥에 박혀 있었다.

"아까 물 주려고 나왔다가 얼마나 놀랐는지 몰라."

준호는 화분을 들어보려 했지만 나무가 바닥에 뿌리를 내려 꼼짝도 하지 않았다. 나무의 밑기둥에는 돼지 형태의 양각이 모양대로 크게 자라나 마치 새끼에서 어른으로 성장한 것처럼 보였다.

"이대로 놔뒀다간 집 전체가 뿌리에 갇히겠어. 지금이라도 잘라낼까?"

아내의 물음에 준호는 심각한 얼굴로 생각에 잠겼다가 잠시 후 고개를 저었다.

"이 화분은 우리 집에 들어와야 했으니까 들어온 거야. 마찬가지로 뿌리를 뻗어야 하니까 뻗은 거고."

"그게 무슨 말이야?"

"이야기에 필요한 장치야."

아내는 아리송한 얼굴이 되었다.

"그런 게 있어. 나중에 제대로 설명해줄 테니까 일단은 놔두기로 하자."

"나야 상관없지만…… 괜찮을까?"

괜찮을지에 대해서는 준호도 알 수 없어 대답하지 못했다. 아내는 잠시 틈을 둔 다음 말을 이었다.

"알았어. 당신이 그렇게 하고 싶으면 그렇게 해."

"고마워" 하고 준호는 대답한 뒤 한동안 나무를 바라보면서, 분명 이 나무가 이야기의 중요한 은유로 작용하고 있다는 생각을 했다. 아직은 무슨 의미인지는 알 수 없지만 당장 잘라낼 만큼 무의미하진 않다는 확신이 들었다.

준호는 식탁에 앉아 수첩을 정리하고 안방으로 갔다. 아내는 잘 준비를 마친 상태로 침대에서 다리를 뻗고 앉은 채 노래를 흥얼거리며 인터넷 쇼핑을 하는 중이었다. 노트북 화면에 신생아용 모빌 사진 몇 개가 떠 있었다. 그녀는 막 결제 버튼을 누르고 주문을 완료한 참이었다.

"누가 애기 낳았어?"

그녀는 노래를 계속 흥얼거리면서 노트북을 덮어 협탁에 올려놓았다.

"저번에 레스토랑 갔을 때 내가 우울증을 어떻게 극복했는지 물었지?"

수진은 준호의 손을 잡고 자신의 배로 끌어와 만져보게 했다.

"어때."

"살이 좀 찐 것 같네. 다행히."

"그것도 맞아." 그녀는 말했다. "아무래도 나 임신한 것 같아."

준호가 놀란 눈치를 보이자 수진은 이해한다는 듯 고개를 끄덕였다.

"알아. 내가 임신할 수 없는 몸이란 거." 그녀는 그렇게 말하고는 이불 속으로 들어가 누웠다. "당신이 어떻게 생각할지 모르지만, 난 임신을 한 것 같아. 그럴 때 있지 않아? 무슨 일이 벌어질 것 같았는데 정말로 그 일이 벌어진 경험 말이야. 어떨 때는 아주 강한 확신이 들 때가 있잖아. 지금이 그래. 나는 아이를 가질 수 없는 몸이지만 머지않아 분명 아이를 갖게 될 것 같아."

준호는 침대에 걸터앉아 어깨너머로 아내를 바라보았을 뿐 아무 말도 하지 않았다. 아내는 이불 밖으로 얼굴만 내놓은 채 말을 이었다.

"난 기적 같은 건 믿지 않는 사람인데, 이번에는 왠지 기적이 일어날 것 같은 예감이 들어. 나로서는 그렇게 밖에 표현할 수 없어."

2

잠이 오지 않았다. 고요한 새벽, 준호는 침대에 누워 뜬 눈으로 캄캄한 천장을 바라보고 있었다. 그는 거기에서 죽은 딸아이의 얼굴을 보았다. 바람떡 같은 두 볼이 손에 만져질 듯 선명하게 머물다가 사라졌다. 한 번 사라지고 나서는 어떻게 해도 다시 나타나지 않았다. 준호는 그 얼굴을 다시 보고 싶었으나 어두운 전등의 윤곽만

이 눈앞에 있을 뿐이었다.

그러나 준호는 슬프지 않았다. 아직은 그럴 때가 아니라는 생각이 그의 감정을 통제했다. 오히려 그는 '더욱더 정신을 차려야 한다'고 다짐한 참이었다. 임신을 한 것 같다는 아내의 돌발 발언 때문이었다. 분명 의사는 그녀가 '임신할 수 없는 상태'라고 말했다. 놀랍게도 그건 준호 역시 마찬가지였다. 두 사람은 사고 이후 동시에 생식 능력을 잃게 되었다. 현대 의학으로는 그 원인을 밝힐 수 없다고, 아마도 정신이 신체를 임신 불가능한 상태로 만들었지 않나 추측할 뿐이라고 의사는 설명했다. 기능이 회생할 가능성이 현재로서는 없다고, 이런 말을 해서 죄송하다고도 했다.

준호는 그러나 아내가 그렇게 말한 데에는 나름의 근거가 있을 거라고 생각했다. 이미 한 번의 경험이 있으므로 임신이라고 할 만한 뚜렷한 증상을 겪고 있는 것이다. 그렇다면 생각해볼 수 있는 건 하나밖에 없다. 상상임신. 아내는 우울증에서 벗어나기 위한 방어기재로 상상임신을 한 것이다. 준호는 실제로 그런 사례가 있음을 책에서 본 적이 있다. 월경이 중단되고 배가 불러오고 젖이 분비되는 등의 신체 반응이 실제로 일어난다. 그 중 한 가지만 일어나기도 하고 복합적으로 나타나기도 한다. 그리고 그러한 신체 반응이 나타나면 임신을 했다는 믿음은 더욱 강해진다. 그 강한 믿음은 또 다시 신체 변화에 영향을 주고, 그 변화는 믿음을 더욱 굳힌다. 그야말로 악순환이다.

문제는 그녀의 신체변화가 명성가구와 관계됐을지 모른다는 점이다. 이 이야기에 아내 또한 어떤 식으로든 관여하게 된 것이다. 만약 그렇다면 아내에게 위험한 일이 벌어질지 모른다. 어느 날 갑자기 다리를 잃은 수퍼니처 사장처럼.

준호는 생각했다. 나는 이미 필사즉생의 각오를 하고 뛰어들었으므로 어떻게 된다 해도 상관없다. 그러나 아내에게 위해가 가해지는 상황만큼은 일어나선 안 된다. 아무 잘못도 없이 이야기의 희생양이 되게 할 수는 없다. 나는 그런 일이 생길 조짐이 보이면 목숨을 걸고서라도 막을 테지만, 명성가구는 소리 소문도 없이 일을 저질러버린다. 문제는 그것이다. 또 다시 무력하게 가족을 잃을 수는 없다.

물론 이건 나의 과장된 생각일 수도 있다. 아내는 그저 단순한 상상임신일지도 모른다. 아직까지는 그들과 관련되어 있다는 어떠한 증거도 없다. 준호는 그러한 자신의 생각이 옳은 것이기를 바랐다.

고개를 돌리자 아내는 곤히 잠들어 있었다. 꿈을 꾸는 것 같진 않았다. 준호는 아내의 숨소리에 귀를 기울였다. 규칙적이고 익숙한 그녀의 숨소리가 그의 마음을 편안하게 했다. 얼마 후엔 그 역시 잠에 빠져들 수 있었다.

***

준호는 꿈을 꾼다. 자신의 머릿속에 나무가 자라는 꿈이다. 머릿속을 눈으로 볼 수는 없지만 그는 나무가 자라고 있다는 걸 안다.

나무의 뿌리가 그의 두뇌에 천천히 뻗어 내린다. 그 뿌리는 그의 신경과 혈관에 연결된다. 그의 육신을 지배하는 건 이제 아까시나무다. 그는 나무가 이끄는 대로 생각하고 행동한다. 나무는 그에게 목소리를 들려준다. 그 목소리는 고막을 통해 전달되지 않는다. 언어의 형태도 거치지 않고 곧바로 의식으로 전달된다. 준호는 자신도 모르게 그 목소리를 따라 생각하고 행동한다.

식물은 인간과는 전혀 다른 방식으로 세계를 느낀다. 햇볕을 느끼고 온도를 느끼고 땅속의 수분과 영양분을 느낀다. 벌과 나비를 불러들여 번식할 수 있음에 자존감을 느낀다. 다른 나무보다 풍성한 열매를 맺을 수 있음에 우월감을 느낀다. 땅속에 굳건히 박혀 뿌리를 내리고 있음에 안정감을 느낀다. 뿌리를 갉아먹는 벌레의 접근에 두려움을 느낀다. 다른 나무보다 앞서 양분을 흡수해야 한다는 경쟁심을 느낀다. 식물은 저마다의 걱정과 고민을 안고 있지만 수억 년의 세월을 견디며 습득해온 나름의 전략이 있다. 그 전략이 통하지 않는다면 자연으로 돌아가면 될 일이라고 식물은 생각한다. 준호는 가만히 서서 그들과 같은 생각을 한다.

그는 무한한 행복을 느낀다.

3

아침 일찍 준호는 외출 준비를 했다. 아내가 깨지 않도록 조용히 일어나 욕실로 가서 씻고, 작은 방에서 외출복을 입고 가방을 챙겼다. 집을 나서기 전 안방 문을 가만히 열고 아내의 잠든 모습을 보았다. 아내는 배를 보호하려는 듯 모로 누워 웅크린 채로 잠들어 있었다. 준호는 그 모습을 얼마간 바라보고는 문을 닫고 집을 나섰다.

부천역에서 노선을 확인했다. 1호선을 타고 서울역까지 가서 4호선으로 갈아탄 다음 혜화역 도착이다. 시간이 상당히 소요되는 거리지만 출근 시간 전이라 육체적 소모는 많지 않을 듯했다. 그는 열차에 올라 타 맨 구석 자리에 앉았다. 그리고 눈을 감았다. 아린 듯한 수면의 여운이 눈언저리에 남아 있었다.

전철의 규칙적인 흔들림이 등허리와 둔부에 전해졌다. 그것이 요람 같은 안정감을 주었다. 준호는 천천히 잠에 빠져들었고, 간밤의 꿈을 이어서 꾸게 되었다. 다만 이번에는 현실이 반영되어 있었다. 그는 지하철의 맨 끝 좌석에 뿌리를 내린 나무가 되어 있었다. 사람들이 지하철을 타고 내리며 나무가 된 자신의 몸 위에 앉았다. 그들은 나뭇가지를 흔들고 이파리를 땄다. 어깨에 올라와 앉고 그가 만든 그늘 아래에서 쉬었다. 그에게서 떨어진 열매를 주워 껍질째 먹었다.

지하철 문이 열리고 한 남자가 올라탔다. 그는 밀짚모자를 쓴 나이든 남자로 손에는 톱을 들고 있었다. 그는 톱으로 그의 뿌리를 베기 시작했다. 통증이 뿌리 쪽에 느껴졌다. 준호가 문득 눈을 떴을 때, 그 통증은 옆 사람이 자리에 앉으면서 두 사람의 허벅지가 부딪혀 만들어낸 것이었음을 알았다.

지하철은 아직 신도림이었다. 그는 자세를 가다듬고 눈을 감았다. 잠은 다시 들지 않았다.

잠시 후 그의 머릿속에는 한 가지 생각이 흐르고 있었다. 꿈은 현실과 영향을 주고받는다. 현실에서 겪은 일은 꿈에 영향을 주고, 꿈에서 벌어지는 일은 실제 상황과 관련이 있다. 사춘기 시절, 그는 현실에서 본 여성을 꿈속에서 만난 적이 있다. 그곳에서 그녀와 성적인 접촉이 있었고, 그는 현실에서 사정했다. 현실과 꿈이 서로 영향을 주고받았던 강렬한 기억 중 하나다.

꿈은 우리가 쉽게 경험할 수 있는 환각이며, 우리는 매일 그것을 경험하면서도 기억하지 못한다.

'그곳에 닿을 수 있는 건 상상력의 힘 아닐까?'

며칠 전 아내가 레스토랑에서 한 말이 떠올랐다. 아내는 상상임신을 했다. 생각만으로 신체는 임신한 상태로 변모했다. 상황이 달라지지 않는다면 앞으로 아내의 배는 더 불러오고, 나아가 젖도 나올 것이다. 그녀의 내분비 호르몬이 그렇게 만들 것이다. 어쩌면 상상의 힘은 우리 생각보다 훨씬 더 대단한 게 아닐까?

준호는 생각을 조금 더 발전시켜보았다. 그는 어딘가에서 이런 얘기를 들었던 기억이 있다. 정확한 출처는 기억나지 않지만(요즘 자주 보는 우주 관련 다큐멘터리, 아니면 책이었던 것 같다) 인간의 신체는 하늘의 별과 구성 성분이 같다는 것이었다. 감성적으로 접근한 비유였는지 모르지만 거기에는 나름의 과학적 근거가 제시되어 있었다. 더 나아가, 인간의 신체와 우주의 구성성분은 같다고 볼 수 있다. 그렇다면 우주 역시 인간의 상상에 의해 변화될 가능성이 있지 않을까?

명성가구가 오랫동안 연구한 것 역시 이와 관련이 있다. 그들은 인간의 생각이 세계에 미치는 영향에 대해 알아보고 있다. 과거 콜롬비아의 무이스카 부족이 그랬던 것처럼, 상상의 작용을 강력하게 해주는 약물을 이용해서.

어쩐지 사이비 종교나 자기개발 서적이 좋아할 만한 소재라고 준호는 생각했다.

이런 걸 좋아하는 분야는 또 있잖아, 하고 목소리는 말했.

이야기 말이야.

준호는 눈을 감은 채, 흠— 하는 소리를 내며 까칠까칠한 수염을 비볐다. 꿈에서 그랬는지 현실에서 그랬는지는 그도 알지 못했다.

제15장 민이주

이 역할에 딱 맞는 아이

1

만석은 낙산공원 주차장에 차를 세워두고 공원을 배회했다. 그는 성곽길을 한 바퀴 돌고, 운동기구가 놓여 있는 곳에서 허리를 돌렸다. 누워서 상체 일으키는 동작을 몇 번인가 하고 철봉과 평행봉을 한 번씩 한 다음 벤치에 앉았다. 마음에 드는 나뭇잎 하나를 주워 잎맥만 놔둔 채 나머지 부분을 뜯어냈다. 작은 돌멩이를 던져 철봉의 기둥을 맞췄다. 네 번 시도한 끝에 돌멩이 하나가 기둥을 맞고 텅 하는 소리를 내며 튕겨져 나왔다.

시간을 확인하고 휴대전화를 꺼내 통화 버튼을 눌렀다. 신호가 여러 번 울어도 전화는 연결되지 않았다. 그는 전화를 끊고 흙바닥에 침을 뱉었다.

만석은 부쩍 태만해진 두목이 마음에 들지 않았다. 벌써 십오 년

째 그녀를 따르고 있지만 요즘 들어 두목답지 않은 행동들을 하고 있었다. 툭하면 술을 과하게 마시고 연락도 잘 되지 않았다. 신경질도 갈수록 자주 부리고 있다.

그는 자신을 대하는 두목의 태도가 몹시 부당하다고 여기고 있었다. 일단 비밀을 지나치게 만들어두었다. 남을 믿지 못하는 성격이 지금껏 사업을 유지할 수 있었던 비결이긴 하지만, 오랜 시간 함께 일한 동료까지 믿지 못하는 건 좀 심하다는 생각이 들었다. 바로 밑에서 일하는 자신이 아는 거라고는 그녀의 휴대폰 번호와 그녀가 성 관련 영업을 하고 있다는 사실뿐이었다. 그마저도 어디에서 어떤 식으로 운영하고 있는지 자세히는 알지 못한다. 주차장 근처 어딘가에서 약을 이용해 사업을 영위해가고 있다는 것만 알 뿐이다. 늘 그랬다. 활동 지역을 몇 년마다 옮기면서, 영업장소 인근에 있는 주차장에서 기다리는 게 자신의 일이었다. 그 밖에 그녀의 실제 나이가 몇 살인지, 어디에서 거주하고 있는지, 뭘 먹고 사는지와 같은 개인 신상은 전혀 알지 못했다.

물론 그가 일을 하는데 그러한 정보가 필요한 건 아니었다. 그가 손님을 픽업해 주차장(현재는 낙산공원 주차장)까지 데리고 오면, 잠시 후 그녀가 와서 손님을 데리고 영업장소까지 걸어간다. 그는 차에서 대기하고 있다가 손님이 돌아오면 원하는 목적지까지 데려다준다(이때 대화는 일절 나누지 않는다). 그리고 정해진 시간에 정해진 장소에서 '공급자'로부터 봉투를 받아(보통 지하철역 사물함을 이용한다) 이주에게 건네준다. 이러한 정기적인 업무 외에 잡다

한 심부름을 하는 게 그가 하는 일의 전부다. 그러므로 그녀가 누구이고 어디에서 어떻게 살고 있는지와 같은 정보는 굳이 알 필요가 없다.

그러나 그로 인해 온갖 불편을 겪는 것도 사실이었다. 지금처럼 연락이 안 되는 상황에서 집에 찾아갈 수도 없다. 연락이 올 때까지 하염없이 기다리는 수밖에는 도리가 없는 것이다. 잠수라도 타버리면 어쩌나 하는 불안 속에서 살아가는 것도 적잖은 고충이었다. 마치 언제 잠길지 모르는 낮은 지대의 바닷가에서 살아가는 기분이다.

그럼에도 만석은 지금껏 군말 않고 두목의 방침을 따랐다. 그는 얼마든지 그녀를 미행해서 집을 알아낼 수도 있었지만 그것은 신뢰를 무너뜨리는 일이므로 한 번도 시도하지 않았다. 그는 그토록 신의를 중시하는 사람이었다.

젠장, 그런데 그 웨이터 놈한테는 다 말해줬잖아.

그는 주먹으로 자신의 손바닥을 쳤다. 그가 정말로 화가 나는 건 그것이었다. 만석은 얼마 전 두목이 바에서 일하던 어린 웨이터에게 모든 정보를 누설했다는 걸 알았다. 웨이터를 없애라는 지시를 들은 이후, 여자 한명을 고용해 미인계로 웨이터에게 접근하게 한 뒤 두목과 무슨 일이 있었는지를 알아낸 것이었다.

술에 취해 그런 거라고는 하지만 십오 년을 보필한 나한테는 아무것도 안 알려줬으면서, 처음 본 애송이한테는 다 털어놓다니 이건 너무하잖아. 그는 다시 한 번 자신의 손바닥을 주먹으로 쳤다.

물론 그렇다고 해서 그녀에게 반기를 들 생각은 없었다. 한 번 두목으로 삼기로 했으니 파탄이 나기 전까지는 어쨌거나 따라야 할 사람이었다. 그러나 그건 어디까지나 위험에 노출되지 않았을 때 얘기다. 이미 그녀는 마약만큼은 절대 하지 않기로 했지만 약속을 어겼다. 리스크 관리를 제대로 하지 않는 것은 그녀 자신만 위험에 빠뜨리는 일이 아니었다. 그녀의 사업이 발각되면 부하 역시 무사하지 못할 터였다. 살인 전과가 있는 그로서는 가장 두려운 일이 그것이었다. 그에게는 처자식이 있었으므로.

그는 만약을 대비해 이리저리 머리를 굴려보기도 했지만 막상 그녀를 떠나 뭘 할 수 있을지는 막막했다. 그로서는 그저 두목이 정신을 차리고 다시 예전의 총명함을 되찾기를 바라는 게 여러모로 최선이었다.

만석은 휴대폰을 확인했다. 전화를 다시 걸어볼까 하다가 그만두었다. 그는 잎맥만 남은 나뭇잎을 입에 물고 공원에 있는 운동기구 중에서 안 해본 것 위주로 몇 가지를 더 했다. 그리고 나서 주차장에 있는 자동차에 올라탄 다음 시트를 뒤로 젖혀 누웠다. 그와 동시에 휴대폰이 울렸다. 그는 시트를 일으키고 전화를 받았다.

무슨 일이야, 하고 두목은 말했다. 이제 막 깨어난 듯 그녀의 목소리는 잠겨 있었다.

"명성가구 측에서 접촉해왔어. 연락 온지 한참 지났다고."

"임원이야?" 이주는 물었다.

"입원은 아니야."

만석은 대답을 기다렸으나 침묵뿐이었다. 확인해보니 전화가 끊어져 있었다. 그는 다시 전화를 걸었다.

"얘기를 좀 끝까지 들어봐. 분명 임원은 아니야. 심지어 그 회사 소속도 아니고. 그렇지만 명성가구랑 아주 가까운 사람이야."

"돌리지 말고 말해."

"나도 너무 뜻밖이라서 그래." 그는 말했다. "연락 온 건 명성가구 회장의 부인이야. 두목을 만나고 싶대."

정적이 흘렀다. 아마 그녀 또한 전혀 예상치 못한 인물에게서 연락이 왔다고 생각할 것이었다.

"내가 왜 이러는지 알겠지. 어떻게 해야 할지 몰라서 일단 약속은 잡아뒀어. 만나려면 최대한 빨리 가야 돼."

"금방 그쪽으로 가."

"알았어." 그는 말했다. "그런데 혹시…… 또 약한 건 아니지?"

예상대로 전화는 끊어졌다. 그는 휴대폰을 조수석으로 던졌다. 휴대폰은 퉁 소리를 내며 의자에서 살짝 튕겨졌다가 자리를 잡았다. 그는 시동을 걸고 에어컨을 틀어 온도가 조금 떨어지게 했다. 두목이 사용할 재떨이도 비웠다. 삼십분 정도가 흐른 뒤에 그녀가 주차장에 나타났다. 사무적인 느낌을 주는 블라우스와 치마 차림이었다. 화장도 옅게 했다. 이주는 뒷좌석 문을 열고 차에 탔다. 술 냄새가 확 풍겨왔다. 약을 한 건 아닌 것 같아 다행이라고 만석은 생각했다. 그러나 연락을 못 받을 정도로 술을 마신 건 유감이었다.

만석은 별다른 말은 하지 않고 차를 출발시켰다. 이주는 창문을 조금 연 다음 담배를 꺼내 물고 불을 붙였다. 담배연기가 어떠한 힘에 당겨지듯 창밖으로 빠져나갔다.

"왜 만나자고 했을까?" 이주는 물었다.

"글쎄. 전혀 예상이 안 돼. 비즈니스 차원에서 만나자고 한 게 아닐까? 예를 들면 사실 명성가구 사모는 화류계에 유명한 마담을 거느리고 있고 두목에게 상당히 흥미를 느껴 영입을 제안하기로 했다, 뭐 그런 거. 왜 재벌들은 우리 같은 사람들이 상상도 못할 일을 벌이고는 하잖아."

이주는 그의 추측에 이렇다 할 대답을 내놓지 않았다.

"그나저나 참 희한한 일이야. 명성가구를 손님으로 만들려고 했더니 회장 부인한테 연락이 오다니. 사람 일 알다가도 모른다니까."

자동차는 혜화동을 빠져나가 광화문 방향으로 향했다.

"십 분이면 도착해. 호텔 커피숍에서 보자고 한 걸 보면 중요한 얘기긴 한 모양이야." 그는 문득 생각난 듯 말을 이었다. "아참, 커피 뭐 좋아하냐고 묻길래 말해줬어. 난 두목이 뭘 좋아하는지 '잘 모른다'고."

이주는 담배를 끄고 창문을 닫았다. 호텔에 도착할 때까지 그녀는 아무 말도 하지 않았다.

2

 호텔 정문 앞에 도착해 차에서 내린 이주는 중앙 에스컬레이터를 타고 이층 커피숍으로 갔다. 커피숍에는 원탁 테이블 몇 개가 각각의 칸막이로 가려져 있었다. 웨이터가 다가와 이주를 안쪽으로 데려갔다. 그곳 테이블에는 오십대 정도로 보이는 여성이 앉아 있었다. 그녀는 미인형 얼굴에 웨이브를 넣은 단발머리, 짙은 회색 정장에 흰 블라우스를 받쳐 입었다. 테이블 위에는 선글라스 케이스와 핑크색 지갑이 가지런히 올라와 있었다.
 이주를 발견한 그녀는 자리에 앉으라고 손짓했다. 반대편 칸막이 너머에서 경호원 혹은 수행원으로 보이는 남자가 이쪽을 주시하고 있었다. 이주가 테이블에 앉자마자 웨이터가 커피를 가져다주더니 출입문을 열고 밖으로 나갔다. 수행원을 제외하고 커피숍 안에 사람은 둘뿐이었다. 아마도 전체를 빌린 모양이라고 이주는 생각했다. 스피커에선 음악도 나오지 않아 내부엔 적막이 내려앉아 있었다.
 "서로 시간을 절약하는 게 좋을 것 같아서 미리 주문해뒀어요." 그녀는 말했다. "내가 누구인지는 들었을 테니 소개는 생략할게요. 나 역시 그쪽 얘기 들었어요. 상당히 미인이네요. 이 정도로 예쁠 줄은 몰랐는데."
 그녀는 얼마간 이주를 바라보더니 말을 이었다.
 "특이한 방식으로 영업을 하는 것 같더군요. 나도 화류계 쪽은 나름 잘 알고 있는데 당신에 대해서는 지금까지 전혀 몰랐어요. 독자적으로 운영하면서도 꽤 유명하던데, 내 말이 맞나요?"

이주는 잠시 틈을 두었다가 입을 열었다.

"무슨 일로 보자고 하셨죠?"

회장 부인은 홍차를 한 모금 마신 뒤 칸막이 너머에 있는 수행원에게 눈짓했다. 그는 가볍게 목례하고 문밖으로 나갔다. 유리문 위에 달린 종소리가 완전히 사라질 때까지 기다린 다음, 그녀는 입을 열었다.

"부탁을 하나 하려고 만나자고 했어요. 당신이라면 별로 어려운 일은 아닐 거예요."

회장의 부인은 대답이 돌아오지 않는 걸 확인하고는 눈앞에 있는 여자가 일상적인 대화를 할 의사가 없음을 알았다. 어떤 부탁을요? 하는 질문이 돌아오고 그에 대한 대답이 이어지는, '말을 주고받는 방식'의 기본적인 대화 형태를 그녀는 자신이 원치 않을 땐 따르지 않는 것이다. 회장 부인은 새삼 주변에서 자신에게 얼마나 공손히 대하고 있는지를 깨달았다. 이 대화의 주도권은 자기가 아니라 이 여자에게 있다는 것도.

"하고 싶은 부탁이란, 남편을 만족시켜달라는 거예요. 사례는 확실히 하겠어요. 지금껏 받아본 적 없는 화대를 드리죠."

"왜 그런 부탁을 하는지."

회장 부인은 양손으로 잔을 들고 홍차를 한 모금 마신 다음 꽃무늬가 새겨진 찻잔 받침에 소리 나지 않게 내려놓았다.

"이유를 알아야 하나요?"

"귀찮은 일에 휘말리고 싶지 않으니까."

귀찮은 일, 하고 회장 부인은 이주의 말을 되뇌어보았다. 그리고는 뭔가를 깨달은 듯 아, 하고 나서 말을 이었다.

"이혼사유 같은 걸 만들려고 이러는 거 아니에요. 그런 건 이미 차고 넘치는 증거들이 있어요. 걱정 말아요."

침묵이 잠시 커피숍 안을 맴돌았다. 회장 부인은 찻잔의 옆면을 손가락으로 톡톡 두드렸다.

"사실대로 얘기해야 오해가 안 생기겠네요. 바쁜 사람 데리고 길게 끌어봐야 아무 도움 안 될 테니 전부 얘기할게요. 이건 절대 꾸며낸 얘기가 아닌 실화예요. 그러니까 그리 지루하진 않을 거예요."

아마도, 하고 덧붙인 뒤 그녀는 말을 이어갔다.

"남편은 사업 수완이 뛰어난 사람이에요. 다르게 말해 냉혈한 같은 면이 있다는 뜻이죠. 그이는 감정이라는 걸 모른 채 살아가고 있어요. 선천적으로 그런 사람인 데다 후천적으로 개발되기까지 했죠. 성공만을 위해 달려온 사람이라 옆에서 누가 뭐라 하든지 신경 쓰지 않았고, 성공한 뒤로는 싫은 소리하는 사람이 없으니 더더욱 외골수가 되어 갔어요. 아마 살면서 주의나 당부 수준의 말조차 들어본 적 거의 없을 걸요? 아무튼 그래서 중요한 몇 개의 감정이 결여되어 있어요. 배려라든가 연민이라든가. 사랑도 거기에 포함되죠. 그이는 사랑이라는 감정을 모르고, 그래서 지금껏 누구도 사랑해본 적 없어요.

그 사람은 '어쩌면 사랑할 수 있을지도' 정도의 생각으로 나와 결혼한 것 같아요. 하지만 그런 일은 일어나지 않았죠. 그는 나와 결혼하고 얼마 지나지 않아 다른 여자들을 만났어요. 그때부터 전 끔찍한 삶을 살아왔고요.

남편은 저를 만나기 전 여러 여자를 만났어요. 배우, 아나운서, 대학생, 승무원, 술집 종업원까지. 하지만 그 누구와도 사랑을 하진 못했죠. 혼기가 차자 회장은 신붓감으로 어리고 예쁜 사람을 원했어요. 다른 재벌가의 딸들이 후보에 오르기도 했는데 남편은 정략적인 결혼은 원치 않아 거절했어요. 무조건 상대는 어리고 예뻐야 했죠.

남편 일가는 재벌가에 어울리는 며느릿감을 물색했고 그 중에 저도 포함이 됐어요. 이래봬도 난 젊었을 때 미인대회 출신에 해외 유학도 다녀와서 여기저기서 혼담이 오고갔거든요. 방송 출연을 한 뒤로는 더욱 그랬죠.

어느 날 남편 일가로부터 연락이 왔어요. 난 그들을 만났고 굉장히 까다로운 심사를 받았어요. 그쪽 입장에서는 다른 재벌가와 혼사를 마다하고 구하는 며느리니 오죽했을라고요. 어지간해서는 성에 안 찼을 거예요. 아무튼 굉장한 심사였죠. 전 그이를 제대로 만나보기도 전에 그 사람 가족을 스물여덟 차례나 만났어요. 상상이 가요? 자그마치 스물여덟 번. 물론 일가 전체를 한자리에서 만난 건 얼마 안 되고, 가족 구성원 몇 명을 조합을 달리해가며 여러 번 만난 거예요.

 아무튼 그들은 한번 만날 때마다 한 가지 주제로 저를 깊게 알아봤어요. 하루는 내 연애관에 대해, 하루는 유학 당시 라이프스타일과 학점 관리에 대해, 하루는 내 집안에 대해. 그들은 족보를 가져다달라고까지 했어요. 그리고는 부모님은 물론 친인척들의 고향은 어디고 학력은 어떤지, 범죄경력은 없는지, 유전적인 질병은 무엇이 있는지, 노조에 가입된 사람은 없는지 등을 확인하더군요. 일주일에 걸쳐서는 내 신체를 확인했어요. 그중 하루는 골반 크기에 대해 따져보았죠. 그날은 산부인과 의사도 동석했어요. 참, 내 첫 경험에 대해서도 하루를 썼네요. 어땠느냐, 어떤 자세로 했느냐, 피임은 했느냐, 지금도 그때가 생각나느냐.

 지금 이 얘기를 아무렇지 않게 할 수 있는 이유는 이제 그런 일에 익숙해졌기 때문이에요. 지금 와서 생각해보면 내 첫 경험도 사실 별 거 없는 하나의 이벤트였을 뿐이죠. 아무튼 이후로도 그들은 내 얼굴형과 가슴 컵 사이즈, 다리 길이와 식습관, 음주습관 등을 조사했고, 나는 스물여덟 날의 심사를 거쳐 최종 합격했어요. 썩 마음에 찬 것 같진 않았지만 결국 난 그들에게 선택된 거예요. 그러고 나서야 처음으로 회장을 만날 수 있었죠.

 그전까지만 해도 나는 사랑 없이는 절대 결혼할 수 없다고 생각했어요. 어리석었죠. 그 사람을 만나고, 나는 순전히 돈을 보고 그와 결혼했어요. 이후로 아이 두 명을 낳아 기르느라 정신없이 살았죠. 세월은 금방 지나가버리더군요. 사실 나는 임신했을 때부터 남편이 다른 여자와 잠자리를 하고 있다는 걸 알고 있었어요. 정말 괴로운 나날이었지만 그 일에 대해 한마디도 할 수 없었죠.

이 돈과 권력을 놓을 수 없었으니까. 어딜 가든 대우를 받고, 중요한 사람으로 여겨지는 걸 놓을 수 없었어요. 그는 내가 모든 걸 눈치 챘다는 걸 알고 나서도 신경 쓰지 않았어요. 내가 왕비의 드레스를 벗지 못할 거란 사실을 알고 있었던 거예요. 처음엔 이런 생각도 했어요. 아무리 돈이 많은 게 좋다 해도 인간이라면 마땅히 인간다운 삶을 살아야한다, 그렇지 않은 삶은 비참하다, 라고.

하지만 시댁에서 친정아버지 사업의 부도를 손쉽게 막아주고 엄마 병원비까지 군말 없이 처리해주는 걸 보고 난 다짐했어요. 절대로 이 끈을 놓지 않겠다고. 그 비참한 삶을 다시 사는 건 정말 끔찍한 일이지만 과거로 돌아간다 해도 난 망설이지 않고 다시 그이와 결혼할 거예요.

사람들은 이런 내 얘기를 들으면 비웃겠죠. 인생의 가치는 돈에 달려 있는 게 아니라면서. 그 말은 사실이에요. 인생의 가치는 돈에 달려 있지 않아요. 어떤 것에도 달려 있지 않죠. 인생은요, 아무 의미 없는 거예요. 그저 태어났으니 죽지 않으려고 버둥거리다가 결국엔 죽고 마는 게 전부죠. 자존심으로 사는 것도, 사랑으로 사는 것도 아니에요. 그냥 사는 거예요. 난 이걸 깨달았어요. 그래서 남편의 외도를 견딜 수 있었던 거고요.

시간이 흐르고 아이들이 성인이 됐죠. 그때까지 남편은 계속해서 여러 여자들과 외도를 했어요. 화류계도 끊임없이 드나들었죠. 외도를 나눈 상대방으로부터 협박을 당해 몇 번이나 위자료를 물어준 적도 있어요. 그렇게 수십 년의 세월동안 그는 가정을 외면하고 일과 여자만이 전부인 삶을 살았죠. 그렇지만 그 와중에 사랑은 단 한 번도 못했고요.

아이들을 다 키우고 나서, 그러니까 경영 참여니 유학이니 하는 이유로 내 품에서 아이들이 다 떠나고 나서, 견디기 힘들 정도의 공허함이 밀려왔어요. 가슴에 커다랗게 구멍이 난 것 같더군요. 그런데 사실 그 구멍은 예전부터 있었어요. 아이들이 그곳을 채워주고 있다가 나가버리자 공백을 느낀 거였죠. 그리고 그 공백은 어느 것으로도 채울 수 없을 것처럼 느껴졌어요. 그렇지만 그건 내 생각이었죠. 그 구멍은 아주 쉽게 메울 수 있는 거였어요.

그 즈음 나는 남자를 만나게 됐어요. 마음을 기댈 곳이 필요했는지 그 사람에게 깊이 빠졌죠. 나라는 사람이 이토록 어리석었나 할 정도로. 네, 그건 사랑이었어요. 저는 처음으로 사랑을 하게 된 거예요. 흔히들 참새 같은 주둥이로 가볍게 말하는 사랑 말고 '진짜 사랑' 말이에요.

그때부터였어요. 남편이 불쌍해지기 시작한 게. 그 누구에게도 만족하지 못한 채 새로운 여자를 탐하는 데 몰두하는 그가 너무나도 안 돼 보이는 거예요. 언제나 불만족한 얼굴로 집에 들어오는 것도, 자신의 행복을 진심으로 빌어주는 사람이 없다는 것도, 무엇보다 '남을 위해 나를 희생하고 싶다'는 숭고함을 느껴보지 못했다는 게 안타까웠어요. 그리고 보면 난 얼마나 축복 받은 삶인가요? 아이들을 사랑으로 키웠고, 지금은 또 다른 사랑이 찾아왔으니까요. 난 지금껏 계속해서 사랑을 해온 거예요.

남편이 안 됐다는 생각이 차츰 커지면서, 누군가 남편을 만족시켜줬으면 좋겠다는 마음이 들기 시작했어요. 그래서 난 남편의 욕구를 채워줄 사람을 연결해주기로 마음먹었죠. 그이에게는 여성과의 만남을 주선하는 일을 전담하는 부하직원이 있는데 (놀랍죠? 그렇지만 백퍼센트 사실이에요.) 난 몰래 그 부하직원과 내통하면서 연예계든 화류계든 다 뒤져 남편이 사랑에 빠질 만한 사람을 찾아 만나도록 했어요. 내가 먼저 그녀들을 만나 신체 조건과 말투, 성격, 여성스러움 같은 걸 따져보았죠. 마치 고기의 품질을 따지듯 신체 부위별로 꼼꼼하게 말이에요. 난 그가 어떤 스타일을 좋아하는지 잘 알고 있거든요. 그렇지만 모두 허사였어요. 남편은 어느 누구에게도 애정을 갖지 않았어요.

난 점점 더 남편이 안쓰러워졌어요. 난 이렇게 행복한데 그 사람은 전혀 행복해보이지 않는다, 그가 정말로 행복했으면 좋겠다, 하는 생각이 심할 땐 하루 종일 머리에서 떠나질 않더군요. 이게 어떤 느낌인지 짐작도 안 되죠? 나도 이런 내 감정에 놀랐어요. 어딘지 모르게 그의 기분과 나의 기분이 연결돼 있어서 같이 움직이는 것 같다고 할까요? 그러니까 좋든 싫든 수십 년을 함께하다보니 그 사람이 좋으면 나도 좋다는 걸 알게 된 것 같아요. 그리고 어쩌면 이게…… 사랑일지도 모른다는 생각이 들었어요. 그래요. 저는 일반적인 형태와는 다르게 남편을 사랑하고 있는 거예요. 아주 기이한,

뒤틀린 모양의 사랑이죠. 말도 안 된다고 생각하겠지만 사랑은 아주 다양한 모습을 하고 있는 거예요."

부인은 얘기를 마친 뒤 핸드백에서 손수건을 꺼내 헤어라인 부근을 톡톡 두드렸다. 그리고는 미지근해진 홍차에 설탕을 한 스푼 넣어 티스푼으로 젓고 몇 모금 마셨다. 그녀의 볼에 홍조기가 두드러졌다.

이주는 그녀가 말을 마칠 때까지 잠자코 듣고 있었다. 하지만 겉으로만 그렇게 보였을 뿐 그녀는 속에서 구역질이 올라오는 것을 참고 있었다. 그녀는 인상을 찡그릴 뻔하기도 했지만 가까스로 표정변화 없이 이야기를 들을 수 있었다. 이야기가 끝났을 즈음엔 복통도 수반되었다. 몸이 약간 으슬으슬하고 어지럽기까지 했다.

"포기하려던 차에 당신에 대해 알게 됐어요. 당신이라면 남편을 만족시켜줄 수 있을 거란 생각에 만나자고 한 거예요."

회장 부인은 등받이에 몸을 기대고 휴대폰 시계를 보았다. 그녀의 수행원이 출입문 바깥에서 계속 이쪽을 지켜보고 있었다. 이제 갓 서른이 된 듯한 나이에 호리호리해 보이는 남자였다.

"사랑에 빠진 남자가 저 사람인가요?"

잠시 침묵이 흘렀다.

"그래요" 하고 그녀는 짧게 대답할 뿐 다른 언급은 하지 않았다. "자 이제 이유를 들었으니 내 부탁을 들어줄 마음이 생겼나요?"

어지러움과 메스꺼움이 점차 사라지는 게 느껴졌다. 이주는 작게 고개를 끄덕였다.

"예약해드리죠."

"고마워요." 회장 부인은 말했다. "한 가지 중요한 걸 말해줘야겠네요. 남편은 화류계 여성에게는 만족하지 못해요. 그러니까 '그런데'에서 일하는 여성 같지 않으면서 아름다워야 해요. 대학생 같은 느낌의 청순함? 하긴 요즘 대학생들은 그런 모습을 거의 갖고 있지 않지만. 아무튼 그래요. 그런 의미에서 말하자면— 미안하지만 지금 당신의 모습으로는 만족할 수 없을 거예요. 당신은 예쁘긴 하지만 너무 화려해요. 내 말이 무슨 뜻인지 알죠? 물론 알아서 잘 해주겠지만."

"만족 못하는 일은 없어요." 이주는 말했다. "제가 하는 일은 그래요."

"믿음이 가네요." 회장 부인은 살짝 미소 짓더니 핸드백에 지갑과 휴대폰을 넣었다. 선글라스를 꺼낸 케이스도 넣었다. 유리문이 열리고, 수행원이 들어와 문 안쪽에 섰다.

"다른 할 얘기는 없으니 먼저 나갈게요. 그러고 싶지도 않은 것 같고. 그럼 부탁할게요." 그녀는 선글라스를 쓰고 자리에서 일어나 출입문이 있는 곳으로 걸어갔다. 하이힐을 신은 발소리가 또각또각 선명하게 들려왔다. 회장 부인은 수행원의 팔 안쪽으로 자신의 손을 밀어 넣었다. 두 사람은 함께 밖으로 나갔다.

이주는 잠시 앉아 회장 부인이 마시던 찻잔을 바라보았다. 찻잔 주둥이에는 립스틱 자국이 묻어 있지 않았다. 그녀의 경쾌한 구둣발 소리가 점점 멀어졌다. 누구나 하이힐을 신는다고 그렇게 경쾌한 소리를 낼 수는 없다. 같은 하이힐을 신어도 누구는 둔탁한 소리를 내고 누구는 경박한 소리를 낸다. 그러나 그녀의 소리는 '겸손한' 걸음이 만들어내는 소리다. 그녀는 돈과 명예를 누리고 있고 그것을 놓고 싶어 하지 않지만, 그렇다고 일부러 과시하지도 않는다. 어쩌면 처음부터 그러진 않았을지도 모른다. 처음엔 아주 권위적이고 으스대는 걸음걸이로 자신을 드러내려고 열심히 바닥을 두드렸는지 모른다. 그러다가 '어떤 이유'로 서서히, 혹은 갑자기, 걸음걸이를 바꿔 자신을 낮추며 걷게 된 것이다. 그 어떤 이유란 그녀가 말하는 사랑일지도. 그렇다면 그것은 남편을 향한 '뒤틀린 사랑'일까, 아니면 지금 만나는 남자와의 '진짜 사랑'일까.

이주는 아무런 맥락도 없이 그런 생각을 하고 나서, 선글라스를 쓰고 자리에서 일어났다.

3

이주는 호텔을 나와 차에 올라탔다. 만석은 다시 이화동으로 차를 몰았다. 이주는 뒷좌석에 앉아 가만히 창밖을 바라보다가 돌연 웃음을 터뜨렸다. 고요한 숲속의 통나무집 유리창에 갑자기 쩍 하고 금이 가는 듯한 웃음이었다.

사랑? 웃기는 소리하고 있네. 그건 당신의 외도를 정당화하기 위한 변명일 뿐이야. 당신이 경멸하는 사람과 똑같아지는 게 두려운 거지. 아니, 자신의 관대함을 보여주며 남편보다 우월하고 싶은 욕망일지도 모르겠네. 자격지심 같은 걸 남편에게 느끼는 건가? 어쨌거나 당신은 사랑이라는 단어를 억지로 빌려왔을 뿐이야. 자신의 욕구를 위해 이런 일을 꾸미면서도 그럴싸한 말로 포장하고 있는 것뿐.

이주는 다시 속이 메스꺼워지는 걸 느꼈다.

"괜찮아?" 부하는 룸미러로 이주를 보며 물었다. 이주는 담배를 꺼내 물었다.

남을 위해 나를 희생하는 숭고함? 나 자신을 위해 살지 않으면 사는 게 무슨 소용이 있단 말이지? 내가 존재하지 않으면 남이 존재하는 게 무슨 의미가 있지? 나의 존재는 어떤 것과도 비교할 수 없는 최우선 가치다. 남의 존재를 위한 나의 부재, 그것은 역겨운 위선, 거짓 감정이다.

이주는 감정을 추스르고 나서, 어쨌거나 운이 좋았다고 생각했다. 그 운이 엉뚱한 방향에서 다가오긴 했지만 아무튼 이제 회장을 만나 매상도 올리고 '그 사람'에 대한 정보도 얻을 수 있게 된 것이다. 이주는 휴대폰을 열어 무언가를 검색한 뒤 부하에게 내밀었다.

"여기로 가."

"극단? 거긴 뭐하려고."

"캐스팅해야지. 이 역할에 딱 맞는 애가 있거든."

얼마 후 검정색 볼보는 대학로 연극거리에 도착했다. 은지는 매표소 안에 앉아서 길거리를 바라보고 있었다. 차에서 내린 이주는 매표소 창구를 손가락 관절로 두드렸다. 은지는 이주를 보더니 자리에서 일어나 매표소 문을 열고 밖으로 나왔다. 이주가 무언가 말을 하려고 하자 은지가 손을 들어 제지했다. 그리고는 숨을 크게 들이마셨다가 내쉬었다.

"옷을 준비해줘요. 흰색 티셔츠와 청치마, 그리고 베이지색 백팩, 흰색 운동화도." 그녀는 잠시 틈을 두고 말을 이었다. "약속이에요. 이 일이 끝나면 연극을 해야 해요."

은지는 이주의 눈을 바라보았다. 지난번 이주의 집에서 그녀를 내려다보던 그 눈이었다. 하지만 지금은 이주가 그녀를 내려다보고 있었다. 은지의 시선을 피하지도 않았다.

그래, 하고 이주는 대답했다.

제16장 주이민

사랑이 무엇인지 찾을 때까지만

1

노부인은 물수건으로 화가의 얼굴을 닦아주다가 그가 눈을 뜬 것을 발견했다.

"정신이 들어요?"

화가는 움푹 꺼진 눈을 천천히 깜박거렸다.

"얼마나…… 지났죠?" 힘겹게 입을 움직이며 그는 물었다.

"열흘 됐어요." 노부인은 대답했다.

화가는 팔을 움직여보려 했지만 잘 되지 않았다.

"붕대를 갈려던 참이었어요. 다들 걱정하고 있는데 어서 소식을 전해줘야겠네요."

노부인은 화가의 이마와 팔의 상처를 소독하기 시작했다. 그러면서 그녀는 혹시— 하고 조심스레 말을 걸어보았다.

"그날 무슨 일이 있었는지 기억나요?"

그녀는 손을 멈추지는 않은 채 화가의 말에 신경을 기울였다. 화가는 한동안 천장을 지그시 바라보더니 이내 고개를 저었다. 노부인은 그의 움직임을 곁눈으로 확인하고는 자신이 느낀 감정을 드러내지 않도록 주의했다.

"다 괜찮아질 거예요. 회복도 빨라지고 있고. 잠깐 쉬고 있어요. 당신이 깨어나면 곧바로 말해줘야 할 사람이 있으니까."

노부인은 붕대로 상처를 감아주고 주변 정리를 했다. 그런 다음 구급상자를 들고 가만히 문을 닫으며 방을 나갔다. 문이 닫히고 나서 화가는 주먹을 쥐어보았다. 손이 움직이기는 했으나 힘이 들어가진 않았다. 좀 더 세세한 움직임을 시도해보았다. 손가락을 하나씩 구부려보고 엄지로 각 손가락 끝을 눌러보았다. 원만하게 움직여지지는 않아도 손끝에 감각은 있었다. 좀 더 과감하게 움직여보려는데 팔꿈치에서 극심한 통증이 왔다. 그는 동작을 멈춘 채 통증이 지나가기를 기다렸다.

난로가 켜져 있었다. 정신을 잃은 사이 날이 꽤 추워진 모양이었다. 그는 힘겹게 상체를 일으켰다. 두통이 밀려오는가 싶더니 방안의 모습이 빙글빙글 돌았다. 그는 가만히 앉아 눈앞의 회전이 멈추기를 기다렸다. 그러고는 침대에서 나와 창가로 갔다. 다치지 않은 팔로 창문을 열었다. 숲에는 비가 추적추적 내리고 있었다. 나무의 기둥이 떨어지는 빗물을 그대로 흡수하며 짙은 색으로 변하고, 나뭇잎의 표면은 빗방울을 튕겨내고 있었다.

한기를 느낀 화가는 창문을 닫았다. 그는 마치 배 위에 서 있는 것처럼 멀미를 느꼈다. 균형을 잃지 않으려고 애쓰며 한걸음씩 옮겼다. 거실에 도착한 그는 이젤 앞에 있는 의자에 앉았다. 그와 동시에 식은땀이 쏟아졌다.

그는 정신을 집중해 마지막 기억을 떠올려보았다. 사람들이 다 같이 모여 식사를 한 것까지 기억나고 이후는 생각나지 않았다. 어쩌다가 이렇게 됐을까? 자화상을 그리려고 놔뒀던 거울에 자신의 모습이 비쳤다. 머리와 팔이 붕대로 감겨 있고, 얼굴은 몹시 야위었다. 광대뼈가 도드라지고 수염이 덥수룩하게 자랐다.

거실은 자신이 작업하던 상태 그대로 있고 지저분한 것들만 정리되어 있었다. 그는 자리에서 일어나 창고로 가보았다. 그림들 사이에 흰 천으로 가려진 그림이 있었다. 천을 걷어내 보니 그녀의 초상화였다. 모두가 모인 식사자리에서 자신이 청혼하려 한 사실이 떠올랐다. 가만히 생각해보니 그날이 바로 그 자리였다.

그런데 왜 그림이 여기에 있지? 청혼을 하지 않았나? 계획까지 다 세웠는데 어째서……

그는 다시 거실로 돌아와 이젤 앞에 앉아 기억을 더듬었다. 선생님이 완성한 책을 사람들이 돌려보고 술을 마셨다. 분위기가 무르익었을 즈음 나는 자리에서 일어났고 사람들이 내가 하는 말에 주목했다. 그리고 그녀에게 청혼했다. 하지만 그게 실제로 있었던 일인지 아니면 꿈속에서 있었는지, 그것도 아니라면 단순한 기억의 오류인지 알 수 없었다. 사람들이 모인 자리에서 그녀에게 청혼한 장면, 그건 진짜 있었던 일인가?

문이 열리고 동물체험예술가가 들어왔다.

"왜 여기 있어요?" 그녀는 얼른 화가에게 다가갔다.

"너무 누워 있었더니 좀 움직이고 싶어서."

"아직 무리하면 안 돼요. 어서 일어나요."

화가는 비틀거리며 일어났다. 그녀는 화가를 부축해 침대로 데려가 눕혔다.

"미음을 끓여올 테니 잠깐 기다려요. 못 먹어서 기운이 없을 거예요."

"고마워. 그런데 그 전에 무슨 일이 있었는지 설명해줘. 아무것도 기억이 안 나."

"어떻게 당신이 그렇게 됐는지 아무도 몰라요. 열흘 전 아침에 당신이 집에 쓰러져 있는 걸 내가 발견했어요. 그리고 지금껏 노부인께서 돌봐주셨고요." 그녀는 잠시 틈을 둔 뒤 말을 이었다. "내가 발견했을 때 당신에게서 술 냄새가 나고 있었어요."

화가는 심각한 표정이 되어 눈을 감았다가 떴다.

"정말 미안해. 왜 술을 마셨는지 기억이 나지 않아."

그녀는 돼지의 분변으로 가공된 연료를 한 삽 떠서 난로에 넣고 문을 닫았다. 난로 위 주전자에서 김이 모락모락 피어났다.

"팔은 어때요?"

"잘 움직이질 않아."

그녀는 침대 곁으로 다가왔다.

"당신 손을 앞으로 쓸 수 없을지도 모른다고 했어요."

"뭐라고?"

"아직 확답은 할 수 없지만 그럴 수도 있다고 노부인이 말씀하셨어요. 결과는 더 있어봐야 안대요."

"말도 안 돼. 그림을 그릴 수 없단 말이야?"

그녀는 과거엔 상상도 할 수 없을 정도로 쪼그라든 화가의 어깨에 손을 올렸다.

"그럼 어때요. 여기에서 그냥 편안하게 살면 되죠."

"그림을 그리지 않고 살 수는 없어."

"일단 뭐 좀 먹어요. 열흘 째 아무것도 못 먹었으니까. 그러면 힘이 날 거예요."

그녀는 주방으로 가서 미음을 만들어 가져왔다. 그런 다음 그가 몸을 살짝 일으키도록 도왔다. 그녀는 수저로 미음을 떠서 입으로 불어 식히고 그의 입에 흘려 넣었다. 화가는 그것을 천천히 삼켰다.

"내가 그림을 그릴 수 없게 되다니, 이대로 죽어버리는 게 좋겠어."

"그런 말 말아요."

그녀는 한 숟갈 더 떠서 먹였다. 화가는 천천히 삼켰다.

"술을 마시고 어떻게 된 걸까? 넘어진 상처 같지는 않은데. 도대체 나한테 무슨 일이 일어난 거지?"

"정확히 알고 있는 사람이 없어요. 일단 회복하는 데 신경 써요."

"분명 누군가 날 해치려고 한 거야. 그렇지 않고서야 이렇게 될

리 없어. 날 이렇게 만든 자식, 찾아서 가만두지 않을 거야."

약혼녀는 미음을 한 숟갈 떠서 그의 입에 가까이 댔다. 그는 입을 벌려 미음을 받아먹었다.

"도대체 왜 날 죽이려 했을까?"

"왜 그렇게 생각해요? 넘어져서 다친 걸 수도 있잖아요."

"누군가 날 죽이려 한 거야. 살아났을 경우를 대비해서 팔까지 이렇게 만들어놨잖아. 그래…… 언젠간 이런 일이 일어날 줄 알았어."

"진정하고 먹어요. 아직 모르니까 누구 탓 하지 말고."

"탓하지 말라니, 그게 무슨 말이야. 그럼 왜 이런 일이 생겼다고 생각해?"

화가의 말에 그녀는 길게 숨을 내뱉었다.

"당신이 술만 안 마셨어도 이런 일은 안 일어났을 거예요."

그녀는 다시 미음을 한 숟갈 떠서 그의 입에 가져다댔다. 그는 고개를 돌렸다.

"그만 먹을래. 범인을 찾아야겠어. 내가 다친 곳을 가보면 기억이 떠오를지 몰라."

"지금 이 상태로 어딜 간다고 그래요." 그녀는 다그치듯 말했다. "밖이 얼마나 추워졌는지 알아요? 당신을 돌보느라 노부인이나 나나 얼마나 고생했는지는 아냐구요. 사람들도 모두 걱정하고 있어요. 그걸 생각해서라도 일단 회복하란 말이에요."

그녀는 그의 입에 수저를 가져갔다. 그의 입에서 턱으로 미음이 흘러내리자 그녀는 숟가락으로 들어 올려 다시 입으로 넣었다. 그는 미음을 입에 머금고 있다가 목으로 넘겼다.

"내가 깨어난 걸 알면 다시 날 죽이려고 할 거야. 아주 잔인한 놈이니까. 이미 여기 어딘가에 숨어서 날 노리고 있을지 몰라."

그녀는 대답하지 않고 수저로 미음을 떠서 그의 입에 밀어 넣었다. 화가는 거부할 힘이 없었다. 동물체험예술가는 화가가 말을 하려고 할 때마다 미음을 떠먹였고, 화가는 그것을 힘겹게 들이켰다. 화가가 거부의 의사를 담아 그녀의 눈을 보아도 그녀는 그 시선을 무시했다. 그러는 가운데 화가의 머릿속에 한 가지 생각이 자리잡아가고 있었다.

'진짜 불행은 아직 시작도 하지 않았다.'

불행이라고 하는 하나의 공간이 있다면 여기는 그 입구에 불과하다. 그는 자신의 몸이 땅으로 꺼지는 듯한 느낌에 휩싸였다. 화가는 가까스로 팔을 들어 그녀의 손을 막았다.

"이제 정말 더는 못 먹겠어."

그녀는 그릇을 침대 옆 탁자에 내려놓았다. 화가는 아무 말도 할 수 없었다. 서서히 다가오고 있는 최악의 비극을 할 수 있는 한 유보하고 싶다는 생각뿐이었다.

"노부인께서 상처는 잘 소독했으니 걱정 말라고 하셨어요. 어디 나갈 궁리 말고 푹 쉬어요. 생각도 너무 많이 하지 말고. 괜히 움직이다가 다칠 수 있으니까 거실에도 나가지 말아요. 알았어요? 내일 아침에 다시 올게요."

"알았어."

그녀는 화가의 이마에 입을 맞추고는 그가 몸을 똑바로 누울 수 있도록 했다. 그러고는 이불을 덮어주고 그릇을 들고 방을 나갔다. 주방에서 설거지하는 소리가 들리고, 현관문 밖으로 그녀가 나가는 소리가 들렸다. 화가는 침대에서 일어나 창문을 열었다. 아래를 내려다보자 그녀가 현관 밖으로 나오는 게 보였다. 그녀는 모자를 쓰고 그가 있는 집을 떠나 숲 쪽으로 걸어갔다.

2

 동물체험예술가는 언덕의 가장 높은 곳으로 올라가 주변을 둘러보았다. 비가 내리고 있어서인지 사람은 아무도 없었다. 돼지들도 우리 안으로 들어가 점점 세지는 빗줄기를 피하고 있었다. 그녀는 언덕 높은 곳에 있는 가시덤불숲으로 가서 등대의 꼭대기를 올려다보았다. 저기에 올라가면 섬 전체를 볼 수 있을 텐데, 하고 그녀는 생각했다. 하지만 가시덤불을 헤집고 들어갈 용기가 나지 않았다. 그 안에서 길을 잃을 것만 같았다. 그녀에겐 날카롭고 길쭉한 가시가 몹시 위협적으로 보였다.
 하는 수 없이 그녀는 언덕을 내려가 광장으로 갔다. 그곳 역시 아무도 없었다. 그녀는 역에 정거해 있는 기차에 올라타 엔진을 가동시켰다. 동쪽 섬에 도착한 그녀는 기차에서 내려 황무지의 가장 높은 곳으로 향했다. 그곳에선 서쪽 섬과 비교할 수 없을 정도의 비바람이 몰아치고 있었다. 빗줄기가 얼굴을 때리며 흘러내렸다. 몇 번이나 모자가 날아갈 뻔했지만, 그녀는 손으로 모자를 누르고서 더욱 몸을 움츠린 채 앞으로 나아갔다. 이윽고 가장 높은 곳에 올라선 그녀는 얼굴에 달라붙은 머리카락을 손으로 걷어내고, 찡그린 눈으로 주변을 둘러보았다. 황량한 땅 너머 모래사장의 일부가 눈에 들어왔다. 안개 때문에 그 이상은 보이지 않았다. 시야에 들어오는 어디에도 사람의 형체는 없었다.

철로에 물이 고여 열차를 타고 더 아래로 이동하기는 어려웠다. 그녀는 바위들을 지나쳐 모래사장 쪽으로 걸어갔다. 불어난 물이 바위틈 사이에서 솟구쳤다. 지나가기 몹시 위험해보였지만 그녀는 심호흡을 한 차례 한 뒤 조심스레 돌 위를 디뎌 그곳을 건넜다. 다리가 바위 옆면에 긁혀 넓은 범위의 상처가 났다. 튀어 오른 바닷물에 피가 씻겨 내려가고, 뒤이어 쓰라림이 밀려왔다.

그러나 그녀는 멈추지 않고 걸었다. 바람이 조금 잠잠해지자 이번에는 빗줄기가 굵어지기 시작했다. 한 방울 한 방울의 빗물이 묵직한 무게를 지닌 채 그녀의 어깨를 때렸다. 쏟아지는 비가 그녀의 형체대로 하얗게 부서졌다. 빗소리 외에는 아무 소리도 들리지 않았다. 그녀는 옷깃을 더욱 여민 채 걸었다. 이윽고 모래사장에 도착했다. 파도가 해안가를 향해 거세게 몰아치고 있었다. 그녀는 안개에 가려져 있던 부근을 돌아보았다. 바람이 한 차례 강하게 불자 그녀의 모자가 파도 속으로 삼켜졌다. 그녀는 그것을 잡으려다가 하마터면 파도에 빨려 들어갈 뻔했다. 그녀는 재빨리 내륙 쪽으로 벗어났다. 모래사장에 아무도 없다는 걸 확인한 그녀는 바위가 있는 곳으로 되돌아왔다.

그녀는 다시 황무지 쪽으로 가면서 그날 본 편지를 떠올렸다. 화가에게 청혼을 받고 나서 집에 가보니 현관문 틈에 편지가 꽂혀 있었다. 노부인의 아들이 쓴 것이었다. 거기에는 '화가의 청혼 장면을 보고 사랑이 무엇인지 확실한 답을 알았다. 그리고 나자 내가 잘못 알았다는 걸 인정할 수밖에 없었다. 사랑은 우리가 생각한 것과 전혀 다른 것이다. 그건 일반적인 생각으로는 알아낼 수도, 예측할 수도 없는 뜻밖의 것이다'라고 쓰여 있었다. 그러나 답이 무엇인지는 편지에 쓰여 있지 않았다.

그는 이어서 '나는 당신을 사랑하는 게 아니라는 걸 알았다. 그러자 다시 예술 같은 건 전혀 하고 싶지 않아졌다. 나에게 이곳은 천국이 아니다'라며 편지를 끝맺었다. 과연 그가 알아낸 정답은 무엇일까? 왜 알려주지 않고 편지를 끝맺었을까? 그리고 지금은 도대체 어디에 있는 걸까?

그녀는 화가를 그렇게 만든 게 노부인의 아들이 아닐까 의심하고 있었다. 구체적인 증거는 없지만 그가 자신에게 느닷없이 사랑을 고백한 일과 사건이 벌어지고 나서 지금껏 모습을 보이지 않고 있다는 점이 그러한 의심을 거들었다. 아마도 식사자리 중에 그곳을 나와 자신의 집에 편지를 꽂아놓고, 근처를 서성이다가 술에 취한 화가를 충동적으로 쓰러뜨리고, 지금까지 어딘가에 숨어 있는 게 아닐까 하고 그녀는 추측했다.

　화가를 그렇게 만든 일에 대해서는 그녀도 몹시 속상했다. 누가 벌인 일이든 결코 용서받을 수 없는 일이었다. 만약 노부인의 아들이 저지른 일이라면 그는 반드시 벌을 받아야 했다. 하지만 아직은 아니다. 사랑이 무엇인지 답을 듣고 나서, 그 다음 벌을 받아야 한다. 어쩌면 그는 이 섬에서 쫓겨날지도 모른다. 그러니 그 전에 어서 답을 들어야 한다.

　게다가 언제까지 화가를 속일 수도 없는 노릇이었다. 그의 집 창고에 도로 넣어둔 청혼 선물을 그가 발견한다면 자신이 청혼을 하지 않았는지를 궁금해 할 것이고, 그에 대해 묻는다면 그녀는 아직 하지 않았다고 말할 참이었다. 시간이 좀 더 필요했다. 물론 그녀는 자신이 화가를 사랑하는 것이기를 진심으로 바라고 있었다. 아마도 그럴 거라고 그녀는 믿고 있었다. 그러나 그것을 '사실로서' 확인하는 일은 전혀 다른 문제였다.

　그녀는 그의 청혼을 진정으로 받아들이고 싶었다. 조금의 망설임도 없이, 나 또한 당신이 청혼해주기를 바라왔다고 말하며 그의 입술에 입맞춰주고 싶었다. 그녀가 원하는 결혼이란 그런 것이었다. 그러한 순간을 위해서라면 지금 겪는 고난쯤은 아무렇지 않았다.

　그녀가 황무지에 다다랐을 즈음 주위는 더 컴컴해지더니 하늘에 검정색 구름이 가득 채워졌다. 빗물이 구름에서 떨어져 내렸다. 그녀는 추위에 몸이 떨렸다. 뼛속까지 시린 기분이었다. 그녀는 기차가 있는 곳까지 빠르게 걸어갔다. 기차에 올라 탄 그녀는 서쪽으로 돌아왔다. 그 뒤로도 계속해서 이곳저곳을 둘러봤지만 어디에서도 노부인의 아들은 찾을 수 없었다.

***

다음날 아침 동물체험예술가는 화가의 집으로 갔다. 주방에 가보니 냄비 안에 미음이 그대로 있었다. 방문을 열고 들어가자 화가는 침대에 누워 멍하니 천장을 바라보고 있었다. 그는 하루 만에 더욱 수척해져 있었다.

"왜 하나도 안 먹었어요?"

화가는 대답하지 않았다.

"일단 빨리 회복해야 한다고 했잖아요."

그녀는 원망의 눈으로 화가를 바라보고는 주방으로 가서 새로 미음을 끓였다. 곡식을 푹 끓여 껍질을 채에 걸러낸 다음 간을 맞추고 그릇에 담았다. 조금 식게 놔뒀다가 방으로 가져갔다. 그를 침대에서 일으키고 옆에 있는 의자에 앉았다. 그녀는 미음을 한 숟갈 떠서 입으로 분 다음 화가의 입으로 옮겼다. 그는 고개를 돌려 거부했다.

"왜 이러는 거예요. 이러다 큰일 나겠어요."

"먹고 싶지 않아."

"일단은 건강이 먼저예요. 그 다음은 그때 생각하자고요." 그녀는 강제로 수저를 그의 입에 넣었다. 그는 침대 바깥으로 고개를 내밀어 미음을 바닥에 뱉어냈다. 그녀는 충격을 받은 얼굴로 그를 바라보았다.

"손이 움직이지 않아." 그는 말했다. "차라리 굶어 죽어버리는 게 나아. 날 살리지 말았어야했어."

"그렇게 생각하지 말아요. 다 잘 될 거예요."

"이곳에 온 게 불행의 시작이었지. 그게 실수였어."

그는 중얼거리듯이 말했다.

"그동안 겪은 일들을 생각해봐요. 어떻게 여기까지 왔는데. 지금껏 고생만 했으니 여기서 편하게 살면 되잖아요."

그녀는 미음을 한 숟갈 다시 떠서 그의 입으로 가져갔다. 그는 고개를 돌렸다.

"이런 일이 생길 줄 알았어. 우주는 균형을 찾아가고 있으니까."

"그만 좀 해요!" 그녀는 다그쳤다. "허구한 날 불행, 불행. 지겹지도 않아요? 지금 이 일이 불행해요? 그런데 왜 다가올 행복은 기다리지 않는 거죠? 그럴 수 없겠죠. 당신은 불행할 구실을 찾고 있으니까. 이곳에 오기 전 정말 딱하고 불우했던 시절에도 마찬가지였어요. 그땐 행복을 기다렸는 줄 알아요? 천만에요. 하루 종일 불행할 수밖에 없는 이유를 대고 있었죠. 난 안 돼, 난 틀렸어, 아무도 날 인정해주지 않아. 안 그랬어요? 행복은 누릴 줄 아는 사람한테나 오는 거예요. 그런 점에서 당신은 행복할 자격 없어요."

그녀는 그릇을 침대 옆 탁자에 소리 나게 내려놓았다.

"놔둘 테니까 알아서 먹어요. 오늘은 나도 작업해야 해서 또 올 수 없으니까 알아서 해요."

동물체험예술가는 그의 방문을 세게 닫고 나왔다. 그러고는 곧바로 동쪽 섬으로 향했다. 그녀는 기차에 앉아 손수건을 꺼내 눈가를 두드렸다. 방금 전 화가에게 한 행동이 못내 미안했다. 모든 게 자신 때문이었다. 자신의 집착 때문에 일이 이렇게 되어가고 있다고 그녀는 생각했다. 하지만 손을 뻗으면 닿을 거리에 답을 놔둔 채 가만히 있을 수는 없었다. 그저 빨리 답을 듣는 수밖에는 도리가 없었다. 그때까진 모질게 느껴지더라도 모른 척 해야 했다. 나중에 모든 걸 사실대로 이야기하고, 그가 받은 상처를 열과 성을 다해 보듬어주리라 그녀는 마음먹었다.

 동쪽 섬에 도착한 그녀는 노부인의 아들을 찾아 헤맸다. 날이 어제보다는 좋아서 훨씬 수월하게 다닐 수 있었다. 그녀는 전날 가봤던 곳을 다시 가보았다. 동굴도 확인했으나 그의 모습은 보이지 않았다. 구석구석을 확인한 그녀는 결국 그를 발견하지 못하고 서쪽으로 돌아왔다. 저녁에 화가의 집에 가볼까 하다가 그만두었다. 미음을 새로 끓여줘야 할 것 같았지만, 언제든 자신을 돌봐줄 사람이 있다는 안심이 그의 회복 의지를 꺾어놓을 것 같았다. 그녀는 밤늦게 언덕에 올라가 노부인의 아들을 찾아보고는 소득 없이 집으로 돌아와 잠자리에 들었다.

 다음날 그녀가 화가의 집에 갔을 때 그는 거실에 있는 이젤 앞에 앉아 거울 속 자신을 바라보고 있었다. 화가는 하루 만에 훨씬 더 야위어 마치 미라처럼 보였다. 움푹 파인 볼 때문에 앞니가 도드라졌고, 검고 푸석해진 피부는 생기를 잃어 전날보다 십 년은 더 늙어

보이는 듯했다. 우람했던 그의 풍채는 이제 더 이상 찾아볼 수 없었다.

그러나 그의 표정만큼은 밝아져 있었다. 주방을 확인해보니 어제 만들어둔 미음이 치워져 있었다. 그녀는 화가에게 다가갔다.

"그릇을 비웠네요?"

화가는 고개를 끄덕였다.

"어제 먹었어. 곰곰이 생각해보니까 그동안 내가 너무 부정적으로 살아온 것 같아. 그래서 힘을 내보려고. 오른팔이 잘 움직이지 않지만 왼팔이 있으니까. 이가 없으면 잇몸으로라도 해봐야지."

동물체험예술가의 얼굴에 옅은 미소가 번졌다. 그녀는 말없이 다가가 뒤에서 그를 안아주었다. 눈물이 나올 것 같았으나 겨우 참아냈다. 단호하게 행동하기를 잘했다고 그녀는 생각했다.

"잘 했어요. 그럼 이제 뭘 할 건데요?"

"콘테스트에 내놓을 작품을 완성해야지. 시간도 열흘밖에 안 남았으니까. 그래서 말인데, 당분간은 아무도 찾아오지 않았으면 좋겠어. 콘테스트 날까지 말이야. 내가 집중할 땐 모든 게 방해되는 거 알지? 지저분한 모습을 보여주고 싶지도 않고."

그는 살짝 웃어보였다. 광대뼈 아래에 주름이 깊게 파였다.

"정말이에요?"

"정말이야. 생각해보니 자기 말대로 난 계속 불행을 기다렸던 것 같아. 어렵게 이곳까지 왔는데 바보처럼 있을 수는 없잖아. 꼭 완성하고 싶은 작품이 있어. 작업에 완전히 몰입할 생각이야. 그러니까 걱정 안 해도 돼."

"약속해요. 꼭 회복하겠다고."

"약속할게."

"밥도 잘 챙겨먹을 거예요?"

"밥도 잘 챙겨먹을게."

"너무 무리하지도 않을 거죠?"

화가는 고개를 끄덕였다.

"그럼 방해되지 않게 나가볼게요. 사람들한테도 당분간 오지 말라고 얘기해야겠어요."

"고마워."

동물체험예술가는 현관으로 향했다.

"저기, 기억이 잘 안 나서 말인데" 하고 화가가 그녀의 등 뒤에서 말했다. 그녀는 걸음을 멈추고 돌아보았다. 그가 말을 이었다.

"혹시 내가 청혼을 했었나? 사실 그날 당신에게 청혼하려고 계획했었거든. 그런데 선물로 그린 그림이 창고에 있더라구."

그녀는 그가 알아차리지 못하게 숨을 깊게 들이마신 뒤 천천히 내뱉었다.

"그랬어요?" 그녀는 말했다. "그런데 왜 안 했어요?"

그녀가 묻자 화가는 천천히 고개를 저었다.

"글쎄. 그게 기억이 안 나네."

"몸이 다 나으면 그때 제대로 해줘요. 알았죠?"

"알았어. 나중에 제대로 할게."

동물체험예술가는 미소 지어 보인 다음 화가의 집을 나왔다.

그의 심경 변화에 일단 그녀는 안심이 되었다. 그는 자신이 쓰러져 있는 동안 콘테스트가 이미 진행되었다는 사실을 모르고 있었다. 콘테스트는 갑작스럽게 일정이 앞당겨져 진행되었다. 원래는 화가가 깨어날 때까지 날짜를 미루려고 했으나, 차라리 일찍 앞당겨서 해버리는 게 어떻겠느냐는 노부인의 의견이 있었기 때문이다. 화가가 언제 깨어날지 모르고 깨어나더라도 최악의 경우 그림을 그리지 못할 수도 있는 상황이니, 지금껏 준비한 사람들의 노고를 생각해 일단 이번 대회는 그렇게 진행하고, 화가가 깨어나면 제2회 콘테스트를 진행하는 편이 모두에게 좋을 것 같다고 노부인은 말했다. 그렇게 콘테스트가 개최되고 미향예술가가 우승을 차지했다.

동물체험예술가는 일부러 화가에게 그 말을 하지 않았다. 그가 의지를 가지고 그림을 그리도록 놔두는 편이 좋을 듯했다. 덕분에 열흘의 시간을 더 벌게 되었으니, 그 안에 답을 찾아 청혼을 비롯한 모든 사실을 그에게 털어놓으리라 다짐하며 그녀는 동쪽 섬으로 향했다.

***

화가는 빈 캔버스를 바라보며 생각에 잠겼다. 무엇을 그려야 하는가. 무엇을 이곳에 남겨야 하는가. 그는 지나온 삶을 되돌아보았다. 몹시 힘들고 어렵지만 사랑하는 사람이 있어서 버틸 수 있던 나날들이었다. 돌이켜보니 자신이 겪는 고통을 그녀가 덜어준 적이 많았다. 그녀는 옆에서 늘 불안해하는 자신을 다독여주고 용기를 주었다. 그가 그림을 그릴 수 있도록 물감이나 천 같은 물질적인 지원도 아낌없이 해주었다. 그 반대의 경우는 잘 없었다. 그녀가 괴로웠을 상황에서 자신은 그녀의 짐을 덜어준 적이 거의 없었다. 그런데도 그녀는 내색 한번 하지 않았다.

화가는 새삼 자신의 생각이 잘못되었음을 알았다. 그는 그녀를 사랑 타령이나 하는 철부지로 여겼지만 오히려 자신이 덩칫값 못하는 어린아이에 불과했던 것이다. 사랑. 진짜 사랑이 뭔지 모르는 사람은 바로 자신이었다.

그녀를 생각하자 그는 가슴 한편이 아려왔다. 건강한 몸이었어도 견디기 힘들리라 예상되는 정도의 통증이었다. 누군가 자신의 심장을 꺼내 그 자리에 가시가 달린 얼음덩어리를 넣은 것 같았다. 그는 긴 숨을 내뱉었다. 얼음은 조금도 녹지 않았다. 그러나 화가는 곧 그 아픔을 있는 그대로 받아들이기로 했다. 회피하려고 해선 안 된다. 내가 지금 겪는 아픔이 의미를 가지려면 정확히 그만큼의 고통을 겪어야 한다. 조금도 경감되어서도 안 되고 필요 이상으로 커서도 안 된다. 고통이 딱 필요한 만큼 고통스러울 때, 그것은 유의미해진다.

거실엔 적막이 감돌았다. 난로의 연료가 타면서 내는 소리만이 들려왔다. 그는 빈 캔버스를 바라보며 마음을 다잡았다. 그러고는 왼손에 든 붓으로 하얀 캔버스에 그림을 그려나가기 시작했다.

3

〈열흘 뒤 광장. 몇 명의 사람들이 이야기를 나누고 있다.〉

"부인. 이렇게 비가 오는데 어딜 다니시는 겁니까?"
"혹시 내 아들 못 봤어요? 아무리 찾아도 없네요."
"집으로 돌아가서 몸을 좀 따뜻하게 하세요. 그러다 감기 걸리시겠어요."
"며칠째 보이지가 않아요. 이 녀석, 잡히면 혼을 좀 내줘야겠어요. 날이 이렇게 추운데 도대체 어딜 가 있는 건지."
"얘기 못 들으셨어요?"
"무슨 얘기요?"
"아드님은 섬을 떠났어요."
"예? 그게 무슨 소리예요?"
"아드님은 이곳을 떠났습니다. 더 이상 여기에 없어요."
"그럴 리 없어요. 그 애가 저를 버리고 떠났을 리 없어요."
"죄송하지만 사실이에요. 아드님은 배를 타고 다른 섬을 찾아 가버렸습니다."
"뭐라고요? 아니 그럼 화가는 누가 그렇게 만든 거죠?"

"화가를 그렇게 만든 건 미향예술가예요, 부인. 콘테스트에서 화가가 우승할 것 같으니까 자기가 우승하려고 그런 짓을 벌인 거라고요. 당장 그가 받은 상을 빼앗아야 해요."

"부인께선 모르고 계셨습니까?"

"정말이에요? 내 아들이 그런 게 아니에요?"

"아드님이요? 부인께선 아드님이 저질렀다고 생각하신 건가요?"

"정말 그러셨어요? 그런데 어째서 모른 척 하고 계셨습니까? 말씀해보세요."

"부인, 안색이 안 좋으시네요. 일단 오늘은 들어가서 쉬고 다음에 얘기 나누시죠."

"그래요. 어서 가세요. 나중에 괜찮아지면 이 문제에 대해 얘기를 좀 해야겠어요."

"제가 모시고 가겠습니다. 부인, 제가 팔을 좀 잡겠습니다."

"그래요. 수고 좀 해주세요. 조심히 가세요."

〈사람들이 목소리를 낮추며 속삭인다.〉

"그거 알아요? 부인이 자기 아들이 저지른 일이라 생각하고 그걸 감추려고 일이 꾸며진 거예요. 그래서 그 자식이 우승을 차지한 거라고요."

"이미 그 인간이 다 불었다는군요."

"어떻게 그런 일을. 부인도 그렇게 안 봤는데."

"겉으로는 도덕적인 척하지만 속으로는 아주 음흉한 생각을 하고 있었던 거예요. 미향예술가가 그러는데 노부인은 자기 아들을 위해서라면 뭐든 할 수 있다고 했다는군요. 이보다 더한 일도 했을 거래요."
"위선자."
"맞아요. 위선자."

〈한 사람이 급하게 뛰어온다. 그는 사람들 앞에서 멈춰 서더니 무릎을 두 손으로 짚은 채 숨을 몰아쉰다. 잠시 후 그가 입을 연다.〉

"다들 여기에 계셨군요. 동물체험예술가님은요? 아, 마침 저기 오시네요."
"무슨 일이에요?"
"큰일 났습니다. 동물체험예술가님, 너무 놀라진 마시고요. 잠깐 좀 앉으시겠어요?"
"도대체 무슨 일인데 그러세요?"
"일단 앉아보세요."
"앉을 데가 없는데 어딜 앉으라는 거예요."
"그럼 바닥에라도 앉으세요. (다른 사람에게 속삭이며) 붙잡아주세요. 쓰러질지도 몰라요."
"(다른 사람이 속삭이며) 알았어요. 걱정 말아요."

"예. 그러니까…… 화가께서……"
"그 사람이 왜요!"
"……돌아가신 것 같습니다. 아사하신 것 같더군요. 그리고 그분 옆에서 완성된 그림이 발견됐습니다. 당신의 초상화였어요. 아주 훌륭한 작품이라는군요. 물감이 만드는 질감과 색감의 조화가…… 괜찮으세요? 정신 차리세요. 여기 좀 도와주세요!"

제17장 한준호

그들을 볼 수 있는 곳으로

1

지난주에 완공된 명성가구의 아트센터는 마로니에공원 맞은편 도롯가에 있었다. 본관과 별관으로 나뉘어 그 규모가 상당한 각각의 건물은 큐브를 돌리는 중간에 멈춘 것 같은 외관을 하고 있었다. 준호가 도착했을 때 건물 앞 주차장에는 커다란 화물차 한 대가 주차되어 있었다. 충격흡수용 에어서스펜션이 달린 컨테이너 화물차였다. 옆에 있는 승합차에서 흰색 유니폼을 입은 사람이 몇 명 내리더니 컨테이너 안에 있는 나무 상자를 내리기 시작했다. 그러고는 신호수의 손동작에 맞춰 물건을 수레에 싣고 건물 안으로 이동시켰다. 지게차 한 대도 독자적으로 움직이며 비교적 큰 상자를 건물 안으로 옮겼다.

준호는 사람들과 지게차가 동시에 건물로 들어간 틈을 타 조심스레 화물차 뒤로 가서 컨테이너 내부를 살펴보았다. 거기엔 비닐로 칭칭 감겨 있는 여러 크기의 상자가 실려 있었다. 상자 사이에 몇 개의 그림이 겹쳐진 채로 비닐에 싸여 있기도 했다. 어디에서 가져온 작품들일까? 일단 거장의 작품은 아닌 듯했다. 그렇다고 하기에는 보안이 너무 허술하다. 이름이 알려지지 않은 작가의 작품일까? 상대적으로 그럴 가능성이 높다. 예술이란 결국 이름값이니까. 무명작가의 작품은 가격이 낮을 수밖에 없다. 그것을 가져가려는 이도 없고, 그러므로 지키는 사람도 없다. 그래서 이 작품들은 아무도 없는 텅 빈 주차장에, 활짝 열린 화물차 컨테이너에 이토록 무방비하게 놓여 있는 것이다.

준호는 무음카메라 어플을 켜고 사진을 찍었다. 안으로 들어갔던 사람들이 다시 밖으로 나오는 소리가 들리자 준호는 건물 옆으로 가서 숨었다. 사람들이 나무 상자 하나를 꺼내 수레에 다시 싣고 안으로 들어갔다.

준호는 건물 주변을 돌며 블라인드가 쳐진 방이 있는지 확인해보았다. 그러나 건물 가까이에서는 고층부의 창문을 확인할 수 없는 구조였다. 그곳을 확인하려면 건물에서 거리가 좀 떨어진 높은 곳으로 가야 했다. 일단 저층부에는 '감춰진 방'으로 추정되는 창문이 없다는 걸 확인한 뒤 아트센터를 빠져나왔다.

준호는 주변 일대를 다니며 고층부를 확인할 수 있는 곳을 물색해보기로 했다. 지하철역에서 가져온 이화동 관광지도를 펼쳐 높은 건물을 찾았다. 볼펜으로 동그라미를 쳐서 추려놓은 후보군 중에서 가까운 곳부터 한 군데씩 가보았다. 몇 개의 건물에 올라가보았으나 다른 건물에 가려져 보이지 않거나 아예 창문이 그쪽으로 나 있지 않은 경우가 많았다. 회사 사무실 같이 출입이 어려운 곳도 있었다. 그는 꼼꼼하게 주변을 더 탐색했으나 마땅히 아트센터 창문을 확인할 수 있는 곳은 없었다.

준호는 행동반경을 넓혀보기로 했다. 마로니에공원 앞 포장마차에서 핫도그를 하나 사 케첩 없이 먹으면서, 관광지도를 살펴 멀리서나마 아트센터를 조망할 수 있는 곳이 어딘지를 찾아보았다. 가보지 않은 후보 건물을 몇 개 더 선별해 볼펜으로 표시했다. 핫도그를 다 먹고 편의점에서 음료수를 산 다음 가방에 넣은 뒤 대학로 메인거리와 주변의 작은 거리들을 확인했다. 오후가 지나고 서서히 해가 지기 시작할 무렵까지, 그는 요령부리지 않고 성실하게 건물을 물색했지만 적당한 건물은 찾을 수 없었다.

준호는 하는 수 없이 오늘은 이쯤하고 돌아가기로 했다. 다리도 아프고 잠을 많이 못 자서 그런지 몸이 무거웠다. 혜화역으로 돌아가는 길에 그는 괜찮은 건물을 하나 발견했다. 창문이 아트센터 건물을 향하고 있었고 높이도 꽤 되었다. 상가 건물이었는데 오층에 개인이 운영하는 카페가 있었다. 이곳을 왜 놓쳤을까, 하고 생각하며 준호는 안으로 들어갔다. 카페에 들어가 보니 창문이 그쪽에 있었다. 그러나 문제는 영업을 저녁 여덟 시 반까지만 한다는 것이었다. 감춰진 방의 불이 켜지는 시간은 아홉 시이므로 이곳에서는 지켜볼 수 없었다. 왜 그렇게 빨리 문을 닫는지 묻자 점주는 몸이 편찮은 가족이 있어서 자신이 돌봐야 하는 상황이라고 친절한 얼굴로 대답해주었다.

아쉽지만 그런 일이라면 어쩔 수 없다고 생각하면서, 준호는 그곳을 나와 집으로 돌아가는 지하철을 탔다. 그는 가방에서 수첩을 꺼내려다가 까먹고 마시지 않은 음료수를 발견했다. 미지근해져 갈증해소의 기능이 얼마간 손상되어 있었지만 어쨌든 준호는 그 음료를 마셨다.

준호는 서울역에서 내려 환승역의 후텁지근한 과정을 거쳐 1호선 열차로 갈아탔다. 그는 좌석에 앉아 꾸벅꾸벅 졸았다. 이따금씩 깨어나 에어컨 바람이 너무 차갑다는 것을 느꼈다. 가수면 상태에서 그는 왠지 모르게 눈물이 나왔다. 그는 몹시 춥고, 몹시 피곤했다.

집에 도착했을 때는 밤 아홉 시가 넘어 있었다. 아내는 아직 돌아오지 않았다. 준호는 식탁에 앉아 수첩을 열고 오늘 있었던 일을 기록했다. 저녁식사를 하지 않았지만 식욕이 없었다. 그저 무척 피곤했다. 샤워를 하고 나오자 아내가 도착했다. 오랜만에 친하게 지내던 옆 가게 언니와 만나 시간가는 줄 모르고 이야기를 나눴다고 그녀는 말했다. 그랬느냐고 준호는 대답했다. 많이 피곤한가보네? 하고 그녀는 물었다. 응, 하고 그는 대답했다. 그 말을 듣지 못했는지 아내는 괜찮아? 하고 물었다. 준호는 너무도 피곤해서 뭐라고 대답할 힘이 없었다. 아내도 다시 묻지는 않았다.

아내가 씻는 사이 준호는 침대로 가서 누웠다. 그는 금세 잠이 들었다.

2

다음 날 준호는 늦잠을 잤다. 그가 일어났을 때 아내는 나가고 없었다. 그는 머그잔에 커피를 내리고 그 위에 뜨거운 물을 가득 부어 평소보다 연하게 희석시켰다. 그런 다음 현관으로 나갔다. 그는 계단에 앉아 골목을 바라보며 앞으로 할 일을 점검해보았다.

몇 번이나 생각해봐도 할 일이란 하나뿐이었다. 혜화역으로 가서 아트센터를 감시할 수 있는 곳을 찾아야 한다. 그들은 내가 감시하지 못하는 사이에도 계속해서 의식을 벌이고 있다. 그러는 동안 악의 실체는 더욱 몸집을 불리고 있을지 모른다. 어서 그곳을 찾아내 그들이 무슨 짓을 벌이는지를 들여다봐야 한다. 블라인드에 가려져 당장 그 안을 확인할 수는 없지만, 창밖에서 그림자라도 주시해야 한다. 그러다보면 언젠가는 그 안을 볼 수 있는 길이 열릴 것이다. 누군가의 도움을 받거나 뜻밖의 힌트를 얻게 될 것이다. 그러나 만약 그 안을 보려는 노력을 하지 않는다면 결코 길은 열리지 않는다. 힌트가 다가온다 해도, 나는 그것을 지나칠 것이다. 준호는 이와 같은 생각을 하고 난 뒤, 커피를 다 마시고 나면 곧바로 씻고 아트센터로 출발하기로 마음먹었다.

그는 목을 돌리며 근육을 풀었다. 극심했던 어제의 피로는 완전히 사라져 있었다. 어제는 왜 그렇게 갑자기 무기력해졌을까? 그는 어젯밤에 집으로 돌아온 과정이 실감나지 않을 정도로 지쳤었다. 지금껏 살면서 그 정도로 진이 빠졌던 적은 처음이었다. 그런데 지금은 또 멀쩡했다. 기운이 넘쳐나고 몸은 개운했다. 아무 근거도 없이 좋은 일이 일어날 것 같은 예감마저 들었다.

 준호는 일어서서 스트레칭을 했다. 어깨와 허리를 돌려 근육을 풀고 다시 목을 돌렸다. 관절은 어제와 달리 별다른 불평 없이 움직여주었다. 그러다가 문득 화재가 났던 옆 골목의 집 창문이 열려 있는 것을 보았다. 화분의 존재를 처음 알게 된 날, 소녀의 영혼을 보았던 창문이었다.

 준호는 그곳을 바라보면서, 왠지 곧 기이한 일이 일어날 것 같다는 느낌을 받았다. 그리고 잠시 후 정말로 일이 벌어졌다. 저번에 봤던 놀라운 장면이 또 다시 펼쳐진 것이다. 창틀을 포함한 창문이 그 건물 외벽에 전반적으로 나타나 있는 흠집과 변색, 그을음에서 천천히 벗어나고 있었다. 어렸을 적 만화영화에서 본 효과처럼, 창문만이 시간을 거슬러 새 건물이었던 때의 모습으로 돌아갔다.

 잠시 후 불 켜진 창문이 열리고 소녀가 모습을 드러냈다. 그녀는 처음 봤을 때와 마찬가지로 누가 한 번도 빗질을 해주지 않은 것처럼 단정하지 못한 머리를 길게 늘어뜨리고 있었다. 옷도 그때와 같은 것으로 다림질이 되어 있지 않아 구깃구깃했다. 소매 한쪽은 손목이 보이도록 조금 걷어져 있고, 다른 한쪽은 손의 절반을 가릴 정도로 내려와 있었다.

 그녀는 창틀에 양손을 짚은 채 문 바깥으로 머리를 내밀어 골목 입구 쪽을 바라보았다. 준호는 그녀의 시선을 따라가 보았으나 거기엔 아무도 없었다. 누굴 기다리기라도 하는 걸까? 소녀는 그렇게 얼마간 골목을 바라보고 나서, 고개를 집안으로 들이고는 창문을 닫았다. 그리고 불이 꺼졌다. 만화영화 같은 효과가 서서히 사라지면서, 다시 화재가 났던 집에 어울리는 창문으로 돌아왔다. 준호는 한동안 멍하니 그 창문을 응시했다.

 소녀는 어떤 식으로 이 일과 관련이 있을까? 불이 났을 당시 상황을 준호는 선명하게 기억하고 있었다. 소방서에 최초로 신고전화를 건 사람이 다름 아닌 준호였다. 당시 중학생이었던 그는 방학을 맞아 계단에서 하루 종일 책을 읽고 있었는데 어딘가에서 타는 냄새가 나더니 곧 시커먼 연기가 그 집의 창문 틈에서 새어나오고 있는 것이 보였다. 준호는 자기 집 거실로 뛰어 들어가 119로 전화를 걸어 상황을 설명했다. 소방관이 주소를 확인하고 곧 출동하겠다고 하고는 전화를 끊었다. 골목 전체가 검은 연기로 자욱했다. 잠시 후 소방차가 와서 화재는 곧 진압되었다. 다행히 큰불로 번지진 않았다. 나중에 준호는 그 집에 살던 모녀가 연기에 의한 질식으로 사망했다는 소식을 들었다. 모녀 외에 다른 인명피해는 없었다.

 준호는 소녀를 생전에 한 번인가 본 일이 있었다. 무슨 생각에 잠긴 채 그녀는 골목을 잘못 들어와 준호가 계단에 앉아 있는 걸 보고는 몸을 돌려 골목을 나갔다. 그리고 잠시 후 옆 골목에 있는 집 창문에 불이 켜졌다. 그리고 나서 며칠 뒤 거기에서 연기가 뿜어져 나왔다.

준호는 문득 그 화재사건이 신문에 났음을 기억해냈다. 그는 중학생 때부터 한 타블로이드 주간지를 사서 읽는 취미가 있었다. 거기에서 연재되는 만화와 소설을 좋아했기 때문이다. 그것 말고도 탐닉할 요소는 많았다. 기사 아이템도 재미있었고 숨은그림찾기, 십자낱말퍼즐 같은 것도 즐겨 했다. 유머시리즈와 영화소개도 볼만했다. 그는 습관처럼 계속해서 주간지를 사 모았다. 당시 그 신문은 판매부수에서 다른 주간지를 압도하고 있었는데 무슨 이유에선지 어느 날 갑자기 폐간 소식을 알렸다. 준호는 딱히 기념하려던 건 아니었지만 어쩌다보니 당시에 샀던 신문들을 지금까지도 가지고 있었다.

준호는 작은 방에 쌓여 있는 주간지를 뒤져 노랗게 곰팡이가 핀 18년 전 신문을 모두 꺼냈다. 화재는 여름에 났던 걸로 기억하고 있었다. 준호는 6월 첫째 주 신문부터 사회면을 손가락으로 훑으며 기사를 찾아보았다. 그의 기억이 얼추 맞았다. 화재는 8월 말 햇볕의 위세가 꺾이기 시작할 즈음 발생한 사건이었다. 기사는 신문의 사회면 마지막에 단신으로 실렸다. 기사 내용은 다음과 같았다.

부천의 한 주택에서 불이 나 한 명이 사망하고 한 명이 실종됐다. 화재는 안방에 놓인 연탄에서 시작돼 이불로 옮겨 붙은 것으로 추정된다. 서른세 살의 어머니가 숨지고 그녀의 열두 살 난 딸이 실종

됐다. 딸은 화재가 발생한 이후 밖으로 탈출한 것으로 보인다. 경찰은 자세한 사고경위를 조사하는 한편 사라진 B양의 신병을 수색 중이다. 유서는 발견되지 않았다.

준호는 고개를 까우뚱했다. 자신이 아는 내용과 달랐다. 분명 소녀는 화재 당시 죽은 것으로 그는 기억하고 있었다. 그래서 당시 준호의 부모님은 '옆 골목 여자아이가 사고를 당했으니 너도 화재에 유의해야 한다'고 엄하게 일러두었었다. 그의 기억에 비춰볼 때 그녀가 실종됐다는 이 기사는 분명 잘못되어 있었다.

준호는 그 다음 주 신문을 펼쳐보았다. 단신으로 처리됐던 이전의 기사는 신문 표지에 한단짜리 제목으로 등장했다.

〈화재 실종 사건 추적 — 아이는 어디로 사라졌나〉

부천 심곡동 화재사건의 실종자가 현재까지 발견되지 않고 있다. 경찰이 대대적인 탐문수사를 벌이고 있지만 소녀의 행방은 여전히 묘연한 상태. 경찰은 타살 혐의점이 없다는 점과 집안에서 연탄이 발견된 점 등을 근거로 어머니 A씨가 자신의 딸인 B양과 함께 목숨을 끊으려고 했지만 B양만이 깨어나 그곳을 벗어난 것으로 보고 있다. 그러나 B양이 어디로 사라졌는지는 현재까지 오리무중이다.

일각에선 탐색 지역을 훨씬 넓게 잡아야 한다는 지적이 제기된다. 모녀의 거주지와 멀리 떨어지거나 연고가 전혀 없는 곳을 찾아봐야 할 수도 있다는 것이다. 한 아동심리상담 전문가는 "어머니가 자신을 죽이려 한 사실을 알았다면 B양은 자신이 아는 모두를 믿을 수 없게 되었을 것"이라면서 "어디가 됐든 자신과 관계된 곳에서 최대한 멀리 떠나려고 하거나 이미 떠났을 가능성이 있다"고 설명했다.

다른 일각에서는 일반적으로 벌어지는 가족 동반자살과 다르다는 점을 들어 단순한 사건이 아닐 수 있다는 의견도 나오고 있다. 보통 자녀의 나이가 어린 경우 아이를 먼저 숨지게 한 다음 부모가 스스로 목숨을 끊는 순서로 이뤄진다는 게 범죄심리학 전문가의 설명이다. 아이만 살아남게 되면 아이가 더욱 고통스러운 상황에 놓일 수 있기 때문이다. 따라서 아이가 살아 있다는 것은 어쩌면 이 사건이 처음부터 동반자살이 아닐 수도 있다는 것이다.

경찰은 납치 등의 또 다른 범죄 가능성을 열어두는 한편 타 지역 경찰과 연계해 수사 범위를 확대할 계획이다.

준호는 맥주를 한 모금 마시고 턱수염을 비볐다. 그 기사 역시 자신의 기억과 조금 달랐다. 그러나 일단 기사의 내용을 수첩에 적었다. 그리고 그 다음 주 신문을 꺼냈다. 이번에는 화재사건이 헤드라인에 걸렸다. 준호는 그 자극적인 제목을 보고 가슴이 철렁 내려앉았다.

〈미스터리 추적 — 열두 살 소녀의 반전, 아이는 왜 엄마를 죽였나〉

부천 심곡동 화재사건을 수사 중인 경찰이 실종된 열두 살 소녀에게 혐의점을 두고 본격 수사에 들어갔다. 당초 어머니인 A씨가 동반자살을 꾀하다가 소녀 B양이 잠에서 깨어나 그곳을 벗어났을 거라고 추정했지만, B양은 돌연 살인사건의 피의자가 되었다. 화재가 발생한 집안에서 주사기가 발견됐기 때문이다. 주사기 안에서는 마약 성분이 검출되었고 손잡이에는 B양의 지문만이 묻어 있었다. 발견된 것은 주사기뿐 아니라 B양의 일기장도 있었다. 일기장에는 자신이 어머니로부터 학대를 당하고 있다는 내용이 담겨 있었다. 경찰은 폭력을 견디다 못한 B양이 어머니에게 주사를 놓고 불을 피운 뒤 도주한 것으로 보고 있다.
(중략)
경찰은 주사기의 출처와 소녀의 행방을 좇고 있다.

그 기사를 마지막으로 화재사건에 대한 기사는 더 이상 없었다. 준호는 이후의 모든 신문을 다 확인했으나 그녀가 잡혔다면 어디에서 잡혔는지, 잡히지 않았다면 왜 아직도 잡히지 않는지 등의 후속 보도는 볼 수 없었다. 이 신문의 기사로만 놓고 본다면 결국, 열두 살짜리 소녀가 어머니를 약에 취하게 만든 다음 연탄불을 피워 화재를 일으키고 사라졌다는 게 사건의 전말인 것이다. 몹시 찝찝하면서도 아리송한 결말이다.

준호는 몇 가지 의문이 들었다.

첫째, 경찰은 처음 조사 당시에 왜 주사기와 일기장을 발견하지 못했나.

둘째, 주사기와 일기장은 어떻게 화재에 멀쩡할 수 있었나.

셋째, 소녀는 왜 어디에서도 발견되지 않았나. 그녀는 돈이 없었을 것이고, 있다 하더라도 열두 살짜리 여자아이가 혼자 돌아다니는 일은 어디에서나 눈에 띄기 마련이다.

납득되지 않는 점이 여럿이었다. 그녀는 정말로 자신의 어머니를 죽였을까? 그렇다면 나는 왜 이 기사와 다르게 기억하고 있을까? 그녀가 죽지 않았다면, 나는 왜 그녀의 영혼을 본 걸까?

준호의 의문은 결국 한 가지로 수렴되었다.

이야기가 수정되었을까?

갑자기 화분이 집에 들어온 것처럼, 이번에는 소녀의 죽음에 대한 내용이 갑자기 바뀐 걸까? 아직 확신하긴 어렵다. 수첩에 써놓은 기록 같은 게 없다. 화분의 경우 '나무에 새긴 돼지 조각은 무엇을 의미할까?' 라고 내가 써놓은(그렇다고 밖에 볼 수 없는) 문장이 있었다. 그것은 화분의 등장이 이야기가 수정된 것임을 알려주는 중요한 단서였다. 그러나 이 기사의 경우 단순히 오보이거나 내 기억이 잘못됐을 가능성을 완전히 물리칠 수는 없다. 준호는 일단 수첩에 모든 내용을 정리했다. 그리고 기록 마지막에 '이야기는 과연 수정됐을까?' 하고 써두었다.

3

 준호는 한 일간신문사의 홈페이지에 접속해 과거에 보도되었던 기사를 검색해보았다. 신문사 홈페이지에서는 날짜를 입력하면 그날 보도됐던 지면을 PDF 파일로 제공하는 유료 서비스를 하고 있었다. 준호는 해당 일간지의 경기지역판을 선택하고 날짜를 검색했다. 그날의 신문이 종이로 발행됐던 형태 그대로 화면에 떴다. 준호는 플러스 모양이 그려진 동그라미를 클릭해 화면을 확대한 다음 기사들을 하나씩 살펴보았다. 그러던 중 부천 심곡동 화재 관련 기사를 발견했다. 거기에는 화재로 인해 모녀 모두 사망했다고 쓰여 있었다.

 같은 서비스를 운영하고 있는 다른 신문사들의 홈페이지에도 들어가 당시 기사를 찾아보았다. 준호는 총 네 군데에서 그 사건이 기사화되었으며 전부 모녀가 사망한 것으로 보도되었다는 걸 확인했다. 그러나 모두 한단짜리 단신일 뿐, 딸이 엄마를 죽이고 도주했다느니 하는 세상을 떠들썩하게 만들 만한 내용 같은 건 전혀 없었다. 당시만 해도 연탄가스로 일가족이 사망하는 사고가 드물지 않게 벌어졌고, IMF 사태로 일가족 참상에 대한 이야기가 종종 들려왔었다. 그러니까 그 화재사건 자체로는 주간지에서 몇 주 동안 물고 늘어질 거리가 못 되는 것이었다. 그럼에도 준호가 열독해 온 신문만이 그와 같은 내용을 보도하다가, 돌연 그 사건에 대해 일절 기사화하지 않은 것이다. 그리고 얼마 후에는 폐간되었다.

준호는 수첩을 열어 '이야기는 과연 수정되었을까?'라고 적은 문장을 볼펜으로 두 줄 그어 지우고 '이야기는 수정되지 않았다'라고 옆에 적었다.

어떤 이유로 한 신문사만이 전혀 다른 사실을 보도했다. 그 기사를 작성한 기자는 경찰을 취재해 썼다. 그렇다면 경찰도 그 보도에 책임이 있다. 아니 책임이 있는 정도가 아니라 깊숙이 개입되어 있다고 봐야 한다. 분명 그 기사의 존재에 대해 경찰은 알고 있었을 것이다. 예나 지금이나 보도된 기사를 모니터링하는 일은 경찰 홍보의 중요한 업무니까. 그러므로 기자에게 사실과 전혀 다른 정보를 제공한 것은 지역 경찰서 소속 경찰관의 개인적 일탈이라고 할 수는 없다. 직감적으로 준호는 이 사건에(혹은 이 사건의 보도에) 상당히 위험한 의도가 감춰져 있다는 생각이 들었다. 석연치 않은 구석이 한두 가지가 아니었다. 그러한 점을 준호는 수첩에 적었다.

***

혜화역에 도착한 준호는 전날 다 돌아보지 못한 곳을 관광지도에서 확인한 다음 한 군데씩 돌아보았다. 오랜 시간 꼼꼼하게 주변을 탐색했으나 아트센터를 제대로 볼 수 있는 곳은 찾을 수 없었다. 그래도 전혀 소득이 없는 건 아니었다. 같은 곳을 여러 번 다니며 주변 지리에 밝아지고 나자 그는 자신이 어디로 가야 하는지를 알게 되었다. 보다 높은 곳, 아트센터 앞 대로를 건너 고지대로 올라가 그쪽을 바라봐야 했다. 그리고 준호는 그러기에 적절한 장소를 찾아냈다.

낙산공원. 그곳에 올라가면 아트센터의 전경을 볼 수 있다.

준호가 낙산공원에 도착했을 때는 서서히 하늘이 노랗게 물들기 시작할 즈음이었다. 그는 멀리 아트센터 전체가 보이는 위치를 찾은 다음, 자신이 서 있는 곳 주변의 사진을 찍어 그 위치를 숙지했다. 이제부터는 여기에서 명성가구를 감시해야 했다. 거리가 멀어 카메라와 망원렌즈가 필요했으므로, 일단 오늘은 육안으로만 확인하기로 했다. 잠시 후 명성가구 본사에서 봤던 검정색 세단이 주차장으로 들어오는 게 보였다. 회장의 차였다. 이곳에서 의식이 벌어지는 게 확실했다. 아홉 시가 되면 건물 고층부 어딘가의 불이 켜질 터였다. 그곳이 '감춰진 방'이다.

준호는 시계를 확인했다. 약 한 시간이 지나면 불이 켜진다. 준호는 그때까지 기다려보기로 했다.

그가 주변을 탐색해보기로 마음먹었을 때 휴대폰이 울렸다. 발신자는 저장되지 않은 번호였으나 준호는 상대방을 알고 있었다. 수퍼니처 사장이었다.

전화를 받자 한동안 아무 소리도 들리지 않았다. 여보세요? 하고 준호는 말해보았으나 상대방은 말하지 않았다. 분명 전화는 연결되어 있었다. 통화가 연결됐을 때 들리는 미세한 전파음이 수화기 너머에 있었다. 그러나 목소리는 들려오지 않았다.

준호는 좋지 않은 예감이 들었다.

"여보세요. 사장님, 무슨 일이세요?"

이윽고 목소리가 들려왔다. 뜻밖에도 그건 두 사람의 목소리였다. 한 명은 수퍼니처 사장이었고, 다른 한 명은 준호 자신이었다. 며칠 전 수퍼니처 사장과 지하실에서 나눴던 대화가 수화기 너머에서 들려오고 있었다. 대화 내용은 수퍼니처 사장이 명성가구의 연구에 대해 설명하는 부분이었다.

준호는 전화기를 귀에 댄 채로 낙산공원을 벗어나 도로가 있는 쪽으로 달려갔다. 그러는 동안에도 수화기 너머에선 수퍼니처 사장이 명성가구가 벌이는 의식에 대해 설명하고 있었다. 중간 중간 준호 자신이 그에게 질문을 던지는 목소리도 들렸다. 준호는 조바심치며 멈추지 않고 달렸다. 그가 마로니에공원에 도착했을 때 전화는 끊어졌다. 준호가 도롯가로 가서 손을 들자 택시가 차선을 변경하며 다가왔다.

제18장 민이주

카메라에 담긴 내용

1

바의 문을 열자 음악소리가 좀 더 분명하게 들려왔다. 그러한 상부의 명령이 있기라도 했던 것처럼, 오늘도 바의 손님은 절반 정도 차 있었다. 이주는 바의 맨 안쪽, 가장 어둡고 습한 자리에 가서 앉았다. 처음 보는 웨이터가 메뉴판을 가져왔다. 그는 왜소한 체격에 나이가 좀 있어보였다. 어쩐지 바텐더와 닮은 것 같기도 했다. 이주는 가게에서 가장 비싼 술을 주문하고, 전에 있던 웨이터가 어디 갔느냐고 물었다. "글쎄요. 갑자기 말도 없이 안 나와 버렸다네요" 하고 새로운 웨이터는 말했다. 그는 자신이 바텐더의 친동생이며 무보수로 일해주고 있다고, 그런데도 잔소리가 장난이 아니라고, 어색한 미소를 띤 채 시시콜콜한 얘기 몇 개를 더 늘어놓고는 돌연 무표정한 얼굴이 되어 자신의 위치로 돌아갔다.

이주는 담배에 불을 붙였다. 사람을 '처리'하는 것에 대해 이래저래 불만을 늘어놓기는 했지만 어쨌든 자신의 부하가 일을 잘 처리했다고 그녀는 생각했다. 그 어린 웨이터는 건방지게도 나를 협박했다. 술에 취해 정보를 누설한 건 내 잘못이지만, 그걸 가지고 장난을 치려 한 것은 전적으로 그의 잘못이다. 그리고 그 잘못은 죽어야 할 상당한 이유가 된다.

약의 유혹에 딱 한 번 넘어간 결과가 이 정도의 위험을 초래할 거라고는 그녀도 예상하지 못했다. 그러나 이 일에도 긍정적인 측면이 아예 없진 않았다. 앞으로는 더욱 행동을 조심해야 한다는 결의를 새롭게 다진 것이다. 사업은 더 커지고 본격적이 될 것이다. 나는 좀 더 분명한 존재가 되어야 한다. 현재로서 나의 존재는 불분명하다. 더욱 확실하게 사람들 사이로 스며들어야 한다. 그러기 위해선 나의 의지와 열망을 한번 환기할 필요가 있었다. 그런 의미에서 이번 위기는 오히려 플러스다. 그것도 무지막지하게 큰 플러스.

시계를 보니 여덟시 삼십분이 넘었다. 이제 곧 회장과 은지가 만날 시간이었다. 이주는 은지에게 약을 바르는 방법과 회장에게 얻어내야 할 정보가 무엇인지 충분히 가르쳤다. 은지는 집중해서 그녀의 말을 들었고 전부 이해했다. 이주 앞에서 자신의 역할을 시연해보이기까지 했다. 은지는 회장의 역할을 맡은 이주를 욕실로 데려가 씻기고 침대로 데려가는 일련의 과정을 막힘없이 잘 해냈다.

그러므로 딱히 걱정할 게 없었다. 이 일을 잘 해내고 나면 자신이 얼마나 쉽게 돈을 벌 수 있는지 알게 될 것이었다. 자신의 소중한 성은 아끼면서 성적 쾌락을 주고 얻는 대가는 그녀로서는 만져본 적 없는 큰돈일 터였다. 그리고 나면 티켓매니저 같은 일은 거들떠보지도 않게 될 것이다. 왜 그동안 이 일을 거절해왔는지 자기 자신을 꾸짖을지도.

웨이터가 술병과 잔, 그리고 과일 안주를 테이블에 놓고 갔다. 그녀는 술을 따라 마신 뒤 담배에 불을 붙여 천천히 피웠다.

여덟 시 사십 분.

이주는 머릿속으로 은지의 동선을 그려보았다.

만석이 명성가구 회장을 약속장소에서 픽업하고 낙산공원 주차장으로 와서 차를 세운다. 시동을 끄면 기다리고 있던 은지가 차 유리창을 두드린다. 회장은 창문을 열고 오늘밤 파트너의 모습을 확인한다. 물론 몹시 마음에 들 것이다. 열성적인 그의 마누라가 귀띔해준 모습 그대로의 여자니까.

회장이 차에서 내리면 은지는 그의 팔에 가볍게 팔짱을 끼고 벽화마을로 이끈다. 이때 가슴이 팔에 살짝 닿도록 한다. 오 분 남짓한 시간동안 캄캄한 이화동 길을 걸으면서 두 사람은 교감한다. 대화를 하든 안 하든 생전 처음 본 여자와 아름다운 야경을 감상하며 걷는 일은 특별한 경험이 될 것이다. 회장은 그 길을 걷는 동안 자신이 어디로 가는지, 언제쯤 도착할지, 전혀 알 수 없다. 강한 호기심이 그를 자극한다. 그 호기심은 자신과 함께 걷는 여자에게도 생겨난다. 이 여자는 어떤 여자일까? 만족스러울까? 어쩌다가 이런 일을 하게 됐을까? 어서 그녀에 대해 알아보고 싶다는 조급함이 들

때쯤 목적지에 도착한다. 초행길을 걷는 일은 언제나 새로운 자극이며, 짧은 시간이어도 긴 시간이 흐른 기분이 들게 한다. 또한 걷기를 통한 하체 근육의 가벼운 운동은 잠재된 성욕과 성적 능력을 얼마간 일깨우는 효과도 있다. 그러므로 두 사람이 걸어서 목적지로 향하는 일은 성가신 과정이 아니라 오히려 만족도를 높이는 필수 코스다.

현관문을 열고 들어가면 조명이 아주 어둡게 깔려 있다. 은지는 준비한 복장을 착용하고 있다. 다른 사람이라면 신체를 드러내는 옷을 입었겠지만, 은지는 새내기 대학생이 입을 만한 복장을 하고 있다. 학점관리 하랴 아르바이트 하랴 패션에는 크게 신경 쓰지 못한 대학생이다. 그러나 그것이 전체적인 아름다움을 해치진 못한다. 시각적 아름다움은 다소 삭감될지 몰라도 '건전함'이라는 미적 요소가 그만큼 부여된다. 그리고 어둠이 그녀의 모습을 조금 더 매혹적으로 만들 것이다. 저조도의 조명은 신체의 단점을 가리고 장점을 부각시키는 기능이 있다. 피부의 탄력이 됐든 얼굴의 굴곡이 됐든 몸매나 각선미가 됐든, 눈으로 봤을 때 좋은 것만을 보게 한다. 때로는 단점이 더 드러나는 경우도 있으나 어둠 속에서 여자를 보는 남자는 이미 부각되어 있는 장점에만 관심을 가질 뿐이다.

술은 마셔도 좋고 마시지 않아도 좋다. 마신다면 두 사람은 소파에 나란히 앉는다. 술은 최고급 코냑으로 준비되어 있다. 안주는 제철 과일이다. 은지는 과도로 과일 껍질을 깎아서 적당한 크기로 자른다. 포크로 과일을 찍어 그의 입으로 가져간다. 술을 마시면서 이야기를 나눈다. 궁금한 것을 물어보고 대답한다. 이때 나누는 대화 주제에 대해서는 일부러 알려주지 않았다. 정해져 있지 않기 때문이다. 자연스럽게 하는 것이 좋다. 일부러 상대방을 극진히 모시려고 할 필요도 없다. 그런 걸 좋아하는 사람도 있지만 가식적이라고 생각하는 사람도 있다. 회장이 바로 그런 사람이다.

물론 은지가 '정상적인' 대화를 할 거라는 기대는 하지 않는다. 그저 그녀의 엉뚱한 화법이 '지금껏 경험해보지 못한 대화'라는 측면에서 이점으로 작용하기를 바랄 뿐이다. 대화가 너무 노련하다면 회장은 진부함을 느낄지도 모르니까. 물론 불만족스러울 수도 있으나 이 부분은 어쩔 수 없다. 전혀 소통이 안 될 정도는 아니니 그녀의 화법을 귀엽게 여겨주기를 바라는 수밖에.

어느 정도 분위기가 익으면 두 사람은 소파에서 일어난다. 욕실로 이동한다. 은지가 회장의 옷을 벗긴다. 은지도 옷을 벗으면, 놀라울 정도로 육감적인 몸매가 드러난다. 그것은 마치 반전영화의 결말처럼 예상치 못한 즐거움을 선사할 것이다. 은지가 목욕용 스펀지로 거품을 내고 그의 몸을 씻겨준다. 공손한 자세와 동작을 미리 가르쳐두었다. 그의 음경과 고환을 정성스레 닦아주면서 은지는 정말로 순수한 마음으로, 그 모습을 신기하게 바라볼지 모른다. 이때 회장은 조금 발기할지도 모른다. 아니어도 상관없다.

샤워를 마치고 나면 두 사람은 함께 침대로 간다. 회장이 침대에 눕고 은지는 접대를 시작한다. 서툴지만 요령피우지 않고 시뮬레이션한 대로 하기만 하면 그럭저럭 성공이다. 그 다음은 약이 알아서

할 것이다. 은지는 회장의 신체 구석구석을, 이런 곳까지 놓치지 않는다니 하는 생각이 들 정도로 구석구석을 소중하게 애무한다. 손님들 대개는 이 과정에서 자신도 모르게 짤막한 소리를 내곤 한다. 회장 역시 그럴지도.

남자가 보이는 신호에 대해 이주는 설명해주었다. 그 순간이 오면 은지는 케이스를 열어 스티커 하나를 뜯은 다음 붙이기 좋은 곳에 붙인다. 회장은 서서히 자신이 원하는 것을 보게 된다. 그리고 아직까진 그의 뇌가 현실을 인지하고 있을 때, '그 사람'에 대한 정보를 묻는다. 그가 어떤 일을 하는지, 어느 부서에 있는지, 왜 그 회사 안에서 나오지 않는지를.

회장은 대답하지 않을 수 없다. 그녀가 던진 질문은 몹시 끈적거리는 액체가 되어 그의 몸을 뒤덮는다. 그것이 그를 '이곳'에 붙잡아둔다. 그가 황홀경 속으로 들어가려면 어서 대답을 해서 그 끈적이는 액체 밖으로 빠져나와야 한다. 그러므로 대답하지 않을 수 없다.

답을 듣고 나면 은지는 자유다. 나머지는 회장 혼자 알아서할 것이다. 그때부터는 책을 읽어도 좋고 잠을 자도 좋다. 노트북을 켜서 영화를 봐도 좋고 라면을 끓여먹어도 좋다. 모든 상황은 녹화될 것이다. 나중에 그 영상을 확인하기만 하면 된다.

바에서 흘러나오는 음악이 바뀌었다. 엉뚱하게도 조용한 국내 가요가 흘러나왔다. 이주는 술잔을 비웠다. 어느새 계획보다 조금 더 마셨다. 술병의 뚜껑을 닫았다. 아홉 시. 두 사람이 만날 시간이다.

이주는 의자에 몸을 깊숙이 묻은 채 은지의 벗은 몸을 떠올려보았다. 탐날 정도로 아름다운 몸, 옷 위로 올라오는 모양만 봐도 그 신체적 특징을 알 수 있는 몸. 이주는 그녀의 유방 감촉을 느껴보려고 했다. 젖살이 남은 듯한 사람이 가진 특유의 부드러움이 만져지는 듯했다. 이주는 자신도 모르게 은지가 회장이 아닌 자신을 애무해주는 장면을 상상하고 있었다. 은지가 자신의 몸을 정성스레 애무해준다. 그러나 잠시 후, 언젠지 모르게 자신이 회장으로 변해 있었다.

갑자기 불쾌함이 밀려왔다. 그녀는 술병을 다시 열어 한잔 따랐다. 잔을 비웠다. 독하던 술 맛이 이제는 잘 느껴지지 않았다. 심장이 빠르게 뛰었고, 가게 안의 음악은 물속에 떨어뜨린 수성 잉크처럼 넓게 퍼지듯 들려왔다.

구역감이 올라와 침을 삼켜 아래로 밀어냈다. 몹시 찐득거리는 땀이 콧등과 손가락 사이에서 배어나왔다. 그녀는 화장실로 가서 세면대의 물을 손으로 받아 입을 헹궜다. 그녀는 무엇인가를 뱉어내고 싶었다. 쇳물이라도 마신 것처럼 속이 뜨거우면서 메스꺼웠다. 그녀는 꺽꺽 소리를 내며 게워내려 했으나 아무것도 나오지 않았다.

그녀는 구토 욕구가 사라질 때까지 세면대를 양손으로 짚고 서 있었다. 잠시 후 울렁거리는 느낌이 사라지자 손을 씻고 밖으로 나왔다. 이주는 자리에 앉았다. 술을 따르고 뚜껑을 닫았다. 웨이터를 불러 조명을 줄이고 음악을 키우라고 말했다. 웨이터가 난처한 얼굴로 바텐더를 보았을 때, 바텐더는 이미 조명을 만지느라 자리에 없었다. 이주가 앉아 있는 쪽 조명이 꺼지고, 음악 소리가 커졌다.

아홉 시 십오 분. 집에 도착했을 시간이다. 술을 마시고 있을지 곧바로 침대로 갔을지는 알 수 없다. 관자놀이 부근에서 심장의 박동이 느껴졌다. 뽀얀 연기가 그녀의 입에서 나와 홀 쪽으로 흘러갔다. 그녀는 까닭 모를 안달이 났다. 일이 어떻게 진행되고 있는지 그녀는 몹시 알고 싶었다. 라이터로 테이블을 톡톡 두들겼다. 자리에서 일어난 그녀는 웨이터에게 잠깐 나갔다 올 테니 테이블을 치우지 말고 놔두라고 했다. 웨이터가 또 다시 자신의 형을 바라보았을 때 바텐더는 "조심히 다녀오십시오" 하고 말하며 허리를 숙이고 있었다.

2

그녀는 낙산공원 주차장에 검정색 볼보가 세워져 있는 것을 보았다. 부하는 운전석을 젖혀놓고 잠들어 있었다. 이주는 자신의 집 쪽으로 갔다. 유리창 너머로 불빛은 보이지 않았다. 조명이 꺼져 있는 것이다. 시간은 아홉 시 사십 분을 조금 넘겼다. 그녀는 화장실 창문 쪽으로 가보았다. 조용히 창문을 열자 수증기 섞인 바디샴푸 냄새가 났다. 술은 마시지 않고 곧바로 씻은 다음 안방으로 간 것이다. 아니 어쩌면 안방으로 가지 않고 거실에서 일을 치르고 있는지도 몰랐다. 그녀는 안방 창문이 있는 쪽으로 갔다. 안쪽에서 암막 커튼이 쳐진 탓에 밖에선 아무것도 보이지 않았다.

그녀는 집 뒤편 산비탈이 있는 곳으로 갔다. 그쪽으로는 처음 가보는 것이었다. 땅바닥에 이름 모를 풀들이 자라 있고, 시커멓고 미끈거리는 게 밟혔다. 왜 그곳에 있는지 모를 쓰레기들도 있었다. 오래 된 우유갑도 있고 옆구리가 터진 채 아무것도 담겨 있지 않은 비닐봉지도 있었다. 이주는 풀들이 소리를 내지 않도록 발을 높이 들어 걸으며 창문이 있는 쪽으로 다가갔다.

이윽고 창문에 도달한 그녀는 손바닥만큼 문을 열고 그 틈으로 안을 들여다보았다. 깜깜해서 잘 보이지 않았다. 이주는 얼굴을 바짝 대고 거실 안쪽을 보았다. 거기에 어떤 형체가 서 있는 게 보였다. 하지만 너무 어두워서 그게 무엇인지 알 수 없었다. 사람인지, 아니면 스탠드형 옷걸이인지, 아니면 냉장고 위에 있는 가방인지 알 수 없었다. 환풍기 때문에 창문은 더 열리지 않았다. 그녀의 손에 시커먼 기름때가 묻었다. 그녀는 좁은 창문 틈으로 얼굴을 집어넣었다. 거미줄과 검은 먼지가 얼굴에 묻었다. 그녀는 눈을 잔뜩 찌푸리며 어둠 속의 형체를 보려는 동시에 무슨 소리가 나는지 귀를 기울였다. 하지만 형체는 움직이지도, 어떤 소리를 내지도 않았다.

그녀는 숨을 멈췄다. 방금 전 조금 움직인 것 같았기 때문이다. 형체의 머리 부분이 처음에는 기준점이 되는 거실 벽의 모서리에서 왼쪽으로 기울어 있었는데, 지금은 오른쪽으로 살짝 넘어온 것 같았다. 그러나 이주는 자신의 머리를 움직여보고는 그로 인한 각도 변화였다는 걸 알았다.

아니 그건 확실치 않았다. 그녀는 저 형체가 움직이고 있는지 가만히 있는지조차 분간할 수 없었다. 목구멍 깊숙한 곳에서 술 냄새가 올라왔다. 속도 좋지 않고 눈앞이 일렁이는 듯했다. 이주는 그곳을 나와 현관문으로 가서 손잡이를 당겨보았다. 문은 굳게 잠겨 있었다. 그녀는 집 주변을 맴돌다가 주변에 있는 나무 뒤에 숨어 집을 얼마간 주시했다. 허름한 집은 말없이 서 있었다. 결국 아무것도 얻지 못한 그녀는 자신이 있던 술집으로 발길을 돌렸다. 그녀의 얼굴과 옷은 이곳에 올 때보다 훨씬 더러워져 있었다.

3

흔들어 깨우는 소리에 이주는 눈을 떴다. 그녀는 테이블에 엎드려 있다가 몸을 일으켰다.

"문 닫을 시간입니다" 하고 웨이터는 말했다.

시계를 보자 새벽 두 시를 가리켰다. 웨이터는 그새 좀 늙은 듯 보였다.

현금을 주고 계산하게 한 뒤 이주는 바를 나와 집으로 향했다. 낙산공원 주차장에 차는 없었다. 회장은 떠났다. 집은 아까와 마찬가지로 조용히 서 있었다. 그녀는 현관문을 열고 안으로 들어갔다. 거실 불을 켜보았다. 자신이 어둠 속에서 본 건 스탠드형 옷걸이였다. 그녀는 그것을 들고 밖으로 나가 건물 뒤편에 던져버렸다.

안방으로 가보니 은지는 모로 누워 곤히 자고 있었다. 이주는 침대 쪽을 향해 설치된 카메라에서 메모리카드를 꺼냈다. 노트북에 메모리카드를 꽂고 파일을 확인했다. 영상은 잘 저장되어 있었다. 회장이 이곳에 들어온 순간부터 나간 이후까지의 모습이 여기에 담겨 있다. 이 영상만 본다면 '그 사람'의 행방을 알 수 있다.

은지는 이불을 덮은 채 새근거리는 소리를 내며 자고 있었다. 이주는 노트북을 덮고 조용히 이불 속으로 들어가 누웠다. 정적 속에서 두 사람은 한 이불을 덮고 있었다. 이주는 고개를 돌려 그녀가 자는 모습을 보았다. 이주는 아직 젖살이 빠지지 않은 듯한 은지의 볼을 손가락으로 건드려보았다. 그리고는 그녀의 몸을 더듬었다. 은지는 아무것도 걸치지 않고 있었다. 이주는 모로 누운 그녀의 등 뒤에 달라붙어 그녀의 유방과 허벅지 안쪽의 살을 조심스레 만져보았다. 예상대로 몹시 부드러웠다.

이주는 그녀의 아랫배는 어떠한지, 음모는 얼마나 많은지, 엉덩이는 생각만큼 탄력이 있는지를 만져보며 그녀의 몸을 탐구했다. 그녀와 키스를 하면 어떤 느낌일까? 이주는 은지의 입술을 느껴보았다. 저항이 거의 느껴지지 않는 살덩이가 이주의 입술에 닿았다. 그렇게 해도 은지는 깨지 않았다. 숨소리만이 작게 들려올 뿐이었다. 이주는 그녀의 안으로 들어가고 싶은 강한 충동을 느꼈다. 그녀와 하나가 되고 싶다. 그녀 안으로 들어가서, 그녀의 육신을 입고 그 독특한 말투를 흉내 내며, 그녀와 똑같이 걷고 그녀와 같은 순서로 몸을 씻고 싶었다. 그녀처럼 숨을 쉬고 그녀가 느끼는 감정을 자신도 느끼고 싶었다.

그런 생각을 하자 이주는 다시 한 번 강한 메스꺼움을 느꼈다. 화장실로 달려간 이주는 변기를 붙잡고 구역질을 했다. 아무것도 나오진 않았다. 이번에는 극심한 복통이 몰려왔다. 끈적이는 식은땀이 흐르고 오한이 들었다. 그녀는 변기 커버를 내린 뒤 입술을 부르르 떨면서 그 위에 앉았다. 하지만 쥐어짜듯 배만 아플 뿐이었다. 그녀는 통증이 사라질 때까지 변기에 앉아 있었다. 통증이 가시자 화장실을 나와 다시 침대로 갔다.

은지는 여전히 아무것도 모른 채 잠들어 있었다. 붉은 조명 아래에서 본 은지의 얼굴이 유독 하얗게 보였다. 그동안 몇 번을 봤지만 이 정도로 하얗다는 느낌은 받지 못했다. 이상함을 느낀 이주는 이불을 걷어보았다. 은지의 나신이 드러났다. 그녀의 육체는 마치 피가 모두 빠져나간 것처럼 창백하게 빛나고 있었다. 이주는 침대 주변을 살펴보았다. 시트는 멀쩡했다. 피 같은 건 전혀 보이지 않았다. 이주는 은지의 코 아래에 손가락을 대보았다. 새근거리는 숨이 그녀의 손가락을 간지럽게 했다.

이주는 다시 은지에게 이불을 덮어주고 자신도 그 안으로 들어갔다. 은지의 고요한 숨소리를 들으며, 이주는 잠이 들었다.

***

다음 날 이주가 눈을 떴을 때 은지는 먼저 일어나 있었다. 그녀는 넋이 나간 사람처럼 침대에 멍하니 앉아 있었다. 이주는 몸을 일으켜 침대에서 빠져나온 다음 정수기로 가서 물을 마셨다. 신경에 거슬리는 약간의 두통이 있었다.

"그 사람에 대해 물어봤겠지?" 이주는 물었다.

한참 뒤에 은지는 기억 안나요, 하고 대답했다. "녹화된 영상을 봐요."

이주는 화장대에 앉아 인공눈물을 넣고 담배를 꺼내 물었다.

은지는 커다란 가슴을 드러낸 채 계속해서 멍하니 앉아 있었다.

"입을 옷 좀 줘요."

"안 입고 있어도 돼."

은지는 가만히 있었다. 안 입고 있어도 된다면 그렇게 하기로 마음먹은 모양이었다.

"그 사람, 만족했어요." 은지는 말했다.

"당연히 그랬겠지. 그걸 바르고 만족하지 않은 사람은 없어."

"크림은 바르지 않았어요."

은지는 눈을 비비더니 천천히 깜빡였다. 이주는 침대 옆으로 다가갔다.

"지금 뭐라고 했어."

"크림은 바르지 않았어요, 라고 했어요."

"그 말은 들었어!" 이주는 소리쳤다. "왜 사용하기로 한 걸 안 했는지 묻는 거야. 말귀 좀 알아먹어."

은지는 그녀의 말을 곰곰이 생각하는 듯했다. 이주는 그 시간을 참지 못했다.

"그래서, 실제로 했다는 거야?"

은지가 고개를 끄덕였다. 이주는 몸속에서 불길이 이는 느낌이 들었다. 실로 오랜만에 신체 곳곳이 분노를 발산하고 있었다. 그녀는 몸을 부르르 떨면서, 말하려는 사람의 입을 틀어막았을 때 듣게 되는 읍읍 하는 소리를 냈다. 은지는 그녀의 그런 행동이 자신과는 전혀 관련 없다는 듯 멍하니 방바닥을 바라보고 있었다. 한참이 지나서야 이주는 평정심을 되찾았고, 거실 소파로 가서 담배를 재떨이에 비벼 껐다. 그리고는 일어나 거실을 서성거렸다.

"그 사람은 만족스러워했어요." 은지는 거실까지 들리도록 목소리를 조절해 얘기했다. "다행히도 말이에요. 일주일 뒤에 다시 오겠다고 예약을 해달랬어요. 그래서 알겠다고 했어요."

이주는 안방으로 돌아와 그녀 앞에 섰다.

"왜 약을 안 발랐는지를 설명해. 천천히 생각하고 말해도 되는데, 납득할 만한 답을 하는 게 좋을 거야."

"그 사람은 크림을 바를 거란 걸 알고 있었어요."

"뭐?"

은지는 고개를 들어 이주를 바라보았다.

"지금도 못 들어서 물은 게 아니죠? 그럼…… 크림을 바를 거란 걸 그 사람이 몰랐어야 하는 거네요." 은지는 말하더니 깍지 낀 팔을 앞으로 뻗으며 기지개를 켰다. "그런데 그 사람은 분명히 알고 있었어요. 제가 크림을 꺼내기도 전에 그걸 자기에게 사용하지 말라고 했거든요."

이주는 손톱을 씹으며 안방을 서성였다. 그럴 리 없다. 크림의 존재를 아는 사람은 없다. 있을 수 없다.

은지는 침대에서 일어나 벌거벗은 몸으로 자신의 옷이 어디 있는지 둘러보았다. 그러나 옷은 보이지 않았다.

"아참, 저 이 일 할게요. 다음 주에도 회장님을 만나야 해요."

이주는 서랍장을 열어 개켜놓은 그녀의 옷을 꺼내 침대로 던졌다.

"집에 가 있어."

은지는 침대에 걸터앉아 옷을 주섬주섬 입었다.

"어떻게 해요? 다음 주."

이주는 손톱을 잘근거리며 그녀의 물음에 아무 대답도 하지 않았다.

4

노트북 화면에 녹색의 나이트비전이 나타난다. 어두운 방에 단발머리 여자와 머리가 하얗게 샌 노인이 들어온다. 두 사람 모두 완전한 나신으로, 여자가 노인의 팔을 잡고 침대에 눕도록 이끈다. 노인은 그런 손길이 익숙한 듯 자신의 위치를 곧장 찾아 눕는다. 단발머리 여자는 예절 바른 몸짓으로 그의 몸 위로 올라간다. 그리고 그녀는 노인의 몸을 정성껏 애무한다. 남자는 가만히 누워 그녀의 부드러운 입술을 각 부위의 신경으로 감촉한다. 그녀가 지나간 자리의 온기가 식어 차가워질 때쯤 그보다 아래에서, 그보다 더 아래에서 재차 따스함을 느낀다. 남자의 신체가 하나의 목표를 위해 변용을 시작할 때, 단발머리 여자가 서랍을 향해 손을 뻗는다. 남자는 누운 채로 고개를 들어 그녀의 손을 잡는다. 짤막한 대화가 오간 뒤, 남자는 몸을 일으킴과 동시에 여자를 눕힌다. 그가 그녀의 위로 올라간다. 이주는 노트북을 덮는다.

***

이주의 입에서 나온 회색 연기가 어둠속에 흩어졌다. 옅은 연기는 소파를 거쳐 공중으로 뻗어나갔다. 휴대폰이 울렸다. 이주는 한참 동안 벨이 울리도록 놔뒀다가 전화를 받았다.

"고마워요." 수화기 너머에서 상대방이 말했다. "남편은 아주 만족해했어요. 지금껏 본 적 없는 표정을 짓고 있더군요."

이주는 잠시 침묵한 뒤 대답했다. 그 대답은 대충 이런 내용이었다.

남편께서 다시 예약하셨습니다. 다음 주 같은 요일입니다.

"어머나 잘 됐네요. 이런 적은 처음이에요. 당신은 정말 대단하군요."

그런데 문제가 있습니다.

"문제요?"

남편 분을 만족시킨 아이가 일을 할 수 없게 됐습니다.

"저런, 어떻게 안 될까요? 돈은 얼마든지 드릴 수 있는데."

일을 할 수 없는 상황입니다.

"어떤 상황이길래 그래요?"

그건 말씀드릴 수 없습니다. 어쨌든 그녀는 두 번 다시 남편 분을 만날 수 없습니다.

"어떻게 안 될까요? 처음으로 남편의 행복한 얼굴을 봤는데. 될 수 있으면 그 모습을 계속 보고 싶어요. 제 말이 우습다는 거 알아요. 하지만 그게 내 솔직함 심정이에요. 이제 남편은 다른 곳에서는 더더욱 만족할 수 없게 됐어요. 그렇잖아요. 그 일을 해낼 수 있는 사람은 당신이 데리고 있는 그 여자뿐이라고요."

예약은 그대로 진행될 겁니다.

"그 사람이 일할 수 있다는 건가요?"

그 아이는 할 수 없습니다.

"그럼 예약은요. 알아듣게 설명해봐요."

제가 대신 들어갈 겁니다.

"……저기, 이런 말해서 미안하지만 그쪽은 남편이 만족할 수 있는 외모가 아니에요. 당신은 물론 예쁘지만 그이가 원하는 아름다움과는 달라요. 무슨 말인지 알죠? 저번에 설명했잖아요."

전 어떤 사람이든 될 수 있습니다.

침묵. 그 침묵은 이주의 말에 대한 완곡한 반박이다.

"어떤 사람이든 될 수 있다…… 글쎄, 모르겠네요. 사람에겐 본판이라는 게 있어요. 그래서 변하는 데 한계가 있죠. 내가 미인대회 출신이라는 거 얘기했죠? 나도 외모에 대해서는 좀 안다구요."

다시 침묵. 그러나 이번 침묵은 자신이 한 말에 대한 의문이다.

"……그런가하면 또 당신이라면 왠지 가능할 것 같다는 생각도 드네요. 아, 정말 모르겠어요."

다시 말씀드리지만 손님이 만족하지 못하는 일은 없습니다. 제가 하는 일은 그렇습니다.

"그래요? 그렇단 말이죠? 좋아요. 당신을 한 번 더 믿어볼게요. 어차피 다른 방법이 없기도 하고. 그런데 미안하지만, 그 전에 다시 좀 만날 수 있을까요? 당신이 어떤 모습으로 남편을 만나려고 하는지 직접 봐야 마음이 놓일 것 같아요. 어쩌면 내가 조언해줄 수 있을지도 모르고요. 서로 시간 낭비 안 하는 게 좋잖아요. 그렇죠? 남편과 만날 복장 그대로 입고 나와 줄 수 있어요? 속옷까지 전부. 무리한 부탁일까요?"

조금 긴 침묵 후 대답.

좋습니다. 그렇게 하겠습니다.

제19장 주이민

어리석은 사랑 따위는 하지 않아

1

한동안 섬의 날씨는 좋지 않았다. 기온이 급격히 떨어지더니 바람이 세차게 불고 예고 없이 우박이 쏟아졌다. 보기 싫은 형태의 구름이 흘러 다니며 앞으로도 날씨는 계속 궂으리라 암시했다. 아카시아나무는 잎이 모두 떨어져 기둥과 가지만 남았고, 화분의 꽃도 모두 시들었다. 갖가지 색의 눈이 뒤섞여 땅 위에 거무죽죽하게 쌓였다. 사람들은 집안에 틀어박혀 밖에 나올 엄두를 못 냈다. 그들은 곡식과 연료를 섬 주인으로부터 받을 때를 제외하고는 집의 출입문을 여는 날이 없었다.

그러나 시간이 흐르면서, 이러한 혹독한 시기도 결국은 지나가려는 움직임을 보였다. 차츰 기온이 온화해지며 불길함을 내뿜는 구름 사이로 빛줄기가 내려와 땅에 있는 눈을 녹였다. 따뜻한 바람이 차가운 공기를 밀어내고, 단비가 내려 말라버렸던 싹들을 새로 돋아나게 했다. 이따금씩 돌발적인 추위가 찾아오긴 했지만 활동을 하는 데 지장이 있을 정도는 아니었다.

그러는 사이에 모아는 성체가 되었다. 무리 가운데 가장 덩치가 크고 힘이 셌다. 엄니도 우람하게 솟아났다. 가정을 꾸린 모아는 새끼를 낳았다. 새끼의 이름은 모리였다. 모리는 이전 세대의 돼지들에게서 섬에서 살아가는 방식을 배웠다. 숲속에 있는 연못에서 목욕을 하고 동쪽 섬의 먹이를 먹었다. 햇빛을 몸 구석구석 받아 곡식이 잘 자라도록 하고, 수확이 원활하게 이뤄지도록 몸을 움직이는 방법을 익혔다. 이곳에는 천적이 없어 생명의 위협을 받을 염려가 없다는 사실을 어미돼지로부터 배웠다. 모리는 이 섬에서 태어난 것이 큰 축복이라는 걸 알게 되었다.

예전의 풍요로운 분위기가 회복될 즈음 새로운 사람들이 이주해 왔다. 사십여 명의 사람이 커다란 배를 타고 동쪽 섬 선착장에 나타나 배를 정박시켰다. 모두 각자의 세계에서 다양한 예술 활동을 하던 사람들이었다. 그들은 섬을 둘러보고는 몹시 마음에 들어 했고, 저마다 원하는 집을 골라 그곳에서 살기로 했다. 섬은 이전보다 더 활기가 넘쳤다.

2

나는 갤러리를 나와 돼지들이 쉬고 있는 언덕으로 간다. 모리가 달려오더니 내 몸을 타고 올라와 품에 안긴다. 나는 새끼돼지의 머리를 쓰다듬는다. 모리는 눈을 감으며 코를 씰룩거린다. 선생님이 내 쪽으로 다가온다. 나는 동물체험예술가의 상태가 어떤지를 묻는다.

"아직까지 집에서 나오지 않고 있네." 선생님은 말한다. "다행히 난로에 불도 피우고 식사도 조금씩 하고 있으니 너무 염려하진 말게."

선생님은 바위에 걸터앉는다.

"화가는 왜 그런 선택을 했을까요?"

선생님은 고개를 젓는다.

"우리가 알지 못하는 이유가 있겠지."

화가는 작업실에서 쓰러진 채 발견되었다. 바닥에 수많은 물감통이 널브러져있고, 그의 약혼녀가 마지막으로 만들어준 미음이 냄비 안에 말라붙어 있었다. 식음을 전폐하고 작업에 몰두한 그는 자신의 그림 앞에 쓰러져 있었다. 그 작품은 지금껏 화가가 그린 그림 중 단연 으뜸이었다. 한 번도 사용해본 적 없는 왼손으로, 오른손으로 그렸을 때보다 더 뛰어난 수준의 작품을 그려낸 것이다. 그의 왼손에는 여기저기 물집이 잡혀 있었고 갈라진 상처 사이로 물감이 스며들어 얼룩덜룩했다. 그 지저분한 손에는 마지막까지 수정을 하려고 했는지 하얀 헝겊이 쥐어져 있었고, 지방질이 하나도 남지 않아 가죽뿐인 귀와 발가락은 동상에 걸려 있었다.

"그는 불행이 올까봐 늘 두려워했네. 그래서 주변상황에 너무 휘둘리는 경향을 갖게 됐지. 주위에 있는 모든 것들이 언제 어떤 방식으로 불행을 몰고 올지 모른다고 여긴 거야. 그래서 도저히 집중할 수 없었던 거지. 그가 스스로 만족할 만한 작품을 하나도 완성하지 못한 이유는 바로 그 때문이네."

선생님은 잠시 틈을 두었다가 말을 잇는다.

"그렇지만 죽음을 결심하고부터는 대단한 집념을 발휘했어. 주변에서 무슨 일이 벌어지든, 앞으로 자기 자신에게 어떤 불행이 닥치든 상관하지 않기로 마음먹고 작업을 시작한 거야. 그리고는 결국 생애 최고의 걸작을 만들어냈네. 그것도 한 번도 써본 적 없는 왼손으로 말이야."

그가 마지막으로 그린 그림은 동물체험예술가의 초상화였다. 청혼 선물로 그렸던 것과 다르게 이번 그림은 그녀의 아름다운 모습을 담았다. 그림 속에서 그녀는 손을 다소곳이 무릎 위에 올리고 옅은 미소를 띤 채 그림을 그리는 사람의 눈을 바라보고 있었다. 그러므로 그림을 보는 사람 또한 그녀와 눈을 맞출 수밖에 없었다.

그 미소는 지금껏 그녀에게서 본 적 없는 미소였다. 그녀에게 그러한 표정이 있다는 걸 누구도 알지 못했다. 그녀조차도 자신이 그렇게 웃을 수 있다는 걸 모를 거라고, 나는 생각한다. 언제나 그녀를 바라보고 있었던 화가만이 그 모습을 알고 있다. 어쩌면 화가도 단 한 번, 그것도 찰나에 사라져버려 제대로 보지 못한 미소였을지 모른다. 그러나 화가는 무를 향해 가는 이 우주에서 그것을 붙잡아 두었다. 자칫 영원히 사라져버렸을지 모를 그녀의 미소가 화가의 내면을 한바탕 휩쓸고 난 뒤, 그의 손을 거쳐 다시 그림으로 태어난 것이다.

이 그림을 정말 콘테스트에 내려고 그렸을까? 아니면 청혼하지 않은 것으로 알았던 그가 마음을 바꿔 새로운 그림으로 청혼하려 했던 걸까? 나는 잠시 생각해본다. 그러나 물론 나는 답을 알지 못한다. 죽은 화가만이 답을 알고 있을 터였다.

"동물체험예술가님이 그래도 조금씩 회복하고 있다니 다행이네요."

선생님은 고개를 끄덕인다.

"그보다 더 걱정인 건 노부인이야."

"많이 안 좋으세요?"

"아들이 떠났다는 사실을 여전히 부정하고 있네. 날이 아직 추운데도 매일 같이 동쪽 섬에 가서 아들을 찾아다니는 통에 건강이 많이 안 좋아졌어."

"괜찮아지실까요?"

"글쎄. 때로 시간은 어떤 의사도 고칠 수 없는 걸 고치니까. 그러기를 기대해봐야지." 선생님은 말한다. "그나저나 좋지 않은 일이 연달아 일어나니 자네도 마음이 편치 않겠군. 그래도 어쩔 수 없는 일이란 건 알고 있겠지? 이런 일이 또 벌어진다 해도 절대 그들의 일에 개입해선 안 돼."

나는 알고 있다고 대답한다.

주변상황에 너무 신경 쓰지 않는 건 작품을 만들 때 아주 중요한 마음가짐이라고 선생님은 예전부터 나에게 충고해주셨다. 이리저리 흔들리는 건 완성 시기만 늦출 뿐이라고, 그렇게 완성해봐야 훌륭한 작품이 되기도 어렵다고 선생님은 늘 강조하셨다. 화가가 마지막에 죽음을 각오했던 것처럼, 나와 내 주변에서 벌어지는 일들을 무감각하게 받아들이고 작업에 매진해야 하는 것이다.

"물론 자네가 '그 사람'을 이곳에 데리고 왔을 때 섬이 완벽해보이기를 바라는 마음은 알고 있네. 그러나 그건 불가능한 일이야. '완벽한 상태'라는 건 시시각각 변화하니까. 그리고 그건 사람의 마음이 시시각각 변화하기 때문이지. 무슨 말인지 알겠나? 자네는 어찌됐든 섬을 완성하는 데에만 집중해야 해. 일단 완성한 다음이라야 작품의 방향이 옳은지 그른지를 판단할 수 있고, 옳다고 생각하는 방향으로 바꿀 수 있네. 그렇게 조금씩 '완벽에 가까운 상태'로 다가가는 거야."

나는 고개를 끄덕이며 선생님의 말을 되새긴다. 품안에 안겨 잠든 모리의 코를 쓰다듬는다. 나는 언덕에 서서 마을을 바라본다. 섬에 새로 온 사람들이 분주하게 움직인다. 그들은 입가에 미소를 머금은 채, 먹고 살 걱정 없이 하고 싶은 일을 하고 있다.

'그 사람'은 이곳을 마음에 들어 할까? 그에 대해 나는 자신 있게 뭐라고 대답할 수 없다. 시시때때로 변덕을 부리는 날씨, 평화롭기는 하지만 단조로운 구석이 있는 섬 생활…… 노부인의 아들이 떠났듯, 이곳이 모든 사람에게 낙원일 수 없다. '그 사람' 또한 이곳이 마음에 들지 않을 수 있다.

부족한 점을 개선한다 해도 그 사람이 좋아할 거라고 장담할 수는 없다. 그 이유는 분명하다. 나는 아직 그 사람에 대해 잘 알지 못하는 것이다. 그 사람이 무엇을 좋아하고 무엇을 싫어하는지 나는 속속들이 알지 못한다. 아니, 어쩌면 전혀 아는 게 없을지도 모른다. 그저 겉으로 드러난 몇 개의 사실에 근거해 나머지도 이러할 것이다 하고 추측하고 있는지도.

모리가 잠에서 깨어나 몸을 뒤척인다. 바닥에 내려놓자 모리는 꼬리를 흔들며 돼지들이 있는 곳으로 다가간다.

잠시 후, 나는 마음을 다잡는다.

이 우주에 완벽한 작품은 없다. 지금 내가 할 수 있는 가장 바람직한 일은 '완벽에 가까운 상태'로 계속 나아가는 것이다. 그러려면 일단 작품을 완성한 다음 조금씩 보완해 나가야 한다.

섬의 완성. 그것이 지금 내가 이뤄야 할 목표다.

3

꿈설계예술가는 광장을 지나 숲으로 들어갔다. 그는 호숫가를 지나가고 있는 노부인의 뒷모습을 발견하고는 그녀를 따라잡아 길을 막아섰다.

"또 어딜 가려고 그러세요?" 그는 물었다.

"마침 잘 왔다. 혹시 내 아들 못 봤니?"

꿈설계예술가는 길게 한숨을 내쉬었다.

"말씀드렸잖아요. 그 녀석은 떠났어요."

"떠나다니 무슨" 하고 노부인은 말했다. "이 녀석, 또 어딘가에 숨어 있는 거야. 너도 알잖니. 자기 마음에 안 드는 일이 있으면 옛날부터 늘 그랬다는 걸. 지금도 어딘가에 몰래 숨어서 지내고 있을 거다."

"그러지 말고 집으로 돌아가세요. 몸도 안 좋으시잖아요. 아직 날이 쌀쌀해요."

"그러게 말이다. 이렇게 추운데 도대체 어디 있는지. 어서 찾아서 데리고 가야지."

노부인은 아들의 친구를 지나쳐 숲 안쪽으로 가려고 했다. 꿈설계예술가는 전략을 수정하기로 마음먹고 다시 길을 막아섰다.

"알겠어요. 제가 데리고 올게요. 일단 댁으로 가서 몸 좀 따뜻하게 하고 계세요."

"넌 어디에 있는지 아니?"

"그럼요. 제가 유일한 친구인데 그걸 모르겠어요? 예전에도 항상 제가 찾아내곤 했잖아요."

"그래. 그랬지. 넌 내 아들이 어디 숨었는지를 항상 잘 알고 있었어. 너랑 같이 숨었던 적도 있었지 아마?"

"맞아요. 그 녀석이 절 꼬드겼거든요. 아무튼 아주머니, 제가 데려올 테니까 집을 좀 따뜻하게 하고 계시겠어요? 그 녀석도 꽤 추울 테니 집에 가서 몸 좀 녹일 수 있게요. 그러는 김에 차도 한잔 하시고요. 그 녀석 혼내주려면 우선 기력이 있으셔야 하잖아요."

노부인의 얼굴에서 서서히 근심이 사라지더니 특유의 미소가 떠올랐다.

"그래. 알았다. 얼른 데리고 와서 같이 저녁 먹자. 맛있는 찜 요리를 해줄 테니."

"네 알겠어요."

노부인은 마을이 있는 쪽으로 방향을 틀어 걷기 시작했다. 그녀의 발은 퉁퉁 부어 뒤꿈치가 다 갈라져 있었다. 종아리에는 여러 군데 긁힌 상처가 있고, 발톱은 몇 개 빠져 있었다. 꿈설계예술가는 수척해진 노부인의 뒷모습을 바라보면서, 그녀가 그동안 자신을 자식처럼 대해준 좋은 사람이었음을 상기하고는 깊은 연민을 느꼈다.

동시에 그 녀석에게 화가 났다. 그 놈 때문에 이 모든 비극이 벌어진 것이다. 화가는 죽었고, 그의 약혼녀는 두문불출하고 있으며, 어머니 같던 노부인은 점점 이상해져가고 있다.

"바보 같은 자식."

자신의 말을 듣지 않고 동물체험예술가에게 고백했을 때는 정말로 그 녀석이 바보 같았다. 언덕에서 그녀에게 마음을 빼앗겼을 때 내 말을 들었더라면, 자기에게 귀 기울이던 그녀의 행동을 내 충고대로 무시했더라면, 이런 일은 일어나지 않았을 것이다. 물론 화가를 공격한 건 미향예술가가 저지른 일이지만, 화가가 굶어죽는 일은 일어나지 않았을 것이다. 그는 생각했다. 그래. 화가가 죽음을 택한 건 자신의 약혼녀가 자신을 공격한 사람에게 마음을 빼앗겼다고 여겼기 때문이야. 게다가 선물로 준비했던 그림이 창고에 돌아와 있으니 청혼을 거절당한 거라고 생각했고. 다른 사람들은 어떻게 생각하는지 몰라도 난 분명 그랬을 거라고 봐. 그렇지만 이제 와서 그런 걸 따져봐야 무슨 소용이 있겠어? 시간을 되돌릴 수도 없는데. 어쨌든 그 녀석은 이곳을 떠나버렸잖아. 나한테는 말 한마디 없이.

"멍청한 자식."

그는 바닥에 있는 돌멩이를 걷어찼다.

사랑이란 얼마나 어리석은 일인가! 그들은 모두 다양한 사랑을 했다. 이성간의 사랑, 부모자식간의 사랑, 예술과 명예를 향한 사랑…… 어떤 형태의 사랑이 됐든 지나친 건 결코 이롭지 않다. 아니 이건 옳은 말이 아니다. 지나치다는 걸 누가 판단한단 말인가? 어디까지가 적당하고 어디부터가 지나치다고 누가 정할 수 있는가? 그런 건 없다. 사랑은 그저 하는 쪽에게만 이로울 뿐이다. 그것은 타인에게 고통을 주며 결국엔 비극을 만들어낸다.

꿈설계예술가는 큰 깨달음을 얻고는 고개를 끄덕였다. 그러한 자신의 통찰을 작품에 녹여 사람들을 계몽하리라 마음먹었다. 그런 한편 자신은 결코 어리석은 사랑 따위는 하지 않겠노라고 맹세했다.

그는 시간을 때운 다음 노부인의 집으로 발길을 돌렸다. 아마도 지금쯤 그녀는 심신이 지쳐 잠들었을 터였다. 가서 이부자리라든가 식사거리 같은 걸 좀 챙겨드려야지. 만약 깨어있더라도 그 녀석 행방은 대충 얼버무리면 될 거야. 이미 내가 데려가기로 약속한 일 자체를 잊어버렸을지도 모르고. 아주머니를 속이는 건 내키지 않지만 어쩔 수 없어.

숲의 갈림길에 다다른 그는 섬에 새로 이주해 온 젊은 여자가 짐을 나르고 있는 걸 보았다. 활발한 성격의 그녀는 스테인드글라스를 만드는 사람으로, 처음에는 바닷가에 있는 집을 택했다가 마음이 바뀌어 숲속의 집으로 이사하는 중이었다. 그녀는 단발머리를 뒤로 넘겨 묶고 팔을 걷어 부친 채 집 앞에 있는 짐들을 집안으로 하나씩 옮기고 있었다. 짐은 대부분 작품과 작업 도구, 재료들이었다.

그는 다가갔다.

"제가 좀 도와드릴까요?"

그녀는 그를 발견하더니 미소를 건네며 인사했다.

"말씀은 감사하지만 혼자 할 수 있어요."

"이렇게 많은 짐을요?"

"천천히 하면 돼요. 혼자 하는 게 편하거든요. 모든 걸 내 손으로 직접 해야 직성이 풀리는 성격이라서."

그녀는 시원한 웃음을 보이더니 잠시 쉬려는 듯 집 앞 계단에 걸터앉았다.

"줄이고 줄인 건데도 짐이 많긴 하네요. 도저히 버릴 수가 없어서요." 그녀는 말했다.

"어떻게 자기 작품을 버리겠어요. 게다가 이런 훌륭한 작품을요."

"고마워요."

그는 집 앞에 놓인 작품들 중에서 크기가 가장 큰 스테인드글라스를 보았다. 유리 위에 기하학적인 패턴이 그려져 있고, 가운데에 있는 커다란 동그라미 안은 비어 있었다.

"이 안에는 뭘 그려 넣으실 건가요?"

"예? 뭐라고 하셨어요?"

"이 빈 부분에 뭘 넣으실 건지 물었어요."

"아, 그거요." 그녀는 자리에서 일어나 짐을 하나 들고 안으로 들어갔다. 그는 좀 기다렸다. 잠시 후 그녀가 빈손으로 나왔다.

"아직 못 정했어요."

아, 하고 말하며 그는 고개를 끄덕였다. "다른 건 몰라도 이건 혼자서 옮길 수 없을 것 같은데요. 이것만이라도 제가 도와드리면 어떨까요?"

그녀는 다시 짐 하나를 집안에 두고 나왔다.

"이건 당분간 여기에 놔둘 거예요. 아직 작업이 끝난 게 아니거든요. 여기에서 동그라미를 채워 넣고 그 다음 옮겨야 돼요."

여자는 잠시 호흡을 고른 뒤 다시 짐 하나를 들고 집안으로 들어갔다.

"그러면 작업 끝나고 얘기해주세요." 그는 집안에서도 들리도록 크게 말했다. "혼자서 옮기다가 다치시기라도 하면 안 되니까요. 제 집은 광장 안쪽에 있어요."

"네 알겠어요—"

그녀의 목소리가 집안에서 들려왔다. 너무 작아서 잘 들리진 않았지만 대충 돌아올 답변을 예상한 상태에서 들으니 그렇게 들렸다. 그는 발길을 돌리려다가 그녀가 나오기를 잠시 기다렸다. 그녀가 나왔다.

"제가 섬 안내를 해드릴 수도 있고요."

"어— 죄송해요. 지금은 할 일이 많아서요."

"오늘 말고요. 언제든 편할 때 말씀하시면 곳곳을 소개해드릴게요."

그녀는 엷은 미소를 지었다. 그리고는 바닥에 있는 꽤 무거운 짐을 일단 한쪽 다리 위로 올렸다가, 다시 순간적인 힘을 주어 가슴께로 들어올렸다.

"나중에요."

그녀는 그렇게 말한 뒤 짐을 들고 안으로 들어갔다.

4

꿈설계예술가는 상당히 바쁜 시간을 보냈다. 일단 그는 꿈을 하나 설계했다. 세계를 아름답게 꾸미고, 각종 위험요소를 없애고, 풍요로운 자원이 존재하도록 만들었다. 그리고 스테인드글라스예술가를 꿈속에서 만나 자신의 꿈으로 초대했다. 그의 꿈속 세계를 둘러본 그녀는 별 흥미를 느끼지 못한 것 같았다. 그는 그 세계를 없애고 다시 처음부터 만들었다. 그러나 이번에는 그녀가 초대에 응하지 않았다. 얘기를 들더니 별 관심이 없는 듯했다. 그는 그녀가 좀 더 좋아할 만한 세계를 만들어야 한다고 생각했다. 그러나 그녀에 대해 아는 게 너무 없으니 어디를 어떻게 꾸며야 좋을지 알 수 없었다. 고민 끝에 그는 우선 누구나 좋아할 만한 것들을 만들고, 그녀가 좋아할 만한 것들을 추가해 나가기로 했다.

그러면서 그는 노부인도 돌보았다. 그녀는 여전히 아들이 동쪽에 있다고 생각했고, 자꾸만 그가 있는 곳이 어디인지 안다며 그곳으로 가려고 했다. 꿈설계예술가는 이런저런 핑계를 만들어 노부인이 집에 있게 했다. 건강 상태가 갈수록 나빠지는 걸 막으려면 어쩔 수 없었다. 노부인은 자신을 나가지 못하게 하는 그를 원망했다. 때때로 크게 화를 내거나 엉엉 울기까지 했다.

그는 괴로웠다. 그녀를 생각해서 하는 행동이 마치 그녀를 괴롭히는 것처럼 여겨지고 있었다. 그렇다고 나가게 내버려둘 수도 없는 노릇이었다. 그녀의 체력은 눈에 띄게 약해져서 사방이 위험요소였다. 바닷가에 갔다가 파도에 휩쓸리기라도 하면 그 다음은 끔찍한 결과만 예상될 뿐이었다.

그는 정신적 부침을 겪었지만 그녀를 생각하면 괴로움이 눈 녹듯 사라졌다. 그는 틈틈이 그녀에게 섬을 안내해줄 계획을 세웠다. 기회가 생겼을 때 그녀에게 시간이 얼마큼 있을지 모르므로, 소요 시간 별로 이동할 방법과 할 일들을 준비했다. 동쪽 섬은 험난하긴 했지만 볼거리가 풍부하다. 그녀에게 시간이 많다면 동쪽 섬의 최남단까지 내려가 물고기 떼가 뛰어오르며 수많은 비늘이 햇빛을 반사하는 장관을 보여줄 수 있을 터였다. 그 정도의 시간적 여유가 없다면 중간 지점인 계곡에서 절벽의 광경을 보는 것도 괜찮았다. 그마저도 안 되면 서쪽 섬의 아름다운 곳 몇 군데를 데려갈 예정이었다.

그는 그녀가 어서 집 앞에 세워둔 작품의 빈 동그라미를 채우고 자신을 찾아오기를 기다렸다. 그러나 꽤 시간이 흘러도 그녀는 찾아오지 않았다. 어느 날 오후, 그는 그녀의 집에 가보았다. 그의 손에는 자신이 직접 틀을 이용해 네모반듯하게 만든 떡이 들려 있었다. 그녀의 집에 도착했을 때 눈에 가장 먼저 들어온 건 깨끗하게 정돈되어 있는 앞마당이었다. 그가 봤던 커다란 스테인드글라스 작품은 치워져 있었다.

그는 의문을 가진 채 현관으로 가서 문을 두드렸다. 잠시 후 그녀가 나왔다.

"어머, 안녕하세요." 그녀가 미소 지으며 인사했다.

"맛있는 걸 가져왔어요. 아마 처음 드셔보실 겁니다."

그녀는 그가 만든 떡을 받아들었다.

"뭐 하러 이런 걸 가져오셨어요. 아무튼 잘 먹을게요. 고마워요."

그는 코끝을 비비며 잠시 서 있었다. 그녀는 그가 말없이 서 있자 뭔가 말을 해야 한다는 압박을 받았다. 그녀는 어깨너머로 자신의 집 거실을 돌아보고는 입을 열었다.

"잠깐 들어오시겠어요? 좀 지저분하긴 한데."

그녀는 문을 열며 그를 안으로 들어오게 하고는 떡이 든 보자기를 싱크대에 올려놓았다. 거실에는 작업이 한창인 듯 도구들이 널려 있었다. 그는 거실 한쪽 창문에서 집밖에 세워져 있던 기하학 패턴의 커다란 유리를 발견했다. 동그라미 안은 비어 있었다.

"저 창문은 완성이 안 됐는데 옮기셨네요."

"아, 저거요." 그녀는 잠시 생각하고는 말을 이었다. "저대로 괜찮은 것 같아서요."

그녀는 상냥하게 웃으며 그에게 소파에 앉도록 권했다. 그는 앉았다.

"제가 옮기는 걸 도와드리기로 했었는데 잊어버리셨나 보네요."

그의 말에 그녀는 뭔가가 떠오른 표정을 지었다.

"아, 그랬었죠. 정신이 없어서 그 일을 완전히 까먹고 있었네요. 마침 지나가던 분이 도와주겠다고 하셔서 아무 생각 없이 옮겨버렸어요."

그러셨군요, 하고 그는 말했다. 그럴 수도 있죠, 하고 그는 곧바로 덧붙였다. 잠깐의 침묵이 있었다.

"그런데 누가 도와주셨죠?"

"누구셨더라……." 그녀는 곰곰이 생각했다. "아 맞아요. 그 노부인 아드님께서 도와주셨어요."

"누구라고요?"

"그 광장에 사시는 노부인의 아드님이요. 이 섬에 처음 온 사람들과 같이 오셨다던데, 모르세요?"

그는 얼마동안 멍하니 눈을 깜빡였다.

"모를 리가요. 하지만 다른 사람하고 착각하신 모양이에요. 왜냐면……"

"아니요. 그분이 절 도와주실 때 마침 노부인께서 여기를 지나가셨는데 그분을 보더니 자기 아들이라고 하셨어요. 그러면서 두 사람 다 혼기가 찼으니 한번 만나보는 게 어떠냐고 말씀하시던 걸요?"

"아마 다른 사람을 그렇게 얘기한 걸 거예요. 노부인께선 가끔씩 엉뚱한 얘기를 하시거든요. 그럴 만한 사정이 있는데 그거에 대해선 나중에 자세히 말씀드릴게요."

그녀는 고개를 갸우뚱하며 잠시 생각하고는 입을 열었다.

"하지만 절 도와주신 분도 그렇게 말씀하셨는데요. 자기가 노부인의 아들이라고. 그러더니 예술을 하지 않고 살아가는 거에 대해 어떻게 생각하느냐고 물었어요. 그래서 괜찮다고, 이 섬은 예술 같은 거 하지 않아도 되는 곳 아니냐고, 그렇게 얘기했죠. 그랬더니 굉장히 좋아하시더라고요."

꿈설계예술가는 상황이 어떻게 돌아가는 건지 알 수 없었다. 아들이 섬 어딘가에 숨어 있다며 계속 찾아다니던 노부인의 모습을 그는 떠올렸다.

"괜찮으세요?" 그녀는 물었다.

"아, 예. 시간이 되신다면 섬을 안내해드리려고 했는데 가봐야 할 것 같네요. 뭘 잊고 있었어요."

그는 자리에서 일어나 현관문으로 향했다.

"떡 잘 먹을게요."

그녀의 목소리가 등 뒤에서 들려왔다. 그는 대답했으나 뭐라고 말했는지는 알지 못했다. 그때 그의 머릿속에는 한 가지 생각뿐이었다.

뭐야. 그 자식, 정말로 숨어 있었던 거야? 모두를 속이고?

그는 의문을 가진 채 그녀의 집을 나서 숲의 출구 쪽으로 걸어갔다.

제20장 한준호

나를 기다리는 곳으로 곧장 걸어간다

1

〈수퍼니처 내부. 지하실에서 경찰이 현장을 조사하고 있다.〉

"한준호 씨, 마지막으로 고인과 통화하셨더군요."
"그렇습니다."
"어떤 통화였는지 자세히 말씀해주시겠습니까?"
"조금 전 저한테 전화가 걸려 와서 받았습니다. 한동안 아무 소리도 들리지 않더니 조금 있다가 작은 목소리가 들려왔습니다. 이분과 저의 목소리였습니다. 며칠 전 여기에서 고인과 만난 적이 있는데 그때 나눈 대화가 녹음되어 흘러나오고 있었습니다. 좋지 않은 느낌이 들어 와봤더니 이렇게 되어 있었고요."
"좋지 않은 느낌이 든 이유가 뭐지요?"

"고인이 되신 분은 언젠가 '그들'이 자신의 목숨을 가져갈 거라는 두려움을 안고 살아가고 있었습니다. 저는 그걸 알고 있었기 때문에 수상한 전화를 받자 심상치 않은 일이 일어났음을 직감한 것입니다."

"'그들'이라면 누구를 말하는 겁니까?"

"이분이 소속돼 있던 곳의 사람들을 말합니다. 자세히 말씀드릴 수는 없습니다. 사실 전 경찰도 믿지 못하겠습니다."

"그렇다니 유감이군요. 신원조회를 해보니 고인께서 명성가구에 다니셨던데, 소속돼 있던 곳을 명성가구라고 생각해도 되겠지요?"

"제 입으로 그렇다고 말하진 않겠습니다."

"좋습니다. 두 분은 어떤 관계입니까?"

"원래부터 알던 사이는 아니고 며칠 전 우연히 알게 됐습니다. 어떻게 알게 됐는지도 말씀드릴 수 없습니다."

"흠— 한준호 씨, 준호 씨는 이 분과 마지막 통화를 했고 현장에 다시 나타났어요. 입을 다물고 있는 게 준호 씨에게 별로 도움 되는 상황은 아닙니다. 아시겠어요? 물론 아직 타살이라고 할 만한 점은 발견되지 않았지만……"

"타살이 분명합니다. 이것만은 확실하게 말할 수 있습니다."

"그렇다면 더욱 감추고만 있어서는 안 되죠. 모든 걸 있는 사실대로 얘기하는 게 좋아요."

"그렇게 하면 믿으실 겁니까?"

"믿고 안 믿고는 경찰 나름의 판단 기준이 있어요. 준호 씨는 그냥 있는 그대로를 얘기하시면 됩니다."

(침묵)

"역시 못하겠습니다."

(침묵)

"……준호 씨, 이리 와서 앉아봐요. 편하게 얘기 좀 합시다. 나도 앉을게요. 그래요. 거기 앉아요. 음— 준호 씨가 경찰을 믿지 못하는 데에는 어떤 이유가 있겠죠. 이해합니다. 많은 사람들이 그런다는 것도 알아요. 그동안 어지간히 못미더운 행동들을 경찰이 해왔으면 그러겠어요. 그건 준호 씨 잘못이 아니에요. 그런데 말이죠, 개중에는 훌륭한 경찰도 있다는 걸 좀 알아줬으면 좋겠네요. 물론 형편없는 놈들도 있죠. 알고 있습니다. 그런 몇몇 놈들 때문에 경찰이 싸잡혀서 욕을 먹는 거니까요. 그런 놈들이 윗선을 차지하니 조직 전체가 망가지는 거고요. 준호 씨, 나 형사 생활한지 삼십 년 됐어요. 지난 세월 정말 열심히 일했습니다. 물론 내 가족 때문에요. 건강 같은 건 신경 쓸 겨를도 없었죠. 건강뿐이게요? 다른 어떤 것에도 신경 못 썼죠. 가족을 위해 일한다고 하면서도 정작 가족 생일 한번 제대로 못 챙겨줬으니 말 다했죠. 그런데 내가 딱 하나, 경찰로서 온 신경을 기울인 게 있어요. 그게 뭔지 알아요? 바로 진실입니다. 내 지난 세월을 진실을 밝히는 데에 다 썼어요. 그런데 갑자기 이제 와서 진실 따위 어찌됐든 내 알 바 아니다, 할 일이 있겠어요? 그건 내 인생 전체를 부정하는 일인데. 맞잖아요. 자, 그러니까 나를 좀 믿어봐요. 준호 씨가 하는 말이 '진실'이라면 난 그걸 목숨

걸고 밝힐 겁니다."

(침묵)

"믿지 못하실 텐데요."

"아까 말했잖아요. 나름의 판단 기준이 있다고. 그리고 그게 진실이라면, 믿기 힘들다 해도 그냥 넘어가지 않아요."

(침묵)

"…………얘기해드리겠습니다."

"그래요. 분명 잘한 일이라고 나중에 생각하게 될 거예요. 자, 천천히 얘기해봐요."

(생략)

"이봐, 여기 물 한잔 가져와서 좀 드려. 그래. 고마워. 자, 한잔 마셔요. 쭉. 그— 누구야, 우리 준호 씨가 해준 얘기 잘 들었습니다. 꺼내기 힘든 말이었을 텐데 수고 많았어요. 그럼 조사에 참고할 테니 이제 돌아가셔도 됩니다."

"사인은 아직 알 수 없습니까?"

"원래는 말해주면 안 되지만 준호 씨한테만 특별히 말해줄게요. 급성마약중독으로 인한 심정지일 확률이 높아요. 물론 정확한 사인은 부검을 해봐야 알지만 이런 상태를 많이 봤거든요. 내가 삼십 년을 그냥 보낸 게 아니에요."

"형사님, 이분은 마약을 할 사람이 절대 아닙니다. 사인이 마약 때문이라 해도 결코 스스로 하진 않았을 겁니다."

"참고할게요."

"그들은 사람을 아무렇지 않게 죽일 수 있습니다. 마음만 먹는다면 더 끔찍한 일도 어떠한 소리 소문도 없이 처리해버릴 수 있죠. 그들은 그런 방식으로 일을 진행합니다."

"큰 도움이 되네요. 내가 진실을 꼭 밝힐 테니 준호 씨는 돌아가서 푹 쉬도록 해요."

"안 믿으시는 거죠? 아까부터 수첩을 열어만 두고 제가 한 얘기 하나도 안 적으셨잖습니까."

"적을 거예요. 안 그래도 지금 막 적으려고 했는데 그걸 지적하는군요."

"정식으로 참고인 조사를 받겠습니다."

"필요하면 부를게요. 이봐, 자네가 밖으로 안내해드려. 준호 씨, 수고 많았어요. 경찰을 한번 믿어봐요. 진실은 곧 밝혀질 겁니다. 자, 조심히 가요. 김 형사, 자네 이쪽으로 와봐. 이 사건 말이야, 급성마약중독이니까 유족한테 그렇게 알리고, 될 수 있으면 부검은 하지 않는 쪽으로 얘기해봐. 해봐야 고인만 욕보일 뿐이야. 이런 사건에 힘 뺄 필요 없잖아. 그냥 그렇게 끝내자고. 그리고 지금 나간 한준호라는 사람, 이 사람이나 조사해봐. 맛이 좀 간 거 같은데 잘하면 줄줄이 엮을 수 있을지도 몰라. 아님 말더라도. 그래, 그렇게 가자고."

2

준호는 장대비가 쏟아지는 외곽순환도로 위를 달렸다. 카 라디오에서는 저녁 여덟시 뉴스가 흘러나오고 있었다. 가구점에서 벌어진 사망사건은 약물과다복용으로 인한 사고로 하루 만에 결론 내려졌다. 경찰조사 결과 그는 평소 마약성진통제를 복용해왔으며, 그 밖에도 의료기관을 통하지 않고 개인적으로 구매한 약물을 상습적으로 투여해온 것으로 드러났다.

준호는 라디오를 끄고 운전대를 손바닥으로 내리쳤다. 그리고는 액셀을 신경질적으로 밟아 자동차의 속력을 높였다. 헤드라이트를 상향으로 틀고 비상등을 켜고 클랙슨을 연속으로 울려댔다. 그의 분노는 '이야기를 이끄는 존재'에게로 향했다.

꼭 이런 식으로 끌고 가야 합니까? 그 사람의 죽음이 이 이야기에 무슨 도움이 된다고!

그는 억수같은 비를 뚫으며 차량의 속도를 더 높였다.

그 사람은 나 때문에 죽은 거나 다름없다. 나에게 모든 것을 털어놓고, 죽을지 모른다는 불안에 떨다가 결국엔 정말로 죽고 만 거야. 기업의 농간에 퇴직당하는 모욕을 겪었지만, 가구점을 운영하며 성실히 살아가려 했던 그가 잘못 건 전화 한 통 때문에 목숨을 잃고 만 거라고.

"내가 당신에게 대적할 순 없겠지. 당신은 창조자니까!" 준호는 속도를 줄이며 갓길로 차선을 옮겼다. 고여 있던 물이 도로 바깥으로 뿜어졌다. 그는 차를 세우고 운전대에 고개를 묻었다.

"당신은 당신이 창조한 사람이 죽어도 아무렇지 않겠지." 그는 나지막한 목소리로 말했다. "하지만 우리는 그렇지 않아. 우리는……"

창백한 불빛이 몇 번 번쩍이더니 멀리서 천둥소리가 들렸다. 빗줄기가 자동차의 유리창을 난폭하게 때리고 와이퍼가 그것을 재빨리 닦았다. 몇 개의 헤드라이트가 준호의 자동차 내부를 비추고 지나갔다. 준호는 그 상태로 좀 더 있었다. 반복되는 와이퍼와 빗소리가 그의 감정을 얼마간 진정시키고 나자, 그는 생각을 이어갔다.

화를 낸다고 될 일이 아니다. 무슨 일이 벌어지든 담담하게 받아들여야 한다. 이야기가 흘러가려면 불가피한 일이라는 게 발생할 수밖에 없다. 지금 해야 하는 일은 주변 상황에 흔들리지 않고 냉철하게 행동하는 것, 그것이 결국 이야기를 옳은 방향으로 이끌어갈 것이다.

준호는 감정 때문에 밀려나 있던 '세계의 진짜 모습'을 보려는 의지를 다시금 끌어왔다. 그러고는 왼쪽 두뇌를 가동시켰다. 수퍼니처 사장의 죽음은 일말의 의심 없는 명성가구의 소행이다. 경찰의 미온적인 조사 때문에 사건은 하루 만에 약물과다복용으로 종결됐다. 그건 명성가구에게 매수된 경찰을 의미한다. 언론은 경찰의 발표를 그대로 실어 나르고 있다. 아직은 추정뿐이지만 화재로 죽은 소녀의 죽음 또한 경찰과 언론이 관련되어 있는 일이다. 왜곡된 내용의 신문기사가 그 사실을 뒷받침하고 있다.

정부조직과 언론, 기업이 각자의 이득을 위해 권한을 남용한다. 그 자체로 거대 악이다. 하지만 그것은 그들이 벌인 행동의 결과로서 드러난 악이지 '악의 실체'는 아니다. 악의 실체는 '감춰진 방' 안에 있다. 그들이 저지르고 있는 전횡의 가장 핵심, 그들이 감추려고 하는 저 어둠의 깊은 곳, 거기에 실체가 있다. 악은 본래의 자신을 숨긴 채 다른 형태로 모습을 드러내고 있다. 개념으로서가 아닌 분명한 형태로서, 악은 존재하고 있다.

준호는 비록 느리기는 하지만 자신이 악을 향해 점점 다가가고 있음을 느꼈다. 그러나 한 가지 의문점이 있었다.

그들은 왜 갑자기 수퍼니처 사장을 죽였을까? 비밀 누설에 따른 복수? 그렇다면 어째서 쥐도 새도 모르게 없애는 방식을 취하지 않고 뉴스에 보도될 정도로 크게 일을 벌렸을까? 준호는 곰곰이 생각해보았다. 얼마간의 시간이 흐른 뒤, 그의 생각이 하나의 방향성을 갖추기 시작했다.

그들은 내가 자신들을 감시하는 걸 알고 있다. 그리고 그들은 그 일을 허락하지 않는다. 수퍼니처 사장의 죽음은 나에게 하는 경고다. 나에게 경고하기 위해 그의 목숨을 가져가기로 하고 실행에 옮긴 것이다.

그런데 어째서 나에게 직접적인 해를 가하지 않았을까. 나를 주시하고 있으면서, 내가 자신들 가까이로 한 걸음씩 다가가고 있다는 걸 알면서, 왜 나에게 위해를 일으켜 막을 생각을 하진 않는 걸까.

방향성을 갖춘 생각이 하나의 답을 내놓았다.

그들은 나를 기다리고 있다.

나를 없애려고 했다면 진작 그렇게 했을 것이다. 그러나 그들은 그런 방식으로 나를 막을 생각이 없다. 무슨 이유에선지 그들은 일단 경고를 한 뒤에 내가 나타나기를 기다리고 있는 것이다. 그러지 않고서야 늘 '경제적'으로 움직이는 명성가구가 나를 내버려두고 있을 리 없다. 그들은 호미로 막을 걸 가래로 막지 않는다.

그러므로 멀리 돌아갈 필요가 없다. 곧장 그리로 가면 된다. 지금 바로 아트센터로 가서 나를 기다리고 있는 명성가구 회장을 만난다. 그리고 악의 실체를 두 눈으로 확인한다. 그것이 지금 내가 해야 할 일이다.

준호는 심호흡을 한 다음 고개를 크게 한 번 끄덕였다. 그 순간 번개가 몇 차례 번쩍였기 때문에, 그의 끄덕임은 마치 몇 개의 연속된 사진처럼 보였다. 지구를 징 삼아 울리기라도 한 것처럼 천둥이 뒤따랐다. 준호는 그 소리를 신호로 비상등을 끄고 차를 출발시켰다.

3

아트센터 주차장에는 검정색 에쿠스 한 대만이 세워져 있었다.

준호는 그 옆에 주차한 다음 와이퍼와 헤드라이트, 시동 순으로 껐다. 빗줄기는 조금 약해져 있었다. 그는 차에서 내려 본관 정문으로 걸어갔다. 차가운 빗물이 정수리와 어깨를 두드렸다. 그는 유리문 손잡이를 잡고 힘주어 밀었다. 그의 진입을 기다리고 있었다는 듯이 문은 부드럽게 열렸다.

 안으로 들어가 문을 닫자 빗소리가 먼 곳으로 밀려났다. 캄캄해서 아무것도 보이지 않았다. 대리석 냄새가 습한 공기와 섞여 실내를 떠돌고 있었다. 그는 휴대폰 플래시를 켜고 주변을 둘러보았다. 넓은 홀이 여러 개의 파티션으로 나뉘어 있고, 각 파티션 안쪽에 운송업체 직원들이 나르던 나무 상자들이 놓여 있었다. 홀 바닥에는 동선을 표시한 야광 표시가 있었다. 준호는 그 표시를 따라 안쪽으로 들어갔다. 그의 젖은 단화가 바닥과 마찰을 일으켜 삑삑 소리를 냈다. 화살표를 따라가자 엘리베이터를 탈 수 있는 별도의 공간이 나타났다. 그곳의 전등은 켜져 있었다. 준호는 거기로 가서 엘리베이터의 버튼을 눌렀다.

 엘리베이터는 팔층에서 내려왔다. 수퍼니처 사장이 말한 회장실로 가는 직통 엘리베이터다. 명성가구 본사에도 이와 비슷한 게 있을 것이었다. 문이 열리고 준호는 안으로 들어갔다. 버튼은 하나뿐이었다. 버튼을 누르자 문이 천천히 닫히더니 조금 있다가 다시 천천히 열렸다. 눈앞에는 컴컴한 복도가 있었다. 준호는 복도 끝에 있는 문틈 사이로 가느다란 불빛이 새어나오고 있는 것을 보았다.

 그곳을 향해 걸었다. 바닥과의 마찰음이 이곳에선 들리지 않았다. 문틈의 날카로운 불빛이 점차 다가왔다. 이윽고 준호는 문 앞에 도착했다. 휴대폰 불빛으로 문을 비춰보자 회장실이라고 한자로 쓰여 있었다.

분명 보안은 풀려 있을 거야. 준호는 생각했다.

그는 문손잡이를 잡고 나름의 각오를 한 뒤 문을 밀었다. 그의 예상대로였다. 형광등이 켜진 넓은 사무실이 나타났다. 널찍한 회의용 테이블과 의자가 있었다. 테이블 옆에는 검정색 중절모를 쓰고 마찬가지로 검정색인 정장을 입은 남자가 서 있었다. 육십 대 후반 정도로 보이는 호리호리한 체형의 노신사였다. 그는 형광등 불빛 아래에 서서 뒷짐을 진 채 준호를 바라보고 있었다. 준호의 뒤에서 문이 스스로 닫혔다. 정장을 한 남자가 뒷짐을 풀더니 두 손을 앞에서 잡았다.

"한준호 씨." 노신사는 가느다라면서도 허스키한 목소리로 그의 이름을 불렀다.

준호는 천천히 다가갔다. 그가 다가가자 노신사는 회의용 테이블의 의자를 빼고 여기에 앉으라는 제스처를 취했다. 준호는 그 의자 맞은편에 있는 의자에 앉았다. 노신사는 가볍게 웃어 보이며 자신이 뺀 의자에 앉았다.

"기다리고 있었습니다." 노신사는 말했다.

"그러셨겠죠. 당신들은 날 감시하고 있었으니."

노신사는 자신의 손목시계를 보았다.

"저는 회장님의 수행비서입니다. 회장님은 지금 의식 중이시니 그 전에 저와 잠깐 얘기를 나누시지요."

"무슨 얘기를?"

"귀하가 알고 싶은 얘기를요. 귀하께서도 이제 멀리 돌아갈 필요 없다 생각하고 여기에 왔잖습니까. 회장님을 뵙기 전에 제가 모든 걸 말씀 드리겠습니다. 그러는 편이 낫겠지요."

그는 모자를 벗어 테이블 위에 내려놓았다. 올백으로 깔끔하게 넘긴 백발이 드러났다.

"한준호 씨는 보기보다 용기 있는 사람인 것 같더군요. 솔직히 겁을 먹고 나타나지 않으면 어쩌나 걱정했습니다. 물론 겁을 먹긴 했지만 그걸 이겨내고 결국 여기까지 왔군요. 그게 바로 진정한 용기라고 할 수 있지요. 솔직히 조금 감탄했습니다."

수행원은 노인 특유의 쉰 듯한 소리를 내며 웃더니 느릿느릿 말을 이었다.

"귀하는 우리를 나쁜 존재로 여기고 있겠습니다만 사실은 그렇지 않습니다. 아마 제 얘기를 들어보면 알게 될 겁니다. 우리가 무슨 일을 하는지, 왜 이런 일을 하고 있는지를 듣고 나면 지금처럼 우리를 적대시한 스스로의 행동에 머쓱해질 겁니다. 그래서 사람은 늘 행동을 조심해야 하는 법이지요. 제가 이런 말을 하는 이유는 상대의 말을 들어줄 마음이 없는 사람에게는 어떤 얘기를 해도 소용없기 때문입니다. 귀하께서도 어제 절감하셨겠지요. 경찰에게 어렵게 진실을 털어놓았는데 진지하게 그 말을 들어주지 않았잖습니까. 들을 생각이 없는 사람에게는 아무리 말해봐야 헛수고인 것이지요.

그래서 이 말을 하는 겁니다. 무슨 말인지 아시겠지요?"

준호를 느릿느릿 말하는 그를 바라보았다. 그는 이제 늙은 육신으로, 눈꺼풀이 많이 쳐져 원래는 야망으로 가득했을 눈을 절반 정도 덮고 있었다. 그리고 절반 정도를 덮고 나자, 세상을 좀 더 제대로 보게 되었다고 눈은 말하고 있는 듯했다. 그리고 그가 여유로운 웃음을 지을 때 눈이 완전히 사라지는 것은, 그가 인생을 살며 선택하고 행동해온 것들에는 다 그럴 만한 이유가 있었다고 말하는 듯했다. 눈을 가리면 가릴수록, 상대방이 경계를 풀게 되는 사람이 세상에는 있는 것이다.

준호는 일단 적개심을 내려놓고 노신사의 말을 들어보기로 마음먹었다. 그의 다짐이 겉으로 드러났는지 노신사의 눈동자가 다시 얼마동안 얇은 눈꺼풀 속으로 사라졌다가 나타났다. 그는 올백으로 넘긴 백발이 단정하게 잘 자리 잡혀 있는지를 손바닥으로 매만져보았다.

"경청하는 상대에게 말할 수 있다는 건 감사한 일이지요." 수행원은 말했다. "그럼 얘기를 시작해보겠습니다."

제21장 민이주

어딘가 모르게 변한 모습

1

 1970년대에 들어선 대한민국은 지독한 가난에서 벗어나고자 하는 절실한 열망과 그 가능성을 엿본 지도자의 무분별한 정책 추진, 그리고 그러한 방식에 동의하지 못하는 거부의 기세가 맹렬히 충돌하는 전쟁터였다. 박정희는 종신토록 나라를 통치하려는 꿈을 실현하려 했으나 그에 반대하는 세력 때문에 골머리를 앓고 있었다. 그는 군인으로서의 경험을 바탕으로 유신을 선포하고, 스트레스의 원흉이 되는 사람들을 데려다가 신체적, 정신적 고통을 가했다. 미래에 발생하게 될지 모를 골치 아픈 상황에도 만반의 대비를 했다. 체제에 비판적인 사람을 끌고 가 고문하고, 질서 유지에 방해된다며 장발과 미니스커트를 처벌하고, 별로 납득되지 않는 이유로 많은 수의 노래를 부르지 못하게 했다. 곳곳에서 민주주의를 되찾으려는 시위를 벌이고 대통령을 암살하려는 시도까지 있었지만 모두 진압되었다.

그는 장기집권의 명분을 얻기 위해 어떻게든 경제 발전을 이룩하려고 했다. 새마을운동을 시작하고, 2차 산업을 본격화하고, 수출 중심의 무역으로 전략을 바꿨다. 이걸로도 부족하게 되자 무리하게 경제 개발을 추진할 수밖에 없었고, 이러한 과정에서 민주주의는 많은 희생을 당하게 되었다. 미국의 차관을 받으려고 베트남전에 국군을 참전시켰고, 일본으로부터 원조를 받으며 일제치하에 대해 더 이상 묻지 않는다는 조건을 받아들였다.

박정희의 욕망은 많은 국민을 희생시켰고, 그러한 희생 덕분으로 대한민국 경제는 유례없는 성장을 이뤘다. 도로가 포장되고 그 위를 많은 자동차들이 달렸다. 한강 다리가 차례로 건설되고 경부고속도로가 준공되었다. 수출 십억 불을 달성하더니 그로부터 칠 년이 지나서는 백억 불을 달성했다. 곧 일본을 앞지를지도 모른다는 소문까지 돌았다.

당시 한국 국민의 가슴 속에서는 불길이 일고 있었다. 그 불길은 노동으로, 저항으로, 패션으로, 자유에 대한 열망으로 표출되었다. 많은 여성들이 사회에 진출하면서 건강하고 활동적인 이미지의 여성이 선망의 대상으로 떠올랐다. 색조 화장의 인기가 치솟고 화려한 옷차림이 유행했다. 거리에는 온통 그런 '신여성'이 활보했다. 칙칙하고 음습했던, 보수적인 한국사회에 여성이라는 꽃이 피어난 것이다. 박정희는 그러한 분위기를 단속했으나 자유를 필두로 한

서구 문화의 범람까지 막진 못했다. 그때의 규제는 지금에 와서는 물론 당시조차 조롱의 대상일 뿐이었다.

1970년대의 막이 오르고 내리기까지, 박정희가 새마을운동을 벌이고 유신을 선포하고 암살당하기까지의 한국은 저항과 규제, 민주주의와 독재, 경제의 성장과 위축, 여성지위의 상승과 하락과 같은 요소들이 각각의 카테고리 안에서 이따금씩 우위를 교체해가며 우상향으로 나아가고 있었다.

명성가구 회장은 이와 같은 격랑의 시기에 러닝셔츠 한 장 걸치고 목에 수건을 두른 채 산속에 있는 제재소에서 이십대 청춘을 보냈다. 그는 대학에 가지 않고 곧바로 현장으로 뛰어들었다. 그가 땀 냄새 나는 사내들과 수만 그루의 나무를 가공하는 동안 강남땅은 깜짝 놀랄 모습으로 개발되었다. 장기 징역수가 출소해 몰라보게 변한 세상을 보게 되듯, 그가 잠시 서울에 나갈 일이 있어 외출할 때면 변화한 도시의 모습을 보고 얼이 빠진 채 산속으로 돌아오고는 했다. 그야말로 그는 변화의 물결에서 한 발짝 물러난 채, 그 흐름에서 벗어나 있었던 것이다.

그러나 그의 노동이 만들어낸 결과물만큼은 시류에 분명하게 올라서 있었다. 목재사업은 국가 경제의 중요한 사업 수단이었고, 그는 가장 젊고 힘 있는 시기에 그 일을 해냈다. 제재업에 대한 노하우와 인맥을 쌓은 그는 젊은 나이에 가구회사를 차려 사장이 되었고, 현재까지 한국 경제의 여러 물줄기 중 하나의 흐름을 도맡아왔다.

그러나 많은 자수성가한 사람이 그렇듯 그에게는 늘 아쉬움이 남아 있었다. 한국의 '신여성'들이 아름다움을 발산하고 다니던 시절, 이제 막 피어오른 꽃의 향기를 그는 가까이서 맡아본 적이 없었던 것이다. 그는 경제적 풍요가 안겨졌을 때 여성이 갖게 되는 성교에 대한 너그러움의 수혜를 입지 못했고, 그는 자신의 남성성을 산속에 있는 음울한 숙소에서 새벽녘 일어나 속옷을 빠는 데 사용해야 했다. 그렇게 그는 자유분방하고 개성 넘치는 수많은 여성들을 하루가 다르게 변해가는 강남 거리에 묻어둔 채 세월을 건너와야 했던 것이다.

길거리를 다니며 그의 시선을 빼앗았을 여성들. 그리고 돈을 버느라 그런 여성들과 교제해보지 못한 청춘. 그에게는 그 시절에 대한 향수와 미련이 있다. 그리고 그것은 자신도 모르는 깊은 의식 속에서 불분명한 형태의 성적 판타지로 남아 있다…….

여기까지가 자신이 태어나지 않았던 시대와 명성가구 회장에 대한 배경지식을 공부한 뒤 이주의 머릿속에 생겨난 이미지였다. 이주는 그것을 공략하기로 했다. 성공한 남자라면 누구나 갖게 되는 욕망, 즉 '지금 가진 것을 들고 그 시절로 돌아갈 수 있다면' 이라는 욕구를 충족시켜주기로. 대학을 다녀보지 못한 회장에게 성적 판타지가 생기는 대상은 당시의 여대생일 터였다. 이주는 그 모습을 재현하기로 했다.

재현하되 모든 것을 가져와선 안 된다, 고 그녀는 생각했다. 세련

돼 보이지 않는다면 자칫 판타지가 깨져버릴지도 모른다. 지금의 회장은 그때와 보는 눈이 다르다. 회장의 연령과 성향을 근거로 해서 당시 여성의 좋은 점만 가져와 현대적으로 해석해야 한다. 공연히 당시를 재현하겠다고 요즘은 잘 기르지 않는 겨드랑이 털까지 만들 필요는 없는 것이다. 그렇다고 너무 현대적으로만 재현하려고 하면 현실성이 떨어질 수 있으니 유의해야 한다. 예를 들어 몸매 관리에 있어서 지금 기준에 맞게 너무 타이트하게 해서는 곤란하다. 당시에는 여대생이 피트니스 클럽을 다니거나 일부러 굶는 다이어트를 하는 일이 드물었다.

이주는 취해야 할 것과 취하지 말아야 할 것을 철저하게 분리했다. 상대의 취향을 맞춰주기로 결심했다면 확실하게 해줘야 한다. 단순히 비슷한 정도의 흉내로는 판타지 속 세계에 도달할 수 없다. 정밀한 디테일이 생명이다. 이주는 그러한 점을 분명히 한 다음 거울을 보며 화장을 시작했다.

솜을 가볍게 두드려 잡티만 가릴 정도로 파운데이션을 옅게 펴 바르고, 양 볼에 붉은 기운이 도는 볼터치를 한다. 눈썹을 정리한 다음 원래의 모양은 무시하고 아치형의 눈썹을 그린다. 속눈썹을 붙인다. 속눈썹은 눈이 커 보이는 효과가 있으므로 좀 과해도 괜찮다. 눈 꼬리가 조금 올라가도록 아이라이너로 그린다. 푸른 계열의 펄 아이섀도를 눈꺼풀 아래로 내려올수록 진해지게 그러데이션으로 바른다. 이것은 과해서는 곤란하다. 자칫 촌스러워 보일 수 있다. 입술에 붉은색 립스틱을 바르고 그 위에 보라색 틴트를 덧바른다. 렌즈는 끼지 않는다.

땡땡이 무늬가 있는, 어깨에 패드를 넣은 흰 블라우스를 입는다. 땡땡이 무늬의 동그라미는 매우 작다. 무릎에서 한 뼘 정도 올라오는 스커트를 입는다. 하늘색 스카프를 목에 둘러 쇄골 중앙에서 매듭을 짓는다. 앞머리를 자르고, 나머지 머리카락을 어깨정도에서 잘라 바람에 넘어간 것처럼 자연스럽게 드라이한다. 알이 둥근 선글라스를 정수리와 이마 사이에 꽂는다. 복숭아색 스타킹을 신고 통굽 구두를 신는다. 어깨에 거는 핸드백을 멘다.

이주는 거울 앞에 서서 자신의 모습을 확인했다. 마음에 들었다. 그녀가 흉내 낼 역할은 예전에 KBS에서 방영했던 TV문학관 〈어떤 여름방학〉의 정윤희다. 이주는 정윤희를 떠올리며 그녀의 목소리와 말투, 행동을 그대로 따라할 수 있음을 확인했다.

2

이주는 호텔로 가서 에스컬레이터를 타고 이층으로 올라갔다. 커피숍 출입문 근처에서 회장 부인의 수행원이 사용하는 향수냄새가 났다. 안으로 들어가자 회장 부인은 창밖을 바라보고 있었다. 이번에도 역시 커피숍엔 아무도 없었다. 이주의 커피는 이미 테이블에 놓여 있었다. 그녀는 자리로 가서 앉았다.

　회장 부인은 창문에서 눈을 떼고 이주를 바라보았다. 믿을 수 없다는 표정이 그녀의 얼굴에 떠올랐다.

　"이럴 수가, 내 눈이 어떻게 된 거 아니죠?"

　이주는 옆에 있는 의자 위에 핸드백을 내려놓았다.

　"정말 놀랄 노자네요. 완전히 다른 사람 같아요."

　회장 부인은 마치 낯선 여행지에서 낯익은 얼굴을 보기라도 한 것처럼, 기억 속에 있는 얼굴과 눈앞에 있는 여자의 얼굴을 비교해 보았다. 이주는 그런 시선을 아랑곳 않고 커피 잔을 양손으로 잡은 후 커피를 천천히 입 속으로 흘려 넣었다.

　회장 부인은 그녀가 잔을 내려놓을 때까지 말없이 그 모습을 지켜보았다. 그러고 나서는 무언가를 생각해내더니 핸드백을 열었다. 그녀는 두툼한 돈봉투를 꺼내 테이블 위에 올려놓고 이주의 앞으로 밀었다.

　"약속한 금액보다 조금 더 넣었어요."

　이주는 느릿한 동작으로 봉투를 받아 자신의 핸드백에 넣었다.

　"내가 얼마나 기뻤는지 당신은 모를 거예요. 그이는 그날 밤 아주 행복해 보이는 얼굴로 집에 들어왔어요. 정말로 사랑에 빠진 얼굴이었죠. 남편이 손톱을 깎으면서 그런 미소를 짓고 있는 걸 본 건 처음이었어요. 지금껏 한 번도 나한테 '식사는 했느냐'고 물어본 적이 없는데, 그 날은 묻더니 아직 안 먹었다고 하니까 자기 수행원더러 빵까지 사오게 하더군요. 전 기분 좋게 그걸 먹었구요. 각자 대상이 다르기는 하지만 우리 둘 다 사랑에 빠지고 나니 정말 행복하다는 감정을 느꼈죠."

그녀는 홍차가 든 찻잔을 들어 옆면의 온도를 재보더니 아직 충분히 식지 않았다고 판단했는지 다시 내려놓았다.

"당신은 정말 프로네요. 솔직히 말해서 거의 기대하지 않았거든요. 당신의 모습은 그이가 원하는 여자와 전혀 다르니까. 사실 오늘 당신을 만나면 어떻게든 저번에 접대했던 그 여자 분을 다시 섭외해 달라고 부탁하려 했어요. 그런데 이제 그럴 필요 없겠어요."

이주는 별다른 반응 없이 아까와 같은 동작으로 커피를 마셨다. 회장 부인 역시 말없이 그 모습을 얼마동안 바라보았다.

"옛날 생각이 나네요. 나도 당시에는 꼬마여서 외모를 꾸미지는 않았지만 나중에 크면 저렇게 가꿔야지 하고 생각했었어요. 내가 꾸밀 나이가 됐을 땐 이미 그 유행이 지나버리기는 했지만. 어쨌든 지금 바로 이 모습이었어요. 정말…… 그때 생각이 나요."

이주는 회장 부인의 반응으로 보아 자신의 변신이 유효하다는 것을 알았다. 처음 해보는 화장법이어서 다소 염려되는 부분이 있었으나 이제는 이 모습이 먹힐 거라는 온전한 자신감만이 남았다. 그녀 스스로 생각해도 꽤나 과감한 변신이긴 했다.

"일어서서 볼 수 있을까요?"

이주는 자리에서 일어났다. 가방도 어깨에 메줄 것을 회장 부인은 요청했다. 이주는 그렇게 했다.

"한 바퀴 돌아줘요."

이주는 제자리에서 천천히 돌았다. 테이블 주변에 원형 카펫이 깔려 있어서 구두 굽 소리는 나지 않았다. 회장 부인은 테이블에 양 팔꿈치를 받친 채 만족스러운 얼굴로 그녀를 보았다.

"속옷도 입고 와 달라고 했던 거 기억해요?"

이주는 약간 틈을 둔 뒤에 살짝 고개를 끄덕였다. 물론 그녀가 생각하기에 지금 고개를 끄덕인 건 정윤희다.

"옷을 좀 벗어줬으면 좋겠는데." 회장 부인은 말했다. "확실히 하자는 차원이니까 기분 나쁘게 생각하지 않았으면 좋겠어요. 그이 만나서 계속 옷을 입고 있을 것도 아니고, 벗었는데 속옷에서 왕창 깨버리면 그렇잖아요."

회장 부인은 자리에서 일어나 이주에게 다가가더니 그녀가 멘 핸드백을 어깨에서 걷어내 의자에 내려놓았다.

"아무도 보는 사람 없으니 걱정 말아요. 여긴 우리뿐이니까. 그 사람도 지하주차장에 내려가 있어요."

'그이'가 남편, '그 사람'이 수행원, 하고 이주는 생각했다. 헷갈리지 않을까? 헷갈려도 상관없는 건가?

"자, 어서."

이주는 단추를 하나씩 풀어 블라우스를 벗었다. 늑골이 약간 드러날 정도의 마른 상체가 브래지어와 함께 나타났다. 이어서 그녀는 지퍼를 내려 스커트를 벗었다. 회장 부인은 선 채로 상체를 약간 뒤로 기울여 그녀의 몸을 바라보았다.

"관리를 정말 잘했네요. 이주 씨 나이가 되면 아랫배가 나오기 마련인데 전혀 없어요. 옆구리에도 지방이 없고. 이건 타고 난 거예요."

회장 부인은 이주의 주위를 돌며 그녀의 신체를 찬찬히 살펴보았다.

"부러워요. 나도 미인대회에 나가려고 엄청 고생한 적이 있어서 살 빼는 게 얼마나 고통스러운 일인지 알거든요. 그래서 아무리 먹어도 안 찌는 체질을 보면 얼마나 부러운지 몰라요."

회장 부인은 이주의 앞으로 돌아와서 섰다.

"속옷은 아주 좋아요. 당시에 우리 사촌언니가 입던 거랑 비슷해요." 그녀는 말했다. "이것도 잠깐 벗어줄래요?"

이주는 잠깐 틈을 두었다가 후크를 풀어 브래지어를 벗고 테이블 위에 올렸다. 그러고는 팬티를 벗어 두 번 접은 다음 브래지어 옆에 놓았다.

그녀의 맨몸이 드러났다. 커피숍은 음악도 나오지 않는 완전한 침묵에 감싸여 있었다. 창문의 블라인드 틈새로 빛이 들어와 이주의 늑골 아래에 날카로운 그림자들을 만들었다. 부인은 다시 주위를 돌며 이주의 신체 곳곳을 확인했다. 그녀의 가슴 위에 살짝 손을 올려서 탄력을 느껴보고, 천천히 손을 내려 아랫배와 옆구리, 엉덩이도 신중하게 만져보았다. 이주가 느끼기에 부인의 손은 몹시 부드러웠다.

"바스트가 좀 작긴 해도 그이한텐 문제가 안 될 거예요. 그런 건 있으면 좋고 없어도 그만인 안주 같은 거거든요. 피부도 아주 좋고 힙에 탄력도 있고…… 나도 호르몬이 충분히 나올 땐 이런 상태였는데."

그녀의 손이 이주의 배꼽을 지나 허벅지를 향했다. 이주는 그녀의 터치를 제지하지 않았다. 회장 부인의 손은 이주의 허벅지 안쪽 살결을 꼼꼼하게 더듬어본 다음 골반 바깥과 옆구리를 거쳐 등으로 올라왔다. 쇄골로 넘어온 손은 양쪽 가슴 사이로 내려와서야 이주의 몸을 떠났.

회장 부인은 자리로 돌아가 앉더니 홍차에 설탕을 한 스푼 넣고 천천히 저어 한 모금 마셨다.

"이제 입어도 좋아요. 아주 만족이에요."

이주는 테이블에 올려둔 속옷을 벗었던 반대 순서로 입었다. 치마와 블라우스도 입었다. 그런 다음 자리에 앉았다. 커피숍 안은 한동안 침묵이 흘렀다. 그러나 두 사람 모두 그 침묵에 압박을 느끼진 않았다. 각자의 생각에 빠져 침묵 따위에 신경 쓸 겨를이 없었다.

"질투가 날 정도로 좋은 몸을 가지고 있네요." 회장 부인이 침묵을 깼다. "당신과 자는 남자는 정말 만족스럽겠어요."

"애인은 만족하지 않나보죠?" 이주는 물었다.

부인이 찻잔을 내려놓는 소리가 귀에 거슬리게 났다.

"그럴지도요. 내 피부는 이제 바람 빠진 풍선처럼 됐으니까. 가슴하고 엉덩이는 말린 과일처럼 쪼그라들었고요. 나도 예전엔 비교 상대가 없을 정도로 괜찮은 몸을 가지고 있었는데 시간을 거스를 수는 없더군요."

그녀는 그렇게 말하더니 홍차를 한 모금 더 마셨다.

"그래도 그 사람은 한 번도 불평한 적 없어요. 나와 잘 때면 늘 최선을 다해주고 끝나고 나면 꼭 안아주죠. 이렇게 늙어버린 몸인데도 말이에요. 그이는 이렇게 되기 전에도 한 번도 그런 적 없었는데."

"애인에게 사랑받지 못하고 있다고 생각하세요?" 이주는 말했다.

부인의 얼굴에 약간의 동요가 있었다. 그러나 그녀는 이내 침착을 회복했다.

"물론 그 사람은 내가 가진 돈이 좋아서 날 만나고 있는 거겠죠. 젊은 여자랑 얼마든지 만날 수 있을 텐데 왜 날 만날까 하고 생각하다보면 결국 답은 그거밖에 없거든요."

회장 부인은 핸드백에서 담배를 꺼내 입에 물었다. 이주에게 하나를 권했으나 이주는 거절했다. 회장 부인은 라이터를 켜고 연기를 빨아들였다가 길게 뱉어냈다. 그러고는 창가에 놓인 화분을 바라보며 말을 이었다.

"그치만 그게 무슨 상관이에요? 모든 게 연기라고 해도 상관없어요. 애초에 사랑이란 게 그리 대단한 것도 아닌데 뭘. '사랑은 일종의 서비스'라는 서로간의 합의만 있다면 얼마든지 그렇게 할 수 있고, 이미 많은 사람들이 묵인 하에 그렇게 하고 있어요. 아무튼 간에 중요한 건 내 마음이에요. 나는 그 사람에게 빠졌고 난 이 기분을 실컷 즐길 거예요. 그리고 그 사람은 나에게서 원하는 걸 가져가면 되죠. 나는 지금 너무나 행복해요. 남편 눈치 안 보고 마음껏 사랑할 수 있으니까. 누군가는 나를 '사랑 없는 결혼생활을 하고 있다'며 불쌍하게 바라볼지 모르지만 사실은 그 반대예요. 난 남편과 자식도 있고, 돈도 많고, 게다가 사랑도 하고 있죠. 그러니까 나는 죽는 날까지 외로울 일이 없다고요. 이보다 행복한 삶이 있을까요?"

그녀는 담배를 재떨이에 비벼 껐다. 지금껏 보여주지 않은 신경질 담긴 행동이었다.

이주는 미지근해진 커피를 한 모금 마셨다.

"남편을 사랑한다고 하셨죠?" 이주는 잔을 내려놓으며 물었. "좀 별난 형태의 사랑이라고."

"아니라고 생각해요?"

"사모님이 남편을 만족시키려는 이유는 자기 자신의 행복을 유지하기 위해서예요. 어느 날 갑자기 남편이 가정의 품으로 돌아와 버릴까봐 불안한 거죠. 예전부터 그래왔듯 계속해서 바깥을 떠돌아야 하는데 말이에요. 늘그막에 가정에 관심을 갖는 남자들이 종종 있거든요. 그러면 아주 끔찍할 테죠. 그래서 온 힘을 다해 남편이 가정으로 돌아오지 못하도록 하고 있는 거예요. 그걸 사랑이라는 단어로 포장하는 거고."

회장 부인은 의자 등받이에 몸을 푹 묻으며 팔짱을 끼더니 창밖을 바라보았다. 그녀는 마치 속으로 이주가 한 말과 다투고 있는 것처럼 보였다. 한동안 회장 부인은 미동도 않더니, 결국 어느 시점이 되자 팔짱을 풀며 시선을 이주에게로 돌렸다.

"그래요. 인정할게요. 당신이 생각한 면도 없지 않아 있다는 걸. 남편이 가정으로 눈을 돌리지 않았으면 하는 마음은 있어요. 그치만 '남편이 만족했으면 좋겠다'는 마음만큼은 다른 의도 없는 순수한 진심이에요. 이건 정말이에요. 믿지 않는다 해도 어쩔 수 없어요. 당신이 어떻게 생각하든 난 남편에게 연민을 느끼고 있고, 그게 지금 내 애인을 사랑하는 것과 다른 형태의 사랑이라고 생각해요."

회장 부인은 다시 창밖으로 시선을 보냈다. 이주는 커피를 마시며 그녀가 더 할 말이 있다면 할 수 있도록 기다려주었다. 얼마간 시간이 흐르고, 회장 부인은 창밖에 시선을 고정한 채 입을 열었다.

"사랑이란 골치 아픈 거예요. 아름답지도 숭고하지도 않은 그저……"

부인은 말을 맺지 않은 채 테이블에 놓인 물 컵을 들어 전부 마신다음 내려놓았다. 그녀는 핸드백에서 거울을 꺼내 입술을 확인하더니 거울과 휴대폰을 핸드백에 넣고 자리에서 일어났다.

"얘기는 끝났어요. 당신 말대로 그이가 절대 가정으로 돌아오지 않게 해줘요. 당신이라면 꼭 그렇게 해줄 수 있을 거라고 믿어요."

그녀는 말하고 나서 또각또각 구두소리를 내며 밖으로 나갔다. 이주는 종소리를 내는 출입문을 한동안 바라보았다. 잠시 후, 그녀는 핸드백을 어깨에 걸고 자리에서 일어나 회장 부인이 나갔던 문을 향해 걸어갔다. 출입문의 손잡이를 밀면서, 이주는 뒤늦게야 회장 부인의 말에 대답했다.

영원히 돌아가지 못하게 해드리죠.

3

 은지가 아니라 자신이 회장을 접대하기로 했다는 얘기를 하자 예상대로 부하는 크게 반발했다. 우리가 하는 일은 비즈니스이며, 비록 가짜 성매매를 하고 있지만 그 바탕에는 신뢰가 깔려 있는 일이라고 만석은 역설했다. 은지와의 만남을 예약했는데 동의도 구하지 않고 다른 상대가 나타나는 건 일종의 사기행위이며, 결국 그것은 사업을 위험에 빠뜨리는 일이라고도 했다. 그 뒤로도 한참이나 뭐라고 했으나 이주가 중간에 전화를 끊는 바람에 그의 말 대부분은 그가 있는 공간을 벗어나지 못했다.
 이주는 초저녁이 되자 은지가 있는 곳으로 갔다. 대학로 연극거리는 사람으로 붐볐다. 은지는 매표소에 앉아 지나다니는 사람들을 바라보고 있었다. 이주는 그곳으로 다가가 매표구에 돈봉투를 밀어 넣었다. 회장 부인에게서 받은 돈에 수수료를 뗀 금액이었다. 은지는 그것을 받아 후드 티 앞주머니에 넣었다.
 "어디에다 쓸 거야." 매표소 바깥에서 이주가 물었다.
 "아직은 몰라요." 은지는 대답했다.
 "맛있는 것도 먹고 쇼핑도 해."

"전 필요한 거 없어요. 모든 게 갖춰져 있으니까."

"맘대로 해. 어쨌든 남한테 빌려주거나 뺏기지는 마."

"누가 뺏어가요?"

이주는 대답하지 않고 발길을 돌렸다.

"할게요." 은지의 목소리가 매표구 너머에서 들려왔다. "그쪽 사업을 이어받겠다고요."

이주는 걸음을 멈추고 매표소 쪽으로 몸을 돌렸다.

"그건 일단 보류야."

"왜요?"

"그렇다면 그런 줄 알아. 일단 처리할 일을 하고 나서 생각할 거야. 넌 내 연락이나 기다려."

"연극은 언제 시작할 거예요?"

"안 해."

"다시 말하지만……"

"됐어." 이주는 그녀의 말을 잘랐다. "난 연극 따위 안하고 존재할 거야. 내가 그렇게 하겠고 하면 그만인 거야."

이주는 다시 걸음을 옮겼다.

"그런 식으로는 존재할 수 없어요."

은지는 멀어지는 이주를 향해 말했다. 이주가 그 말을 들었는지는 은지도 알지 못했다.

제22장 주이민

버려야 할 조각과 새로 깎아야 할 조각

1

나는 돼지들과 연못에서 목욕을 하고 화가의 무덤이 있는 곳으로 간다. 숲의 가장자리에 있는 그의 무덤에선 동쪽 섬의 절벽이 보인다. 절벽 아래로 작은 폭포가 떨어지고 있다. 화가는 이곳에서 보이는 광경을 반복적으로 그림으로 남겼었다. 이 풍경이 마음에 들어서였을까? 폭포를 보면서 그는 무슨 생각을 했을까?

나는 무덤 옆에 그가 사용하던 이젤과 캔버스, 그림을 그리는 데 필요한 재료와 도구들을 놓고 그의 죽음에 대해 한동안 생각해본다. 다시는 예전처럼 그림을 그릴 수 없기 때문에 그는 죽음을 택했을까? 하지만 그는 왼손으로 오른손과 똑같이 그림을 그릴 수 있었다. 그가 죽음을 결심한 이유는 따로 있다. 무엇 때문에 사랑하는 사람을 남겨두고 떠났을까?

나는 그에게 묻기라도 하듯 무덤을 바라보지만 돌아오는 대답은 없다. 그의 육신을 대신하고 있는 묘석만이 내가 가져온 그림 도구들을 앞에 두고 말없이 서 있을 뿐이다.

그는 이제 나의 세계에 없다. 자신의 의지로 다른 세계로 떠났다.

나는 무덤 옆에 앉아 폭포의 광경을 바라본다. 시간이 흐른 뒤, 나는 묘석에 인사를 남기고 그곳을 떠난다. 돼지들이 열을 맞춰 내 뒤를 따른다.

언덕으로 돌아가는 길에 나는 동물체험예술가를 발견한다. 그녀의 모습을 본 건 화가가 떠난 이후 처음이다. 몰라보게 야윈 그녀는 자신의 집 앞 계단에 앉아 멍하니 덤불숲 쪽을 바라보고 있다. 그녀가 입고 있는 옷은 전에는 딱 맞았으나 지금은 약한 바람에도 앞섶이 크게 흔들릴 정도로 헐렁해졌다.

내가 그쪽으로 다가가려는데 모리가 나를 앞질러 그녀에게 가더니 꼬리를 흔든다. 그녀는 모리를 발견하고도 처음엔 아무런 반응을 보이지 않다가, 계속되는 애정 표현에 마음이 움직인 듯 돼지의 등을 쓰다듬는다. 그리고는 새끼돼지의 배를 손바닥으로 받쳐 들어 올린다. 그녀의 품에 안긴 모리는 코를 앞으로 내밀며 그녀의 냄새를 맡는다.

나는 그녀 앞에 다가가 선다. 그녀는 얼마간 말없이 모리의 콧등을 매만진다. 한참 만에 그녀는 입을 연다.

"시간이 필요했어요. 조금만 더⋯⋯"

그녀는 말을 끝맺지 못한다. 알고 있다고, 너무 자책할 필요 없다고 나는 그녀에게 말한다.

"그분이 잠들어 계신 곳에 다녀왔어요. 가보시겠어요?"

그녀는 힘없이 고개를 젓는다.

"만날 용기가 안 나요, 아직은." 그녀는 잠시 침묵한 뒤 다시 입을 연다. "그 사람이 마지막으로 남긴 그림을 봤어요. 선생님이 가져다주셨거든요."

그녀는 모리를 땅에 내려놓는다. 모리는 앞으로 걸어가며 풀잎의 냄새를 맡는다. 그녀는 억지로라도 기운을 차리려는 듯 어깨를 펴고 말을 잇는다.

"그림을 보고 제가 뭘 깨달았는지 아세요? 우습게도 사랑이 무엇인지는 중요하지 않다는 거였어요. 정의를 새롭게 해봐야 변하는 건 아무것도 없으니까. 오히려 중요한 건 '사랑이 무엇이 됐든 그걸 떼어놓고 봐야한다'는 거였어요. 사랑이 달라붙어 있으면 사람을 그 자체로 볼 수 없거든요. 그림에서 천을 걷어내듯이 사랑을 깨끗이 제거해야 그 사람을 제대로 볼 수 있는 거예요."

그녀는 자리에서 일어나더니 불어오는 바람의 공기를 들이마시고 내쉬어본다. 그리고는 열을 맞춰 서 있는 돼지들에게 다가가 등을 쓰다듬는다.

"그 사람은 계속해서 나를 바라봐줬어요. 그런데도 저는 그런 건 사랑이 아니라는 말만했죠. 엉뚱한 생각에 사로잡혀 그 사람 자체를 볼 수 없었던 거예요. 그런 와중에도 그 사람은 나도 모르는 내 미소를 발견했고요. 속으로는 자신의 노력이 아무 소용없으니 얼마나 답답했겠어요? 어쩌면 그 사람이 늘 불행을 기다린 데에는 제 탓이 컸는지도 몰라요."

모리가 땅을 이리저리 헤집으며 풀냄새를 맡는다. 바람이 불어와 그녀의 앞섶을 흔든다. 그녀는 연약한 몸짓으로 계단으로 돌아와 웅크려 앉는다. 그러나 그녀의 얼굴엔 연약함과는 거리가 먼 모종의 결의가 떠 있다.

"사랑을 사람에게서 분리해놓고 봐야한다는 걸 알고 나자 한 가지 더 깨달은 게 있어요."

그게 뭐냐고 나는 묻는다.

"전 지금껏 단순히 '사랑하지 않는 사람과 사는 일'을 두려워한 게 아니라는 사실이요. 전 '결혼 실패'를 두려워했던 거예요. 그 일이 저라는 인간을 못난 사람으로 만들 거라 생각한 거죠. 그리고 그건 잘못된 생각이었어요. 설령 결혼에 실패하게 된들 어때요. 괜찮아요. 그건 제 삶을 조금도 못나게 만들지 않아요. 진부한 얘기지만, 사랑이 무엇이든 제 자신을 좀 더 사랑해줘야 했던 거예요. 이미 많은 예술 작품들이 해왔던 얘기를 전 전혀 듣고 있지 않았던 거죠."

바람이 잦아든다. 밝은 구름이 천천히 움직인다. 숲에서 한동안 들리지 않던 새들의 지저귀는 소리가 들려온다. 모리는 먹지도 않는 풀을 입으로 뜯었다가 도로 그 자리에 뱉어놓는다.

"고마워요. 이런 얘기를 아무에게나 좀 하고 싶었거든요." 그녀는 바람에 헝클어졌던 머리를 쓸어 넘긴다.

"기운 내셨으면 좋겠어요."

내 말에 그녀는 살짝 미소 짓는다.

"식사는 하셨어요?" 나는 묻는다.

"이제 먹으려고요." 그녀는 대답한다. "걱정 마세요. 이제 힘내서 살 거니까. 앞으로는 제 삶을 사랑해야 하잖아요."

그녀는 자리에서 일어난다. 그녀의 얼굴에 옅은 생기가 돌고 있다. 그 모습에 나는 얼마간 안도한다.

"우선 그의 작품을 제 집으로 가져올 거예요. 전부 다. 그러고 나서 그 사람이 잠든 곳에 가보려고요."

"사람들에게 얘기해서 옮기는 걸 도와드릴게요." 나는 말한다.

"고마워요."

나는 모리를 들어 품에 안는다.

"힘내세요. 저도 왠지 더 열심히 작품을 만들어야겠다는 생각이 들어요."

"좋아요. 서로 힘내기로 해요." 그녀는 말한다.

나는 그녀에게 인사한 뒤 돼지들과 함께 숲을 나온다. 언덕에 도착한 돼지들이 휴식을 취한다. 나는 갤러리로 들어가서 아직 완성되지 않은 작품들을 바라본다. 내 작품에 약간의 수정이 필요하다는 생각을 한다. 시간이 더 걸리는 일이지만 반드시 해야 하는 작업이다. 나는 쓸모없게 된 조각들을 추려내고 새로 깎아야 할 조각이 무엇인지를 고민한다.

사랑이 무엇이든 따로 떼어놓고 그 사람을 봐야 해요.

나는 그녀의 말을 떠올리며 작업에 돌입한다.

2

꿈설계예술가는 기쁜 마음으로 그녀의 집을 향해 걸었다. 뒤에서 누가 밀어주기라도 하는 것처럼 그의 발걸음엔 저절로 나아가는 듯한 작용이 있었다. 그녀가 처음으로 그에게 도움을 요청했다는 사실이 그러한 효과를 일으켰고, 그 힘이 줄어들지 않게 붙들기까지 했다. 광장에서 마주쳤을 때 그녀는 자신의 집으로 와줄 수 있느냐고 물었다. 그는 집에 잠깐 들렀다가 곧바로 가겠다고 하고는 지금 막 자신의 집을 나선 참이었다.

그는 그녀가 무엇을 부탁하려고 하는지 추측하면서 걸음을 옮겼다. 드디어 섬 구경을 하려나? 아니면 작업한 걸 옮겨달라고? 그것도 아니라면, 작품을 함께 만들어보자는 제안을?

무엇이 됐든 그는 온힘을 다해 도와주리라고 마음먹었다. 발걸음은 경쾌하고 숲에서 부는 바람은 신선했다. 숲속 공기가 이토록 상쾌한 줄은 그동안은 미처 알지 못했다.

그는 어제 그녀가 '노부인의 아들이 작품 옮기는 걸 도와줬다'고 말한 일을 떠올려보았다. 그 얘기를 듣자마자 그는 분명 다른 사람과 혼동이 있었을 거라고 생각하고 노부인에게 가서 물었다. 그러나 노부인은 자신의 아들이 새로 온 여자의 일을 도와준 게 분명한 사실이라고 주장했다. 안 그래도 지금 아들을 만나러 나가는 길이라고 말하며, 그녀는 겉옷을 챙겼다.

그는 노부인의 뒤를 몰래 밟아봤는데, 그녀는 동쪽 섬에 가서 아들을 애타게 찾다가 아무 소득 없이 돌아와 놓고는, 그가 모른 척하고 묻자 "방금 전 아들을 만나고 왔다"고 말했다.

그럼 그렇지, 하고 그는 생각했다. 정신이 혼란스러운 상태여서 엉뚱한 사람에게 아들이라고 했던 게 분명했다. 그 녀석이 정말로 이곳에 있다면 왜 지금까지 나타나지 않겠는가? 그런 생각을 하자 왠지 발걸음이 더 가벼워지는 듯했다.

그는 그녀의 집에 도착했다. 문을 두드리자 그녀가 나왔다. 머리카락을 몽땅 머리 위로 끌어올려 정수리에서 끈으로 묶고, 양팔은 걷어 부친 채였다.

"어머, 와주셨네요." 그녀는 미소 지으며 말했다.

"도움을 요청하셨는데 안 올 리가요. 무슨 일을 하면 될까요?"

"우선 들어오세요."

그는 그녀를 따라 집안으로 들어갔다. 그가 거실 소파에 앉자 그녀는 자신이 개발했다는 주스를 컵에 담아 가져왔다. 주스를 음미해본 그는 맛이 썩 좋다고 느끼진 않았으나 사람마다 취향이 다르니 어쩔 수 없는 일이라고 생각했다. 어쩌면 앞으로는 이런 맛에 길들여져야 할지도 몰랐다.

"맛이 좋네요."

그의 말에 그녀는 좀 전과 정확히 똑같은 미소를 지었다.

"그 얘기 들으셨어요? 콘테스트 다시 연다는 거."

"네. 안 그래도 오늘부터 준비하려고 했어요." 그는 대답했다.

"첫 콘테스트는 수상이 취소되었다죠?"

"불미스러운 일이 좀 있었거든요."

그는 이곳에서 있었던 일과 화가가 죽고 난 이후의 상황까지 그녀에게 설명해주었다. 미향예술가가 벌인 일에 대해 사람들은 묻어두기로 합의를 보았다. 그를 섬에서 쫓아내야 한다는 주장도 있었으나 그가 깊이 뉘우치고 있는 데다 아무리 흉악한 범죄를 저지른 사람이라 해도 '작가와 작품은 별개'이기 때문에 이곳에서의 예술 활동 자체를 막을 수는 없는 일이라는 데 의견이 모였다. 대신 지난 대회는 없던 일로 하고 다시 제1회 콘테스트를 열기로 했다. 새 경연에서는 심사위원을 따로 두지 않고 자신의 작품을 제외한 투표로 우승자를 뽑기로 했다.

"제가 도와드릴 게 콘테스트와 관련이 있나보네요."

그녀는 어떻게 알았냐는 듯 익살스러운 표정을 지어보이더니 그의 맞은편 소파에 앉았다.

"급하게 이 섬으로 이주하다보니 작품을 만들 재료가 부족해요. 제가 살던 곳에서는 돌가루가 풍부했는데 여기에는 쓸 만 한 돌도 없고 그나마 있는 건 가공하기가 힘들거든요."

"그렇군요. 그게 꼭 필요한 거겠죠?"

"물론 없어도 작품을 만들 수는 있어요. 그렇지만 우승은 못하겠죠."

"이 섬에 재료가 없다니 유감이군요. 있기만 하면 제가 구해다드릴 텐데."

주스 더 드릴까요? 하고 그녀는 묻더니 그가 사양하자 일어나려던 동작을 멈췄다.

"비슷한 게 있긴 해요." 그녀는 말했다.

"잘됐네요. 제가 가져다드릴게요. 이래봬도 힘이 꽤 센 편이거든요. 웬만한 돌덩이 정도는 수레 없이 들고 올 수 있을 거예요."

그녀는 자신의 주스를 한 모금 마시고 테이블에 잔을 내려놓았다.

"제가 필요한 건 돼지의 엄니예요." 그녀는 말했다. "단단한 엄니가 필요해요."

그는 잠시 무언가를 생각하더니 입을 열었다.

"아, 얘기를 못 들으신 모양이네요. 돼지를 해치는 건 주인이 금지한 일이거든요. 엄니가 필요하다면 불가피하게 돼지에게 해를 입히게 되고……"

"제 작품을 만들려면 그게 반드시 필요해요. 거칠게 가루 내서 유리에 바르면 정말 아름다울 거예요. 다른 건 있으나 마나예요."

그는 곤란한 얼굴로 뒷머리를 긁었다.

"다른 건 다 도와드릴 수 있지만 그것만은 어려울 것 같네요. 죄송합니다."

"그래요?" 그녀는 말했다. "그럼 전 콘테스트에 나갈 필요도 없겠네요. 나가봐야 우스운 꼴만 당할 테니까."

그녀는 주스 잔을 들고 자리에서 일어나 주방 쪽으로 갔다. 그도 일어나 그녀의 뒤를 따랐다.

"룰을 어길 수는 없습니다. 주인이 정한 거라서……"

"룰을 어기다니요?" 그녀가 몸을 돌리며 물었다.

"말씀드렸다시피 돼지를 해치지 않는 게 이 섬의 룰입니다."

"그건 걸렸을 때 얘기죠." 그녀는 말했다. "저 많은 돼지 중에 한 마리 정도 사라진다고 누가 알기나 할까요?"

"모를 리 없죠." 그는 서둘러 반박했으나 주장을 뒷받침할 근거가 없었다.

"다 똑같이 생겼는데요? 날마다 돼지의 숫자를 세는 것도 아니고."

"셀 지도 모르죠. 어쩌면 주인은 돼지 하나하나의 얼굴을 외우고 있을지도 모르고요."

그녀는 다시 뒤를 돌아 싱크대 쪽을 바라보더니 고개를 저었다.

"그럴 리 없어요. 사람이 얼마나 둔한 동물인데. 당신도 친구가 이 섬을 떠난 줄 알았잖아요. 사실은 계속 여기에 있었는데 말이에요."

"그건……"

그는 말문이 막혔다. 심각하게 엉켜버린 실타래를 앞에 둔 것처럼, 그녀가 오해하고 있는 것들을 제대로 풀어낼 자신이 없었다. 얼마동안 고민한 그는 결국 그녀를 이해시키기를 포기했다. 언젠가는 그녀도 자연스럽게 진실을 알게 될 것이었다.

"죄송하지만 그 일만은 들어드릴 수가 없겠네요. 다른 일이 필요할 때 불러주세요."

그녀는 싱크대에 컵을 내려놓았다. 그러고는 싱크대에 몸을 기댄 채 머리끈을 풀어 흘러내린 머리카락들을 그러모아 머리 위에서 다시 묶었다. 달걀 같은 얼굴이 부각되자 새삼 그 모습이 그에게 몹시 아름답게 느껴졌다.

"유감이네요. 난 어차피 그걸 얻을 텐데."

"어차피 얻는다고요?"

"이 섬에는 저를 마음에 들어 하는 남자들이 꽤 있더군요. 그분들은 당신과 생각이 달라요. 아무도 모르게 일을 처리하면 룰을 파괴하지 않고도 원하는 걸 얻을 수 있다고 말하던데요? 아주 긍정적으로 사고하는 분들이죠. 그리고 이미 그걸 가지러 간 사람도 있어요. 그 용감한 분은 엄니가 필요하다고 말했더니 아무것도 따지지 않고 부리나케 달려가더군요."

"누가요?" 그가 조바심치며 물었다.

"노부인 아드님이요. 그분이 가져다준다면 전 그분을 좀 더 생각할 수밖에 없을 거예요. 여자는 자신을 위해 위험을 감수한 남자에게 끌리는 법이니까."

그는 골치가 아파왔다. 누군가 그의 관자놀이 안쪽에서 끝이 뭉툭한 막대기로 바깥을 향해 꾹꾹 짓누르고 있는 것 같았다.

"오해가 있으신 거예요. 그 친구는 이곳에 없습니다."

"내가 직접 봤는데요? 약간 곱슬머리에 뺨 아래에 점이 있고, 말할 때는 자신도 모르게 콧등을 만지는 버릇이 있죠. 귓불은 엄지만큼 크고 웃을 땐 소리를 안내면서 웃고요. 이런 특징이 있는 다른 분이 이 섬에 있나요?"

"그런 사람을 직접 봤단 말입니까?"

"두 눈으로 똑똑히 봤죠. 그분 말할 때마다 뺨 아래의 점도 같이 움직이던 걸요."

그는 뭐가 어떻게 돌아가는지 알 수 없었다. 그 녀석이 정말로 여기에 있다고? 도대체 어디에서 뭘 먹고 살고 있는 거지? 노부인은 왜 그 녀석을 만나지 못했으면서 만났다고 한 거야?

"아직도 모르시겠어요?"

"모르다니 무슨……"

그녀는 답답하다는 듯 한숨을 내뱉고는 말을 이었다.

"이미 그걸 구해주기로 한 사람이 있는데 왜 제가 당신에게 또 부탁하는지 모르시겠냐구요."

그녀는 그의 반응을 기다리더니 손으로 이마를 짚었다. 그녀의 이마가 가려지자 아름다운 이목구비가 더욱 쉽게 눈에 들어왔다.

"아, 정말 둔한 사람이네요. 저는 그 사람보다 당신이 구해다주기를 바라고 있는 거예요. 내 입으로 이런 말까지 해야 돼요? 섬 구경 안 시켜주실 거예요? 같이 낚시도 하고 같이 작품도 만들지 않을 거냐구요."

그녀는 고개를 젓더니 그를 지나쳐 거실로 갔다. 그러고는 그가 마시고 테이블에 올려둔 주스 잔을 싱크대로 가져와 설거지를 시작했다.

"됐어요. 여자한테 이런 말까지 하게 만들다니. 제가 노부인의 아드님과 섬 구경 다니는 걸 보더라도 질투하지나 말아요. 내가 마음에 들어 하는 사람이 그런 눈으로 날 바라보는 건 싫으니까."

"가져다드리겠습니다." 그가 그녀의 등을 향해 말했다. "제가 돼지의 엄마를 가져올게요."

그녀는 물을 잠그고 그에게로 몸을 돌렸다. 그러고는 물이 묻지 않은 손등으로 코끝을 만졌다.

"빨리 가야 할 거예요. 그 사람은 떠난 지 좀 됐으니까."

꿈설계예술가는 고개를 끄덕이고는 현관으로 향했다.

"잠깐만요" 하고 그녀는 그를 불러 세웠다. 그러고는 그에게 다가가 웅크리고 앉더니, 그의 신발 끈을 완전히 풀었다가 아래에서부터 올라오며 단단히 조인 다음 매듭을 지어주었다.

"신발이 벗겨져서 다치기라도 하면 큰일이잖아요. 앞으로 저랑 할 일이 많은데."

그녀는 그렇게 말하고는 현관으로 가서 문을 열어주었다.

"어서 다녀와요."

그는 사랑스러운 눈길로 얼마간 그녀를 바라보고 나서, 그녀의 집을 나섰다.

3

 꿈설계예술가는 조급한 마음이 들었다. 정말로 그 녀석이 여기에 있다면 분명 필사적으로 그녀에게 구애할 터였다. 그 녀석은 자신이 정한 여자라면 결혼할 상대가 있다 해도 상관하지 않는 놈이니까. 그녀 또한 예술을 하지 않고 살아도 괜찮다고 말한 적이 있으니, 그 녀석은 자신에게 더없이 어울리는 여자라고 생각할 터였다.
 갈림길을 빠져나와 오솔길로 접어든 그는 걸음을 더욱 재촉했다. 무심코 달리듯 걷던 그는 나무뿌리에 발이 걸려 앞으로 넘어졌다. 다행히 그녀가 끈을 꽉 묶어준 덕분에 신발은 벗겨지지 않았다. 하마터면 맨발로 날카로운 나뭇가지를 밟았을지도 모를 일이었다. 그는 그녀의 선견지명에 감탄하면서, 자리에서 일어나 옷을 턴 다음 다시 속력을 높였다.
 연못에 도착하자 돼지들이 헤엄치고 있었다. 다행히 섬의 주인은 보이지 않았다. 갤러리에서 열심히 작업 중일 거야. 요즘 들어 더욱 열중하고 있으니까. 그러한 점 또한 자신에게 더없는 행운이라고 그는 여겼다. 마치 모든 일이 자신과 그녀를 위해 움직이고 있는 듯했다. 그는 주변을 둘러보았으나 그 녀석은 아직 보이지 않았다. 엉뚱한 곳에서 돼지를 찾고 있는 모양이었다. 그는 나무 뒤에 숨어 기회를 엿보았다.
 시간이 얼마정도 흐른 뒤에 한 마리가 뭍으로 나왔다. 꿈설계예술가가 보기에 그 돼지의 엄니는 꽤 단단해보였다. 자세히 보니 꽤 단단한 정도가 아니라 돼지 중에서 가장 크고 단단해 보이는 엄니였다. 덩치 또한 무리 중에서 가장 컸다. 돼지는 뭍으로 나와 몸을 흔들어 물기를 털어내더니 햇볕으로 가서 엎드렸다. 그러고는 몸을 말리기 시작했다.

그는 품에서 나이프를 꺼냈다. 그녀의 집에서 나오자마자 자신의 집으로 달려가 날을 예리하게 갈아가지고 나온 것이었다. 나무에서 나무로 이동하며 그는 돼지에게 다가갔다. 하늘을 향해 돋아난 하얀 목표물이 점차 뚜렷이 보였다.

그는 돼지의 바로 옆까지 살금살금 다가가 나이프 끝으로 목을 겨냥했다. 돼지는 인기척을 눈치 채지 못하고 눈을 감은 채 햇볕을 피부에 흡수시키고 있었다. 그는 나이프를 그대로 찔러 넣기 위해 손에 힘을 주었다.

그러나 순간 망설여졌다. 그의 팔에는 목표를 달성하려는 힘이 이미 부여되어 있었지만, 그것을 거부하는 힘 또한 영향을 주고 있었다. 그는 생각했다. 나는 지금 룰을 어기려고 하고 있다. 어쩌면 나는 평생토록 지금 이 순간으로 시간을 되돌릴 수 있기를 바라게 될지 모른다. 그녀와의 관계를 포기하더라도, 돼지의 목을 겨눴던 나이프를 거두는 게 옳은 일이었다고 가슴을 치며 후회할 날이 올지 모른다. 지금이라도 그만둬야 하는 게 아닐까?

그런 생각을 하고 있는데 근처에서 바스락거리는 소리가 났다. 그 소리는 천천히 이쪽으로 다가오고 있었다.

그 녀석이다. 그 녀석이 뒤늦게 돼지들이 있는 곳을 알아낸 거야. 그리고는 우람하게 솟은 이 엄니를 획득하려고 자세를 낮춘 채 몰래 다가오고 있는 거야. 꿈설계예술가는 조급한 마음이 들었다. 그는 손아귀에 힘을 바짝 끌어 모아 돼지의 목 오른쪽 아래를 찔렀다. 그런 다음 칼날이 뚫고 들어간 부위에서 대칭이 되는 반대편 지점까지 힘껏 그었다. 돼지의 목에서 피가 쏟아져 나왔다. 계획대로 성대를 훼손시키자 돼지는 울음소리를 내지 못했다. 돼지는 놀라 몸을 일으켰다가 이내 힘없이 주저앉았다. 무슨 소리를 내보려고 했으나 공기만 뱉어질 뿐이었다. 돼지의 목에서는 영원할 것 같은 피의 분출이 있었다. 얼마 후 돼지는 입을 몇 번 뻐끔거리더니 그 움직임을 멈췄다. 다른 생명의 움직임 또한 모두 정지했다.

꿈설계예술가는 피 묻은 칼을 손에 쥔 채 그 녀석이 모습을 드러내기를 기다렸다. 그 녀석이 나타나면 자신이 해치운 일을 보여주려고 했다. 그러한 결단과 실행능력을 보여줌으로써 그녀를 마땅히 차지할 수 있는 사람은 자신뿐이라는 사실을 보여주고자 했다. 바스락거리는 소리가 천천히 다가왔다.

그러나 소리의 주인은 노부인의 아들이 아니었다. 풀숲에서 불쑥 튀어나온 건 새끼돼지 모리였다. 모리는 바닥에 엎드려 있는 돼지를 보고는 반갑게 꼬리를 흔들며 다가가려고 했다. 꿈설계예술가는 잠시 어쩔 줄 몰라 하다가 모리를 잡아들었다. 갑자기 하늘이 어두워지더니 바람이 불기 시작했다. 숲은 순식간에 나무가 흔들리는 소리로 가득 찼다. 그는 새끼돼지를 내려다보았다. 모리가 코를 가까이 대며 그의 냄새를 맡았다.

4

 꿈설계예술가는 그녀의 집을 향해 달렸다. 이미 캄캄한 밤이었다. 그는 수풀이 발산하는 야광에 의지한 채 앞으로 나아갔다. 그의 품속에는 묵직하고 단단한 엄니 한 쌍이 있었다. 새끼돼지가 나타난 건 예상치 못한 일이었지만 다행히 임무는 완수할 수 있었다. 그는 들어 올린 새끼돼지의 목과 배를 갈랐다. 그로서는 어쩔 수 없는 일이었다. 새끼돼지가 소리를 낸다면 모든 일이 어그러질 터였다. 그는 죽을힘을 다해 숲속 깊숙한 곳으로 돼지들을 끌고 가서 엄니를 뽑아내고 두 마리 모두 땅에 묻었다. 그러느라 반나절을 보냈다.
 그는 그렇게 얻은 엄니를 품속에 소중하게 안은 채 발길을 재촉했다. 그녀의 집에 다다른 그는 노크도 하지 않고 문을 열고 안으로 들어갔다. 그런데 당혹스러운 광경이 눈앞에 있었다. 그녀의 집안에 사람들이 모여 있었던 것이다. 새로 온 사람들과 이전에 있던 사람들 모두 모였다. 게다가 모두 격식을 차린 옷을 입고 서 있었다. 몇 명이 합주해 만드는 음악이 들리고 사람들의 웃음소리가 들려왔다. 그는 어리둥절한 채 스테인드글라스예술가를 찾아보았다. 그녀는 식탁 앞에서 사람들에게 미소를 건네며 자신의 작품에 대해 설명하고 있었다. 그는 주춤거리며 그쪽으로 다가가 그녀가 자신을 발견할 수 있도록 앞에서 서성였다. 잠시 후 그녀가 주변에 양해를 구하고는 다가왔다.

"이게 무슨 일이에요?" 그는 물었다.

"집들이 파티를 하기로 했거든요."

"갑자기 파티라니요?"

"갑자기가 아니에요." 그녀는 말했다. "며칠 전부터 약속이 돼 있었는데 당신한테는 깜빡하고 말하지 못했어요. 참, 지금 그게 중요한 게 아니죠. 일은 해냈어요?"

그는 얼떨떨한 기분으로 품속의 엄니를 그녀에게 보여주었다. 그녀가 살며시 고개를 끄덕였다.

"괜찮네요. 직접 보니까 생각보다 작긴 한데 이 정도도 나쁘진 않아요." 그녀는 말했다.

"그런데 그 녀석 말이에요. 이걸 구하러 어디로 갔을까요? 아무리 기다려도 오지 않던데."

"그러고 보니 그 사람은 아직 안 왔네요. 다른 곳으로 갔나봐요. 분명 당신보다 먼저 나갔는데."

그녀는 말하더니 식탁으로 가서 술잔을 하나 가져다주었다.

"신경 쓰지 말아요. 당신이 먼저 해냈으니까. 그거면 된 거잖아요."

그는 잔을 받아 한 모금 마셨다.

"예, 뭐. 그렇기야 하죠. 아무튼 당신을 돕게 되어 기쁘네요."

"저도 이걸 갖게 돼서 기뻐요."

그는 잔을 비우고는 아직도 얼떨떨하다는 얼굴로 주변을 둘러보았다. 그러고 나서 그는 말을 이었다.

"저 그럼, 내일 섬 구경을 하는 게 어떨까요?"

그녀는 술잔을 기울였다.

"일어나는 거 봐서요." 그녀는 말했다. "그런데 돼지는 어떻게 했어요?"

그는 돼지를 묻은 장소를 그녀에게 알려주었다. 그러자 그녀는 고개를 살짝 끄덕이더니, 거실 한 가운데로 가서 빈 유리잔을 머리 위로 들고 티스푼으로 두드렸다.

"여기 좀 봐주세요."

사십여 명의 사람이 동시에 그녀를 바라보았다. 음악도 멈췄다.

"여러분, 드디어 작업이 끝났습니다. 돼지는 지금 숲속에 있어요."

그녀는 그렇게 말하더니 돼지가 묻혀 있는 장소를 가르쳐주었다. 몇 명의 사람이 그녀의 신호를 받아 곧바로 현관문으로 나갔다. 그녀는 식탁에서 새 술잔을 들고 사람들 틈바구니 속으로 들어갔다. 꿈설계예술가는 도무지 무슨 상황인지 알 수 없어 눈만 멀뚱멀뚱 뜬 채 거실을 바라보았다.

시간이 어느 정도 흐르자 집을 나갔던 사람들이 죽은 돼지 두 마리를 짊어지고 돌아왔다. 그리고는 주방이 있는 쪽으로 가지고 갔다가 다시 얼마큼 시간이 지나서 커다란 대야를 들고 나왔다. 대야

안에는 돼지의 사체가 부위 별로 나뉘어 담겨 있었다. 사람들이 거기로 모여들었다.

"제 엄니는 챙겨놨으니 각자 필요하신 걸 가져가시면 돼요. 의상 디자이너께선 가죽이 필요하다고 하셨죠?" 꽤 취한 듯 혀가 꼬부라진 그녀가 사람들 사이에서 나타나며 말했다.

"맞아요. 이 가죽으로 옷을 만들어보고 싶었거든요. 이건 제가 가져가겠습니다." 의상 디자이너는 벗겨진 가죽을 자신이 가져온 자루에 담았다.

"전 이 발톱이 필요했어요. 끈을 튕길 마땅한 게 없었거든요." 끈 예술가는 말했다.

"내장은 제가 가져가도 될까요? 인형 관절이 뻑뻑해져 지방이 많은 부위가 꼭 좀 필요해서요." 인형극예술가는 부탁하는 어조로 말했다.

사람들은 각자 자신이 필요한 부속물을 챙겼다. 누군가는 뼈를 달라고 했고 누군가는 오줌보를 달라고 했다. 피를 받아가는 사람도 있었고 꼬리와 눈알을 가져가는 사람도 있었다. 얼마 뒤에는 주방 쪽에서 고기 굽는 냄새가 풍겨왔다. 미향예술가가 접시에 고기를 담아 가지고 나왔다.

"독특한 향신료를 뿌렸습니다. 맛이 아주 좋을 거예요."

사람들이 몰려들었다.

"드디어 맛보네요. 곡식을 만들어내는 돼지는 어떤 맛인지 궁금했는데."

"그러게요. 저도 이 섬에 있는 것들에 전부 질린 참이어서 새로운 게 먹고 싶었습니다."

그들은 갓 구운 고기 맛을 보았다. 그리고는 서로의 얼굴을 마주 보며 만족감을 드러냈다.

"음, 전혀 먹어본 적 없는 맛인데 아주 맛있네요. 부드럽고 육즙도 많아요."

"맞아요. 신기하게 곡식 맛이 고기에서도 약간 나는 것 같아요."

"제가 이 맛을 똑같이 구현해드릴 테니 없어지는 거 걱정 말고 마음껏 드십시오." 미향예술가는 말했다.

스테인드글라스예술가는 꿈설계예술가가 있는 곳으로 다가갔다.

"룰을 어겨서 걱정되나 보죠?" 그녀는 물었다. "저기요, 당신은 순 겁쟁이에요. 예? 걱정 좀 하지 마요. 우리 모두 공범이니까 혼자만 어떻게 되진 않을 거라구요. 예? 그런데 생각해봐요. 섬 주인이 우리를 한꺼번에 어떻게 하기라도 하겠어요? 그럼 섬이 텅텅 빌 텐데? 텅—텅—. 그러니까 걱정하지 말라구요."

그녀의 등 뒤에서 노부인의 목소리가 들려왔다. 노부인은 사람들이 모인 곳으로 다가가 손수건을 꺼내더니 테이블에 펼쳤다. 그녀는 거기에 고기를 몇 점 올리고 정성스레 매듭을 묶고는 주머니에 넣었다.

"내 아들이 고기를 참 좋아해요. 가져가서 좀 줘야겠어요."

"부인, 아드님은 섬을 떠났다고 몇 번이나 말씀드렸잖습니까." 의상 디자이너가 말했다.

"저도 그런 줄 알았죠. 하지만 내 아들은 동쪽 섬에 있답니다. 어렸을 때부터 걱정되는 일이 있으면 늘 숨고는 했거든요."

노부인은 그렇게 말하더니 현관문을 나섰다. 그녀에 대해 속삭이는 사람들의 표정이 썩 좋지 않았다.

꿈설계예술가는 말하는 방법을 잊어버리기라도 한 것처럼 아무 말 없이 눈만 깜빡거리고 있었다. 너무나 비현실적이라고 느껴져서 그는 자신이 만든 꿈에 들어와 있는 게 아닌가 하는 생각을 하는 중이었다.

그때 문이 열리고 동물체험예술가가 들어왔다. 그녀는 자기가 가진 것 중에서 가장 좋은 옷을 입고 있었다. 품이 좀 크긴 했지만 스스로 약간 수선한 듯 많이 헐렁해보이진 않았다.

"어머, 여기 올 결심을 하셨군요. 늘 집안에만 계신다고 해서 안 오실 줄 알았는데. 제 초대에 응해주셔서 고마워요." 스테인드글라스예술가가 비틀거리며 거의 비명을 지르는 듯한 목소리로 그녀에게 다가가며 말했다.

"면목이 없어서 안 오려고 했는데……" 동물체험예술가는 작은 목소리로 말했다.

"잘 왔어요. 오랜만에 사람들하고 대화도 나누고 맛있는 것도 마음껏 먹어요. 자, 어서어서."

스테인드글라스예술가는 그녀에게 어깨동무를 하고는 사람들이 모인 곳으로 그녀를 이끌었다. 동물체험예술가는 현관문을 열기 직전까지 이곳에 들어오는 걸 망설였으나, 이제는 기왕 들어왔으니 기운 내서 사람들과 어울려야 한다고 다짐했다. 언제까지나 우울한 채로 있을 수는 없었다. 더군다나 사람들에게 그런 기운을 퍼뜨리는 건 결코 해선 안 될 일이었다. 이제부터는 조금씩이라도 활달한 모습을 되찾아가야 했다.

그러나 그녀가 맞이한 광경은 그러한 의지를 단숨에 무너뜨렸다. 그녀는 사람들이 있는 곳 가까이에 갔다가 충격을 받아 얼굴이 굳어졌다.

"이게 무슨……"

"아, 동물체험예술가님도 필요한 걸 가져가요. 관객들이 동물이 되어보려면 머리가 필요하지 않겠어요?" 끈예술가가 말하더니 돼지의 머리를 두 손으로 들고 얼굴에 쓰는 시늉을 했다.

바람이 현관문을 흔들고 빗방울이 창문에 달라붙기 시작했다.

"말도 안 돼." 동물체험예술가는 중얼거리듯 말하더니 이내 사람들에게 호소했다.

"이건, 이래서는 안 되잖아요."

사람들은 그녀의 반응에 별 신경을 쓰지 않았다. 다들 고기를 곁들여 술을 마시면서 서로의 작품에 대해 이야기를 나눴다.

"……지금이라도 가서 사실대로 말해요. 그리고 용서를 구해야 돼요."

그녀의 목소리는 너무 작아서 무시해도 될 것처럼 여겨졌다. 동물체험예술가는 자신과 함께 먼저 섬에 왔던, 그나마 안면이 있는 사람 한명 한명에게 다가가 이러면 안 된다고, 어째서 룰을 어기고 있느냐고 타일렀다. 그러나 그들은 오히려 그녀를 설득하려고 했다. 괜찮다고, 우리는 지금 룰을 파괴하고 있으며 이것이야말로 진정한 예술이 아니겠느냐고 그들은 말했다. 동물체험예술가는 주위를 두리번거리며 노부인을 찾았다. 노부인이 이 섬에서 가장 이성적인 사람이었다. 그러나 그녀는 보이지 않았다.

꿈설계예술가를 발견한 그녀는 그에게 다가갔다. 저기요. 노부인은 어디 계세요? 이봐요. 지금 이 상황을 보고만 있을 거예요? 그러나 그는 초점 없는 눈으로 거실을 바라보고 있을 뿐이었다. 그녀는 새로 온 사람들에게 자신을 소개하며 말을 걸었으나, 그들은 그녀를 이방인 보듯 바라보았다.

그녀는 현관문을 열고 집을 나서 마을로 달려갔다. 빗줄기가 굵어지고 멀리서 천둥소리가 들려왔다. 그녀는 흙색 지붕의 집 문을 두드렸다.

"어서 나와 보세요!" 그녀는 소리쳤다. "큰일 났어요. 어서요!"

그녀는 계속 문을 두드렸으나 아무 반응이 없었다.

"사람들이…… 사람들이……"

그녀는 지칠 때까지 문을 두드렸다. 더 이상 목소리가 나오지 않는 지경이 되어서야 그녀는 낙담한 얼굴로 발길을 돌렸다.

5

나는 모든 곳이 내려다보이는 곳에서 숲 쪽을 바라보고 있다. 선생님은 아무 말도 하지 않는다. 아무 말 않지만 누구보다 내 마음을 잘 이해하고 있으리라는 걸 나는 알고 있다. 구름이 몰려오고 기온이 떨어진다. 멀리서 들리던 천둥소리가 점차 가까워진다.

나는 내벽을 따라 나선형으로 나 있는 계단을 하나씩 내려간다. 계단을 내려가는 두 다리에는 힘이 없다. 터덜터덜 하는 소리는 작은 메아리조차 되지 못한다. 나는 계단의 맨 아래까지 내려가 밖으로 나간다. 가시덤불을 빠져나와 언덕으로 간다. 언덕의 잔디가 바람에 흔들리고 있다. 돼지들의 울음소리가 우리 안에서 들려온다. 나는 우리 문을 연다. 돼지들이 한 마리씩 밖으로 나와 열을 맞춰 선다. 마지막 돼지까지 밖으로 나오고 나서, 나는 모리가 더 이상 나에게 달려올 수 없다는 걸 확인한다. 모아도 더는 볼 수 없다.

내가 걷기 시작하자 돼지들이 뒤를 따른다. 나는 숲으로 들어가 갈림길을 지난다. 우— 하는 돼지들의 울음소리가 이따금씩 들려온다. 나는 현관문을 두드린다. 그녀가 문을 열고 나온다. 그녀는 나를 보더니 참았던 눈물을 터뜨린다. 돼지들이 소리를 내며 운다.

"사람들이……"

순간적으로 그녀가 하얗게 깜빡이고 천둥이 친다. 장대비가 쏟아지기 시작한다. 쏴아 하는 소리와 함께 숲이 한순간에 젖어든다.

"우리랑 같이 올라가요." 나는 그녀에게 말한다. "곧 홍수가 날 거예요."

그녀가 고개를 끄덕인다. 우리는 걷기 시작한다. 나는 걸으며 '그 사람'을 생각한다. 나를 바라보는 그 사람의 얼굴이 떠오른다. 온통 적의로 가득한 그 얼굴을 나는 본다. 마음 한편에 시린 듯한 아픔이 느껴진다. 도저히 익숙해지지도, 그렇다고 멀리 도망칠 수도 없는 통증이다. 그리고 그러한 사실을 깨달음으로써 고통은 가중된다.

처음부터 다시 시작해야 한다, 고 나는 생각한다. 모든 걸 새로 시작하는 일이 힘에 부치거나 진력이 나거나 하진 않는다. 나는 그저 나의 세계를 어떻게 가꿔야 좋을지 알 수 없어 괴로울 따름이다. 그 사람은 이곳을 어떻게 생각할까 하는 질문은 이제 무의미하다. 이곳은 그 사람이 좋아할 만한 곳이 아니다. 아니, 어쩌면 아예 올 마음조차 없는 곳인지도 모른다. 적어도 지금으로서는.

나는 통증이 더 격렬해지는 것을 느낀다. 내 옆에서 걷고 있는 그녀 또한 고통을 견디는 중이다. 돼지들도 마찬가지다. 우리는 계속 걷는다. 사람들이 연주하는 음악소리가 들린다. 굴뚝에서 피어오른 연기의 매캐한 냄새가 숲에 퍼진다. 우리는 숲을 빠져나와 모든 곳이 내려다보이는 곳을 향해 걷는다.

이따금씩 돼지들의 울음소리가 들린다.

제23장 한준호

서로 영향을 주고받는 세계

1

나이 든 수행원은 커피머신에서 커피를 한 잔 내려 준호의 앞에 가져다놓고 자기 자리에 앉았다. 그러고는 재킷 안주머니에서 담배 케이스를 꺼내 한 개비를 준호에게 내밀었다. 준호는 커피도 담배도 모두 거절했다. 노신사는 담배를 도로 집어넣고 케이스를 재킷 안주머니에 넣었다.

"껌을 좀 씹어도 되겠습니까?"

노신사는 대답을 기다리지 않고 주머니에서 껌 하나를 꺼냈다. 그리고는 껍질을 벗겨 르자로 접히도록 입에 넣은 다음 천천히 씹었다.

"담배를 끊었더니 금단 증세가 심하군요."

그는 얼마간 뜸을 들이며 천천히 껌을 씹더니, 이윽고 다시 말을 이었다.

"이야기를 하기에 앞서 일단 맛부터 좀 보시지요. 원산지별로 최고급으로만 블렌딩한 커피입니다. 어디에서도 맡아본 적 없는 좋은 향이 날 겁니다. 이상한 걸 타거나 하진 않았으니 걱정 마시고요."

그는 껌을 씹으면서도 정확한 발음으로 말을 했다. 입에 넣는 걸 못 봤다면 그가 껌을 씹고 있는지 전혀 알지 못했을 듯했다. 그것이 어쩐지 비현실적인 느낌을 주었다.

노신사는 말하고 나서, 준호가 커피를 맛 볼 때까진 어떤 말도 하지 않으리라 작정한 듯 고집스럽게 침묵했다. 준호는 하는 수 없이 테이블에 놓인 잔을 들어 한 모금 마셨다. 그는 커피에 대한 지식이 없는 편이었지만 훌륭한 맛과 향이 난다는 것쯤은 느낄 수 있었다. 갑자기 기분이 조금 좋아지기까지 했다.

"어떻습니까. 괜찮나요?"

"커피 품평이 어울리는 자리는 아닌 것 같은데요."

나이 든 수행원은 여유로운 미소를 지었다.

"제가 대신 얘기하지요. 아마도 무척 훌륭한 맛과 향이 나서 놀랐을 겁니다. 그럴 수밖에요. 세계에서 가장 유명한 바리스타가 엄선한 원두를 깐깐한 과정으로 볶은 다음, 엄격하게 관리된 상태로 이곳에 온 거니까요. 그걸 지금 막 내렸으니 맛이 없을래야 없을 수 없겠지요."

그는 고개를 살짝 들어 공기 중의 커피 향을 맡더니 만족해하며 고개를 끄덕였다.

"그런데 알고 계십니까? 귀하께서 그 향기로운 커피를 맛보기까지는 많은 사람들의 고통이 있었다는 걸요. 원두가 생산되는 나라의 원주민들은 죽을 고생을 하며 커피를 재배합니다. 그런 상품이 제값을 받지도 못하고 팔리고 있지요. 요새는 공정무역이니 뭐니 하는 걸로 조금 더 쳐주기도 합니다만 그마저도 고생한 것에 비해서는 적절한 보상이라고 하기 어렵습니다.

안타까운 사실은 우리가 누리는 기쁨들 대부분이 누군가의 고통으로 이뤄져 있다는 겁니다. 아닌 게 아니라 누군가 즐겁고 행복하다면 반드시 누군가는 고통스럽고 불행하게 돼 있어요. 직장이나 사업장, 학교, 군대, 동호회 할 거 없이 사람이 모여 조직을 이룬 곳이라면 어디든 마찬가지지요. 심지어 가정 내에서도 그렇습니다. 만약 가족 구성원 중 한 명의 삶이 편안하다면, 다른 구성원은 반드시 고통을 받고 있습니다. 이것은 과학 법칙으로 정립해도 좋을 만큼 반드시 참인 명제예요.

누군가는 이렇게 말할지도 모릅니다. 세상에 고통스럽지 않은 사람이 어디 있느냐, 정도의 차이가 있을 뿐 누구나 힘들게 살아가고 있다, 하고요. 물론 그건 맞는 말입니다. 소수의 인간을 제외하고는 모든 인간은 고통을 겪지요. 물론 우리가 소수라고 생각하는 사람들조차 '상대적으로' 고통이 없어 보이는 것뿐, 모두 자신만의 고통을 안고 있습니다. 즉 이 세계에서 모든 인간은 힘들고 괴롭습니다. 그렇다면 누군가는 반드시 즐거움을 느끼고 있을 텐데, 그건 창조주일까요?"

그는 스스로 꽤나 재미있는 농담을 했다는 듯이 짧게 웃더니 말을 이었다.

"어쨌거나 애초에 이 세상은 고통스러운 곳이니 불평불만을 늘어놔봐야 아무 소용없습니다. 그보다는 차라리 세상에 존재하는 고통을 없애고자 무언가를 실천하는 게 이로운 일이지요. 그러나 사람들은 그렇게 하지 못합니다. 대개는 자신의 처지를 한탄하면서 아무것도 하지 않는 편을 택하지요. 아니면 뭘 어떻게 해야 할지 몰라 아예 손을 놓거나요. 그런 사람들은 자신보다 특출 난 누군가가 나타나 그 일을 대신 해주기를 바랍니다. 그런데 다행히도 그 특출 난 누군가가 간혹 두각을 드러냅니다. 그는, 혹은 그들은 세상의 고통을 없애려는 구체적이고 실현 가능해 보이는 로드맵을 사람들에게 제시하죠. 그리고 그 로드맵은 사람들로 하여금 정말로 고통에서 해방될 수 있다는 환상을 갖게 합니다. 이것이 그동안 많은 사상가와 이념가가 여러 형태의 낙원을 제시하고, 사람들이 그들에게 표를 보내왔던 이유입니다."

그는 접어두었던 빈 껌 종이를 펼쳐 씹던 껌을 뱉은 다음 다시 종이를 접었다. 그리고는 새 껌을 꺼내 입속에 넣고 천천히 씹기 시작했다.

"이렇듯 세계의 역사는 저마다의 낙원을 건설하려는 움직임으로 흘러왔습니다. 때로는 실패하고, 때로는 성공하는 듯하다가 멸망했지요. 그 과정에서 많은 살상과 약탈, 억압과 희생이 있었습니다. 이건 현재도 마찬가지예요. 인류가 나타난 이래로 지금껏 이 패턴을 되풀이하고 있는 겁니다. 안타깝게도 현재까지 각 세계가 실현하려던 낙원 건설은 전부 실패로 돌아갔습니다. 네, 실패라고 말해도 크게 무리는 아닙니다. 자유주의든 사회주의든 '모두에게' 천국일 수는 없으니까요. 그러나 지금도 계속해서 시도는 이어지고 있습니다. 국가적 차원은 물론이고 종교계, 실업계, 과학계, 의학계 등 분야를 막론하고 어떻게 하면 지상낙원을 만들 수 있을지 고민하고 있지요.

그리고 우리 회장님께서도 마찬가지입니다. 회장님은 이제 낙원 건설의 종지부를 찍으려 하고 계십니다. 모두가 천국이라고 여길 수 있는, 그곳을 건설하는 과정에서 폭력이나 특정인의 배제 등이 이뤄지지 않는, 그런 완전한 세상을 만들려고 하는 것입니다. 모든 인간의 포용, 비폭력, 사랑으로 만든 낙원이 되는 셈이지요. 그런데도 우리가 하는 일이 악하다고 생각하시나요?"

그는 천천히 껌을 씹으며 빈 껌 종이를 절반으로, 또 그 절반으로 접었다.

"비폭력? 수퍼니처 사장은 죽였으면서." 준호는 지적했다.

"그건 확실히 짚고 넘어가야겠군요." 그는 말했다. "천국에도 룰이라는 게 있습니다. 룰은 그 세계를 유지하기 위한 가장 중요한 장치지요. 그렇기 때문에 그것을 어긴 자는 그 세계에 있을 수 없습니다. 그 사람은 룰을 지키겠다는 서약서까지 작성했으면서도 그걸 어겼어요. 그래서 우리는 그를 아무 고통 없이 다른 세계로 보내드린 것입니다. 아마 그는 지금쯤 자신이 원하는 세계에서 만족해하며 있을 거예요."

수행원은 말하면서 계속 껌 종이를 접어나갔다. 어이없어 하는 준호의 입에서 혀를 차는 소리가 났으나 노신사는 아랑곳 않고 말을 이었다.

"귀하께선 낙원을 만드는 가장 쉬운 방법이 뭔지 알고 있습니까?"

준호는 대답하지 않았고 그 역시 기다릴 마음은 없는 듯했다.

"인간에게 어떠한 욕구도 느끼지 못하게 하는 약물을 주입하는 겁니다. 그러면 어디든 그곳이 천국이 되지요. 이것은 내가 변하면 세상도 변한다, 모든 것은 마음먹기에 달려 있다, 라는 불교의 일체유심조 사상과도 일치합니다. 대부분의 종교가 이러한 교리적 특성을 가지고 있고, 그런 점에서 종교는 정신에 투여하는 약물이라고 할 수 있지요. 네, 마르크스도 이 사실을 알고 있었던 겁니다.

하지만 아무리 그래도 그런 약물을 실제로 주입하는 건 좀 비인도적이지요. 사람들이 아무 욕구도 느끼지 못한 채 멍하니 앉아 서서히 죽어가는 모습을 어떻게 낙원이라고 할 수 있겠습니까. 오히려 지옥과 어울리는 광경일 겁니다. 그렇다면 말입니다. 만약 그 반대의 상황을 만들어준다면 어떨까요? 욕구를 억제하는 게 아니라 인간이 원하는 욕구를 전부 충족시켜주는 겁니다."

"원하는 것을 얻게 함으로써 낙원을 만든다?"

"그렇습니다. 사람마다 원하는 건 다 다르므로, 일단은 인간이라면 누구나 욕망할 수밖에 없는 무언가를 충족시켜주는 거지요. 그게 충족이 되면 다음엔 저마다 가지고 있는 욕구를 하나씩 채워나가면 되고요. 일단 '모든 인간'이 욕망하는 걸 채워줘야 우리의 계획이 제대로 된 지지를 받을 수 있기도 하고요. 그래서 우리 회장님은 과연 모든 인간이 원하는 욕망이 무엇인지를 고민하셨습니다. 그러던 중 처음에 얘기했던 '고통'에 대한 생각을 하게 되었습니다. 이 세상은 원래 고통스러운 곳이다. 그러므로 인간의 삶은 고통으로 가득하다. 그렇다면 우리는 무엇 때문에 '가장 큰' 고통을 받는가? 그러한 '최대의 고통'에서 벗어나는 게 모든 인간이 가진 최우선 욕망 아닐까?

아닌 게 아니라 정말 그랬습니다. 그 고통이 무엇인지 알고 그걸 해결한다면, 우리의 세계는 훨씬 낙원에 가까워질 것이었습니다. 그리고 숙고 끝에 회장님은 그 답을 알아내셨습니다. 인간은 바로 '나약함' 때문에 가장 큰 고통을 받는다는 사실을요.

강건한 육신이 얼마나 큰 행복의 요소인지는 병원에 가보면 잘 알 수 있습니다. 한번이라도 아파본 적이 있다면 굳이 병원에 가지 않아도 알 수 있지요. 저 역시 나이가 들수록 그 점을 깊이 실감하고 있습니다. 질긴 고기를 먹는 것조차 내 마음대로 되지 않거든요. 낮은 수준의 신체 능력은 그 자체만으로 우리의 삶을 유토피아로부터 멀리 밀어놓습니다. 물론 육체가 건강하다고 해서 만사가 윤택해지는 것은 아니지요. 왜냐면 건강하다는 건 다른 사람보다 상대적으로 그렇다는 것이지, 인간이라는 존재의 절대적 강함을 뜻하는 게 아니기 때문입니다. 인간은 다른 동물에 비하면 너무나 나약해서 집밖을 함부로 다니는 것조차 커다란 위험입니다. 언제 사건사고의 희생양이 될지 몰라 늘 조심하며 살아야 하지요. 그래서 인간은 오래 전부터 '무력한 존재'라는 본능적 불안과 두려움을 느끼며 살아왔습니다. 약함을 극복하고자 인간은 신체를 단련하고, 무술을 연마하고, 무기를 개발하고, 다양한 전략 전술을 연구해온 겁니다. 현대에 들어서 경제력을 획득하려고 애쓰고 다양한 자기개발을 수행하는 것도 현재의 국가 시스템 안에서 힘없는 존재가 되고 싶지 않다는 본능에서 출발한 행동이지요.

그러나 그렇게 강함을 가지게 됐다고 해도 인간은 또 다른 문제에 직면하게 됩니다. 바로 '그러한 상태를 유지해야 한다'는 문제입니다. 인간은 늙거나 병들어서, 혹은 몸과 마음의 상처 등으로 약해지기도 하지만, 가장 위협적인 건 뭐니 뭐니 해도 식량 부족입니다. 제대로 먹지 못하면 인간의 신체는 금세 나약해지지요. 제아무리 강골인 사람도 음식 섭취가 단절되면 한 달이 못 가 죽습니다. 그러니 먹고 사는 문제가 평생의 굴레일 수밖에 없는 거지요. 요즘 사람들은 잘 모르겠지만 식량이 없을 때의 고통은 상상 이상으로 가혹합니다. 전쟁보다 기아가 더 무섭다는 말이 괜히 있는 게 아니거든요.

그러나 안타깝게도 지금의 세계정세는 정확히 반대 방향으로 흘러가고 있습니다. 자원은 한정되어 있는데 인간의 수는 점점 늘어나고, 환경 문제로 식자원은 더욱 줄고, 그런 만큼 값이 오르고, 결국 인간은 지금보다 훨씬 더 많은 돈을 벌어야 하지요. 먹고 사는 일의 고통이 줄어드는 게 아니라 눈덩이처럼 불어나고 있는 겁니다. 그런 점에서 지금 우리가 살아가는 세계는 디스토피아임이 자명한 셈이지요. 우리가 하루 빨리 '다른 존재'가 되어야 할 이유가 바로 여기에 있는 겁니다."

노신사는 거기까지 말하더니 정성껏 접었던 껌 종이를 다시 펼쳐 씹던 껌을 거기에 뱉었다. 그런 다음 종이를 접고 다시 새로운 껌을 꺼내 씹기 시작했다.

"죄송합니다. 금단증세가 생각보다 심하군요. 부끄럽습니다만 입에 단 걸 자꾸 넣어주지 않으면 왠지 모르게 불안한 기분이 듭니다. 이해해주십시오."

준호는 그러나 그의 말을 듣고 있지 않았다. 그는 노신사가 말한 '다른 존재'에 대해 생각하는 중이었다. 다른 존재란 바로 돼지를 말하는 것이다. 명성가구 회장은 돼지의 탈을 쓰고서 다른 존재가 되기 위해 남미 부족의 의식을 진행하고 있다. 샤먼이 이끄는 대로 의식을 행하면서, 마약을 하고 환각을 겪으며 돼지가 되었다고 굳게 믿는 것이다. 실로 기가 막힌 일이 아닐 수 없다. 도저히 이해할 수 없는 건, 다른 존재가 됐다고 해봐야 환각상태에서일 뿐 현실에서 변하는 건 아무것도 없다는 점이다. 그런데도 왜 그런 일을 벌이는 걸까?

나이 든 수행원은 새 껌을 씹자 조금 안정이 된다는 듯 다시 말을 이어갔다.

"한 가지 분명히 해둬야 할 게 있군요. 우리가 원하는 신체는 집

돼지가 아니라 야생돼지입니다. 물론 야생돼지보다 강인한 동물은 얼마든지 있습니다만, 돼지만큼 '전반적으로' 강한 동물은 거의 없습니다. 높은 지능과 달리는 속력, 폭발적인 힘, 추위를 견디는 능력, 날카로운 이빨, 두꺼운 피부…… 이러한 능력이 어떤 동물보다 균형 잡혀 있지요. 그중에서도 특장점은 '엄청난 소화력'입니다. 돼지는 인간이 먹는 걸 다 소화할 수 있을 뿐 아니라 곤충이나 풀뿌리, 나무껍질, 땅속 벌레, 쌀겨, 과일의 껍질과 씨앗, 심지어는 사람의 분변까지 먹을 수 있습니다."

"식량 문제를 그렇게 해결한다는 겁니까?"

"현재 여러 학계 및 연구기관에서는 인간이 먹을 수 있는 것이 더 있는지를 연구하고 있습니다만, 이미 지난 수십만 년간 인류가 소화할 수 있는 것과 소화할 수 없는 건 거의 다 정해졌고, 그렇기 때문에 완전히 새로운 먹을거리를 늘리는 데에는 한계가 있습니다. 연구를 계속하고는 있지만 돈도 시간도 많이 들 뿐 아니라 성공할 수 있을지도 미지수지요. 그걸 기다리는 사이 인간은 고통 속에서 살아갈 뿐입니다. 지금 이 순간에도 수많은 사람들이 기아 상태로 죽어가거나, 돈을 벌기 위해 자기 몸을 갈아가며 근근이 살아가고 있지요.

그러나 우리가 돼지가 된다면 이 모든 게 해결됩니다. 이건 마치 컴퓨터의 성능을 업그레이드하는 것과 같습니다. 강한 힘, 튼튼한 피부, 엄청난 소화력, 주체할 수 없는 성욕……. 이토록 강한 육체적 능력을 갖게 된다면, 그럼으로써 '약한 존재'라는 불안이 사라진다면, 인간 삶에는 크게 두 가지 변혁이 일어날 겁니다. 첫째는 예술의 발전입니다. 풍요로움이 예술을 발전시킨다는 건 지극히 잘 알려진 사실이지요. 번성한 문명과 예술의 배후에는 늘 풍요로움이 있습니다. 둘째는 과학기술의 놀랍도록 새로운 도약입니다. 지금까지는 비상한 머리를 가진 사람들이 땅과 자원을 더 얻기 위해, 더 많은 식량을 얻기 위해, 질병과 자연재해로부터 살아남기 위해 연구하느라 시간을 쏟아왔지만, 그런 것들은 이제 관심 밖으로 사라질 겁니다. 그리고 그 똑똑한 머리들이 앞으로 무엇에 관심을 두느냐에 따라 미래는 크게 달라질 겁니다. 즉 우리가 다른 존재가 된 직후부터, 이야기는 큰 **전환점**을 맞이하게 된다는 말입니다."

"그걸 도대체 어떻게 한다는 거죠? 그래봐야 환각일 텐데."

"정신적 이식을 통해 그렇게 만들 계획입니다."

"정신적 이식?"

"돼지는 인간과 생리학적으로 아주 유사한 동물이라는 건 잘 아실 겁니다. 피부며 내장 구조며 거의 흡사하지요. 그래서 돼지의 장기를 인간에게 이식하려는 연구가 오래전부터 있어왔습니다. 그런데 우리는 그 이식을 외과적 수술이 아닌 정신의 작용으로 하려고 합니다."

그것이 명성가구가 만들려는 유토피아다, 하고 준호는 생각했다. 돼지가 됐다고 강하게 믿는 것이 정확하게 어느 정도까지 인간의 신체를 변화시킬지는 모르지만, 약물의 도움을 받아 돼지로 진화하게 만드는 게 그들이 생각하는 낙원인 것이다. 준호는 도무지 어디까지 그들의 말을 믿어야 좋을지 알 수 없었다. 처음부터 끝까지 말도 안 되는 얘기지만 그들이 오랜 시간, 그것도 무척이나 진지하게 이 일에 임하고 있다는 게 몹시 신경 쓰였다.

회장실엔 적막이 흘렀다. 나이 든 수행원은 긴 이야기를 한 일의 보상이라도 되는 것처럼 앞니로 껌을 잘근잘근 씹었다. 의식과 관련된 소리는 전혀 들리지 않았다. 회장실의 한쪽 벽면에는 여닫이문이 달려 있었는데 아마도 회장은 그 문 안쪽에 있는 듯했다. 위치로 미뤄보아 거기를 '감춰진 방'이라고 봐도 무방할 것 같았다.

"인간을 돼지로 만든 세상이 과연 당신들 생각대로 유토피아일까?"

노신사는 보상이 어느 정도 되었는지 껌의 위치를 어금니 쪽으로 이동시켰다.

"물론 그런 반응도 이해는 합니다. 다른 존재가 된다는 건 거부감이 드는 일이니까요. 인간은 원래 갑작스러운 변화를 별로 좋아하지 않지요. 적응하지 못하고 도태될지 모른다는 염려가 있기 때문입니다. 그래서 하루가 다르게 변화하는 세상만 봐도 인간은 두려움을 느끼지요. 그렇지만 똑같은 변화라 해도 '서서히' 변하는 것에는 크게 거부감을 갖지 않습니다. 따라갈 수 있을 정도의 속도라면요. 그렇기 때문에 서서히, **정신을 차려보니 밤이 온 것처럼, 아무도 모르게 스며들어야** 하는 겁니다."

"서서히 변하면 두려워하지 않는다?"

"예를 들어 우리가 타임머신을 타고 고대 그리스로 가서 소크라테스를 만났다고 칩시다. 그에게 사람들과 화상통화를 하고, 비행기로 세계를 여행하고, 화성에 탐사선을 보내는 세상에 대해 말한다면 그는 우리를 미친 사람 취급하는 한편으로 그러한 세상을 '두려워' 할 겁니다. 하지만 현대인인 우리는 전혀 그렇지 않지요. 소크라테스와 우리는 생물학적으로 아무런 차이가 없는데도 말입니다.

이것은 맥락을 아느냐 모르느냐의 차이일 뿐입니다. 소크라테스는 중간의 긴 역사를 건너뛰었기 때문에 두려움을 느끼는 겁니다. 서서히 밤이 온 게 아니라, 갑자기 불을 꺼버린 것과 같죠. 전기가 발견되고, 석유를 이용한 대량생산 체제가 확립되고, 전파를 이용한 송수신장치가 개발되고, 휴대폰이 널리 보급되는 역사를 안다면, 화상통화에 대한 거부감 같은 건 발생하지 않습니다. 비행기와 화성 탐사선 또한 마찬가지고요. 우리는 그러한 역사적 맥락을 알고 있으니 받아들이기 쉬운 겁니다. 그리고 꿈과 현실은 바로 그러한 차이라고 할 수 있지요. 현실에선 맥락을 건너뛰면 이상함이나 거부감을 느끼지만 꿈에서는 그렇지 않습니다. 그것은 꿈이 하나의 독립된 우주이기 때문에 그렇습니다. 그곳에선 그곳만의 맥락과 법칙이 있거든요. 그래서 꿈을 꿀 땐 이상함을 못 느끼다가 현실로 와서 생각해보면 이상함을 느끼는 겁니다. 중요한 건 이 맥락과 법칙, 우리는 그것을 다른 곳에서 이곳으로 빌려올 수 있다는 겁니다. 왜냐면 우주와 우주는 서로 영향을 주고받으니까요. 물론 **톱니바퀴**가 맞아야 합니다만, 어쨌든 그걸 이용하면 사람들은 두려움 없이 이 일을 받아들일 겁니다."

"그건 당신들 희망사항일 뿐이야. 사람들은 돼지가 되기를 거부할 테니까."

"장담하지만 사람들은 자발적으로 돼지가 되기를 원할 겁니다."

"그런 허세 따위 부려봐야 소용없어."

"과연 허세일까요?" 그는 정색하더니 말했다. "귀하께 상처 입히고 싶지 않지만 어쩔 수 없군요. 한번 생각해보십시오. 귀하의 딸이 강한 신체를 가지고 있었다면 그렇게 쉽게 죽었을까요? 당신의 아내 또한 강한 정신력이 있었다면, 방어기제로서 상상임신 같은 걸 했을까요? 귀하는 어떻습니까? 가족이 고통을 당하는데 당신은 무엇을 할 수 있었나요? 애당초 뭔가를 할 힘이나 있었습니까? 매일같이 '내게 힘이 있었다면' 하고 한탄한 게 전부 아니었던가요? 다시 말하지만 사람들은 자발적으로 돼지가 되려고 할 겁니다."

준호는 먼 곳에서 슬픔이 밀려오는 것을 느꼈다. 그 거대함에 압도되어 꼼짝도 할 수 없는, 난폭하고 단단한 슬픔이었다. 분명 먼 바다에 떠 있다고 생각했던 파도가 어느새 눈앞에 와 있다가 다음 순간에는 온몸을 덮쳐버린 것처럼, 그는 속수무책으로 슬픔의 중심으로 빨려 들어갔다.

몸에서 힘이 한꺼번에 빠져나가는 게 느껴졌다. 할 수만 있다면 의자에서 내려가 바닥에 주저앉고 싶었다. 필사적으로 쥐어짜낸 정신력이 없었다면 이미 그렇게 했을 터였다.

노신사의 휴대폰이 아홉시를 알렸다. 회장실 벽면 안쪽에서 문을 열고 닫는 소리가 희미하게 들렸다. 지금부터 오 분간 그곳에서 무슨 일이 벌어질 것이었다.

"아직 저 안에서 무슨 일이 벌어지는지는 알아내지 못한 모양이군요." 수행원은 말했다. "상상력을 마음껏 발휘하지 않으면 알아낼 수 없을 겁니다. 한번 시도해보십시오. 말이 되든 안 되든, 근거가 있든 없든, 과감하게 가설을 세워보는 겁니다. 소설을 쓰면서 늘 해온 일일 테지요?"

과감한 가설. 지금 내가 할 수 있는 건 그것뿐이다. 소설적 상상력을 발휘하는 것. 다른 힘은 아무것도 가지지 못한 내가 할 수 있는 유일한 일. 여기까지 와서 슬픔에 잠겨 있을 수만은 없다. 알아내야 한다. 저 안에서 무슨 일이 벌어지는지, '악의 실체'는 과연 무엇인지. 그러지 않으면 지금까지의 일들이 모두 무의미해진다.

준호는 '우주와 우주가 서로 영향을 주고받는다'는 그의 말에서 상상을 시작해보기로 했다.

우주와 우주. 우선 우리가 존재하는 우주 외에 다른 우주가 존재한다는 걸 전제해야 한다. 다중우주. 의외로 많은 과학자들이 주장하고 있는 가설이다. 그리고 만약 각각의 우주가 영향을 주고받는다면, '이 우주'를 자신이 원하는 대로 만들기 위해서는 이곳에서 일을 추진하는 방법도 있지만, '다른 우주'에서 이곳에 영향을 미치도록 하는 것도 하나의 방법이다. 수행원은 꿈도 하나의 독립된 세계라고 말했다. 그렇다면 명성가구가 '이쪽 세계'를 원하는 방향으로 이끌려고 한다면 '누군가의 꿈'을 이용할 수도 있다. 그 꿈속에서 벌어지는 일 혹은 맥락으로 이곳에 영향을 주는 것이다. 그리고 그 꿈의 주인은 명성가구가 오래 전부터 후원해왔던 예술가일지 모른다. 예술가와 가까이 접촉하며 그가 어떤 꿈을 꾸고 어떤 생각을 하는지, 그의 세계가 어떤 곳인지 명성가구는 속속들이 알고 있는 것이다.

이윽고 준호의 머릿속에 하나의 가설이 떠올랐다.

명성가구는 '어떤 예술가'가 계속 꿈을 꾸게 함으로써 지속적으로 이 세계에 영향을 주고 있다. 정신의 작용을 더욱 강하게 하는 약물을 정기적으로 주입하면서. 그리고 약물 주입은 매일 밤 아홉 시, 감춰진 방에서 이뤄진다.

노신사는 준호의 표정을 보더니 옅은 미소를 지었다. 눈꺼풀이 눈동자를 완전히 덮게 만드는 예의 그 미소였다. 그는 빈 종이에 껌을 뱉었다. 이번에는 새로운 껌을 꺼내지 않았다.

"제법 그럴싸한 가설에 도달하신 모양이군요. 귀하는 정말 상상력이 뛰어난 사람입니다. 그래요. 우리는 그렇게 계획을 실행하고 있습니다. 일은 일사천리로 진행되고 있고요. 우리는 사람들이 원하는 것을 제공할 겁니다. 모두가 자신이 원하는 상태로 살 수 있는, 그런 세계를 만드는 게 최종 목표지요. 그게 어찌 '악'이라고 할 수 있겠습니까. 정말로 그렇게 생각하시나요? 천만에요. 악이라는 게 존재한다면 '인간을 나약한 상태로 존재하게 만드는 것'이 바로 악입니다. 폭력, 기아, 질병, 죽음 같은 것들 말이지요."

준호는 갑자기 머리가 깨질 듯 아파왔다. 배 위에 올라서있는 것처럼 눈앞의 사물이 일렁거렸다. 구토하고 싶은 욕구가 밀려왔다.

　수행원은 시계를 보았다. 그는 양손으로 머리를 쓸어 넘기고 자리에서 일어나 양복 재킷의 단추를 채웠다.

　"이제 의식이 끝났습니다. 준호 씨도 자리에서 일어나십시오."

　준호는 얼떨결에 일어났다. 속은 여전히 메스꺼웠다. 노신사는 넥타이의 위치를 조정한 뒤 벽에 있는 문 옆으로 느릿느릿 가서 섰다. 잠시 후 묵직한 발소리가 들려오기 시작했다. 벽의 여닫이문이 스르륵 열렸다. 수행원은 문 쪽을 향해 허리를 살짝 숙였다. 열린 문 바닥으로 마치 공연장의 특수효과처럼 수증기가 깔렸다. 수증기는 순식간에 문 근처를 안개에 휩싸이게 했다. 발소리가 천천히, 슬로모션의 한 장면처럼 점차 가까워졌다.

　준호는 갑자기 이 모든 것이 장난스럽게 여겨졌다. 돼지 탈을 쓴 인간이 의식을 펼치는 장면을 머릿속에 그리자니 도무지 진지해질 수가 없었다. 제정신이 아닌 사람들이 벌이는 촌극이라는 생각이 들었다. 나이든 수행원의 진지한 얼굴과 어딘지 점잔 빼는 모습 또한 연극 같고 우스꽝스러웠다. 그리고 그 우스꽝스러움은 돼지 탈을 쓴 회장이 저 드라이아이스를 뚫고 걸어 나온다면 더욱 심해질 것 같았다. 아닌 게 아니라 준호는 그러기를 바랐다. 다들 배를 잡고 웃으며, 하하하, 사실은 저희가 유튜브 채널을 운영하고 있는데 이번에 새롭게 '리얼 몰래카메라'를 준비해봤거든요. 거기에 완벽히 속아주셨네요. 이 영상을 업로드해도 괜찮을까요? 아이고 감사합니다. (다 같이 카메라를 향해 손을 흔들며) 안녕— 하고 끝맺었으면 했다.

 그러나 거대한 인간의 형체가 수증기 속에서 모습을 드러내도 우스꽝스러움은 짙어지지 않았다. 오히려 장난 같은 느낌이 일순에 사라졌다. 준호는 천천히 걸어 나오는 회장에게서 눈을 떼지 못했다. 준호보다 머리 하나는 더 있는 커다란 덩치에 기다란 코와 큰 콧구멍, 손바닥만큼 넓적한 귀, 황소의 뿔처럼 단단한 엄니, 그것은 영락없는 야생돼지의 얼굴이었다. 실제와 똑같이 만든, 너무나 리얼해서 징그러운 탈이었다.

 그랬기에 준호는 회장의 목을 유심히 볼 수밖에 없었다. 그는 거기에서 탈과 목을 구분 짓는 경계선을 찾으려고 했다. 그래야 기분이 좀 나아질 것 같았다. 그러나 경계선은 보이지 않았다. 가로로 긴 줄을 발견하긴 했으나 그건 접힌 살이 만든 주름이었다. 그러니까 돼지의 머리는 원래부터 그곳에 존재했던 것처럼, 인간의 신체 위에 달려 있었다. 미노타우로스처럼 몸은 인간이고 얼굴은 돼지의 모습을 한, 말 그대로 '돼지인간'이었던 것이다.

 준호가 계속해서 경계선을 찾는 동안 회장은 천천히 걸어왔다. 그때 문득, 준호는 자신이 알아내려던 '악의 실체'가 무엇인지를 깨달았다. 그렇구나. 그게 바로 '진짜 악'이었구나. 준호는 그 깨달음에 망치로 머리를 맞은 것 같은 충격을 느꼈다.

 그러나 그 여파를 돌볼 겨를도 없이 회장이 준호 앞에 다가와 멈춰 섰다. 회장은 무언가를 말하려는 듯 입을 움직였다. 그러나 그의 입에서 나오는 소리는 언어라고 할 수 없었다. 준호는 입술이라도 읽어보려 했으나 소용없는 일이었다. 애초에 그런 길쭉한 주둥이로는 인간의 발음을 할 수 없었다. 회장의 입에서는 듣기 거북한 소리만이 새어나올 뿐이었다. 그는 분명 준호에게 뭐라고 말을 하고 있었다.

준호는 현기증을 느꼈다. 그러나 한동안 자신이 현기증을 느끼고 있다는 사실을 인지하지 못했다. 인지했을 때는 이미 그가 천천히 옆으로 쓰러지면서, 이 모든 게 어쩌면 자신이 미쳐버려서 환상을 보고 있는 게 아닐까 하고 의심하는 중이었다.

제24장 민이주

하필 그 순간에 떠올린 사람

1

명성가구 회장이 죽어야 할 이유는 상당하다.

첫째, 그는 가정을 이루고 있으면서도 아무렇지 않게 외도를 해왔다. 그 자체로 가족에게 큰 상처를 주는 배신행위다. 물론 그의 부인 역시 현재 외도를 하고 있지만 회장과 비교한다면 상식적인 수준에 머물러 있다. 회장은 결혼 직후부터 지금까지 자신이 원할 때면 언제 어디서든, 배우자가 그 사실을 알든 모르든 신경 쓰지 않고 다른 여자와 잠자리를 해왔다.

둘째, 회장은 '그 사람'을 죽이는 데 방해가 된다. 나는 그 사람을 만나야 하지만 회장이 만들어놓은 요새와 같은 건물에서 그 사람은 나오지 않고 있다. 의도한 바는 아니었겠지만 아무튼 그 사람에게로의 접근을 막는 데 회장은 일조하고 있다. 때문에 모든 계획이 늦어지고 있다.

　마지막으로 그는 은지의 어수룩함을 이용해 그녀의 처녀성을 빼앗았다. 그는 성 구매자로서, 완력이 강한 남자로서, 나이가 많은 어른으로서 등 여러 층위에서 발생하는 권위를 이용해 그녀를 유린했다. 은지는 저항하지도, 어떻게 반응해야 좋은지 알지도 못한 채 성욕해소의 희생양이 되었다. 회장은 한눈에 봐도 그녀의 행동이 매우 어수룩하다는 걸 알았을 것이다. 성 경험이 전혀 없는 여자인데다 말과 행동도 어딘가 어설프다. 그녀는 회장의 요구에 어디까지 응해줘야 하는지, 어디부터는 거절해도 되는지 구분하기 어려웠을 것이다. 회장은 그 점을 이용해 자신의 욕구를 채웠다. 거기에는 나 역시 어느 정도 불찰이 있다고 생각한다. 처음 겪는 남자와의 잠자리에서 그를 애타게 만들고, 크림을 바르는 시간을 계산하고, '그 사람'에 대한 정보까지 알아내야 했으니 결코 쉬운 일이 아니었을 것이다. 나야 늘 해왔던 일이었으므로 그리 대수롭지 않게 여긴 것이다.

　아무튼 명성가구 회장은 이 일의 대가를 목숨으로 내놔야 한다. 나는 주사기를 사용할 것이다. 일단은 크림을 이용해 '그 사람'에 대한 정보를 들은 다음, 주사기에 든 액체를 주입한다. 그걸로 회장은 극한의 쾌락을 느끼며 영원히 이곳에서 사라진다. 그의 시신은 부하를 시켜 조용히 처리하면 된다. 부하는 투덜거리기는 해도 결국에는 일을 해낼 것이다. 그렇게 명성가구 회장은 가정으로 다시는 돌아갈 수 없게 된다. 나는 원하는 정보를 얻고, 회장에겐 꿈에 그리던 여성과의 잠자리를 제공하고, 회장 부인과는 그가 가정으로 돌아오지 못하게 해달라는 약속을 지킬 수 있다. '만족'이라는 측면에서 어느 쪽도 거스르지 않는다.

이주는 거울 앞에 서서 자신의 벗은 몸을 바라보았다. 어둠 속에서 그녀의 나신은 별개의 어둠이 되어 있었다. 이주는 그 모양새의 아름다움보다는 자신의 몸이 어둠 속에 있다는 사실에 만족했다. 그녀는 주먹을 꽉 쥐었다가 펴보았다. 하얗게 된 손바닥이 곧 원래의 색을 회복했다. 그녀는 어둠 속에서 무언가를 잡아보려는 듯 다시 주먹을 쥐었으나 손에 잡히는 건 아무것도 없었다.

2

이주는 화장을 마치고 준비한 옷을 입었다. 거울 속 자신의 모습은 회장 부인을 만났을 때 그대로 재현되어 있었다. 이주는 몸의 각도를 조금씩 틀어가며 다시 한 번 외모를 꼼꼼하게 확인했다. 분명히 자신이 의도한 대로였다. 그런데 그녀는 어쩐지 마음에 쏙 들지 않았다. 머리를 귀 뒤로 넘겨보기도 하고 앞머리를 헝클었다가 다시 빗어도 어딘가 불만스러웠다.

평소보다 훨씬 더 신경을 썼는데도 왜 그럴까? 이주는 조명의 세기를 조금 밝게 해보고, 거울에서 멀리 떨어졌다가 가까이 돌아와 보고, 억지웃음을 지었다가 표정을 풀어보기도 했다. 거울 속에는 분명 자신이 생각한 여성이 그대로 있었는데 어딘가가 미묘하게 달랐다.

노화와는 다르다. 피부의 처짐으로 인한 인상 변화가 아니다. 기준점이 되는 무언가가 원래 위치에서 약간 틀어진 느낌이다. 그러나 느낌이 그랬다는 것이지 어디가 어떻게 틀어졌는지는 설명할 수 없었다. 어쩌면 그 미세한 변화는 그녀의 내면에서 발생한 것인지도 몰랐다. 어느 날 문득 발견한 눈가의 주름이 사실은 훨씬 이전부터 피부 아래에서 이뤄지던 세포 변화의 발현이듯, 그녀의 내면에서 서서히 달라지던 무언가가 자신도 정확히 알지 못하는 형태로 드러난 걸 이주는 본 것이다. 그러나 물론 그것이 사실인지 아닌지 확인할 방법은 없었다.

이주는 그러한 찜찜함을 가진 채 집을 나섰다. 그녀는 낙산공원 주차장 쪽으로 걸어갔다. 저녁 일곱 시 삼십 분. 밤이 옅게 깔려 있었다. 이화동 건물들이 하나둘 불빛을 밝혔다. 남색의 하늘에는 밝은 별 몇 개만이 조용히 빛나고 있었다. 이주는 그 별을 보았다. 그리고는 저게 별이구나, 하고 생각했다. 지금껏 그녀는 한 번도 별을 바라본 적이 없었던 것이다. 별과 별 사이에 배경으로 깔린 검은 하늘만 봤었다.

이주는 문득 은지와 회장이 만난 날을 떠올렸다. 은지는 회장이 크림의 존재에 대해 알고 있었다고 했다. 이주는 정말 그런지 확인하고 싶었다. 일단 이주는 절대 그럴 리 없다고 생각하고 있었다. 분명 두 사람이 소통하는 과정에서 오해할 만한 말을 은지가 들었으리라 여겼다. 아무튼 그것도 곧 확인할 수 있을 터였다.

그녀는 어느새 낙산공원 주차장에 도착했다. 검정색 볼보가 늘서 있는 곳에 세워져 있었다. 그녀는 걸음걸이를 신경 쓰며 다가가 뒷좌석의 창문을 가볍게 두드렸다. 까맣게 틴팅된 창문이 느린 속도로 열리며 머리가 하얗게 샌 남자의 얼굴이 모습을 드러냈다. 영상으로 봤던 얼굴이었다. 그는 실제 나이인 일흔 살 보다는 젊어보였다. 이주는 고개를 살짝 숙여 가볍게 인사했다. 그는 이주를 쳐다보더니 입을 열었다.

"넌 그때 그 애가 아닌데."

"은지는 제가 데리고 있는 아이예요. 회장님의 얘기를 듣고 오늘은 제가 꼭 직접 모시고 싶어서 왔어요."

그의 미간이 살짝 찌푸려졌다가 펴졌다.

"왜 그런 생각을 했지?"

"회장님이 가지고 계신 욕구를 제가 실현시켜드릴 수 있기 때문이에요. 저번에 만난 아이가 물론 마음에 드셨겠지만 백퍼센트는 아니었을 거예요. 저에 대해 들으셨는지 모르지만, 저는 남자를 백퍼센트 만족시키는 것을 목표로 하고 있습니다."

회장은 한동안 이주를 지그시 바라보면서 손가락 끝으로 차량 손잡이를 톡톡 두드렸다. 잠시 후 입을 열었다.

"대단한 열정이군."

이주는 어깨에 멘 핸드백 스트랩을 양손으로 쥐고 그의 셔츠 첫번째 단추에 시선을 고정했다. 그리고는 조금 긴장한 것 같은 미소를 지었다. 거울을 보며 여러 번 연습한 몸짓이었다.

"날 위해 그렇게 준비한 건가? 옷이랑 화장이랑 전부?"

그렇다고 이주는 대답했다. 이윽고 회장은 고개를 천천히 끄덕였다.

"역할놀이라— 재밌겠어. 일단 외적인 부분은 백점이야."

이주는 뒷좌석의 도어를 열고 회장을 내리게 했다. 차에서 내린 회장은 이주와 비슷한 정도의 키에 왜소한 체구였다. 그는 남색 캐주얼 정장을 입고 조금 평평한 단화를 신고 있었다. 이주는 그에게 슬며시 팔짱을 끼고는 집이 있는 방향으로 이끌었다.

"독특한 방식으로 운영하는 것 같던데." 그는 말했다. "이런 방식은 처음이야. 아, 지금은 그냥 여대생인 건가?"

이주는 그의 말에 예의상 반응할 때 내곤 하는, 웃음 같기도 하고 기침 같기도 한 소리를 짧게 냈을 뿐 별다른 말을 하진 않았다. 그녀는 그의 보폭에 맞춰 걸으며, 회장이 이 같은 운영방식을 마음에 들어 하고 있으리라 확신했다. 고지대의 산비탈을 걷노라면 아래에는 도시의 불빛이 있고, 산에서 불어오는 흙냄새, 두 사람이 걷는 발소리, 어색한 분위기를 풀어보려는 두서없는 대화, 이런 것들이 지금부터 하려는 일이 단순한 불법행위가 아닌 '금지된 문화 활동' 정도라는 느낌을 갖게 한다.

남자들이 이주를 처음 만나 느끼는 감정은 까닭 모를 불쾌함과 두려움이다. 그래서 아름답긴 하지만 선뜻 다가가기가 꺼려진다. 남자는 혼란을 겪는다. 어느 쪽에 서서 그녀를 판단해야 좋을지 알 수 없는 것이다. 그런 여자가 자신에게 꼭 달라붙어 밤길을 걸으면, 경계에 서 있던 남자는 어느새 그녀에 대해 호감을 느끼는 쪽으로 이동하게 된다. 그리고 곧 자신이 이 여성을 정복하게 되리라는 기대에 흥분한다. 사람에 따라서는 이 흥분의 강도가 그 자체로 하나의 쾌락일 정도로 세다. 그러므로 성행위 장소로 향하는 이 짧은 여정은 그녀와 나누는 섹스의 일부라고도 볼 수 있는 것이다.

물론 지금 이주의 모습에서 두려움을 느낄 만 한 요소는 없다. 그녀는 철저하게 자신의 본성을 숨기고 있다. 그녀는 1970년대에서 시간여행을 온 순진한 여대생일 뿐이다. 이제 갓 고등학교를 졸업하고 자신이 전공으로 하는 학문을 열심히 공부하는, 그러면서도 친구들과 어울리며 건전한 멋을 부리는 대학생이다. 그리고 그 모습을 회장은 마음에 들어 하고 있다.

두 사람은 고요한 밤길을 나아갔다. 별빛이 반짝이고 오른쪽 아래에 이화동의 야경이 펼쳐져 있다.

"여름에는 여기에 찔레꽃이 펴요." 이주는 말했다. "찔레꽃의 꽃말이 뭔지 아세요?"

"글쎄. 모르겠는데."

"신중한 사랑."

"신중한 사랑이라—"

명성가구 회장은 잠시 생각하더니 말을 이었다.

"해본 적이 없어서 잘 모르겠네."

두 사람은 갈림길에서 오른쪽으로 꺾었다. 그리고 곧이어 그녀의 집이 나타났다.

3

 이주는 현관문을 열어 회장이 먼저 들어가도록 했다. 거실에는 약하게 조명을 켜두었다. 회장이 신발을 벗고 들어가자 이주는 현관문을 잠갔다. 이주는 두 사람의 신발을 가지런히 놓고 회장의 재킷을 받아 옷걸이에 걸었다. 회장은 자연스럽게 소파로 가서 앉더니 근처 책장에 있는 책들을 보았다. 경영학 개론, 복식부기 기초, 재무회계원리 같은 대학교재들이 한 줄에 꽂혀 있고 그 다음 세계문학 전집이 한 줄, 나이팅게일이나 헬렌 켈러 같은 여성 위인전이 한 줄을 차지했다. 모두 헌책방에서 사온 것들이다. 책장 역시 중고로 구입했다. 이주는 내부를 전부 70년대 가정집으로 꾸며두었는데 테이블보와 술잔, 접시 등도 전부 그 시절에 유행하던 디자인으로 이주가 직접 골동품 가게에서 골랐다. 지난 번 왔을 때와 완전히 달라진 분위기에 회장은 감탄을 마지않았다.
 "아— 이거 굉장한데. 기분이 이상해."
 "왜 기분이 이상하세요?" 이주는 그의 옆에 앉으며 말했다.
 "뭐랄까, 지금 상황이 연기인지 실제인지 모르겠어. 아무튼 기분이 이상해. 좋은 방향으로."

회장은 고개를 돌려 이주를 보았다. 그의 눈가에는 웃을 때 잡힐 게 분명한 주름이 그어져 있었다.

"넌 내 젊은 날을 생각나게 하는군. 마음에 들어."

"회장님이 마음에 드신다니 저도 기뻐요."

이주는 두 개의 잔에 코냑을 따르고 한 잔을 회장에게 주었다. 이주는 잔을 부딪친 다음 그가 먼저 마시기를 기다렸다가 자신도 한 모금 마셨다.

"어떻게 알았는지는 모르지만 내 취향을 제대로 저격했어. 모든 게 준비된 거란 걸 알면서도 잊게 되네. 좋아. 이 연극, 마음껏 즐겨주겠어."

이주는 그의 빈 잔을 채웠다.

"술은 좀 하나?"

"마실 줄은 알지만 자제하려고 해요."

"그래. 술에 쩔은 대학생만큼 보기 싫은 것도 없어."

"그래도 오늘은 좀 마시고 싶은데요? 좋은 사람이랑 있으면 가끔은 마시고 싶거든요."

그녀의 대답이 마음에 들었는지 회장은 소리 내어 웃었다.

"그래그래. 때로는 술 취한 대학생도 귀여울 때가 있지."

두 사람은 잔을 부딪치고 곧바로 비웠다. 이주가 토막 낸 바나나를 포크로 찍어 그의 입에 넣어주었다.

"음악 틀까요?"

"좋지."

"김추자로 할까요? 아니면 심수봉?"

"심수봉."

이주는 일어나서 거실 구석에 있는 전축에 레코드를 올렸다. 잠시 후 〈그때 그 사람〉의 전주가 흘러나왔다. 이주는 소파로 돌아와 회장 옆에 앉아 잔을 채웠다. 회장은 술잔을 비우고 담배를 꺼내 입에 물었다. 이주가 그의 앞쪽으로 재떨이를 당겼다.

"회장님의 이야기를 듣고 싶어요."

"어떤?"

"살아온 이야기요."

"고리타분할 텐데."

"꿈 많은 대학생에게 성공한 분의 이야기가 고리타분할 것 같으세요?"

그는 잠시 생각하더니 온더록스 잔에 얼음을 좀 넣어달라고 요청했다. 코냑에도 얼음을 넣어요? 하고 이주는 잔을 가져오며 물었다.

"넣고 싶으면 넣는 거지 별 거 있나."

그는 온더록스 잔에 코냑을 부었다. 그리고는 원을 그리듯 잔을 돌리며 생각에 잠겼다. 얼음이 유리잔을 긁는 소리가 났다. 이주는 과도로 사과껍질을 깎으며 그의 이야기를 기다렸다.

물론 '여대생이 아닌 민이주'는 그의 성공스토리에 아무런 관심이 없었다. 그녀로서는 그런 성공쯤은 가소로울 뿐이었다. 아무리 커다란 기업체를 일군 재벌이라고 해도, 그것은 자본력과 운이 크게 작용한 결과이기 때문이다. 그 중에서도 운은 절대적으로 중요한 요소다. 철저하게 전략을 세우고 열심히 노력한다고 해서 그것이 성공을 보장하진 않는다. 성공을 담보하는 것은 전적으로 운이다. 재벌이나 자영업자나 사업에 투입하는 집념과 노동량은 크게 다르지 않다. 일을 실행했고, 거기에 계속해서 운이 따르느냐 중간에 멈추느냐로 재벌이 되기도 하고 자영업자로 남기도 하며 실패자로 전락하기도 하는 것이다.

반면 이주의 경우 운이 개입할 여지가 거의 없었다고 할 수 있다. 인간의 성욕을 대상으로 하는 사업은 운과 거리가 멀다. 불법영업의 특성상 사업을 키우는 데 한계가 있어서 특별한 운을 기대할 수도 없다. 그러한 시장에 이주는 홀로 진입해 누구보다 높은 매출을 올리고 있었다. 물론 '공급자'를 만난 건 운이라고 할 수도 있었지만, 엄밀히 말해 그녀의 생존 전략을 알고 그쪽에서 먼저 접근해온 것이었으므로 오히려 그녀가 운을 생산해낸 것이라고 할 수 있었다. 그러므로 '열심히 일했더니 운이 따라주어 여기까지 올 수 있었다'는 식의 성공스토리에 이주는 아무런 흥미를 느낄 수 없었던 것이다.

그녀는 인내심을 갖고 회장의 이야기를 기다렸다. 회장은 코냑이 충분히 희석되기를 기다리지 못하고 잔을 비우더니 테이블에 내려놓았다. 그리고는 이야기를 시작했다.

"난 말이야, 일하느라 젊은 시절을 다 보냈어. 경제성장기의 풍요로운 분위기를 무서운 톱날이 돌아가는 곳에서, 그보다 더 무서운 욕설이 난무하는 곳에서, 시커먼 사내놈들과 함께 했지. 당시 산속에 있는 제재소란 말이야, 그야말로 지저분하고 외로운 곳이었어. 당연히 연애도 한번 제대로 못해봤지. 간혹 시내에 나갈 일이 있어서 밖에 나가면 꼭 너처럼 예쁜 여자들이 길거리를 다녔어. 그래, 꼭 이런 스타일이었어. 유행을 따라한 것에 불과했겠지만 그 모습은 나에겐 세상 값진 보석과도 같았지. 나도 한창 때라 그런 여자랑 다방에서 커피라도 한잔 마셔보는 게 소원이었지만 해야 할 일이 산더미니 그럴 수 없었지. 정말 구역질이 날 정도로 일이 많았거든. 영원히 끝나지 않을 것 같은 일이 나를 기다리고 있었단 말이야. 그때 이런 생각을 했어. 언젠가 지구가 멸망하는 날이 온다면, 그리고 지구의 마지막 순간이라는 걸 볼 수 있다면, 아마 산속 제재소에서 사람들이 나무를 깎고 있는 걸 보게 될 거라고. 아무튼 여자와 담소를 나누는 호사를 누리고 있다가는 일을 그르칠 수밖에 없는 상황이었어. 나는 태생이 게으른 사람이라 한번 나태에 빠지면 헤어 나오기 힘들다는 걸 알고 있었거든. 그런 천성을 뛰어넘으려고 온갖 유혹을 무시하고 내달린 거야. 난 반드시 성공해야 했으니까.

  제재소 남자들은 주말이면 봉고차를 타고 시내로 나가서 성욕을 해결하고 돌아왔어. 그때만큼은 면도도 하고 목욕도 깨끗이 하더군. 그나마 사람 같았지. 씻지 않았을 땐 말이야, 그놈들이 두 다리로 걷는 걸 보고 나서야 사람이라는 걸 알 지경이라니까. 하여간에 그 인간들은 잔뜩 달뜬 얼굴로 나갔다가 영채니 명자니 하는 이름을 부르면서 돌아왔어. 아주 가관이었지.

하지만 난 한 번도 그러지 않았어. 그런 곳에 다니다보면 평생 그 굴레에서 벗어날 수 없을 게 분명했거든. 현재에 만족하면서 살게 되는 거야. 죽어라고 일해서 번 돈으로 배고프면 밥 사먹고, 취하고 싶으면 술 마시고, 성욕이 돌면 봉고차로 나갔다오고, 그러다보면 모아놓은 돈이 없으니 다시 죽어라 일해야 하지. 그런 식으로 그 지저분한 곳을 벗어날 수 없게 되는 거야. 난 그곳이 마음에 들지 않았어. 정말 지긋지긋한 곳이었지. 그렇지만 탈출하려면 돈이 있어야 했어. 도망치듯 나와서는 그런 비슷한 동네만 돌아다니게 될 뿐이니까. 나는 반드시 금의환향해야 했다 이 말이야."

"정말 훌륭한 생각을 하셨네요." 이주는 말했다.

회장은 한 잔 더 기울였다.

"지금부터 하는 얘기는 못 믿을지도 몰라."

엄청 기대되는데요, 하고 이주는 말하며 한 입 크기로 깎은 사과를 그의 입에 넣어주었다. 그는 그것을 서너 번 만에 씹어 삼켰다.

"난 그놈들처럼 성욕을 푸는 데에 돈을 쓰지 않았어. 하지만 성욕은 성욕이었지. 한창 때 남자의 성욕이란 말이야, 빅뱅 직전의 우주와도 같은 거야. 가만히 놔두면 뭐가 터져도 터지게 돼 있어. 웃지 마. 진짜라니까. 내 아랫도리에도 빅뱅이 몇 번이나 일어나도 이상하지 않을 에너지가 응축돼 있었지. 그래서 내가 어떻게 했는지 알아? 다른 사람들이 윤락가에서 돈과 정력을 허비하는 동안, 나는 상상으로 그것을 이뤘어. 그들이 돈을 주고 가짜 환심을 사는 동안 나는 상상 속에서 나에게 정말로 매달리는 여성들을 만났다고. 무슨 말인지 알아? 그 여자들은 나를 만족시켰어. 처음엔 물론 잘 되지 않았지만 연습에 연습을 거듭하면서, 나중에는 정말 현실감 있는 상상을 할 수 있었지. 그리고 나는 깨달았어. 상상 속에선 뭐든 할 수 있다는 걸 말이야. 눈을 감으면 강남 거리에서 본 여자가 눈앞에 나타나고 그 여자가 나에게 달라붙는 거야. 나는 그녀의 입술을 핥고 몸을 만지고 관계를 맺었지. 그때까지 난 한 번도 여자와 자본 적 없어서 여자의 몸을 만진다는 기분이 어떤 것인지도 몰랐지만, 상상으로는 왠지 그것을 알 수 있었어. 그리고 나중에는 상상만으로 사정할 수 있었지. 어때. 거짓말 같지?

나는 동료들이 봉고차를 타고 떠나면 숙소에 혼자 누워 몰래 사랑을 나눴어. 시내에서 봤던 아름다운 여자와는 모두 잠자리를 가졌지. 그놈들이 내가 숙소에만 있으니까 남자 구실도 못하는 샌님이라면서 날 비웃었지만 거기에서 정말로 웃을 수 있는 사람은 나 하나뿐이었어. 어쨌든 난 그렇게 나의 성욕을 달래며 성공을 향해 달렸고, 거머쥐었지. 우여곡절은 있었지만 물불을 가리지 않는 정신으로 헤쳐나간 거야. 숨 돌릴 때쯤 되니까 내 나이도 어느덧 서른 중반이 되었더라고. 알려진 대로 나는 가구회사를 차리게 됐고 그 지긋지긋한 기숙사를 나온 거야. 그래. '금의환향'한 거지.

그 역겨운 숙소에 있었던, 날 비웃었던 사내놈들은 다 어떻게 됐는지 알아? 아직도 거기에 있어. 온몸에 성한 구석 하나 없이 말이야. 손이 잘리거나 압착기계에 들어가 죽은 사람도 있지. 살아남아봐야 번 돈은 족족 병원비로 날리고, 남는 돈으로 다방 종업원 젖이

나 만지면서 말이야. 죽기 전에 은퇴는 꿈도 못 꾸지.

아무튼 나는 서울에 번듯한 빌딩을 세우고 잘 나가는 사업체를 경영하게 됐어. 그때쯤 난 상상을 할 필요가 없었지. 내 재력이면 원하는 여자 누구든 실제로 만날 수 있었으니까. 나는 정말 많은 여자를 만났어. 하지만 말이야. 생각보다 현실의 여자는 만족스럽지 않았어. 여러 여자를 만났지만 상상과는 전혀 달랐거든. 솔직히 말하면 아주 최근까지 단 한명도 만족할 수 없었어. 왜냐면 '내가 아무리 돈이 많아도 결코 만날 수 없는 여자가 있다'는 게 내 불만족의 이유였는데, 그건 바로 젊은 시절 시내를 돌아다니던 청순한 스타일의 대학생이었거든. 그런 사람이 지금 어디 있겠어.

어쨌든 나이가 찼으니 선을 보게 되었지. 전쟁 때 재산을 잃긴 했지만 나름 뼈대 있는 족보여서, 집안에서는 내 사업과 유전자를 물려줄 좋은 조건을 가진 여자를 고르려고 했어. 난 무조건 어리고 예쁜 여자를 원했는데, 뭐 적당히 절충했지. 어차피 상대방도 내 돈 보고 접근하는 사람뿐이어서 진실한 사랑 같은 건 넣어두고 결혼하게 된 거야. 그런데 나는 불만족스러운 감정을 가지고 있었기 때문에 계속 화류계를 기웃거린 거고."

그는 재떨이에 담배를 비벼 껐다. 이주가 그의 온더록스 잔에 술을 채우자 그는 천천히 잔을 비웠다.

"그런데 지난주에 그 여자를 보고 깜짝 놀란 거야. 눈앞에 내가 꿈꾸던 여자가 현실로 있었으니까. 물론 시간이 많이 흘러 내 기억과 취향이 약간은 변했겠지만, 어쨌든 내가 이상적으로 생각하던 여자와 가장 비슷했어. 태어나서 처음으로 만족할 수 있었지. 그리고 그 애보다 더 만족을 줄 수 있는 사람은 죽기 전엔 만날 수 없을 거라고 생각했어. 그런데 웬걸, 네가 나타난 거야."

이주는 순한 미소를 지어주었다. 그녀는 처음과 달리 몸을 회장 쪽으로 기울이고 있었다. 그의 어깨에 닿을 듯 말듯 머리를 기대고, 아—, 어머, 정말요? 하고 그의 말에 반응해주었다. 처음엔 신체적, 심리적 거리감을 일부러 드러냈으나 그 거리를 점차 좁혀갔다. 그러한 변화가 상대방의 무의식에 만족을 주기 때문이었다. 이것이 이주가 그토록 지루한 얘기를 들은 이유였다. 좀 더 대단한 게 있진 않을까 기대했지만 역시나 별 볼일 없는 이야기였다. 그는 자신의 얘기를 들어줄 만하게 과장하는 능력도 없었다.

이주는 하품하고 싶은 걸 참으며, 슬슬 그의 입이 영원토록 아무 말도 할 수 없게 만들어주고 싶었다.

"멋있으시네요."

"멋있긴 뭐가 멋있어."

"자신의 성공을 위해 욕구를 절제하고 달려왔잖아요. 그러다 실패했다면 별로 멋있지 않았을 거예요. 하지만 이렇게 성공하셨잖아요."

그는 다시 담배에 불을 붙이고 소파에 깊이 몸을 묻었다. 레코드의 마지막 노래가 끝나고 실내는 정적에 빠졌다. 회장은 소파 뒤로 목을 젖히더니 천장을 향해 담배연기를 내뿜었다.

"멋있다라……"

그는 다시 입 안을 연기로 채웠다가 비워냈다.

"아내 분을 사랑하세요?" 이주는 그의 잔을 채우며 물었다.

그는 계속 천장을 바라본 채 얼마간 뜸을 들이더니 말했다.

"그 여자도 돈 보고 날 택한 여자일 뿐이지 뭐."

그는 담배를 끄고 술잔을 비웠다. 어느덧 병의 절반 정도가 비었다. 이주는 블라우스 단추 하나를 풀고 그 안을 실수인 척 보여주었다.

"이제 자리를 옮겨볼까?" 회장은 말했다.

이주는 일부러 잠깐의 주저를 보이고는 그의 팔을 잡고 일어나 욕실로 이끌었다. 그러고는 그가 옷을 벗는 것을 도왔다.

4

그가 갑자기 작은 소리를 내며 웃자 이주는 동작을 멈췄다.

"왜 그러세요?"

"아, 내가 분위기를 깼구만. 신경 쓰지 말고 계속해."

이주는 다시 움직이기 시작했다. 그녀는 점점 더 아래로 내려갔다. 오른손을 매트리스 아래에 넣어 회장이 눈치 채지 못하도록 플라스틱 케이스가 있는 곳으로 손을 뻗었다. 아직 때가 되진 않았지만 미리 손에 들고 있으려고 했다. 그런데 그때 회장이 또 다시 작게 웃음을 터뜨렸다. 그녀는 케이스에서 손을 뗐다.

"설마, 제가 우스운 건 아니겠죠?"

"그럴 리가 있나." 회장은 부인했다. "이상하게 간지러워서 그래. 미안, 미안. 다시 시작해."

이주는 신경질이 올라왔다. 왜 자꾸 처 웃는데, 하고 하마터면 내뱉을 뻔했다. 그는 술도 적당히 마셨고 자신에게 완전히 빠진 듯 보였다. 그런데 왜 계속 웃는 거지? 감히 내 애무를 받으면서도 진지해지지 못한단 말이야? 이주는 지금껏 이런 경우가 처음인 데다, 자신이 죽이려 하는 자에게서 그러한 경험을 한다는 게 몹시 자존심 상했다. 그것이 얼마 남지 않은 인내심을 더욱 쪼그라들게 했다. 그러나 아직 크림을 바를 수는 없다. 그가 나와의 합일을 간절히 원할 때여야만 한다. 지금 발랐다가는 극심한 간지러움 속에서, 혹은 웃음만 존재하는 우주 속에서 머물다가 허파가 터져 죽을지도 모른다. 그렇게 되면 누구도 만족시킬 수 없다.

이주는 분위기가 완전히 깨지기 전에 다시 그를 어루만지기 시작했다. 회장은 이제야 진지하게 임할 준비가 된 듯 했다. 이런 집중력으로 어떻게 큰 사업체를 일궜을까 하는 의문을 가지면서, 이주는 그의 육체를 기술적으로 다루었다. 마침내 그의 페니스가 서서히 반응하기 시작했고 이주는 고의로 좀 더 과감한 애무에 들어갔다. 지금부터 뭔가를 시작하려 한다는 느낌을 줘서 거기에 신경이 쏠리도록. 그게 효과가 있었는지 회장의 호흡량이 아까보다 커진 게 느껴졌다. 그녀는 한손으로 플라스틱 케이스를 열어 스티커 한

개를 떼어낸 다음 그의 허벅지로 가져갔다.

그때 이주의 손목이 회장 손에 붙잡히며 그녀가 도모하려던 일은 올스톱되었다. 이주가 시선을 들자 회장과 눈이 마주쳤다. 그의 얼굴엔 아무 표정도 없었다.

"이게 뭐지?"

"우리를 더 황홀하게 만들어줄 묘약이에요."

그는 몸을 천천히 일으켰다. 이주는 그의 손아귀에서 손목을 빼내려 했지만 꼼짝도 하지 않았다.

"일단 한 번 발라보면……"

그는 이주의 손을 뿌리쳤다. 예상치 못한 강한 힘에 그녀는 몸을 크게 휘청댔다.

"무슨 꿍꿍이를 벌이는 거야."

"기분이 더 좋아지게 하려는 것뿐이에요."

회장은 이주의 손에 들린 스티커를 바라보았다.

"어디서 난 건데."

"그냥 요즘 애들 사이에서 유행하는 거예요."

"지금부터 거짓말하면 후회하게 될 거야. 누가 만드는 건지 말해."

"누가 만드는지는 정말 몰라요. 그냥 아는 사람한테 받은 거예요."

그는 주먹으로 이주의 얼굴을 때렸다. 이주는 침대 밑으로 굴러떨어졌다. 그녀 손에 있던 스티커도 함께 날아가 방바닥에 달라붙었다. 그녀의 광대뼈 부근이 부어오르기 시작했다.

"누가 만드는지도 모르는 위험한 걸 나에게 바르려고 했다?" 그의 목소리는 허스키하게 변해 있었다. 그는 침대에서 내려와 그녀에게 다가왔다. 붉은 조명에 의해 벽에 거대한 그림자가 나타났다.

"누가 줬는지가 그렇게 중요해요? 그냥 즐기면 되잖아요."

그는 괴상한 소리를 내면서 그녀를 비웃었다.

"연기 그만해. 넌 너의 그 대학생 연기가 먹히고 있다고 생각하는지 모르지만, 난 아까부터 웃음을 참느라 애썼어."

그는 그녀에게 다가왔다. 그의 그림자 또한 다가왔다. 그림자는 점차 커지면서 천장까지 침범했다. 그 형체는 거대한 짐승처럼 보였다.

"정말로 너가 청순한 여대생이 됐다고 착각하나 싶더군."

이주는 주저앉은 상태에서 조금 뒤로 물러났다.

"전부 연기라는 거 알고 있었잖아요. 새삼스럽게 왜 이러세요?"

그는 이주의 바로 앞에서 멈춰 섰다. 이주는 부어오른 뺨에 손을 올린 채 그의 나체를 올려다보았다.

"연기라는 예술을 모독하지 마." 회장은 말했다.

그는 문득 침대 맞은편 벽으로 고개를 돌리더니 그곳을 얼마간 주시했다. 그러고는 코를 킁킁 거리며 냄새를 맡았다. 그는 몸을 돌려 벽 쪽으로 걸어가 선반에 있는 상자에서 카메라를 꺼냈다. 그런 다음 한손으로 잡고 마치 삶은 감자를 으깨듯 부수었다. 어떻게 인체라는 연약한 조직이 플라스틱과 금속으로 이뤄진 훨씬 더 단단한

물체를 그렇게 쉽게 부술 수 있는지 이주로서는 알 수 없었다. 그러한 의문은 공포감만 더욱 조장했다. 이주는 달려가서 서랍에 있는 주사기를 꺼내 그의 몸에 찔러 넣을 궁리를 해보았으나 소용없는 일이라는 생각이 들었다. 그녀는 그의 힘에 두려움을 느끼고 있었다.

회장은 다시 몸을 돌려 그녀에게 다가왔다. 그의 육체는 처음 만났을 때보다 더 커진 듯했다. 그의 그림자는 이제 방 전체를 차지했다. 그는 이주 앞에 쪼그려 앉았다. 그는 바닥에 떨어진 플라스틱 케이스를 열어 스티커를 하나 떼어냈다. 그리고는 두려움에 떨고 있는 이주를 얼마간 바라보더니 그녀의 목덜미에 스티커를 붙였다. 그는 이주의 손을 치우고 부어오른 광대뼈 부근을 어루만졌다.

"카메라 렌즈가 내 쪽을 향하게 할 수는 없어."

이주는 말없이 몸을 떨었다.

"그래도 조금은 재밌었다고 인정할게. 총평을 하자면 육십 점 정도는 줄 수 있겠어. 그렇지만 나한테 엉뚱한 짓을 하려고 한 건 점수를 깎는 정도로는 봐줄 수 없지."

회장은 그녀의 뺨을 톡톡 두드렸다. 그리고 자리에서 일어나 그녀를 내려다보았다. 이주가 보았을 때 그는 거대한 신처럼 보였다. 영화에서 자주 연출하는, 아래에서 올려다보는 거대한 신의 모습. 그녀는 몰려오는 끔찍한 고통 속에서, 눈앞에 서 있는 이 남자는 감히 자신이 대적할 수 있는 존재가 아니라는 사실을 깨달았다.

이주는 몸을 떠는 일마저 그의 눈에 거슬릴까 두려웠다. 그러나 그건 그리 걱정할 일이 못되었다. 지금부터야말로 진짜 무시무시한 공포가 몰려올 거라는 걸 알았기 때문이다. 이미 그녀는 눈사태의 전조를 보이듯 약하게 진동하는 공기를 느낄 수 있었다.

그때 뜻밖에도 '그 사람'의 모습이 떠올랐다. 왜 하필 이 순간에 그를 떠올렸는지는 그녀도 알지 못했다. '그 사람'은 자신을 경멸스러운 눈으로 바라보고 있지도, 입술을 비스듬히 들어 올리며 비웃고 있지도 않았다. 오히려 온화한 얼굴을 한 채 너그러운 눈빛으로 자신을 바라보고 있었다. 이주는 떨리는 손을 그에게로 뻗어보았다. 닿을 듯 말 듯 한 거리에 그가 있었다. 그러나 곧 거대한 고통이 밀려와 그녀를 그가 있는 곳에서 끝도 없이 먼 곳으로 떨어뜨려놓았다.

(2권으로 이어집니다.)

서쪽의 에덴 1
초판발행 2022년 11월 30일

지은이 신현의
표지디자인 송호현
펴낸이 신현의
펴낸곳 깊은우물
출판신고 2022년 8월 25일 제2022-000017호
주소 시흥시 봉우순환로 113번길 10-3 2층
이메일 bmoon123@naver.com

ISBN 979-11-980417-1-5
　　 979-11-980417-0-8(세트)

서체정보
표지제목 마포금빛나루
표지숫자·영문 을유1945
작가명 한림명조
본문 Kopub바탕·돋움
출판사명 SF망고빙수

이 책은 저작권법에 따라 보호받는 저작물이므로 무단 전재 및 복제를 금합니다. 본 책 내용의 전부 또는 일부를 재사용하려면 반드시 저작권자의 동의를 받아야 합니다.

잘못된 책은 구입하신 서점에서 교환해 드립니다.